U0589086

大鱼文化传媒　大鱼文学

将军夫人的当家日记

花日绯·著

JIANG JUN FU REN DE
DANG JIA RI JI

贵州出版集团
贵州人民出版社

图书在版编目（CIP）数据

将军夫人的当家日记 / 花日绯著. —— 贵阳 : 贵州人民出版社,
2016.4（2020.3重印）
ISBN 978-7-221-11887-5
Ⅰ.①将… Ⅱ.①花… Ⅲ.①长篇小说 – 中国 – 当代
Ⅳ.① I247.5

中国版本图书馆 CIP 数据核字 (2016) 第 070492号

将军夫人的当家日记

花日绯 著

出 版 人　苏　桦

出版统筹　陈继光

选题策划　大鱼文化

责任编辑　陈继光　黄蕙心

流程编辑　黄蕙心

特约编辑　菜秧子

装帧设计　李雅静　曾　珠

出版发行　贵州人民出版社（贵阳市观山湖区会展东路SOHO办公区A座
　　　　　邮编：550001）

印　　刷　三河市华东印刷有限公司

开　　本　880×1230毫米 1/16

字　　数　404千字

印　　张　18

版　　次　2016 年 7 月第 1 版

印　　次　2016 年 7 月第 1 次印刷
　　　　　2020 年 3 月第 2 次印刷

书　　号　ISBN 978-7-221-11887-5

定　　价　45.00 元

目录

目录

自从步覃打了败仗，断腿重伤回到京城，步家这几年如日中天的声势便歇了下来。圣上嘴上虽说胜败乃兵家常事，可一连好几个月都拉着脸，琼林宴上，新科状元郎不过洒了些酒，便被心情欠佳的圣上以驾前失仪为名，贬去了河南府做治灾小吏。

几个月后，太医诊治结果——步小将军重伤难愈，不仅傲人功力难再恢复，就连那条腿，只怕也是不能再如往昔矫健。

步家一门忠烈，除了老将军，大大小小十三名儿郎皆战死沙场，步覃是步家最后的希望。他自小便肩负家族重任，将责任一肩扛下，而他本身也很出息，武学天分极高，三岁习武，五岁练气，十五岁便能独自杀入敌营取得贼首，立下不世功勋。

八年的时间，步覃让一个濒临消亡的家族渐渐复起。步覃用他的大功小功，稳住了家族八年的荣耀，守住了一门忠勇以惨烈的结局报效国家之后应得的勋章。只是如今……所有的一切，都随着步覃受伤回京发生了翻天覆地的巨变，不过短短两三个月便足以道尽世态炎凉，因步家后继无人皇上趁机收回了兵权。

失了兵权的元帅，断了腿的将军，步家陷入绝境，之后第五日，又从宫中发出一道圣旨，让步家举家迁往洛阳镇守皇陵，虽然让步覃保留了将军的头衔，却褫夺了其"扬威"的封号……兔死狗烹，古往皆是。

皇上的这两道圣旨一出，从前与步家来往的，如今也都疏远了。是个聪明人都不难想到，步家已无可用之人，犯不着为了气数已尽的人家得罪当今皇上，于是，络绎不绝的门庭以惊人的速度变得冷清。

皇上收回兵权并着令步家举家迁出京城后，步覃已经好些天未踏出房门。老将军步承宗坐在孙子院里的石桌旁，双手拢入袖中，虽然年过七十，但他的脊梁骨依旧挺拔，像一棵饱经风霜却屹立不倒的老松，用满是皱纹的脸书写着沧海历练。

堰伯站在老将军身后，几十年的相处，他早已将自己当成步家人，如今又怎会不懂老将军心中的哀愁与担忧呢。

　　"唉，到了洛阳……是该给覃儿物色个媳妇了。"

　　静坐良久，老将军突然开口说了这么一句话。

洛阳府。

二月的春风似剪刀，刮得人脸生疼。席云芝站在风口对好了一批府里刚买入的布料，不管乌黑发丝被风吹得凌乱，便伏在马车上记账。

二管家过来唤她入内，说是老太太召集了各房女眷，有大事宣布。

原本像这样的聚会，府里的婶娘、小姐们是从不带她的，虽然她也是席家的小姐，还是长房大小姐，皆因她母亲名声不清白——母亲十年前被抓了奸，老太太是受过贞节牌坊的，得知此事气得差点归西，使家法将席云芝的生母乱棍打死了，刚满七岁的弟弟也被怀疑血统不正随即送走，不知所终。其实谁都明白，怀疑血统不是理由，只因席云然是儿子，怕他将来长成之后，会生出乱子，才将他送走。而席云芝是个女孩，就被他们留下，对外也好说，总归给大房留了条血脉。

九岁前的席云芝过得挺好，父慈母爱，可那事以后，便由天堂坠入了地狱。母亲死后，席云芝在席府的地位一落千丈，父亲席征未再续弦，却终日饮酒浑噩度日，与她日渐生疏。三婶娘当家时，还曾多番教养、照顾于她，可没几年，三婶娘却突然去慈云寺出了家，当家的人变成五婶娘商素娥。商素娥自席云芝小时候，就不喜欢她，如今得势，克扣吃穿用度自是寻常之事，有时还会令下人们暗地里欺负她。席云芝年纪小，亲眼见母亲被冤惨死、弟弟被送走，自己却无能为力，但如今，她能做的只有隐忍，先保全住自己。

闷不吭声被欺负了近两年，席云芝十二岁生辰那年，凄惨得连顿饱饭都没吃上。她明了不能继续这样下去，于是，她觍着脸跑去老太太的院子里跪了三天三夜，不告状，不哭诉，只是希望老太太答应让她在席家的商铺里帮些力所能及的小忙。老太太虽然恼她母亲，但毕竟她还是席家血脉，老太太多少也知道些她这两年的境况，便点头默许了。

席云芝之所以会选择在商铺里帮忙，一来是有光明正大的理由不在府中受欺负；二来也是存了私心，商素娥对她的吃穿克扣得厉害，她若不自力更生，没准还真的会成为第一个被饿死的大小姐。

她在店铺里做多学多，遇到不会的棘手难题，便去向修行的三婶娘请教，摸索几年下来，对经商这一块还确实小有所成。她心想着，等以后有机会，便用这几年攒下的钱自己开设一家店铺，将来就算被赶出席家，她也不至于露宿街头。

老太太居住的地方在席府最东边，院子古朴大气，屋舍雕梁画栋，仅花厅一角放眼望去便全是名贵的紫檀，涂抹着松木清漆，一走进院子，便能闻见一股厚厚的檀香味。老太太信佛，平日里见她手上总是缠着佛珠，每逢初一十五必定斋戒沐浴，虔诚礼佛。

席云芝被传唤，心下忐忑。二管家见她袖口沾了些灰，左右暗示她要不要进屋换一身衣服，因为老太太不喜欢看到府中女眷们穿着举止随意。席云芝谢过二管家好意，却也只是洗了洗手，并没有特意回去换衣服，就着身上这件市井人家姑娘才穿的拙布青衫。

她心中清楚，在这个家里，没有谁愿意看她光鲜。

替老太太守在门边迎接各房夫人小姐的两位嬷嬷听到脚步声，笑眯了眼迎了出来，见来人是最不受宠的大小姐时，脸又拉了下去，不尴不尬地对席云芝敷衍地福了福身，道："哦，是大小姐啊。请进吧，老太太快到了。"这声大小姐，她们叫得委实有些亏心。

"有劳嬷嬷出来迎我。"席云芝恭恭谨谨地应了声，便低着头走进了香烟袅袅的花厅。

席家世代书香，祖上曾出过不少文官，至巅峰便是已故席老太爷的从二品翰林院掌院学士之位。老太爷死后，席家虽无人再入朝堂，可仍有着书香世家的美名。

这一辈的席家，席云芝的父亲席征是大老爷，二房老爷席远，三房席林，四房席坛，还有五房席卿，这几位中，也就只有她的父亲和五叔身负功名。她的父亲在宝进年间考中过贡士，原本形势大好，还要参加殿试，却因嫡妻出墙此等丑事陷入深渊，从此一蹶不振。五叔考过多次也不过是个举人，这才歇了考心，在家静养。如今的老太太是席老太爷的续弦夫人，膝下无嫡亲子嗣，大老爷席征是前夫人的嫡子，这房最让老太太看不过眼，而席家其他各房都是庶房子嗣，平时分开过日子，倒是没什么牵连。

席云芝坐在最下首，喝了一口热茶，静静等着。门外传来一阵阵银铃般的笑声，厚重的紫檀木门被推开时，几位粉妆少女相携而入，谈笑风生的样子，仿佛吹入堂的春日娇花。

二房妹妹席云春、四房妹妹席云秀、五房妹妹席云筝和三房幺妹妹席云彤，她们是席家众多女儿中最为出色的四位，也是最受老太太疼爱的。

席云春娇美，姿容艳丽；席云秀柔雅，温婉动人；席云彤是三房女儿，年纪是最小的，天真无邪，一笑弯了眼便像那年画上的福气娃娃。如果说她们三人是美色，那席云筝就是绝色了，美得不沾风尘，仿佛画中仕女般清灵脱俗，一颦一笑皆能牵动人心。

"云芝姐姐，你怎坐在这儿？快些进去啊。"这四位中，只有席云彤每次见她还愿意说两句客套话，她脸上总是挂着无邪的笑，对谁都是和气的样子。

席云芝淡笑着摇头："妹妹们快些进去吧，我刚从外头回来，身上沾了灰，可别让老太太嫌弃了才好。"

席云彤还想再说什么，却被席云秀拉住了，不知在她耳边说了些什么，席云彤这才红着小脸跟着几位姐姐上前。

隐约间，席云芝听见席云春在说："她是嫡姐又如何？明明德行不佳，却仍厚颜赖在这儿不走，徒增笑柄罢了。你理她作甚？"

其他人大都听到了席云春的话，有的抿嘴一笑，有的用帕子掩着嘴笑，这让席云芝受了不少注目。她却只眼观鼻鼻观心，一副老僧入定从容不迫的样子，像是这些刻薄话她压根没听到一样。

待姑娘们坐定，内堂里便传来响动，老太太被二婶娘和商素娥搀扶着走了进来，众人纷纷站起跟老太太行礼，席云芝也混在后头跟风而动。

"都起来吧。"席老太挥了挥衣袖，姿态雍容地坐到了上首。这位老太太是席老太爷的续弦夫人，身下无嫡亲子嗣，却一直掌管着席家后院大权。

"你们也都长大了，能在我跟前出现也就这几个年头儿了。我得把你们全安排好才放心。"老太太说完，风韵犹存的二婶娘便接了话："呸呸呸，老祖宗您说这话也不怕把咱们吓死，什么走不走的，老祖宗可是长命百岁的福气人啊。"

商素娥用帕子掩着唇笑，精明的目光却下意识地去寻找那个讨人厌的身影。

席云芝也不躲避，嘴角噙着无害的微笑，任由她瞪。

"近日府中喜事连连，云春、云秀和云筝也到了出嫁的年纪，女大不中留，留来留去留成仇。这不，前些日子我还忧心着怎么给你们找户好人家，现下竟就来了，三个丫头快到我身边来。"

老太太对三女招了招手。席云彤天真，也想凑过去看，却被商素娥拉住。

嬷嬷将三封大红喜帖一字排开，老太太和蔼地指着道："京府通判，可是正六品的，前年刚刚上任。这家与咱们席家一样，世代书香，定是个好的，云春，过来看看。"

席云春满面绯红，含羞带怯地对老太太福了福身："云春不去，老太太羞人家呢。"

一番女儿姿态引得众人笑了起来，现场气氛十分和乐。

席云芝终于知道今天老太太把府里所有女眷召集起来的目的了。她垂头看了看自己有些粗糙的手。以她身上背着的名声，即便嫁人，怕也不会是什么好人家。

老太太接着道："云秀丫头文采好，卢知州可跟我提了好多回要你给他做嫡长媳。卢知州是你太爷当年的学生，念及师恩，这家公子定也是个不错的。"

席云秀抿着嘴笑："全凭老太太做主。"

老太太拿起最后一只红封，众人静了下来，任谁都知道席云筝是席家最出色的，无论是容貌还是才情，皆为上上，云春和云秀配上的人家都已不凡，这云筝配的不知又该是怎样富贵通达的人家。

"这道封，可是云筝丫头自个儿争回来的。"老太太看着席云筝笑得有些神秘。只是席云筝却是疑惑的样子，只用帕子掩着唇，眼波流转间十足风流。

"三个月前，云筝丫头陪我走了趟扬州，这丫头性子野，竟瞒着我带着婢女上街玩儿，这不，就给人看上了。"

在众人翘首企盼下，老太太将红封往席云筝怀里一塞，为众人解惑道："督察院左督御史尹大人三个月前去扬州出公差，撞见了这丫头，硬是让知府差点把扬州城给翻了个遍，这才找到咱们家来。云筝虽然胡闹，却也不失为一番美谈。"

老太太话毕，众人皆惊，就连席云芝也颇感意外的样子。云春和云秀许的人家跟席府也算是门当户对，督察院左督御史可是三品京官。督御史会挑中席云筝，难道真就像老太太说的姻缘天定？

宣告完毕，眼看姐妹姊娘们全都围着那三位即将大喜的姑娘道贺，席云芝却不想凑这热闹，便与老太太和众位姊娘告退。

待她一个个福了身子要退出去时，却听老太太突然道："云芝，你随我入内，我有话与你说。"说完，便由商素娥亲自搀扶着入了内堂。

席云芝心头隐隐闪过一丝不好的预感，却也只得跟上去。

内堂里供着一尊慈眉善目的黑玉观音菩萨，是好些年前，老太爷在世时，他的学生特意找江南名家雕刻而成，价值自不必说，老太太尤其喜爱，每日必命人擦拭佛身三次，虔诚跪拜，供香礼佛。

"云芝啊，老太婆也知道，这些年亏待你了，虽然这也怨你那无状母亲的连累，只如今……老太婆也就明着跟你说……"席老太倚坐在太师椅中，手中拨弄着佛珠，而商素娥面无表情地站在她身后。

静谧的环境，浓厚的檀香味让席云芝觉得有些胸闷，她正吊着心，却听席老太道："你的名声……是坏的，今生怕是别想嫁个好人家做正房了，你别怪老太婆偏心，老太婆也是不愿见你嫁入粗鄙人家受苦的。"

席云芝低垂着头，身子不可抑制地抖着。她似乎已经预想到了老太太接下来会说的话。因她名声不好，因此今生别想嫁入好人家做正房……那，若想嫁入好人家，就只有做小、做偏房的路子了。

云香和云秀都嫁得不远，唯独云筝……要远嫁京城，老太太这是想……让她跟云筝一起嫁去京城做妾吗？

"实话与你说了吧。云筝的这门亲，看着是不错的，可是据京里的熟识人透露，那位督察院御史娶过嫡妻，却是被凶悍的小妾给硬生生害死。云筝的性子太傲，孤身嫁去京城，我和你五姊娘都担心她，若是你能做了云筝的大丫鬟同行照应的话，说不得时间久了，御史大人也会念你伺候，纳你做个妾……"老太太一边转动着佛珠，一边说得言真意切，眸中流露出和蔼与慈爱。

席云芝却听出了话音，原来她们就连妾都没准备让她做，只是想让她从席家长房嫡女的位置上下来，做个无名无分的通房丫头，受一辈子欺辱。

"怎的？"一直沉默的五姊娘见她红了眼眶，精明的眸子一转，冷声道，"不愿意？"
席云芝强忍眼泪，颤抖着肩头，弱弱地摇头，向老太太乞怜。可五姊娘开口后，老太太便干脆闭上眼睛，只摆弄手中佛珠，任五婶娘对席云芝大骂："你个失了名声的小贱蹄子有什么资格挑剔？就凭你的长相、德行，谁能看得上你……让你跟着云筝我都嫌高抬了你！"

席云芝低垂泪眼，并不言语，拳头却紧紧捏着，指甲都几乎要掐进肉里。

"老太太……云芝不求高嫁，但求老太太念在祖孙一场……"她膝行上前，手颤抖着想要去抓老太太的衣角，可五婶娘的眼刀一闪，伺候的嬷嬷就过来毫不留情地踢了她一脚。

脚尖刮着脸颊，她只觉得脸皮火辣辣地疼着。席老太却看都没看她一眼，只径直站起，由着嬷嬷们搀扶着去到佛龛前，虔诚跪拜起来。

席云芝被嬷嬷拉出了老太太的院子，隐约间，她听到老太太吩咐五婶娘去拿族谱。她们这是完全不给她退路了，她相信过了今天，席家的族谱之上就真的没有"席云芝"这个名字了，有的只是一个没了身份的通房大丫头。

树后有身影一闪而过，翠丫穿过小花园，从侧墙的狗洞钻出去，穿过熙熙攘攘的人群，在每个巷口都踮着脚看上几眼，着急找人的模样。在她跑了将近七八条街后，终于在酒铺里找到喝醉了的席征。

"大老爷，大老爷，您快回去看看吧，大小姐就快被人卖啦。"翠丫两只手揪住席征的衣服摇晃着，恨不得能让这位醉了十多年的老爷清醒过来。

"卖就卖吧，记得给我留俩钱儿喝酒……"席征趴在桌子上，发髻松散，两颊酡红。听了翠丫的话，只是不耐烦地咕哝了两句，掉转过头，又接着睡了过去。

翠丫急坏了，她原本是席云芝的贴身丫鬟，可大房因为大奶奶的事遭了难，她也被调到伙房做粗使丫头。这么多年过去，她还念着有一天大房能振兴起来，大小姐能记着她，把她从粗使丫头的路上解救出去。

席征睡得昏天黑地，无论翠丫怎么拖拽他都稳如泰山。她也觉得毫无办法，想了想，决定还是先回去问大小姐。翠丫甩开大老爷无力的胳膊，转身跑开。

席云芝是宁死都不愿随云筝入京做通房丫头的。从老太太院里出来后，她火速回房收拾细软，想从后门逃走。可五婶娘早就防着她，一直派人盯着她，她刚到后门便被几个家丁架着关入了柴房。

天寒地冻亦比不过席云芝心中的寒，她将身子团成一团，缩在角落。她没有哭，因为她并没放弃，只是并不想让人注意她。云筝远嫁京城，席家定会办得风光，前后最少也要一个月，这一个月里，就算被打死，她也要从这里逃走。

"大小姐，大小姐是我啊，我是翠丫。"窗户的雕花洞后现出一张平凡的大脸盘。席云芝撑着爬起来，不放心地看了翠丫身后好几眼。

翠丫从雕花洞中塞进来两块糕点："大小姐，我从厨房偷来的，您赶紧吃一点吧。"

这会儿席云芝虽饿，但更紧张她的命运，她沙哑着声音问道："翠丫，老太太那儿有没有说我病了，或是失踪了之类的话传出？"

翠丫摇头："没有，我今天上街去寻大老爷，他喝醉了，我回来的时候正好看到大小姐您被关入柴房，我等他们都走了才过来看您的。"

席云芝敛眸暗想，她被关到现在已有两个时辰，剔出族谱寻常不过是突然暴毙或失踪的下场，她若赶在老太太对外公布前制造些声响，说不得还有回转……

想及此，席云芝便凑到窗前对翠丫招手，见她附耳过来后才道："你去北堂胡同里的几家铺子分说，席家大小姐要嫁人，原定明日付清货款，现在不得不向后顺延一个月，还请各家掌柜来席府喝一杯水酒。"

翠丫听后连连点头："是，奴婢这就去说。"

席云芝见她转身，又不放心地叮嘱道："记住，是北堂胡同的那几家铺子。"

"知道了。"翠丫应声，便匿入旁边的小树丛中。

席云芝顺着墙壁滑坐在地，现在她只希望自己席家大小姐这个名头还能用，最好能令从不让拖欠货款的北堂胡同那几个掌柜上府闹上一闹。她不奢望老太太会因此放她出去，但能拖延点时间总是好的。

翌日，席老太自内堂中念完了经，嬷嬷正扶着她出来，五媳妇商素娥便迎了上去，搀扶着老太太的手腕，将她扶着坐在一张太师椅上。

"你来得正好，我正有事跟你商量呢。"席老太半阖着双眼喝茶，使人看不到她的神色。

商素娥自然知道这位佛爷的厉害，当即堆起笑，道："老太太折煞素娥了，府中有什么事还不是您说了算，跟儿媳妇商量什么呀！"

席老太瞥了她一眼，没有说话，只让伺候的嬷嬷从匣子里拿出一张红纸。商素娥接过一看，脸色稍显变化，又将红纸放回了匣子。待沉吟片刻，才对席老太试探问道："这……老太太的意思是……"

席老太精湛的目光瞥了五媳妇一眼，随即敛下："问我做什么，横竖是你想让云芝陪伴云筝出嫁，这郊外守陵人家虽然不算官家，但好歹沾着官家，他们求的是席家长女，我倒是想问问你怎么说。"

商素娥眼珠一转："席家的族谱上不是已经没这个人了？既然他们求的是席家长女，二房的庶女云娇名义上便是了，若那守陵人家求娶意盛，将云娇嫁与，想必也算不上难交代吧。"

席老太没有答话，继续半阖着双眸做老僧入定状，商素娥站在一旁也不敢太过于催促。正在这时，门房却来报，府外有多家商行的掌柜前来给大小姐席云芝请安，说是要贺喜，另外还有自称是东郊守陵人家的来给大小姐下聘。

老太太和五媳妇对视一眼，商户们能来给那丫头贺什么喜？还有那守陵人家早上才递来求亲函，怎的下午就这样莽撞地来下聘了？

百般不解，老太太招来管事的一问之下才知。不知是谁传出的风言风语，说席大小姐要嫁人了，今儿一大早便有商行掌柜的上门求见。原本也只是空穴来风的误会，解释一番便可平息，可冥冥中不知怎的，那商行掌柜竟然好巧不巧地遇到了上门提亲的守陵人家，两相搭话，那家人听后，以为席府已经允诺他们的求亲，便匆忙将早已准备好的聘礼搬来了席府。事情发展到现在，已有众多商行掌柜前来祝贺，而且为避免大小姐经手的货款料理不清，顺便对席家提出了希望尽快付清货款的要求。

这一变故始料未及，见多识广的席老太也被弄得措手不及。这样一来，已将她的计划全打乱了，原是想几日后便宣告席家大小姐席云芝突染疟疾，暴毙而亡的消息，然后再神不知鬼不觉地将她送去京城，如今却是陷入被动。

席云芝靠坐在柴房门边，两日滴水未进的她看起来憔悴不堪，原本红润的脸蛋如今也是苍白，但是眼神依旧清明、坚毅。她将耳朵贴近窗棂，只盼翠丫能再偷偷来一回，告诉她现在外面的情况。

可是她也知道，那几乎是不可能的了，自从第一天后，柴房门外便多了几名巡逻的护院。

商素娥铁了心不让她留在席家，她相信就算她乖乖跟着云筝去了京城，也会在短时间内被处理掉的，到那时她在京城举目无亲，就算死了也只是个陪嫁丫头，没有人会为她的死追究什么的。

外头忽然传来脚步声，席云芝以为自己听错了，赶忙扶着墙壁站了起来。她透过窗看到席老太拄着拐杖，几名嬷嬷跟在后面，正往柴房走来。

护院开了门，便有一位嬷嬷搬进一张太师椅，席老太见到倚靠在墙边的席云芝，先用冷淡的眼神将狼狈的席云芝上下扫了一遍，这才笑着对她招了招手，道："云芝啊，快过来。"

席云芝知晓自己必须忍耐，乖顺地低着头走到了席老太面前，像是寻常那样对她行礼道："云芝请老太太安。"

"嗯，乖。"老太太又对席云芝招手，"来，走近些，到太太跟前儿来。"

席云芝不知道她又在打什么主意，不动声色地走过去。只见席老太温和地拉住她的手，说道："原本也只是试试你，你不会真的以为老太婆就这样不管你了吧，好歹你也是我的亲孙女不是。"说着又在她手背上轻拍了几下，算是安慰。

站在一旁的嬷嬷将一张红纸递了过来，席老太接过后递给了席云芝，趁她翻看的时候道："北郊外有座皇陵，虽不是帝陵，但能来看守的也是官家，不管怎么说，也算是个好人家。最起码，人家肯明媒正娶，就算那家公子行走不便，脾性古怪，但也只有这种外乡来客，会在不知你名声的情况下，娶你做正室了……这户人家已送来聘礼，共两抬。你过门之日，这两抬聘礼，老太太原封不动给你凑做嫁妆，你看如何？"

席云芝低头看着手中的红纸，上头的字下笔有神、苍劲有力，像是行伍出身。听老太太的话，这户人家应该是刚来洛阳不久，还不知晓她的名声才会上门求亲，而且老太太说那家也是地方望族，那家公子行走不便，想来是没落了的家族，要不然也不会在此守陵。不过，如果不是那家没落，老太太定然不会允她嫁去的。

席云芝将红纸收入襟中，不管怎样，只要不跟云筝去京城做通房，她都愿意去争。至于今后若是关于她的流言传入了夫家耳中，她将如何立足也已是后话了。

"好，我嫁。"

席老太颇为欣慰地点头，对伺候的两位嬷嬷吩咐道："带大小姐去梳洗一番，换身干净衣裳，明日就出门吧。"

明日出门？这是连做嫁衣的时间都不给她。席云芝脸色惨白地对席老太福下身子："云芝谢老太太成全爱护。"

席老太一边站起身，一边对席云芝摆摆手，随意道："去吧。"

席云芝被两名嬷嬷带下去梳洗，贴身嬷嬷贵喜扶着席老太往外走去，行走间，贵喜嬷嬷不解问道："老太太，您这样仓促地把大小姐嫁了，会不会两头儿都不讨好？"

席老太瞥了她一眼，施施然道："她们是什么身份，需要我去讨好吗？"

贵喜嬷嬷意识到说错了话，连忙解释："看奴婢这嘴……凭老太太您的身份，自是您说什么是什么，只是……您之前答应五奶奶将大小姐给云筝姑娘，这下五奶奶怕是又要来扰您清净了。"

席老太冷哼："哼，商素娥是个什么东西，她以为我让她管家她就能一手遮天了？她越是要除掉云芝，我就越不让她得逞，这个家里我说的话还是算的。"

"原来老太太一开始就没打算让大小姐跟着去京城啊。"贵喜嬷嬷恍然大悟，紧接着又担心其他的，"那老太太何不对大小姐好些，说不得将来真的跟五奶奶闹翻了，也好有个真心向着您的帮衬不是。"

听了这几句话，席老太突然笑了起来，停下脚步对贵喜嬷嬷道："真心？我要她的真心做什么？一个失了名声的女子，又嫁了那样的人家，你没看见那些聘礼寒酸成什么样吗？我又何必为这样的人白费心思？"

贵喜嬷嬷做出一副恍然大悟的样子，才又扶着席老太远去了。

只一夜时间，席云芝根本来不及给自己准备什么，只得将娘亲的嫁衣翻出来，稍改尺寸，将就地穿上。老太太的话说得分明，嫁妆便是她未来夫家的聘礼，席云芝悄悄看过两眼，便是一些普通的布料、鱼肉，还有馒头蜂糕什么的，幸好现正三月，天儿不热，不然这些聘礼过了夜无人过问的话，早就坏了。席云芝知道自己要嫁的这户人家生活定是窘迫的，也难怪老太太会瞧不上眼，若不是有她，以这样的聘礼想聘席家女儿根本不可能。席云芝并不介意夫家穷困，只要她肯干，想来日子也不会太过于艰难，如今只希望是一户明事明理的人家。

席云芝没有丫鬟，只改嫁衣就忙到了深夜，接下来还要收拾自己的行头，好在她这些年本就过得清简，没有太多东西。她将藏在床头的一只木头盒子拿了出来，里头有几张小额银票，加起来有二百多两，是她这些年帮府里做生意时，自己偷着攒下来的。

四个包袱是席云芝所有的家当，整整齐齐地摆放在夫家的两箱聘礼箱子上。坐到梳妆台前，席云芝看着镜中嘴角仍旧带着青紫的自己。席云芝的容貌属中等，五官还算灵秀，只是疏淡的眉色使她看起来有些寡淡，许是常年忧思的缘故，她发色偏黄、软，看着就像是一副没福气的样子。

对镜中的自己微微一笑，席云芝的目光在梳妆台上扫了一眼，只有一盒她娘曾用剩下的胭脂。她平常别说是用了，就连打开都不舍得，因为年代久了，胭脂的香味一年淡似一年，她怕打开次数多了，香味便散得越快。

出嫁的日子，总是要有喜色的。席云芝去外头打了一盆温水，将脸和手全洗干净之后，换上款式有些老旧，但颜色依然鲜艳的嫁衣，最后坐回梳妆台前，用虔诚的姿势打开了胭脂盒。

擦过胭脂的脸色看着鲜活了些，席云芝感叹，若是她的容貌有娘亲的一半美便好了，只可惜，娘亲终因美貌被毁，就连与娘亲相像的弟弟也不能幸免……

第二天的场面一如席云芝意料之中那般冷清，老太太倒是一大早就派了一位面生的嬷嬷前来照应，只是这嬷嬷一不帮忙收拾，二不帮忙梳妆，就像门神一般站在席云芝的房门外。

席云芝心感凄凉，自己盖上盖头坐在床沿，两只手紧捏在一起。没等多久，就听见外头传来响动，她偷偷掀开盖头一角看了看，只见两个汉子，一老一少，都穿着寻常人家的蓝布短打，笔直的脊梁叫人看着就觉得有精神，他们正在门外同嬷嬷行礼询问。嬷嬷将老太太的意思说了出来，席云芝这才知道，原来老太太不想叫她从席府正门出嫁，此刻便叫夫家的人将喜轿再抬去侧门迎她。那年轻汉子听后双眉便竖了起来，看样子就要上前与嬷嬷理论，却被年长者拉住，好言商量亦无结果，夫家两名迎亲的见状也只好作罢。老太太到最后也没顾及丝毫祖孙情分，只让她从侧门出嫁。

第二章·夫家

席云芝盖着盖头坐在两人抬的红轿子里，感觉走了好长一段路都没有停歇。她觉得很是颠簸，却又不敢掀开轿帘一探究竟，怕被人看到，又因此指戳她的德行。轿子越走越远，外头的声音也越来越静，过分安静的环境让席云芝心中有些害怕，她开始胡思乱想，想着这一切也许都是老太太和商素娥的诡计，为的就是神不知鬼不觉地将她处理掉。

也许过一会儿他们就直接把她从山崖上抛下去了，又或者，把她扔到河里……这般担心了一路，当轿子落地的刹那，席云芝觉得自己整个人都绷了起来，集中心力听着周围的动静，没有鞭炮，没有奏乐，只有几声杂乱的脚步声。

席云芝深吸一口气，静静地坐在轿里等着，只听轿子外头的脚步声突然停了一会儿，然后便听见"滋滋"的声音。

正汇聚心神听着，"砰"的一声，山崩般的响声吓得席云芝心中一紧，随着第一声响出来，紧接着又是好几响，声声震天。

这是什么声音？席云芝捂着心口想着。

"好了好了，放几下就行了，可别吓着新娘子了。"

一道声音传出，席云芝识得，这是先前去席府迎她的那老汉，却听旁边又响起一道年轻些的声音："放了那么多下，新夫人都没吓着，堰伯你瞎操什么心呀。"这声音洪亮有力，是并未前去迎她的人。

"我怎么叫瞎操心呢？快快快，谁吹唢呐，谁敲锣，赶紧张罗起来，别叫新夫人等急了。"那老汉又催促道。

"唢呐谁会吹？锣也没有哇，锅盖儿行不，我再去找根树柴。哎哟！"年轻人说着话就一声哀号，像是被人踢了一脚。

外头忙了大概有一盏茶的时间，然后才隐约听到了些喜庆的声响，一种类似于民间小曲的调子婉转回荡开来,夹杂着咚咚的敲击声。她的轿帘被掀了开来,一只苍劲有力的大手覆上她的手臂,她只觉被一股难以抗拒的力量扯了出去,直接撞入一个宽阔温暖的胸怀中。

席云芝吓得不敢说话,低头看着这人喜服的下摆心下了然,这便是她的夫君了。如此想着,她的心没来由地扑通起来。

如烙铁般滚热的手掌覆在她的臂膀上,席云芝心跳得厉害,只是没一会儿,滚热的手掌便拿开了,那人倾斜着脚步向后退了退,像是要刻意与她保持距离般。

席云芝手中被塞入一根红绸,在红绸的带领下,拜了天地,拜了高堂,完成简单的礼节后,便被送入了洞房。

没有想象中三姑六婆的聒噪,没有邻里乡亲的喧闹,就连房外杯盏交错的声音都很稀落,这也许是她所能想象的最冷清的一场婚礼了。

席云芝又饥又渴地等了好长时间,在终于撑不住要昏睡的时候,头上的盖头被猛地掀开。烛光映入双眸,席云芝一震,慌忙睁开双眼抬首望去。逆光中,步覃宛若大山般屹立在她面前,容貌若神祇般出色,举手投足气势逼人。

席云芝感觉有些眩晕,似乎是要被眼前的人惊呆,坐在床沿一动不敢动。

步覃虽面无表情,却也看出了席云芝眼中的惊艳,目光在她平凡无奇的脸上扫过便转向一边。他将床头柜上摆放的酒壶拿起,倒了两杯酒,一杯递到席云芝面前,冷声道:"喝了,睡吧。"

席云芝自小看惯了脸色,怎会看不出她的夫婿神情语气中的不耐,赶忙收回了失态的目光,接过合卺酒,谨慎地握在手中。

步覃没心情跟她花前月下,飞快地在她手中杯沿上碰了下,不等席云芝动作,便一口喝完,将酒杯一放,跂着脚转身走到屏风后换喜服去了。

席云芝难掩心头失落,可也明白自己的样貌确实无甚亮点,也难怪夫婿会对她这般失望,将合卺酒喝下了肚,只觉得脸上和肚中都是一阵火辣。

席云芝将喝掉的酒杯也放入瓷盘,又顺手将夫君的杯子扶好整齐地放在一旁,这才起身走到屏风后。步覃正在解喜服下颌处的扣子,席云芝走上前自然而然地接过了手,替他解开。步覃原本想躲开,却在碰到她那双依旧冰凉的手时稍稍犹豫了一下。

那双手不像是一般大家闺秀的手,苍白纤细、指节分明,食指指腹上有两条很明显的口子,应是伤的时间不长,再看她的脸,至多用秀气两个字来形容。

席云芝替步覃除下了外衫,只觉得他那双黑玉般的眸子盯着自己便足以令她忘记所有矜持。她已过二八年华,对夫妻之事多少有些了解,便也不再扭怩,低下头,便将自己身上的喜服亦脱了下来,只着中衣站在那里。

"夫君,休息吧。"

步覃看着眼前这个可以用瘦弱来形容的女子,宽大的白色中衣之下,甚至看不出任何起伏,她就像个未完全发育的孩子,干净得叫人很难对她产生欲望。

席云芝的一颗心已经紧张得快从嗓子眼儿里跳出来了，她颤颤巍巍地伸出一只手，抓住了自家夫君的衣袖，将之拉出了屏风。

能够做到这一步，席云芝已然是红霞满面，再也不敢看身旁的男人一眼，生怕从他好看的黑眸中看到对她的鄙夷。

正为难之际，席云芝只觉得自己身子一轻，整个人不知怎的竟往床铺上倒去，还来不及惊呼，身上便被一道黑影覆上，娴熟的手法将她制伏在下不得动弹。席云芝瞪着一双大眼盯着在她上方目色幽深的男子，脸上勉强扯出一抹微笑："夫君，让妾身服侍……"

一个"你"字还未出口，她便被翻过身去，衣服自后背滑落……

原本兴致缺缺，可在看到那洁白如玉的后背与盈盈一握的腰身时，饶是步罩自制力再好，也敌不过男人本能的驱使，尽他所能地攻城略地。

席云芝被压在身下痛得惊呼出声，却未能令步罩停下动作。

第二日清晨，席云芝是被挥舞得虎虎生风的棍棒声吵醒的，透过窗一看日头，心道不妙。成亲第一天，她没有早起做饭，没有给夫君唯一的爷爷请安，这可如何是好。

她惊慌地穿好衣服，打开房门便被刺目的阳光晃得眯起了眼。昨日她进门时头顶盖头，因此没有看到夫家的屋舍，只知道地方不算大，人口不算多。可现下一看，白墙黑瓦，四五间房间并在一排，前方是个大院子，院子的一侧是一间屋脊上竖着烟囱的厨房，像是普通农家。

篱笆墙的院子里空荡荡的什么都没有，倒是有几块不大不小的石头墩子，石墩子旁两名青年正挥舞着棍棒，虎虎生风，掀起满地黄土。

见到席云芝，两名青年便停下了动作。个头比较高的那个，黑黑瘦瘦的，盯着她直笑；个头比较矮的那个，颇白净，蹦跳着朝她走来。

"夫人您醒啦，怎么不多睡会儿？"他便是昨日去席府迎她的那个青年人。

席云芝头一次被人唤作"夫人"，有些不好意思，腼腆一笑，只听那青年又道："夫人，我叫赵逸，那个正傻笑的叫韩峰，我们是公子的贴身护卫，有事您随意支使我们就好，随叫随到，让干什么就干什么，保证不含糊。"

"啊，好，先多谢了。"席云芝多少有些窘迫，便对赵逸和韩峰点了点头，带着羞怯之态，往厨房走去。

赵逸看着席云芝离开的背影，踱步到韩峰身旁，一边摸下巴一边嘀咕："夫人对咱是不是……太客气了？"

席云芝慌张地钻入厨房，内里黑乎乎的，入门处有一张八仙桌，旁边就是灶台。烧火的柴禾挺多，堆了南面一块地，墙壁上挂着的都是山货和风干的猎物，山鸡、野鸭、蘑菇、野菜等。大家这是要靠山吃山的节奏吗？

压下心头疑问，席云芝也顾不上去管别的，她现在立刻要做的是烧水奉茶。夫君虽无父母，但上头还有一位老太爷，她应该一早起来，给夫君和爷爷做早饭，恪守新妇之道的。

如今时间晚了，也来不及做太多复杂的东西，席云芝便打算水烧开了，给太爷泡一壶茶去。正烧火之际，门外走进来一位老者，席云芝认得他的长相，便是昨日去席府迎她的那一位，赶忙从灶台后头走出。

老者见她在烧火，赶忙凑上来接过她手中的柴禾，道："哎哟，夫人，您怎么能干这种粗活儿呢，放着我来吧。"

席云芝见他不像作态，便羞怯地笑着说："老人家，我起来晚了，不知夫君和老太爷可有生气，我这便去奉茶。"

老者捻须一笑："夫人，老朽姓堰，他们都唤我堰伯。老太爷知道您这些天累了，便叫我来煮些早饭给您送去，可没生您的气，至于少爷……他惯来起早，许是在山林里转悠着，夫人不必担心。"

席云芝赶忙点头道："不不，怎敢劳烦您老，早饭我来煮就好。"说着便要去抢堰伯手中的树柴，却被他灵巧地闪了过去，只见堰伯动作迅速地坐到了灶台后去烧火。

席云芝见状也不好闲着，便去揭开锅盖看看水烧得如何了。

堰伯在灶台后偷偷地观察了她好一会儿，这才半阖下眼皮，状似无意般与席云芝唠起了家常。

"夫人是席家的嫡长女？亲家老爷可是叫席征？"

席云芝骤然听到父亲的名字，手上动作顿了顿，这才点头道："是，堰伯认识我父亲？"

堰伯躲在锅堂后，看不见他的脸，但笑呵呵的声音传了出来："哦，席老爷赶考那年，正巧在咱府上躲雨，问他是哪里人士，他便说是洛阳席家，这才认识的。"

听了堰伯和父亲的际遇，席云芝不知该如何作答，父亲赶考……那是近十年前的事了，那时的父亲意气风发，一心想要考个状元公回来光耀门楣，只可惜造化弄人。

想来堰伯也听说了父亲后来的遭遇，便也不再对此多问，反而将如今步家的情况告知了些给席云芝。原来夫家姓步，夫君名罩，从前是个将军，只是打了败仗，坏了腿，在京城再无用武之地，被皇帝暗贬至此看守陵墓。而随步家祖孙来到洛阳的，除了一队皇帝派来的残兵弱将，还有三人，堰伯、赵逸和韩峰，他们三人随步家祖孙一起住在这院子里。一堆男人住一起，没有人打点衣食住行，他们便成日上山打猎，回来挂着风干。

席云芝动作麻利地煮了一些米粥，切了些煮熟的肉丁加蘑菇丝撒在粥上，顿时香气四溢。她盛了一碗放到木质托盘上，跟在堰伯身后，去到了老太爷步承宗住的后院。

规规矩矩地给老太爷行过孙媳妇大礼后，便将自己亲手煮的米粥奉上。步承宗也不知道是假奉承还是真夸奖，几乎是狼吞虎咽般，边吃边对席云芝竖起大拇指，三口两口就把一碗粥尽数喝下了肚。堰伯汗颜地递上了干净的帕子给他擦嘴，他还意犹未尽地咂吧了两下嘴，洪亮有力的声音在院子里回荡着："哎呀，好久没吃到这么好吃的粥了，罩儿有福，罩儿有福了啊，哈哈哈……"

席云芝跪在地上，一动不敢动，因为她不知道这位老太爷是在说真话，还是在说假话，就好像席家的老太太那样，明明心里厌恶着你，可脸上偏要做出欢喜的样子，叫你猜不出她的路数。

步承宗见席云芝拘谨地跪着，知道此刻无论他说什么，席云芝都不会这么快轻松下来，也不强求，只一拍脑壳，站起身，在屋子里乱转，找着什么东西似的。堰伯也不懂这位要找什么，便凑过去问。步承宗捋了捋全白的胡子，站在原地想了好一会儿才做恍然大悟状，往内间的床柜风风火火地走去，又火火风风地出来，大刀阔斧地坐在席云芝对面的太师椅上，对她招了招手。

席云芝不明所以，却也不敢起来，便就着膝盖挪了两步。步承宗见她这般，便也不卖关子，将手里的一只红色锦囊交到了她手上，以洪亮的声音说道："这是我们步家的传家宝，一对鸳鸯玉佩，你一只，覃儿一只，回头你给他戴上——得亏上回那帮孙子去府里搜刮捣乱的时候我藏得快，要不然步家的祖宗还不得半夜从坟地里爬出来找我训话呀。"

席云芝将两只通体雪白的玉佩从锦囊中拿了出来，虽然听老太爷说得轻松，但也能明白他话中的重量。这玉佩代表的是步家的传承，责任重大推辞不得，席云芝便谨慎地将东西收入襟中，对步承宗磕了个头后说道："是，孙媳妇定会好好保管。"

步承宗见她这般谨慎，心总算稍稍放下了些，便站起身来，亲自将席云芝从地上拉了起来，喜笑颜开地对她道："只是好好保管可不行，还要传下去，传给你们的儿媳妇、孙媳妇。丫头你很好，可要快些给我们步家生几个胖娃娃才好啊，哈哈哈……"

席云芝面红耳赤地站在那儿不知道如何是好，却听步承宗拍着肚子又说道："老堰啊，再去给我盛碗粥来，老子一辈子都没觉得粥这么好喝，再吃你们煮的饭，老子迟早要给馊死。"

席云芝正愁无处躲藏，听闻老太爷还要喝粥，便主动道："还是让孙媳妇去吧。"说完，便拿起粥碗，红着脸，低着头走出了屋子。

堰伯见自家老爷盯着那丫头离开的背影一动不动，不禁问道："老爷，想什么呢？少夫人挺好的，守礼懂分寸。"

步承宗听了堰伯的话，这才若有所思地收回了目光，咂吧着嘴道："性子挺好，就是太瘦了，看着不太好生养，得多补补才行。"

堰伯无语，敢情老爷是在担心这事，正要离开，却又被步承宗叫住："对了，你去把家里的账本和剩下的银钱全交给孙媳妇，让她去打理吧。"

堰伯有些迟疑："可是老爷……咱家的账和钱……"他做出一副尴尬的表情，"夫人初来乍到，这样不太好吧。"

谁知步承宗却铁了心，挥手道："就这么办，没什么好担心的，她可是我亲自挑中的孙媳妇。"

当初他可是不顾身份，"为老不尊"地花了足足三个月的时间，侧面了解过这孙媳妇的脾性和能耐，定是错不了的。

席云芝回到厨房，便看见赵逸和韩峰正围在灶台前喝粥，见她进来赶忙站到一边。活泼点的赵逸忙对她道："夫人，您煮的粥真是太好吃了。"

席云芝怎么也没想到，自己不过是煮了一锅白粥，竟然就得了这么多的好评，当即笑道："真的吗？那你们多吃点……"

说着，她便看到了干干净净的锅底……她记得她煮的可是十人份的粥啊，不过盛了一碗给老太爷，怎么就没了呢？

赵逸还在喝粥喝得震天响，韩峰比较识趣，放下粥碗，挠了挠后脑，不好意思地对席云芝笑道："太好吃了，我们就多吃了几碗。"

老太爷还等着喝粥呢，席云芝欲哭无泪。正为难之际，却见赵逸突然放下了粥碗，快步走出厨房，对韩峰道："爷回来了。"

韩峰也察觉到，便紧跟着赵逸的步子，急急离去。席云芝不明所以，便也跟着过去看了看。

只见步罩一袭纯黑的常服，俊美的五官加上冷漠的神情，使他看起来如剑锋般凌厉。若不是一条腿行动不便，走起路来身子有些前后倾斜，这样的一个男子，只是站着，便足以睥睨天下。

赵逸和韩峰收起了先前对席云芝的嬉笑态度，毕恭毕敬地站在厨房外，神情肃穆，身姿挺拔。

步罩不知去外头做了什么，手掌上有些污渍，他面无表情，一瘸一拐地走到了厨房外的水缸旁，赵逸立刻机灵地跑过去替他打水，韩峰则去寻皂角。

席云芝站在门外，一双黑眸看着那个男人。见他冷冷地瞥过来一眼，席云芝慌忙振作精神，对他扬起一抹毫无芥蒂的微笑，大大方方地对他问道："夫君早，还没吃早饭吧，我这便去……"

"不用了。"

席云芝的话还未说完，步罩便率先打断了她，接过韩峰递来的皂角，洗过手后，一声不响地回了书房。席云芝看着步罩离去的背影，不觉叹了一口气。

赵逸和韩峰对视两眼，生怕她觉得尴尬，赵逸连忙出声安慰道："我们爷他……就没有吃早饭的习惯，夫人您可别往心里去啊。"

席云芝大度一笑："嗯，怎么会往心里去呢，你们吃好了吗？我还得再煮一些，你们还要吃吗？"

赵逸和韩峰立刻紧扒着灶台连连点头："要！要！要！"

又是一个火热的夜晚。

席云芝用白日准备好的帕子给自己清理好之后，穿上亵衣亵裤，扭头看了一眼仿佛已经进入梦乡的夫君，想着每次都在后面的夫君，犹豫片刻后，才轻吟般出声道："夫君可是不愿看到妾身的容貌？"

房间的静谧让席云芝觉得更加难堪，她忍不住红了眼角，良久之后才听见步罩发出一声绵长的叹息："睡吧。"

席云芝摸了摸自己的脸，只觉得脸颊烫得厉害，却又忍不住拉了拉步罩的衣袖，得来对方冰冷的一句："嗯？"

她深呼吸一口气后，这才鼓起勇气道："夫君，我想睡在外床，可以吗？"

又是一阵沉默，就在席云芝以为夫君不同意的时候，步罩却突然起身，宽松的亵衣没有系紧，露出他精壮有力的胸膛，席云芝非礼勿视般低下了头。步罩抬眼看了看她，只觉得这个女人总是一副小可怜的模样，带着几分逆来顺受的做作。

步罩缩了缩双腿，让她过去。衣襟晃动间，他仿佛看到她不着寸缕的衣内，如月光般白皙柔美，回想先前她那如羊脂玉般温润的手感，步罩只觉得喉头一紧，只得刻意避开了目光。席云芝蒙然不知自己春光外泄，动作迅速地转移到了外床，将两人的被子盖好后，这才自觉背过身去睡下。

步罩一贯早醒，寅时刚过便欲起身，小心越过了仍在沉睡的席云芝，冷然的眸子不禁在她脸上流连几眼。睡着的她没了白日的恭谨与刻板，小小的嘴巴微微张开，红润润的，似是有一种无声的诱惑。步罩摇摇头，觉得自己疯了，果断下床去换衣服。

屏风后，入眼所见便是整整齐齐地叠放在凳子上的衣物，全都是被熨得平整的干净衣衫，就连鞋袜和发绳这些细小的东西都准备好摆在一边。

是她？她什么时候做的？透过屏风上方的木头雕花洞，他第一次正视这个女人……

席云芝已经很努力让自己早些醒来，她希望能够亲手服侍早起的夫君，可此时不过卯时，她的夫君便已起床，不知所终了。她挫败地重重倒在床铺上，失落地把被子蒙过头顶，鼻端仿佛闻到了夫君特有的味道。席云芝一个激灵，从床上猛然坐起，掀起被子，赤着脚走到了屏风后面。

原本叠放着衣物的凳子上空空一片，夫君定穿上了她准备的衣物。这一刻，她仿佛听见自己心中花开的声音，就算在床笫间再怎么被嫌弃，只要夫君愿意接受她，她也不至于那样心慌。

席云芝起来后，将房间和院子都清扫了一遍，昨日她已经将夫家去席家下聘的那些鱼都腌渍起来，还有八十几条蜂糕，她将之切片，准备把切片蜂糕晒干了存放。

昨日听了堰伯的话，席云芝才明白为何成亲的礼数这般简易，只有五个大老爷们的家能安排得多贴切呢？她的夫君是落难的凤鸟，从前翱翔天际，如今流落乡野，心中自是不平。她没有足够的能力助他，唯一能做的便是尽力对他好一些，旁家夫人做三分，她便做七分，终有一日，夫君定能走出阴霾。

正摊晒着蜂糕片，堰伯却笑呵呵地捧着什么东西走了过来，见到她就要行大礼，却被席云芝先一步截住了。

"堰伯，别折煞我了。"

"呵呵，应该的，应该的。"堰伯捻须一笑。

席云芝见他有话要说，便放下了手中的活儿。

堰伯见状便恭敬地对席云芝弯下腰，比了比堂屋的方向。

席云芝将手在围裙上擦了擦，心下奇怪，便也跟在堰伯身后去了堂屋。

堰伯也不客气，将手中捧着的两本册子递了上来，说道："夫人，这是咱们步家搬来洛阳之后的账本，老太爷昨日说了，夫人如今是咱们步家名副其实的当家主母，家中这等大事理应全权交由夫人打理。"

席云芝听堰伯说得客气，以为他只是来跟自己走个过场，试探她，便慌忙摇手："不不不，如此重大之事云芝怎敢担当，还请老太爷和堰伯继续主持才好。"

堰伯见状，尴尬地笑了笑，便将账本和一只匣子全放在堂屋正中的八仙桌上，如释重负地道："这账本在这里，匣子里便是如今步家所有的余钱，还请夫人体谅我老了，没那么多心力来管这些事了。今后还要靠夫人多多照应。"

堰伯说完，不等席云芝说话，便急急打了个揖，退出了堂屋。

席云芝手上拿着账本不知所措，不过在她翻开几页看了看之后，便真正明白了堰伯和老太爷的意思。

她欲哭无泪地合上账本，就连匣子都不用打开就知道其中是个怎样惨淡的光景。

五两八钱，这便是如今步家所有的余钱。

堰伯从堂屋出来之后，正巧赵逸和韩峰也都起来了，正准备举石墩子锻炼，却被堰伯叫住了。他以很正式的语气对他们说从今往后这个家便由新夫人当，叫他们以后都要听夫人的话云云。

赵逸和韩峰知道夫人烧得一手好饭，欢天喜地地应了，两人还似模似样地对从堂屋出来的席云芝行了个弯腰大礼，弄得席云芝更加不好意思了。

席云芝却也不去多想，将从堰伯手中接过的账本和匣子捧入了房间安置好之后便又继续整置蜂糕片。

早饭席云芝煮了一锅子稀粥，又取了一些蜂糕片入油炸至金黄，最后装入撒了白糖的大瓷盘。

已经很久没有吃过家常小食的步家男人们又一次对席云芝的手艺表示赞扬，最后赵逸和韩峰两人几乎连一点儿油渣都不肯放过地把席云芝做好的吃食尽数吃下。而席云芝端着半碗稀粥，站在厨房边观望着，算算时辰，相公也该回来了。

正心焦之际，只听院门处发出一些响动，是步罩回来了，只是他回来后便直接去了书房。席云芝看着他的背影，嘴角挂着笑，好在先前她盛了一碗粥和一碟蜂糕片放到了书房，否则夫君现在才回来，早饭已经没有了。

吃完了早饭，韩峰主动提出替席云芝洗碗，赵逸则去堂屋搬了一张长凳放在厨房外头，让她坐着歇歇。

推辞不过，席云芝敛眸对两人道："对了，一会儿你们谁推上推车跟我上一趟街吧。"

赵逸从灶台后探出脑袋，问道："夫人要上街干什么呀？是想买东西吗？直接跟我们说就好，我们去买。"

韩峰也跟着附和，他们可是很乐意为新夫人效力的。

席云芝却摇摇头："不，你们谁跟我一起去，把厨房墙壁上挂的山货都带上，反正咱们也吃不完，不如卖了。"

赵逸和韩峰对视一眼："夫人，那些东西不会有人买的，我之前和韩峰也去集市上试过，人们大多只买活物回去吃。"

席云芝微微一笑："那是你们不知道卖去什么地方，跟我走便是了。"

席云芝让韩峰推着车入了城，便直奔城中最大的饭庄广进楼。席云芝在席家的铺子帮忙时，经常跟着掌柜到处走，知道广进楼中有一位专爱烹制野味的厨子，这些山鸡野鸭卖给这里是最合适不过的。

除非是猎户，一般百姓家根本弄不到野味，因冬天少有猎户进山，此时正值初春，万物还未完全复苏，市场上的野味定然不多，有了这些判断，一贯稳扎稳打的席云芝才敢做了这个决定。

当席云芝跟跑堂的说了她的来意之后，跑堂的立刻回去告诉了掌柜和大厨。不一会儿，她便被人领到了酒楼后门处看货。

因与酒楼老板相识，两相寒暄几句后，酒楼老板便收了那些货，并承诺说，若是席大小姐今后还有这等货色，他仍一并收了。

席云芝面带笑容谢过老板，让韩峰收了钱两人便去了商街。

韩峰到此刻还觉得有些不可思议，之前他和赵逸曾在街上喊了整整一上午，却乏人问津，可夫人不过跟人家说了几句话，整车的山货就全卖掉了。掂量了一番手中的钱袋，足足十八两，这可是他从将军府出来之后，摸到的最大一笔钱了，心情激动，无以言语。

"夫人，如果我和赵逸以后每天都去山上打猎，是不是每天都能有这么多钱赚？"

韩峰将钱袋交给了席云芝，可眼睛仍旧盯在上面拔不出来。

席云芝见他有些痴了，不禁笑着摇头："过些日子天暖和起来，卖野味的就会多了，不会每次都像今天这样顺利的。"

韩峰这才有些失望地点点头："哦，我还以为这是生财之道呢。"

席云芝只是笑笑对韩峰道："先去米行买一袋米和一袋面，然后再买些菜和鲜肉，中午吃饺子。"

韩峰一听有东西吃，立刻就收了失望的神情。

两人往米行走去，路过欢喜巷时，席云芝却看到了几张熟悉的面孔，是席家绸缎庄的张掌柜和席府二管家桂宁。他们正与欢喜巷中的羊肉铺子掌柜老刘发生争执，老刘满脸怒容地将张掌柜和桂宁推到了羊肉店门外，一个劲儿地叫他们滚，桂宁和张掌柜骂骂咧咧地走出了欢喜巷，往南街走去。

席云芝冬日里也爱到老刘的铺子里喝些热腾腾的羊汤，一老一少难得投缘，跟他算是有几分私下交情，见他发怒之后又是满面愁容，心下疑惑，便叫韩峰在巷口等她。她跟老刘搭了几句话，这才明白了事情始末。

老刘的女儿三年前嫁去了赣南，这件事席云芝是知晓的，原本夫家也对小刘不错，可三年了，小刘的肚子依旧没有动静，这就急坏了小刘的夫家，家中掌事的婶娘做主，要小刘的相公纳妾，小刘成日以泪洗面，前阵子给老刘夫妇来信上满是泪痕。这老刘夫妇也就只有这一个女儿，自然舍不得宝贝受苦，没几天便决定抛下洛阳的门店，举家搬去赣南给女儿撑腰。

老刘的羊肉店在这欢喜巷中开了已有十余年，凭着祖传的老手艺，在洛阳城中算得上是有名，平日里就有不少人暗地盯着他的手艺。这回老刘转铺子转得急，有些人就想趁机压价不说，还提出要老刘交出煮羊肉的祖传配方才肯顶了他的店面。而这些见缝插针的人中，就包括了席云芝刚才看见的那两位。尤其这桂宁好几年前拜师不成，便曾使人到老刘的羊肉铺子偷师加陷害，在老刘煮好的羊肉汤中放了泻药，想叫老刘名誉扫地，幸好被老刘察觉出了羊汤中的异味，当年才避过了大祸，自然也对桂宁恨之入骨。

如今，桂宁想要以低价收了老刘的店铺不说，还要他交出祖传配方，老刘自是怒不可遏。

席云芝安慰了几句，老刘倒是很受用，他向来觉得席云芝一个好好的大家闺秀，从小却要混迹市井很是可怜，颇有维护之意。而席云芝虽有心相助，但毕竟能力有限，心中也还惦记着要赶紧买了米粮回去，于是宽慰几句，便走出了欢喜巷。

在南市买了米面，又顺带捎了些新菜和菜种，席云芝虽然没有种过地，但常识还是有的。况且夫家住在历山脚下，半山腰有座公主陵墓，夫家房子占地不大，周围的空地挺多，想来种些菜是没什么问题的。

回到家里，席云芝让赵逸和韩峰将米面卸到厨房，自己则开始摘菜剁菜，韩峰则忍不住拉着赵逸到外头夸赞席云芝。好话虽动听，席云芝却觉得有些难为情，便唤了两人进来帮忙，这才打断韩峰滔滔不绝的夸赞。

饺子极受步家老少捧场，还未出锅，他们就排排坐上了桌，第一盘饺子出锅，赵逸几乎是飞奔而来，迅猛接了过去，摆到桌上的那一瞬间，步家老少皆出手如电，恨不得一口吞三只。

席云芝看了看他们，又看了看紧闭的院门，禁不住问："太爷、堰伯，你们知道夫君去哪儿了吗，什么时候回来？"再不回来，她又得偷偷地给他藏午饭了。

步承宗吃得正欢，只听他含混不清道："别管他，估计又在哪棵树上打鸟呢。"

席云芝不解："打鸟？"

韩峰比较厚道，强敌环伺之下还肯停住抢食，为席云芝解惑："打鸟就是闲晃的意思，夫人还有吗？"

席云芝了然地点点头："有有有，我这就去煮。"

堰伯见状，用筷子敲了敲赵逸和韩峰的脑袋，佯怒道："你们两个小子，竟然敢支使夫人做事，还不快滚去帮忙！"

赵逸和韩峰看着桌上还剩的半盘饺子，有些迟疑，却在堰伯足以杀死人的眼刀之下，不情不愿地放下了筷子，往厨房跑去，边跑边说："夫人，我们来帮忙吧。"

见他们入了厨房，步承宗和堰伯相视一笑，步承宗用极低的声音对堰伯道："做得好，那俩小子太能吃了。"

堰伯哈哈一笑，釜底抽薪把步老爷子刚夹起来的一颗薄皮大馅儿饺子给截了过去。

夜深人静，房门突然传出的动静让原本困极趴在桌边睡着的席云芝为之一动，睡眼惺忪地睁开双眼，便看到步覃面无表情地从外头走入，身上沾着深夜的露水，让他整个人看起来更加劲瘦，如一柄出鞘的剑，杀气腾腾。

"夫君，你回来了？"席云芝赶忙上前去迎他。

步覃冷冷点了点头便越过她走到桌旁。

席云芝见他避让也不作声，披件衣服便走出了房门。步覃不知她出去干什么，待他换完衣服从屏风后走出，便见席云芝端着一只热气腾腾的盘子走了进来，完全不顾先前受到的冷面，笑容依旧："夫君还没吃饭吧，这是今儿包的饺子，堰伯说你不爱吃韭菜，我便弄了这些荠菜馅儿的。"

步覃看着她没有说话，目光落在这一盘个头小巧的饺子上，饱满的肚子上满是热腾腾的水汽，看着便很诱人。席云芝将盘子放在桌上。

看着她毫无芥蒂的笑，步覃虽然还是觉得有些刺眼，但不管怎么说，她的笑容并没有他想象中那么讨厌。

其实说白了，她又有什么错呢？从他战败到断腿，从贬至洛阳到娶她为妻，从头到尾，她都是最为被动的那个，他又有什么理由对她冷眼相对、冷言相对呢？

看着步覃拖着一条行动不便的腿走过来，席云芝欢天喜地地替他挪凳子、摆筷子，直到他坐下开始吃的时候，她才突然想起问道："对了，夫君喜欢蘸酱油还是蘸醋？"

步覃咬了一口饺子，只觉得口中香气四溢，又见她像只期待主人发话的小狗般等在一旁，心中一动，脱口而出："醋。"

说完后，他就想咬掉自己多嘴的舌头，但看着席云芝飞快走出去的背影，他又自觉把恼怒给咽了下去。

席云芝很快给他拿来了一碟醋，外加一小盘子点心。步覃这才又拿起筷子，很快就吃下一盘饺子。

步覃之前只吃了早饭，肚子早就饿了，席云芝见他似是未足，便倒了一杯水，又将那盘卖相不太好看的糕点往他面前推了推。

步覃只犹豫了下，便也就着茶水吃了起来。席云芝估摸着夫君此刻心情还不错，眸光一敛，便想着趁机将自己盘算了一个下午的想法说出来，虽然心中也怕夫君不高兴。

"有事便说。"步覃从她迟疑的动作中看出了些端倪，干脆出声询问。

席云芝又稍稍犹豫了下，便鼓足勇气，双眸望着步覃，一字一句地说出："夫君，今日堰伯将家里的账本和余钱都交给我了，说是今后这个家便由我来打理，爷爷也说家里的事都由我做主，可纵然有万贯家财也不免坐吃山空，所以……我想盘下一个店面，开间饭庄，你说可好？"

对上那双明亮带笑的眸子，步覃有那么一刻神思有些恍惚，只是随即便别开目光，冷声道："你自己看着办吧。"

席云芝得到夫君的回答，虽然没有鼓励，却也没有反对，她开心地笑了，将盘子收拢送去厨房，却并不知道，一双黑眸始终在望着她。

从不知道，一个女人的体贴可以这般具体，自圣上下旨让步家离开京城，步家因不善理财，家财几乎散尽，只留下一些无法变卖的死物。步覃当然知道，这个家里已经没有什么余钱，她这样说，是为了顾及他的颜面吧？想起成亲前爷爷说"你若不娶，我现在便死给你看，娶了这个女人，定不会叫你后悔"，步覃心中一时情绪莫名。

席云芝将碗盘洗好之后，又提了半桶热水进房，伺候步覃洗漱后，自己才也宽了衣，上了床。可没过一会儿，席云芝便觉得今晚似乎有些不同，回过头去，竟然发现夫君在看她，目光中含着疑惑，不知在想什么，可当两人目光对上，他却又很快收回了自己的目光，兀自翻身睡过去。

自从昨日在欢喜巷得知老刘的事情后，席云芝心中一直挂怀，她知道一个女人无依无靠的苦，老刘夫妇也定是对女儿放不下心。但老刘急于脱手铺子，有心人肯定会趁机压价，她不想叫老刘带着遗憾离开洛阳。因而第二日一早，席云芝便叫韩峰随她一同去了城里。

老刘正坐在门前石阶上唉声叹气。原本这家店便是缩在巷子里，路人本就不多，再加上老刘最近无心做生意，此时门可罗雀，萧条得很。席云芝走过去对他笑着说道："老刘，羊肉汤还煮吗？来两碗吧。"

老刘见是她，不禁苦笑起来："都好些天没动锅了，你且等等，我现在便去煮。"

垂头丧气的老刘正要入内却被席云芝喊住了，将他拉到角落的桌子旁，将一只黑匣子放到他面前。老刘不解地看着席云芝，只见她笑道："你这铺子不是要卖吗？卖给我可好？"

老刘没想到席云芝会说这话，一时有些发愣，等回过神后才讷讷道："这……姑娘，我是着急要卖的……你可别来寻我乐子。"

席云芝看着他道："你托巷口的王二卖这铺子，开价八十两？"

老刘将两只手拢入袖中，定定地看着席云芝道："八十两，一钱都不会少的。"

"我出一百两。"席云芝斩钉截铁道。

老刘顿时没了声音，难以置信地瞪大了双眼。席云芝将黑匣子往他面前一推："如何？一百两，你卖是不卖？"

"卖！"老刘赶紧喊道，声音大得引来了路人的侧目，随后他又不放心地压低了声音问道，"姑娘可是说真的？"

席云芝点点头："钱都带来了，你说是真是假。"

老刘年老混沌的目光中终于有了喜色，急急打开黑匣子，便看到整齐排列的银锭子堆满了匣子。激动的心情已经无以言表，老刘看着席云芝颤抖着双唇，想说些什么，却又说不出来，哆哆嗦嗦地只吐出几个字眼："那……配……配方……"

席云芝摇头："我不要你的祖传配方，你把这些桌椅、后厨的锅碗瓢盆全都留下就行了。行的话，你便进去拿地契，咱们来签字画押，就这么定了，如何？"

老刘看着席云芝几乎呆了，最后还是韩峰推了一下他，他才回过神来，抱着黑匣子便往后房冲去，边冲还边喊道："婆娘，婆娘哎，快出来，咱有钱去看闺女啦。"

待老刘走入内堂拿地契顺便清点银两时，韩峰见席云芝一副老神在在的淡定样，不禁出口问道："夫人，他这铺子既然只卖八十两，那您干吗给他一百两？"

席云芝笑了笑，自座位上站起，来到铺子外的石阶上，淡然道："这间铺子在我心里，是绝对值一百两。"见韩峰仍旧不解，便又指了指东边，详细解说道，"东边在修中央大道，欢喜巷虽不是必经之路，却占了一路叉口，若是大道修成，此处便算是南北西三面来客的交叉口，到时这条巷子便不再是死巷，生意就活络起来了。"

韩峰听得一知半解，却也有些明白席云芝的意思，可他还是觉得夫人不太会做生意："就算欢喜巷今后会好起来，可八十两银子够寻常人家用度半年呢，就算加上这些……旧桌椅和碗盘，也值不了什么钱。"

席云芝看了一眼韩峰，正视他道："老刘是个老实人，闺女嫁去了赣南，最近出了点事，他们老两口过去帮衬，总要有些银钱傍身才好，这些桌椅我不要了来，还叫他们租车运去赣南不成？"

听了席云芝的一番话，韩峰自心底觉得夫人真是个重情义的人，虽然外表看起来不是特别出色，她行事却有自己的准则和想法，叫人情不自禁地产生敬佩之心。

步罩深夜回到院子，看见房间里仍亮着烛火，他走到门边，没有立刻进去，透过薄薄的窗纸看到席云芝仍端坐在书案后，烛火映照在她瘦削的脸颊上，竟照出了些许朦胧的神采，叫步罩不禁愣住，原来她认真起来便是这副模样。

推门而入，席云芝站起身相迎，步罩对她抬了抬手，让她不用过来，席云芝只得站在书案后头看着夫君一瘸一拐地朝她走来。

见他目光落在她面前的一堆凌乱纸张上，她并不隐瞒，如实相告："今日我在城中欢喜巷买了一间铺子，前店主明日便要搬迁，我在算铺子开了之后的开支。"

步覃点点头，放下纸张，第一次与席云芝对视，虽然口气仍旧冰冷："钱可还够？"

席云芝只是面上一愣，随即点头："够了，家里还有些余钱的。"

步覃看着她沉默了一会儿，便转身说道："天不早了，快睡吧。"

"是。"席云芝放下手里还未算完的账，走出书案，去外头打水给夫君洗漱。

席云芝正为步覃清洗，步覃看着席云芝因低头而垂落的几缕发丝，不禁伸手抚上她的脸。他嘴角微动，开口道："你可怪我前几晚那样对你？"

"嗯？"席云芝停下正在给夫君擦拭小腿的手，抬首对上了一双如冰潭般深邃的黑眸，不禁心跳漏了一拍。她自然知道步覃指的是前几晚两人敦伦之时，他不愿看见她的脸的事。

席云芝一时有些尴尬，慌忙垂下眸子摇了摇头："不怪。"

步覃只是抚摸着她的脸颊不说话，席云芝却觉得有些羞赧，眸光潋滟中再次开口道："每个人都有自己的喜好，也有自己的责任。爷爷替咱们做主成了婚，便是要咱们加紧着替步家开枝散叶，这是身为步家长孙和长媳的责任，但我觉得还是顺其自然的好，所以，夫君不必每回都……勉强自己。"

席云芝说着，便想站起身去拿毛巾替步覃擦脚，可刚站起身，整个人便被一股来不及抗拒的力量拉了过去。

步覃这是第一次这么亲近地拥抱她，只觉得怀中的身躯不堪一握，脆弱得叫人心疼，近在眼前的容颜并不美丽，可那双眸子毫无示警地闯入了他的眼，漆黑中带着一抹看透世事的清澈，小巧纤薄的嘴唇近在咫尺，只觉吐气如兰，他第一次产生了想要亲吻一个女人的冲动。只听他声音有些沙哑，低吟般对席云芝问道："那你呢？可觉得勉强？"

席云芝绷紧了身子被步覃搂在怀中，双肘不禁抵在他的双肩之上，听他这般问，缓缓摇了摇头便不敢再看他。

"抬起头来回答我。"步覃见她逃避，却是不依不饶，非要她说出那句话来才肯罢休。

席云芝觉得今晚的夫君太过于奇怪，好像就是想看到她如此窘迫一般。她深吸一口气，对步覃道："不勉强，既成夫妻，我自然尊重夫君的想法。"

说完，席云芝便想从步覃的怀抱中退开，却被步覃搂得更紧，他问："这是真话？"

席云芝无奈地看着他，点了点头，道："是真话。从我踏入你步家那天开始，夫君便是我的天，便是我一生的倚靠，是与我风雨同舟、共度一生的良人，你喜我喜，你悲我悲。"

步覃看着席云芝的目光有些发愣，面无表情叫人看不出喜恶，良久后才又开口问道："即便是如此不堪无用的我？"

说这句话的时候，他将席云芝推离了怀抱，然后抬起右边的跛脚，讽刺地对席云芝扬了扬唇。席云芝随意地看了一眼他抬起的腿，用无比认真的语气对步覃道："这条腿并不说明夫君的不堪与无用，相反，在我眼中，这是荣耀。我没有去过京城，没有上过战场，不认识将军或者士兵，但我清楚地知道，这就是荣耀，正是无数这样惨烈的荣耀，才换来了我们如今的安居乐业。"

步罩一动不动地看着她。席云芝见他不说话，便兀自蹲下身子，将步罩的裤管放下，又替他换上了干净的袜子，自己则端着水盆出了门。

她的确没有过人的见识和容貌，却有着常人所没有的胸襟和心怀。这样的女子，值得拥有最好的人生，她既以他为天，以他为倚靠，那么，他又怎能继续懈怠，令她与自己一起受苦呢？

在席云芝不知道的时候，异样的感情正在侵入步罩的心，一点一滴，如水般缓缓渗透着他坚毅冷硬的心。

而对席云芝来说，她只觉得最近的夫君有些奇怪，说的话奇怪，做的事也奇怪。若说成亲后步罩对她亲近是为了让她快些受孕，替步家传宗接代，那夫君现在只是抱着自己入睡，却无其他动作，到底是为什么呢？

男人心，海底针，席云芝真是猜不透他的心思。不过，最近席云芝也没有心思去揣测夫君的想法。店铺既然已买下，那必然不能闲置，欢喜巷的门面不算太好，却是顶适合开饭庄的。

老刘走的时候，将店内也打扫得干干净净，还给她留了一坛子封好的酱料，说是若今后想吃他老刘家的羊肉，用这酱料煮了便是。席云芝知他实诚，谢过后便收下了，一直搁在厨房。

席云芝自知没有能够亲自掌勺的手艺，但一个好的饭庄，怎么能缺了好厨子？可好厨子又不是她能够轻易请到的。一番思量后，席云芝想起了一个人。

一个总是躺在天桥上晒太阳，喜欢吹嘘自己从前有多厉害的酒鬼混子张廷，他总说自己从前是御厨，因为得罪了一位大臣，这才被逐出了宫。原本一个混子说的话，是不会有人相信的，但席云芝知道，这人的厨艺真的是极好的。有一年冬天，她带人出门办货，回城的时候，却遭遇大雪。她为避免出事，便与众人带着货物在附近的一座破庙中歇脚。

张廷那日正巧偷了两只鸡在破庙中烹煮，那味道简直可用香飘三里地来形容，他见到席云芝等人到来，看到他们马背上挂着的酒囊，便提出用一只鸡换一囊酒，席云芝应了。

那只鸡他们几人分着吃了，个个都说好吃，恨不得连舌头都一同嚼了咽下去。

当席云芝找到张廷，并对他说出来意之后，张廷打了一个酒嗝，对着她喷了一脸的酒气，无赖般笑道："我若出手，那店里赚的钱，我七你三，如何？"

怪不得他空有一身好手艺，却始终没有店家肯用他，没有哪家掌柜愿意跟一个厨子分享利益。张廷就是在用这种荒诞的方法拒绝着，若说这话的对象是个真正的御厨也就罢了，可是谁都知道，现在的他不过是一个成日空口说白话的酒鬼混混。他说的这个条件是没人会答应的。

席云芝一脸平静，只是略思索，便出乎意料地点头道："好，就这么说定了。三日之后到欢喜巷找我，我与你立下字据，店里赚的钱，你七我三。"

这回轮到张廷傻眼了，他半躺在天桥下，直到席云芝离开他都没有回过神来，垂头看了一眼邋遢的自己，这么些年从来没有被人瞧得起的自己……自嘲的笑在脸上漾开，却因胡子拉碴没有人能看见。

　　席云芝回到店里，赵逸和韩峰已经用上好的白色浆纸将店铺四周的墙壁都糊好了，让整个店看起来干净许多。

　　因为最近事多，所以中午只炒了两个素菜给步家老少吃了。惦记着晚上回去给他们烧顿好饭，席云芝便让赵逸和韩峰先歇了手，正收拾着工具，却忽然听见几声微弱的喊叫："大小姐，大小姐。"

　　席云芝循着声音望去，只见翠丫正衣衫褴褛、鼻青脸肿地站在她的店铺前。

　　席云芝放下手中的东西，急忙过去扶住翠丫摇摇欲坠的身子，难以置信道："翠丫，你怎么了，是谁把你打成这样的？"

　　翠丫扑通一声跪在席云芝面前，从开始的抽泣变成后来的号啕大哭，引起众人注意。

　　"大小姐，您出门以后，五夫人查到是我给您传的信，就把我关了起来，不让我吃饭，还叫人用鞭子抽我。我好不容易才逃了出来，大小姐您行行好，救救我吧。若再回去，我定会被他们打死的。"

　　翠丫抱住席云芝的腿，一把鼻涕一把眼泪，号得人心烦气躁。席云芝不忍，将她扶起，轻柔地替她擦了眼泪，将她领进了店里，道："你如何知道我在这里？"

　　翠丫抽抽噎噎："是听那些打我的下人说的，他们说大小姐在外面过了好日子，就不要奴婢了。可这些话，奴婢一句都不信，大小姐一定不会不管奴婢的，对不对？"

　　席云芝见她又要大哭，连忙安慰："那是自然的。"

　　听到这里就连赵逸都气道："席家也太过分了，不光苛待夫人，还虐待下人，简直可恶！"赵逸和堰伯去席家迎的亲，自然知道席云芝在席家受到的冷遇，此刻听了翠丫的话，更是气愤不过。

　　席云芝叹了口气，道："席家是回不去了，翠丫你……"原想直接叫翠丫跟她回去，可是席云芝突然想到，那里是她的夫家，她并不能当家做主，擅自决定。但翠丫这样来投奔她，她也不好置之不理，想了想之后，便软着声音对翠丫道，"好在你并未卖身，现在在席家你的月钱是二十文钱，我给你四十文，你可愿留在我店中，替我跑跑堂，传传菜？"

　　翠丫低着头抽泣，一副乖顺的模样："翠丫听从小姐吩咐，小姐让我做什么，我便做什么。"

　　席云芝笑着摸了摸她的头，让韩峰去旁边的药铺买了金疮药，她烧了热水帮翠丫清洗了伤口，又给她敷了药才算忙完。

　　"夫人，您若要将翠丫带回去，我便和赵逸挤一挤，将房间腾出来给她。"韩峰见席云芝脸上有些迟疑，怕她是担心翠丫晚上没地方睡，这才主动提出让房间的事。

　　"这……"席云芝看了看韩峰和赵逸，又看了看翠丫。正为难之际，却听翠丫开口道："大小姐不必为难，翠丫在这店铺外头睡一夜便是。"

　　翠丫说得可怜，更是叫席云芝无可奈何，思前想后，还是决定从怀中掏出一两银子，递给翠丫，道："夫家地方有些小，今晚你先去前面的客栈对付一晚，客栈里什么都有，明日我再去替你寻一处住所，你看可好？"

翠丫盯着手中的银子，目光呆滞了片刻，良久才点头道："一切听从大小姐吩咐。"

回家的路上，赵逸不禁问道："夫人，为何不让翠丫跟咱们回来住，我们爷仁义着呢，不会说什么的。"

席云芝委婉一笑："她一个姑娘，怕是不便。"

赵逸还想说什么，却被韩峰打断："好了，你别问东问西啦，夫人这么做肯定是有道理的。"

席云芝看了一眼韩峰，笑笑没有说话。赵逸见状，便也不再多问。

中午的时候就炒了两道素炒，晚上席云芝红烧了两斤肉，炖了只鸡，炒了几道家常，还给老爷子和堰伯烫了壶女儿红。步家老少吃得欢喜，一直称赞着席云芝的手艺，不愧是能开饭庄的。虽然席云芝已经直言，饭庄是另外请的厨子，步承宗却还是一个劲地夸赞，席云芝觉得有些难为情，便起身收拾了碗筷，要去厨房清洗，却被赵逸和韩峰接过了手，她便也跟着到了厨房，坐在一旁的小凳子上择菜。

韩峰提水，赵逸清洗，两人默契十足，不时还回过头来跟席云芝说话："夫人，您今天就想把明天吃的菜都择出来啊？"

席云芝笑着摇了摇头："不是，这是要煮给夫君吃的。"

韩峰和赵逸相视一笑。赵逸比较八卦，使着眼色道："夫人对我们爷真好。"

席云芝没说什么，只是笑笑，却又好像想起什么似的，又抬首问道："你们可知夫君每天在外头做什么？怎的那么晚才回？"

她的话让韩峰和赵逸手上一顿，两人对望一眼，最后还是觉得没什么可隐瞒的，便对席云芝说了。

"爷自从来了洛阳，整个人都颓废了。漠北一役是爷心中的刺，他真心以待的兄弟竟然是齐国的探子，两军交战最后背叛了爷不说，还命人将爷的右腿脚筋挑断，那之后，爷就总爱一个人待着，谁的话也不爱听了。"韩峰说完之后，赵逸又迫不及待地补充："其实我和韩峰偷偷去后山看过，爷每天就在后山的树屋上，什么都不做，就是看着天发呆，真是……"

赵逸说个没完，突然，见席云芝的脸色有些尴尬，韩峰则一脸惨不忍睹地看着他身后，又不断对他使眼色。

赵逸眨巴下眼睛，深吸口气后，一本正经道："我还没说完呢，不过爷这也是修身养性，咱们可不能老给爷添麻烦，知道吗？"

说完，赵逸似是被身后人惊了一跳的样子，接着又是一脸谄媚地看着不知何时站到他身后的步覃，脸上的笑容近乎腻歪地对步覃道："爷今儿回来得真早啊。吃了吗？夫人正要……"

步覃一记眼刀瞥过，赵逸立刻闭嘴闪去一边，不再开口。步覃看了眼席云芝手中正择着的菜，破天荒地吩咐了一句："我不爱吃芹菜，做些别的，我在书房。"

步覃说完便转身离去，留下愣怔的一屋人，更不提赵逸和韩峰内心是怎样的震惊了，他们爷竟然主动告诉夫人他的喜好……

而席云芝也收起自己惊讶的心情，洗手做羹汤。

　　将饭菜盛盘，席云芝卸了围裙，亲自端着去了书房。步罩正在挑烛心，见席云芝进来，便放下竹签，将灯罩好，自觉地坐到了圆桌旁。席云芝放好了碗筷和饭菜，步罩却若有深意地扫了她一眼。

　　只这一眼便叫席云芝心跳加速起来，她慌忙敛了目光："夫君你先吃，我去厨房……"她想趁着这会儿先去厨房把明天的菜择出来，只是话还没说完，便被步罩打断："坐下，陪我吃。"

　　席云芝惊讶，却见步罩对席云芝指了指自己身旁的座位示意后，自己又不紧不慢地吃了起来。

　　席云芝不知缘由地坐在步罩身边，一时竟如坐针毡。最后见步罩吃完，正想收了碗筷，手却被步罩抓住。只见步罩握住自己抓着筷子的手，用筷子尖儿挑了挑盘子里吃剩的菜，凝重地盯着她看了好一会儿。席云芝越来越紧张，不知道自己是哪里做错了，惹得夫君不快。正心慌失措，只听步罩正色道："茄子和土豆，很好，青椒以后不要了。"

　　席云芝差点跌倒在地，夫君一本正经地拉住她，就是为了说这个啊。

　　"是，我记下了。"应了一声，席云芝将碗筷收拾了出去。

　　席云芝端茶去书房却发现夫君不在，便从窄小的回廊转到卧房，只见一个颀长的身影正端端地立于屏风外。她推门而入，便见夫君转过头来，向她招手。席云芝放下茶盘走了过去，只见夫君张开双臂，站在那里一动不动，席云芝有些蒙，这意思是叫她帮忙宽衣吗？

　　是特意站在这里？特意等着她来寻他，然后再令她给他宽衣？夫君到底是什么意思呢？席云芝有些疑惑了。把想法藏在心里，没有问出口，她只想着顺着他些。

　　更完衣，席云芝对步罩道："我去打水，你好洗漱休息。"席云芝说着便转过身去，却觉得一阵天旋地转，她吓得惊呼，下意识地就抱住步罩。一个旋转，她整个人被步罩压倒在床铺上。

步覃暗着眸子，居高临下地望着身下那张大惊失色的小脸，眸子里生出一丝笑意，却一本正经道："原是想将你抱上床的，但腿脚不好，可有摔着？"

席云芝呆呆地摇了摇头，忽然伸手在步覃额头上碰了碰，在步覃不解的目光中，她却讷讷地问了一句："夫君……你怎么了？"

席云芝从心底觉得，夫君对她的态度像是有了转变。她心里暖暖的，她想，一定要和夫君一起好好地生活，绝不允许任何人来破坏。

翠丫早已站在铺子门前等候，见到席云芝，便赶忙迎了上去。

"大小姐，我天不亮便在这里等候了，店里有什么事，尽管吩咐便是。"翠丫一改从前大大咧咧的个性，对席云芝异常体贴地说道。

席云芝令翠丫去后厨将碗盘分类摆放，又让赵逸去将她前几日定制的匾额取回来。她自己则坐下埋头写着菜单，单子都是从前在席家铺子做事的时候记下的，她现在不清楚张延到底有多少本事，便只写了些一般的家常菜色。

赵逸赶着牛车，将匾额拉了回来，木头是最便宜的杨木，黑底红字，上面刻的是"辛罗饭庄"。席云芝扶着梯脚，让赵逸把招牌挂了上去。

"哟，我还以为是多大的店儿，原不过方寸之地罢了。"席云芝正仰首看着自家招牌，身后却突然出现了道声音。

席云芝回首一望，见是张延，便淡笑着转身迎了上去："不是说考虑三日吗？张师傅今日便来上工了？"

张延心里有些尴尬，面上一愣，只挑高着眉，故作轻松道："我七你三的买卖，我总要来看着点不是。厨房在哪儿啊，带我瞅瞅去。"

席云芝听他这般说也不动怒，倒是赵逸竖起耳朵在旁边听着，什么叫我七你三？还未发问，却见席云芝对他招了招手，道："赵逸，这是厨房的大师傅，你带他去后厨瞧瞧，有什么需要置办的，便来跟我说。"

赵逸应声准备去了，却听张延又趾高气扬地抱胸说道："别一口一个师傅的，我七你三，最起码我也算个掌事的。"

张延的口气极其嚣张，听得赵逸牙根直痒痒，却碍于夫人在场他不好发作，只好用询问的目光看向夫人。席云芝只是笑笑，顺着张延的话说道："倒是我大意了，快些带掌勺师傅去后厨瞧瞧吧。"

"你，哼！"张延眉头一皱，还想说什么，在对上席云芝一双带笑的眸子时，却止住了声音，愤然一甩手便转身要走。

席云芝也不阻拦，只淡然说了句："你欠赌坊的债，明日便是最后期限。五十两银子，就是剁你十双手也够了，你既不愿来我店里做事，那便算了吧，我另聘便是。"

见张延的背影顿了顿，席云芝不等他反应，便进了铺子。

没过一会儿，张延却也晃荡着进了铺子。

赵逸带他去后厨转了一圈，他也老老实实没提什么过分要求，只希望重新买一把称手的菜刀和炒勺，席云芝自然允下。

张延试做了几道家常菜，味道果真不错，赵逸更是捧场，竟然跑了一条街特意去买了一锅白饭回来就着吃。

席云芝尝了下之后又向胡子拉碴的张延问道："你有什么拿手的菜式？"

张延原本就喜欢吹嘘，只恨没什么人愿意听，当即便口若悬河道："蒸的、煮的、炸的、烤的、闷的、炒的、椒盐的，我都拿手，想当年在宫里，我一人伺候过五个宫的晚膳，主子们哪个不说好……"

席云芝不待他说完，便抢先问道："烤鸡、烤鸭行不行？"

张延一愣："行，行啊，怎么不行，我可是伺候过五宫晚膳的大厨，我……"

"好，明日开始一个月内，你前十天烤十五只鸡，中间的十天烤十只，后十天便只要五只，其他时候，家常菜随点随炒，可以做到吗？"

屡次被打断话的张延觉得有些憋屈，却盖不住心中的疑问："席大姑娘，不是我说你，怎的还未开铺，你就自己先歇了势头呢？生意当然是越做越多的好啊。"

席云芝但笑不语："你只需照做便是。"

席云芝干脆让张延住进了店里，另给了他五百钱，指派了些走街串巷的活计让他去做。张延这些年都在市井中打混，认识的叫花和混子不少，这些人寻常时候没什么用，还很惹嫌，但有些事还非得经由他们才能办成。

晚上，将饭菜烧好，赵逸去后院喊了步承宗和堰伯过来前厅吃饭，席云芝则去摆碗筷。待她一转身，却撞进了一个坚硬的胸膛。她鼻头发酸的同时，却也听到几声不约而同的笑声，她下意识闪开，却因动作太猛，膝盖处撞到身后的长凳，眼看就要跌倒，一双有力的臂膀将她搂住。

熟悉的气息扑鼻而来，席云芝抬头一望，果真对上步罩那双潭水般深沉的桃花眼，她脸红如霞，不淡定道："夫……夫君也在啊。"

"嗯。"

步罩冷着一张脸，在其余几人窥探又好奇的目光中，淡定地吃完。倒是席云芝不知道自己在害羞个什么劲，觉得爷爷他们的眼神总是在往她和相公身上转，羞窘得让她想钻到桌子底下去。

吃过饭，步罩便回了房。席云芝切了果子，先给爷爷送去，然后又拿去房间。只见步罩已经换好了一身月白色的中衣，正从屏风后头走出，端的是高华玉立、俊秀不凡，因为脸上并无笑意，却别有疏冷气质，叫人见了心喜，却又不敢靠近。

席云芝愣在当场，步罩便向她走过去，接过她手中的盘子，将她额前的一缕乱发夹在耳后，却没有说话。席云芝的耳中产生了耳鸣现象，红着耳郭垂下头，稍稍避开了他的手指，她便慌忙离开了房间。

一个人躲在厨房里头冷静了好些时候，席云芝才敢回去。房间的灯火已经熄灭，她便轻手轻脚地摸到了床边，借着微弱的月光爬上床。

原想神不知鬼不觉地越过步覃进到里床，她明明看准了空位处下脚，却不小心踩空，身体失了平衡，直扑扑地摔倒在了步覃身上，她鼻头酸楚的同时，房间内也陷入了一种近乎凝滞的安静。

待席云芝回过神来，便手忙脚乱地想要站起，暗夜中一双炙热的大手却按住了她的后腰。

异样的感觉瞬间席卷全身，席云芝有些不知所措，只想往一侧闪避。

步覃感觉出怀中人的惊慌失措，黑暗中不禁扬了扬嘴角，故意将手松开，让受惊的兔子滚到了里床，他则顺势翻了个身，压了过去。

银色月光下，一双带着惊慌的黑色瞳眸深深地映入了他的心底，鼻间呼吸着她散发出来的若有似无的香气，步覃只觉得一股邪火自丹田蔓延至全身。他不管不顾，压上了那片早已诱惑他多回的唇，有些干涩，却是软甜软甜的，他像是在品尝着什么珍馐，不忍大口拆吃，只想细细品尝这道特别的点心。

席云芝从未与人有过这般亲密的接触，自步覃吻上她的双唇的那一刻起，她整个人便已经呈现放空的姿态，下意识地想要去推拒，可下一秒席云芝的两只手腕便被步覃压制在身侧，开始了漫长又香艳的戏码。

饭庄静悄悄地开张了，因欢喜巷人流有限，所以，饭庄开张并没有引起太多关注。

席云芝站在柜台后头算账，铺子里弥漫起一股香气扑鼻的鲜味，这张延的手艺确实是不错。

张延从后厨走了出来，他现在已将胡子清理干净，他个头不高、塌鼻子、小眼睛、厚嘴唇，一副平凡的长相。只见他将围裙朝柜台上一放，语气有些不耐："喂，这鸡就快熟了啊，要是没人来买怎么办？"

席云芝将算盘打得噼啪作响，过了好一会儿才抬头大方地对张延道："没人来买的话就送你了。"

张延盯着席云芝看了好一会儿，无奈地拿起了围裙，正要转身回后厨，却见赵逸喘着气跑回来，抱起柜台上的茶壶就喝起来。席云芝见他这般不禁出声提醒："你慢些。"

赵逸喝了水，这才摆摆手道："现在京里来的御厨来到洛阳府这件事算是传出去了，可您这消息行不行啊？可半句没提到咱们店啊。"

席云芝微微一笑："放出去了就好，洛阳城饭馆酒楼无数，你纵然说了咱们店，也不会有人知道在什么地方的。"

赵逸看了一眼没胡子的张延，看着那张平凡无奇的脸孔，只觉得自己真没办法信任眼前这人。而张延也没给他好脸，狠狠瞪了他一眼后，才甩着围裙回了后厨。

就这样空烤了两天的鸡，也没有客人上门。

赵逸跟在张延身后走出后厨，只见张延系着围裙，真就一副大厨的模样，怀里抱着一只古旧的瓷坛，一边走一边嗅，一边研究着。

张延来到席云芝柜台前，问道："我在后厨房看到了这个，谁的呀？"

席云芝瞥了一眼，淡淡回道："哦，是这家店的前店主老刘送给我的，估计是他给我做的卤羊肉的汤汁吧。"

张延又用小勺在瓷坛里翻搅了几下，这才对席云芝开门见山道："据我的经验来看，这绝对是熬制了三十年以上的汤料。"

席云芝一愣，放下了手中的账本，不解地看着他。

张延见她不开窍，不禁急了："饮食这一行现做现吃，但汤头却是精华，熬制了十年二十年从不歇火，便能成就一方绝味。你与那老刘是什么交情，他竟肯将祖传的汤料交给你？"

席云芝听得有些发蒙，大大的双眼看着张延好久没有说出话来。

"老刘只是说，让我今后想吃羊肉的时候，便用这个煮……"

"糊涂。"张延大怒，"你若真用这汤料煮了一锅羊肉，那就是暴殄天物，会遭天谴的。"

张延愤然，一跺脚，一扭身，转入了后厨。赵逸一个冷战，摸着手背上起的鸡皮疙瘩，不禁讪讪说了一句令人笑喷的话："宫里出来的会不会是……太监啊？"

张延有些小动作看起来确实女儿气了些。席云芝一眼看过去，心中感慨一闪而过。

开铺第十一日，张延按照席云芝的吩咐，一大早便又在后厨烤了十只鸡，香味一飘出，便有人寻上了门，这是饭庄的第一位客人，只见他在店门口东张西望，窥探着什么。席云芝走出柜台，对他笑了笑，问道："这位客官有何贵干？"

那一身小厮打扮的客人见席云芝从柜台后走出，知她应是掌柜，便也进了铺子，对她道："掌柜的有礼，我们楼里的娘子想吃鸡，说是香味就是从你们店里飘出去的，便支我来买两只回去。"

张延在后厨的帘子后头，听到这里，心中窃喜不已。这么多天，终于有人找上门了。原本以为席云芝会和他一样高高兴兴地把人迎进来，可谁知道席云芝这个女人拒绝了那人，说家里的鸡全被订给了城里王员外家办喜宴……她到底在胡说八道什么呀？若不是怕她恼，张延真想冲出去把她拍醒。

然后那个人只能一脸遗憾加无奈地走出了饭庄。

张延拿着炒勺火急火燎地冲了出来，指着席云芝叫道："你脑子有病吧，等了十多天，终于来了个生意，你还给推出去了，谁像你这么做生意啊，哎哟，真气死我了！"

席云芝也不生气，笑眯眯地瞥去一眼，张延顿时像被一股无形的力量扼住了喉咙，他被吓到了。为了缓解这种尴尬，他轻咳了几声，摸着鼻头，嘴里嗡嗡地道："就是……亏了。"

见席云芝没有回答，只是盯着他看，张延立刻又像生出一种打在棉花上的无力感，深吸一口气，又支吾了一句"我……我回去煮羊肉"，便灰溜溜地钻回了厨房。不是他尿，而是被那个女人笑眯眯地盯着，他就觉得头皮发麻，"绵里藏针"这个词用在这人身上是再贴切不过了。

席云芝见张延回到后厨，自己则回到了柜台后，她这么做当然有她的理由。

一家新店没有卖点和噱头，谁会注意呢？一只鸡谁都买得起，今天买了去吃，解了这味，便丢到一边，长此以往生意也就淡了。今日不卖，就是为了能挑起客人的好奇，待吃的时候便能把味道吃进心里。

翠丫提着两只竹篮走进了店，重重地将篮子放在桌子上，便不断用手扇风。席云芝走过去看了看她买的东西，却发现只买了她列出的三分之一，且都是堆着大，分量轻的叶子菜类。翠丫一副极累的样子，从菜篮子里翻出两只梨子，一只递给席云芝，另一只在自己袖子上擦了擦便吃起来。

"小姐，真要累死我了，我见这梨新鲜，便买了两个，你吃啊。"

席云芝笑着将梨放下，说道："你吃吧，我不渴。吃完了再去将剩下的东西买回来，提不动的话，就租个推车回来。"

翠丫一边吃梨，一边看着席云芝，眼珠子转动几下后，便袖子一卷，将给席云芝的那个梨子也一并揽走，背影透出的不驯令席云芝无声叹了口气。

最近步罩一直很忙碌，待他回去，席云芝已将酒菜摆在房间里等他。

他看着她正坐在烛光下，单手撑着下巴的模样说不出的姿容清秀，低垂的双眸似乎正在想着什么似的，听见他推门便立刻回神，站起身迎了过来。他摸了摸她柔软光滑的脸颊，这是他这两天最新喜欢上的动作，只觉得她脸颊的触感比孩子还要来得细致嫩滑，令人爱不释手。

席云芝虽然羞赧，却也甜在心头，在席家的艰辛已经变得遥远。虽然步家不富裕，虽然夫君一开始也不喜自己，现在她却已经渐渐融入步家，也被夫君接受。她不想要荣华富贵，只要能与他朝夕相对，就算日子过得苦些，她也甘之如饴。

她一边替夫君斟酒，一边将白天铺子里发生的事情对步罩说，步罩却将自己的酒杯送到席云芝嘴边。

烛光中倒影出两人互往交缠的姿态，别样温馨。

深夜时分，席云芝疲累至极，沉沉睡去，步罩却自她身边坐起了身，看着她有些发皱的眉头，不禁温柔地弯了弯嘴角，看来真是累了呢，下回还是要再克制些。伸手将她的眉心抚平，掀被下床后，又轻柔地替她掖好了被角，一系列动作之后，步罩不禁失笑，他从不知道原来自己也能有这么温柔的一面。

走出房门，韩峰和赵逸已经在院子里等候。他走过去，两人齐齐单膝跪地，道："爷，找到了。在城北巷的一座破庙里，就他一个人。"

步罩点点头，对韩峰他们挥挥手，三人便翻身出了小院。

席云芝醒来后发现夫君不在身边，她已经习惯了他的早起。她掀被子下床，发现平常也起身了的韩峰和赵逸今日也不在院子里，她煮好早饭，便赶去了店里。

张延自从住进店里后，每日也很勤快，早早便将店门打开了。席云芝走入空无一人的前堂，听到后厨有些响动，走过去掀了帘子，只见张延正吹着口哨烫鸡毛，那姿态还真有点婀娜多姿的样子，不会真给赵逸说着了吧？

向来对别人的事不多干涉，席云芝放下了帘子，兀自站到了柜台后头，谁知算盘还没拿出来，便见店里走进来一个人，正是昨日前来买鸡的那小厮。不等席云芝开口询问，他便自己开口道："掌柜的有礼，城北王员外家的宴席可办结束了？我们楼里的娘子日日闻着贵店传出的香味，馋得很，嘱咐我今日务必买回去。"

"这……"席云芝听后，眼波流转，露出一副有些为难的样子，"客官，实不相瞒，虽然王员外家的宴席已经结束了，但……我后厨的师傅却说这些天太累了，要休息几日才肯上工。"

那人有些意外："嘿，你这后厨的师傅未免也太大牌了吧。"

席云芝煞有介事地点点头："客官说得不错，这位师傅可不是普通人，偷偷告诉您吧，他呀……是从宫里出来的，我可不敢得罪了他。"

"宫里出来的？"席云芝的话，成功地吸引了那人的注意。

"是啊。我若把他惹急了，他万一走了，我这店还要不要开？客官您说是不是？"

那人面露难色："可是，我们娘子……"

席云芝诚恳地对那人叹了口气，无奈地走出了柜台，边走边说道："算了，都是生意人，我也不能眼看着您为难，有生意谁都想做不是，我进去给您问一问，求一求吧。"

大概过了一盏茶的时间，席云芝脸色不善地从后厨走出，磨磨叽叽地承诺了那人两只，那人才欢天喜地地离开了铺子，说下午来取。

张延将鸡都上了炉子，这才用围裙擦着手从后厨走出来，站到柜台前和席云芝说："我那些兄弟可说了，城里百姓们已经都在讨论京里来的御厨什么的，就是半句不提咱们店，你说我辛苦这么些天，才卖出去两只，这……中午我可得喝两杯庆祝一下啊。"

席云芝见他神情有些不屑，自然知道他又在讽刺自己，也不计较，温和地点点头道："好，那就喝两杯。"

张延哼了一声，便又在店里嚣张地大叫："翠丫，给我去买些酒回来。翠丫！"

可是翠丫根本没来铺子，他的叫声自然没有人响应了。张延不禁对席云芝道："还没来？这都什么时辰了？她还真把自己当盘儿菜了？"

席云芝看了看艳阳高照的铺子外头，扬唇道："许是有什么事耽搁了吧，你去忙，一会儿我给你去买酒。"

张延又唠叨了几句什么治下不严，要出乱子之类的话，才骂骂咧咧地进了后厨。

翠丫这时才从外头一路打着哈欠走进铺子，进来后跟席云芝问了声好，便从柜台倒了一杯热茶，坐到堂中喝了起来。

席云芝看着她，不禁问道："翠丫，王婶家的房子住得可还习惯？"

席云芝在城里卖菜的王婶家给翠丫租了间屋子，离店铺走路不过半盏茶的时间。

翠丫听席云芝问话，眼珠一转："也就那样吧……王婶家那屋子简陋得很，还比不上我之前住的下人房，她孙子刚出生，整夜吵闹，哪里睡得着哇。"

席云芝停下打算盘的动作，看了翠丫一眼，道："你这几晚，被王婶的孙子吵到了？"

翠丫夸张地点头："是啊，那孩子一入夜就哭。"

席云芝又"哦"了一声，这才低头继续算账。王婶的孙子早在半个月前就被王婶的儿媳接回了娘家住，她晚上又怎会被吵得睡不着呢？看来得让韩峰或赵逸过去探查一下了。

回到家推开院门，席云芝只觉得家里静得很，院子里一个人都没有。转了一圈，竟然在她的房门外，看到了站在门边的赵逸。

"你们在干什么？"席云芝一边问话，一边往里看。只见一个衣着怪异的男人正站在步罩旁边，步罩此时面色有些痛苦，席云芝正要进去，却被赵逸拉住，与她道："夫人，别去，闫大师诊治的时候，不喜欢有人在身边看着。"

原来这闫大师是南疆蛊门的人，精通以蛊治人。步罩的腿，脚筋被挑断，若是寻常医法定是无效。早些时候，便着令韩峰去南疆找他，只是此人性格古怪，虽然诉明缘由，却被果断拒绝。后来找不见人，都以为这人是到塞外躲了起来，完全没想到他居然改变主意找了过来。

闫大师治疗的时候不让旁人进去，他们只需要在屋子外头听候他的指示，准备他需要的器具与药材便好。真正辛苦的却是席云芝，因为需要不断熬药。席云芝不愿将照顾夫君推辞给他人，便亲自伺候在一旁，店铺也令张延打理。

七天后，治疗告一段落，闫大师便告辞离开。至于伤处，接下来就看自身的恢复力了。

席云芝看着步罩脸色苍白地靠卧在床，有些心疼地抚上了他的脸颊。

"夫君，你的腿是……"席云芝声音有些沙哑。

步罩伸手按上她的唇，对她摇了摇头道："师弟在我的脚踝处种了引脉蛊，只需以自身血肉喂养此蛊两个月，便可令断掉的经脉恢复。"

步罩的脚被缠着厚厚的绷带，席云芝看不到他的伤口是什么样的，对他说的医理也一知半解。她疑惑地看着步罩："闫大师是……夫君的师弟？"闫大师好像要大夫君许多吧？

步罩见她瞪着两只圆圆的眼睛，觉得有些好笑，伸手揉了揉她的头顶，像是已经了解她的疑惑，为她解答道："谁说年龄大的就一定是师兄？他入门比我晚，是转投我师父门下的。"

席云芝不懂这些，就只点了点头。

步罩笑着看她，她这些天的疲累早就被赵逸他们渲染了好几倍告诉他了，他又岂会不懂她的心意。

　　"师弟走之前还提到你了。"步覃故意吊着她的胃口，先说了一半，见她神情紧张，步覃才微笑道，"师弟说，你很好。恭喜我娶得了良妻。"

第五章·交锋

十多日没来饭庄，席云芝没想到张延已经把店经营得有声有色。她一进店，正好碰见张延从厨房里端了一盘菜送到客人桌上，看见她就直嚷嚷："哎哟喂，我的个姑奶奶，你总算来了，快快快，我都快忙疯了，那桌还有门口那桌都说要结账，赶紧算去。"

店里的菜谱和菜单全是席云芝自己拟定的，价格她自然清楚，一边收钱，一边对忙碌的张延问道："翠丫呢？怎么不见她人？"

张延脚步一顿，怒上眉梢："谁知道她死哪儿去了。"

店铺的生意一天比一天好，特别是烤鸡，人们一传十十传百，买到的传口味，买不到的传名声，现在已经供不应求，只好限定数量，而且价格也比别家贵些，但特意来买的人只增不少。

中午外出了一会儿再回到店里时，席云芝便看见翠丫正坐在柜台后嗑瓜子，有一下没一下地翻看着账本。席云芝没说什么，只将一篮子山梅放到桌上，温和道："翠丫，来吃些山梅子，新鲜着呢。"

翠丫吓了一跳，赶紧合上了账本，从柜台后走出，对席云芝道："大小姐，你真好，我最喜欢吃山梅子了。"翠丫跑过来接过篮子，坐到一边吃了起来。

夜晚，席云芝坐在脚踏上替步罩按腿，步罩脸色依旧苍白，整个人也瘦了好多，也不知闫大师给他用的什么药，补了好些天也不见好转，甚至有越来越严重的感觉。

席云芝愁在心中，却不敢在步罩面前表现出来，生怕他多心，不利于康复。

靠在床头假寐的步罩突然开口道："听赵逸说，你店里出了个细作？"

席云芝愣怔了下，不禁失笑："夫君，又不是行军打仗，怎么能叫细作呢？"

步罩睁开深邃的双眸，半阖着看她的神情别有一番俊美的感觉，令席云芝不禁低下头，不敢再看他。

"可应付得过来？"步罩不知道席云芝为何低头，只想与她好好说些话。

席云芝点点头："应付得过来，不过就是些动动心思的小事。"

步罩像是突然有所感悟："人心，才是最难掌控的。"

席云芝扬唇笑了笑，决定不再继续这个话题："不知闫大师给夫君用的什么药，怎的这么些天都不见转好，从前还能独自下地走走，如今却只得依靠双拐。"

步罩将目光落在自己缠满绷带的右腿上，幽幽道："这蛊便是这药性。耗上两三个月，大约便可痊愈。"

席云芝虽然听了步罩的话，却在心中对那闫大师产生了一种不信任的感觉，不过，她早已打定主意，不管夫君健全也好，瘸子也罢，即便他瘫痪在床，她也会好好守候在他身边的。

第二天一早，席云芝熬好鸡汤，就去了店里。此时席家二管家桂宁正带着几个人在柜台前转悠。桂宁拿着一件小摆设在手中把玩，见席云芝过来，眼珠一转，带着笑迎了上来。

"哟，大小姐来啦。桂宁给大小姐请安了。"

席云芝心中奇怪，却不动声色："桂总管别来无恙，怎的行如此大礼。"

桂宁一脸谄笑，直接道明来意："大小姐，实不相瞒，这家铺子是五奶奶亲自看中的，原想叫我买下来，收入席家，可刘老头食古不化、不识好歹，说就算卖给鬼，也不卖给席家。哈哈哈，哎哟喂，真是笑死我了，最后他不还得卖给咱席家人吗？"

席云芝面带微笑听桂宁说话，听到他话里竟然将这家铺子直接归到了席家产业之中，面不改色道："刘老头那句话，也没说错。这铺子，是夫家出钱买下的产业。夫家可是姓步。"言下之意就是，这铺子跟席家没有任何关系的。

桂宁冷哼一声，笑道："好个忘恩负义的，从前老太太那般疼爱大小姐，你便是这般报答她的？"

席云芝但笑不语。

桂宁将先前从柜台上拿着把玩的小物件随手一抛，恶狠狠地指着席云芝道："原本知道这家铺子是大小姐开的，还想给你指条明路。这样的话你就别怪我不客气了。不出三个月，我保证这里关门大吉，到时候大小姐就是求我，我也不会留情面的。"

席云芝没有理会，只对他拍了拍手，轻声说了一句："桂总管，请。"

桂宁对她翻了一记大白眼，带着几个家丁离去时，每人都抬脚踢翻了一两张长凳泄愤，像一帮地痞流氓般，走出了铺子。

桂宁他们走后，张延才从后厨探出脑袋，对席云芝问道："怎么回事？他们是想买这铺子？"

席云芝冷冷瞥了一眼没出息的张延，淡然道："不是想买铺子。"

张延不解："那他们想干什么？"

席云芝叹了口气，道："想不花钱，收了铺子。"

"什么？"张延大惊，"他们以为自己是什么？土匪啊？土匪还要靠山吃山，他们靠的是什么？"

席云芝不说话，张延有些担心，毕竟铺子的生意刚刚好了些，他还想赚钱呢。这下可怎么办啊？

席云芝安排好了店里的事情，下午便去了慈云寺。慈云寺在洛阳城外，寺中的镜屏师太，便是席府的三夫人，后来突然出家，席云芝一有烦忧，便会到慈云寺求教。

席云芝出嫁前可以懦弱偷生，但现在她嫁人了，绝不能让夫家也因她被席府掌控。

拜了菩萨，添了香火，小尼姑便带着席云芝去见镜屏师太，不想，却被拦在门外。从禅房里走出一人，从前她叫阿荨，跟席云芝差不多年岁，曾是三娘的贴身丫鬟，如今她跟在三娘后头学得佛法，也有了自己的法号，叫静一。

"镜屏师太偶感风寒，不宜见客。"静一对席云芝双手合十，见席云芝还想说话，便又从宽大的袖中拿出一卷纸，交到席云芝手中，道，"师太得知施主前不久已然成亲，来不及恭贺，便备下此贺礼，请施主务必收下。"

席云芝收下纸卷，却因对镜屏师太有亦师亦母的感情，长时间不见，甚是想念，于是急急上前一步，对静一说道："请师太宽容，多时不见镜屏师太，心中有千言万语不得诉，还请师太赐见。"

谁料静一只是摇头敛目，念着经回了禅房，留下满目遗憾的席云芝在院子里独站良久。

回到家中，趁着生火做饭的空当，席云芝摊开镜屏师太给她的那卷纸张，上面只有寥寥数行字。席云芝看完之后，便轻轻合上，将其送入了火中。

步覃拄着双拐走进厨房，见席云芝脸色有些凝重，便在高凳上坐下后，语气略带关切地问她："今日铺子有事？"

席云芝捡了一根粗柴放入火塘，看着火光耀眼，点了点头："席家的二管家桂宁今日去了店里，意思是想要铺子。"

步覃看着她担忧的样子，脱口问道："我能做些什么？"

席云芝看着步覃，这是夫君的关切。她深吸一口气，犹豫了一会儿，便将情况说给步覃听。

"席家在洛阳已有好几十年，共有七十三家店铺，涵盖各个销金行业多年，家大业大，若是正面迎战，我必败得体无完肤，如今唯有'迂回'一法。"

步覃眼中闪耀出一种极其欣赏的光，与她凝视片刻才又问道："可有把握？"

席云芝看了一眼火塘中早已烧作灰烬的纸，点点头："之前没有，现在有了。"

步覃用双拐撑着起身："慈云寺的那位有所透露吗？"

席云芝有些奇怪夫君如何知道她今日去了慈云寺，但听他提起，便也不做隐瞒："是，慈云寺的镜屏师太是从前席家的掌事夫人，她对我很好。"

步覃听了席云芝的话，便点点头，撑着拐杖走出了厨房。

席云芝看着他瘦削的身影，温柔地笑了。虽然夫君没有插手帮助她，但信任也是一种爱。他会给你倚靠，给你最大的自由与支持。你与他是平等的，她很喜欢这种被他信任的感觉。

　　第二日，席云芝刚到店里，张延便从后厨跑了出来，与她眉开眼笑道："昨儿下午你去哪儿了？昨天隔壁春熙楼的头牌芳菲姑娘……的贴身婢女倩倩过来找你了。"

　　席云芝走到柜台，正要拿算盘，听了张延的话，不禁抬头问："春熙楼？"

　　张延以为她不知，便解释道："就是隔壁那个妓馆。芳菲姑娘那可是洛阳府的红人，就连知州大人都等着排队见她呢。"

　　"哦。"席云芝淡淡一声后，便恢复了手中动作，"她找我做什么？"

　　张延两眼放光，整个人几乎趴在柜台上，眉飞色舞道："我软磨硬泡，倩倩才肯告诉我……"他神秘兮兮地左顾右盼，掩着嘴唇对席云芝小声道，"芳菲姑娘想买下咱们店，你猜出多少钱？"

　　席云芝眉峰微蹙，真是瘦田无人耕，耕了有人争啊。她这家店不过开了两三个月，就招来这么多人，她真不知道该哭还是该笑。

　　"多少钱？"

　　有人愿意出钱买她的店，只要价格适宜，她倒也不介意直接赚一笔。

　　张延得意扬扬地对席云芝比了比手指："五百两。倩倩说要是你同意，今儿下午就到星月湖的翡翠轩去，芳菲姑娘今日就在那里。"

　　席云芝低头一笑，一打算盘，直接道："现在店里每天净收入二十两，我得六两，你得十四两，店开着，你有钱拿，店卖了，就没你什么事了，你确定要我卖给她？"

　　张延面上一愣，突然清醒过来："啊，那什么……我还有事，你再考虑考虑，不急不急啊。"

　　看着张延慌乱的身影，席云芝不自觉地扬起了嘴角，无论是谁，这家店倒是可以卖，但是五百两？呵呵……

　　春熙楼的头牌芳菲姑娘，艳冠群芳，绝代风华，她的名声席云芝在外多少也听说过，没想到自己的店竟然得她青睐。若不好好做一番文章，反而浪费了好运。

　　将算盘放一旁，打开柜台后的抽屉，拿出账本放在手中翻了翻，席云芝挂起满意的笑容，将之合上，再次放入屉中。

　　翠丫打着哈欠从店外走，见到席云芝已经站在柜台后，赶忙在桌上倒了一杯茶端给席云芝。

　　席云芝抬眼扫了扫她，却是没有说话，只用黑亮亮的眼睛看她。翠丫紧张道："大……大小姐，怎么这样看着人家，怪……怪怕人的。"

　　席云芝夸张地叹了口气，翠丫就更紧张了，只见席云芝接过茶水，对她道："唉，这店怕是开不下去了。"

　　翠丫大惊："大小姐……发生什么事了吗？"

　　席云芝叹气道："唉，这件事我原本也不该说的，可是，毕竟是自家姐妹，我也替云秀妹妹着急不是。"

翠丫摒住呼吸紧张问道："云……云秀小姐？"

"唉，你也知道，席、卢两家定亲，云秀下月就要嫁入知州府，可是昨儿春熙楼的婢女却来寻我，说是知州公子知道芳菲姑娘爱吃我们店的菜，便要用两千两将我们店买了去，送给芳菲姑娘。你说，云秀这还未进门，知州公子便与那青楼女子不清不楚，我怎能不为云秀担忧呢。"席云芝一副担忧的样子道。

翠丫听得大为震惊，但见席云芝说得言之凿凿，却不像作假，况且昨天下午确实有春熙楼的婢女到店里来找……如此说来，大小姐说的肯定是真的了？若是那知州公子真的花了两千两将这家店买了送给芳菲姑娘，那……席家这回的脸可就丢大了……

席家后院掀起了轩然大波。

商素娥一拍桌子，二管家桂宁便吓得跪在了地上，只听她厉声指着桂宁道："这可是真的？"

桂宁连连点头："真的真的，那丫头昨儿刚把大小姐店里的账本给我偷了过来，我抄了一份，她又还了回去，大小姐根本不知道这事，还相当信任那丫头。"

商素娥面带疑惑，转动着手腕上的玉镯，若有所思地问："席云芝当真没有怀疑翠丫？"

桂宁拍着胸脯打包票："一点都没有。大小姐感念翠丫之前帮过她，根本就没往那方面去想，平日里对翠丫好得不得了，要什么就给什么。"

商素娥陷入沉默，踱了好一会儿步子后，才又道："那知州公子与妓子之事，也是她告诉你的？"

"是。"桂宁点头，"小的也怕有假，便也暗中派人去调查了一番。昨日那妓子的贴身婢女确实去过大小姐的店逗留好些时候，而且……小的一年前就听说过知州公子为夺花魁芳菲初夜，与人大打出手。他痴恋那妓子，为讨她欢，买下一个店送她亦不足为奇。"

商素娥听了桂宁之言，气愤之色溢于言表："伤风败俗。"

桂宁被骂得往后缩了缩脑袋，见商素娥满脸怒容，便只敢试探着道："五奶奶，四小姐出嫁在即，这事……"

商素娥狠狠瞪了他一眼，骂道："这事给我封死了，绝不可泄露半句。"

桂宁吓得连连点头："是是是，小的知道，绝不会透出半丝儿的风，只是老太太那儿要去通报吗？"

商素娥白了他一眼："通报什么呀？席家四小姐出嫁在即，新郎官却豪掷千金讨个妓子欢心，这事你好意思说，老太太都不好意思听。"

怎么偏就在这节骨眼儿上呢？知州府那里也不好明着去打听，人家只需一句"空穴来风"便可将席家的嗓子眼儿堵得死死的。若是硬闹，两家都不好看；若是不闹，四姑娘嫁过去还有什么威信可言？四姑娘在知州府没了威信，那这门亲也算是白结了。

为今之计……商素娥沉吟片刻后，对桂宁问道："你说那知州公子欲花多少钱买下席云芝的铺子？"

桂宁想了想，比了个手势："两千两。"

商素娥一拍桌子，怒道："那咱们就出三千两，就说那铺子我席家买下来送给四姑娘做陪嫁。"

桂宁不解："五奶奶，买那破铺子花三千两？您给小的几天时间，小的让您一分钱不花，就拿下那铺子。"

商素娥目光沉着，冷声道："你懂什么？关键不是那铺子值多少，而是这事不宜拖着，夜长梦多，若是被四姑娘知道，好不容易跟知州府结下的婚事岂不是就毁了？我让你出三千两，是出给别人看的，你暗地里怎么做，还要我教你吗？"她花重金买下那无良公子用来讨好妓子的店铺，这么做，一来可以不动声色地告诉卢家她席家的财力，使之不敢小觑，二来也可以顺便打一打那无良公子的脸，新娘子的陪嫁品正是他要送给外头情人的东西。她倒要看看，他今后怎么在夫人和情人面前做人！而那铺子，她买是买，可最后到底出不出三千两，就不一定了……

晚上，席云芝将白日里店铺发生的事情一股脑儿全跟步罩说了说。步罩的话不多，就听席云芝说，偶尔也会出声说一句他的看法。

席云芝缝补着衣物，步罩拿着书册，看几页便抬头看一眼席云芝，两人相处时的气氛宁静又温馨。

席云芝看看步罩，好奇道："夫君，你从前的生活，是什么样的？"

步罩兀自沉浸在安宁的心绪之中，骤听席云芝的问题，不禁一愣，看着她小小的脸上满是兴奋，目光中透着无限期盼，敛眸想了想道："小时候是祖宗家训，少年时是大漠黄沙，成年后是手握兵权，血肉横飞，封赏无数……"

席云芝听步罩一语概括了他的过往，脑中想象着他所说的一切。她居然会跟曾经生活在云端的一个人成为夫妻，再想想自己，娘亲死得不清白，小时候爹娘健在，她和云然的日子倒是过得很好，可娘亲死后，爹爹染上酒瘾，自此不再归家，她便一个人生活至今。

两人的生活，真是云泥之别，竟也能这样凑到一起。缘分这东西，当真奇怪。

第二日，席云芝因为想着今日可能会发生的事，便早早跟夫君借了韩峰和赵逸一同前去。

果然席云芝的担心是正确的，席府二管家桂宁已经等候在她的铺子里，看见她便油嘴滑舌地上来说了一番话，然后表明他的来意，说是要买铺子，并且还很豪气地拿出了万金银号开出来的三千两银票，比卢家还要多出一千两。

席云芝不动声色，问他是否当真。桂宁自然点头，便叫席云芝写契约，他当场签约。席云芝倒是爽快，不和他废话，收了那六张五百两的银票，就让张延拿了笔墨。

席云芝将条款字据一气呵成地写完，仿佛早已练习过千遍，上头将店铺地址、店主姓名、何人购买、购买金额等一应写入条款，在末尾处按上指印，叫赵逸将之递到桂宁面前。桂宁上下看了两眼，便也盖上了指印，合同便算是签成了。

席云芝将三千两银票尽数收入襟中，才肯将准备好的店铺的地契交到桂宁手中，无比亲切道："这家店出名的便是烤鸡，我让厨师师傅将烤鸡的秘方也送给你，算是附赠。我今日便会将东西收拾了，明日全搬迁结束。"

桂宁将地契传给身后一个师爷打扮的人收好，自己则站起来，却是不走，也不接话。席云芝心中生出警戒，对韩峰他们递去一道眼神，叫他们小心留意状况。

"收拾就不用了，这店里所有的东西就照原样摆着，我下午会从辛香楼调来一个厨子，不就是烤鸡？从前不知道，原来卖鸡也能日进百两，大小姐三千两买了这店，说不得以后会后悔的。"

席云芝知道他定是看了翠丫偷回去的假账本才会这么说，面上却不露声色，故意冷笑了下，问道："桂总管怎知我店里的账目？"

桂宁高深莫测地笑了笑，摇头晃脑，得意得不行："行了，我自有我知道的方法，倒是大小姐你……交出来吧！"

说着，桂宁便对席云芝伸出了一只手。

席云芝不解："桂总管这是何意？"

桂宁轻咳了两声，露出原本的地痞模样："不懂啊？好，那我就明说了。大小姐不会真的以为，自己能得这钱吧？三千两这个数，够寻常百姓家吃上一辈子了，大小姐觉得自己凭什么得？"

席云芝敛下了笑容："就凭那一纸合约。"

桂宁大笑："一纸合约？哈哈哈，对，合约是签了，我钱也付了啊，不过是大小姐你保管不当，被恶人抢了去，这难道也能怪我、怪席家？"

说着，桂宁便挥了挥手，只见他身后的十几个大汉一拥而上，一个个举着拳头就对席云芝挥过来。

席云芝只觉得面前一阵黑暗，吓得花容失色，以为那些拳头终将落在她身上，准备闭眼承受了。可预期的痛并未发生，她僵立原地，偷偷将双眼睁开一条缝，只见韩峰和赵逸出手如电，挡在她身前，将准备围攻她的大汉们打得落花流水、抱头鼠窜。

席云芝早就料到桂宁会来这一手，所以才把韩峰和赵逸借过来，果然被她料到了。桂宁就是想用银子骗她签了合约，然后再来抢夺银子，这样他的手续就齐全了，也不会有后患，哼，想得倒挺美！

事情解决之后，席云芝给了张廷五百两"遣散费"，可把他给乐坏了。

既然卖出去了，席云芝就是不舍也得离开了。可这饭庄也凝聚了她不少心血，真的要走，多少还是有些不舍。赵逸一个借力，飞身而上，将那块黑底红字的匾额取了下来。

"夫人，席家肯定不会要这块匾额的，咱们带回去，留个纪念也好啊，是不是？"

席云芝笑了笑，便由着他了，一行三人，一块匾，迎着晚霞走向了回家的路。

晚饭的时候，席云芝便将卖掉铺子的事对大伙儿说了一遍。堰伯对她的当机立断佩服得不得了，步承宗也对她赞赏有加。吃完晚饭，席云芝挽着步覃去了步承宗的后院，步承宗正和堰伯下棋，见他们过去，堰伯便主动给步覃让了位："少爷，还是您来吧，老爷非让我跟他下棋，可我的棋艺实在太臭了。"

席云芝和堰伯合力将步覃扶着坐到了步承宗对面，步覃将双拐交给席云芝摆在一旁，自己则捏着一颗黑子纵观全局。步承宗佯装糊涂，半眯着双眼，道："恢复得怎么样了？"

步覃在白山黑水间落下一子，淡然道："快了吧。"

步承宗应对自如，不紧不慢地在边角下了一子，又漫不经心道："我说的是心绪。"

步覃瞥了一眼步承宗的棋子，正巧席云芝过来奉茶，正要弯腰走去步承宗那一边，却被步覃截住了，将她手中的茶杯接过，直接放到步承宗面前，然后便指着自己身边空处，让她坐下歇歇。

席云芝不好意思地低下头，说自己不累，却被步覃按着不让她起来。

步承宗看得好笑，故意拖长了语调道："我当初就说云芝是个好姑娘，如今看来，果真不假。这男人啊……总是绕不开三尺红绸，当初何必较劲呢？"

见步覃眼观鼻，鼻观心不说话，步承宗却绕过他，探头看了一眼席云芝，对她眨眨眼："你说是不是，孙媳妇？"

席云芝嚼着笑，看了一眼强装镇定的步覃，这才点了点头，算是答了步承宗的话。

"我要是你，就好好看看这盘棋该怎么救，我的大军已兵临城下，你却仍夜夜笙歌，这可是要亡国的前奏啊，爷爷。"步覃冷着面孔，一派老成地对步承宗道。

谁料步承宗只是垂目看了一眼棋局，便随手落下一子，轻而易举地杀出一条血路。

"嘴巴还是那么毒，看来是好得差不多了。就孙猴子的这点把戏，能逃过如来佛祖的手掌心吗？我这便杀出血路，封了你的援军，看你如何应对。"

步承宗不甘示弱，姜毕竟还是老的辣，转手几回便又对步覃攻了回去。

"封了援军，我便转战，又有何难？"

一老一少，在白山黑水间无声地厮杀着，落子皆有一种大丈夫雷厉风行的霸道。席云芝虽然也懂下棋，却都是女人家的弯弯路子，不比他们直面迎敌，兵法万千。

步承宗已经好久没有下棋下得这般痛快了，一直拖着步覃他们不让走，最后还是席云芝忍不住掩唇打了个哈欠，步覃才速速解决最后一局，不顾步承宗的跳脚挽留，将席云芝带了回去。

他们走后，步承宗有些酸溜溜地道："喊，开始说不要娶妻的是他，如今宠的人也是他，幸好孙媳妇是个好的。"

堰伯正在给他铺床，听了他的话，不禁道："幸好少夫人是个好的，不然就她这翻手云覆手雨的手段，倒真叫人害怕了。"

步承宗却不以为意，吹胡子瞪眼地维护道："怕什么？咱们步家从前就是没有一个厉害的当家主母，才会被那帮小人陷害了，若是春兰和秀琴有孙媳妇一半的手段，咱们都不至于落得如此境地。"

春兰是老夫人的闺名，秀琴则是夫人的，提起那两个温婉软弱的主母，堰伯便是一阵唏嘘："老爷，只要少爷能恢复过来，咱们步家不是没有卷土重来的机会。少爷在军中的威望，不是我堰伯吹嘘，咱们萧国境内，无人能及。"

"唉……洗洗睡吧。"步承宗心中矛盾，既想着让步家重返权力之巅，又不愿再回到那云谲波诡的吃人围城，其实像如今的生活方式也挺好，他知道，自己已经老了，打了一辈子仗，此时才明白，人求的，不过就是那一世安宁。

　　席云芝不用去店里之后，每天有更多的时间陪在步罩身边，从打水帮他擦拭、换衣梳洗，再到扶着他满院子转悠，事无巨细，都安排得妥妥帖帖。

　　两人感情迅速升温，几乎走到哪里都能看到他们夫妻相随的画面，郎情妾意，形影不离，腻腻歪歪的劲头让赵逸他们都有些受不了，一个个躲在背后偷笑。

　　席云芝被他们笑得有时还会不好意思，生怕旁人说她不矜持，有时候便刻意与步罩稍稍拉开几步，但很快步罩就会跟上来拉住她，丝毫不介意旁人的眼光。

　　这日午后，赵逸和韩峰被步老爷子叫去了后院，席云芝在艳阳高照的前院里帮步罩洗头。她先用梳子沾湿了水替他通发，步罩靠坐在椅子上，眯起双眼，全身放松，夫妻二人久久没有说话。席云芝还以为夫君就这样睡着了，却不料他又忽然开口道："听说爷爷将鸳鸯佩给你了？"

　　席云芝听他说话，手中的动作顿了顿，这才点头答道："嗯，给了。"

　　步罩沉默了片刻，然后才睁开双眼转头看着她，墨玉般的眸子里闪着灼灼的寒光："那为何不戴？还在恼我吗？"

　　席云芝松了口气，温柔地摇了摇头："我是想等夫君真心接受我之后再戴，不然岂不是遭人笑话？"

　　步罩看着她的眸子微微敛起，转过头，继续靠在椅子上闭目养神："明日都戴上吧。"

　　席云芝欢喜地点点头，道："是，夫君。"

　　午后的时间流逝得飞快，席云芝发现夫君很喜欢她给他梳头，那闭着眼睛享受的模样，就像从前四婶娘养的一只通体雪白、血统高贵的波斯猫，明明高傲得不得了，却在被人顺毛摸的时候不由自主地发出喵喵声。

　　夜深露重，席云芝在床上给步罩按腿，总觉得最近夫君腿上多了些气力。她喜在心头，抬头看了一眼正在看书的步罩，试探道："夫君，有件事想跟你商量一下。"

步罩的目光落在书页上，没有抬头，只是"嗯"了一下，席云芝知道他在听，便停下按腿的动作，坐直了身体郑重道："历山脚下空地至少有千顷，就这么空着，倒是可惜了。"

席云芝说着，便坐在那里等待步罩的回答，可步罩看书入神，半天才做出反应，只见他放下书册，看了席云芝一眼，便用书册指了指腿，却是叫席云芝继续按，不要停。

席云芝赶忙继续按压，以为夫君不愿与她讨论这个话题，便没再说话。却不料过了一会儿，又听步罩开口："怎么不说了？空地千顷又如何？"

席云芝看了看他，这才说道："空着也是空着，若是能开垦出一番良田，那咱们岂不是可以自给自足，余粮拿去买卖，也是一项收入啊。"

又是一阵静谧，步罩又过了好一会儿才继续道："嗯，那你看着办吧，找些务农熟练的百姓，先规划规划吧。"

席云芝欣喜地看着步罩："夫君，你同意了？"

步罩没有出声，只是头在书册后点了点，席云芝开心地在步罩腿上越敲越卖力，又是捏，又是揉。没多一会儿，步罩便默默地将书册合上，放到枕边，然后抓住席云芝的手，沙哑道："夜深了，睡吧。"

席云芝做事不喜欢拖沓，既然已经得到夫君的首肯，她便可以放手去做。

历山附近便有村子，村里的人大多以务农为生，看天吃饭，并不算富庶。席云芝亲自去村里找了村长，说是有人请他们干活儿。

席云芝从中挑了四五个好手，先让他们去看了地方。其中有一老者，村民们都叫他"福伯"，无妻无子，孤寡一人，虽然年纪大了，体力跟不上年轻人，却极懂农桑。根据众村民的意见，若要将步家周围的千顷荒地在几个月内开垦出来，没有个几百人怕是不行的，怕是极大的工程。席云芝粗略算了算，手中的银钱倒是足够，只是风险略大。晚上与步罩一起商议，最后还是决定将这一想法暂且押后了。

转眼便是四月初，步罩的腿终于到了能够拆除绷带的时候，席云芝把他的腿架在自己腿上，用剪刀小心翼翼地给他拆着绷带。步罩的脚露了出来，脚踝处有一圈伤疤。

步罩缓缓将腿收回，踩在地上，就要站起来，席云芝赶忙凑上前去相扶，却被步罩抬手制止，席云芝这才不放心地放下了手，警戒地跟在他身边，以防他突然跌倒。

走了两步，步罩停下来转动了下脚踝，便又接着走，一旁的赵逸和韩峰双眉紧蹙，紧盯着步罩。席云芝看着他走路的模样，觉得不管怎么说，夫君走路的时候，右脚不再一跛一跛了，步履虽然缓慢，却十分平稳。闫大师果真妙手回春，步罩的腿伤竟然奇迹般愈合了。

当晚步承宗高兴极了，硬是不顾堰伯和席云芝的阻止，喝了足足一坛子的烧刀子，喝到酩酊大醉。

步覃倒不似爷爷那般高兴，像是早已知道这个结果，照常吃了饭，去书房写一会儿字，再与席云芝一同坐在床上看书。然后，毫无意外地看着看着，两人就抱到了一起。

事后，席云芝靠在步覃袒露的胸膛上，听着他强健有力的心跳，安心地闭目养神。

步覃轻抚着她如玉般润滑的脊背，爱不释手，根本停不下来，知她未曾睡着，便开口道："过些天我要出去一趟。"

席云芝睁开双眼，从他胸膛上挣扎着起身，水汪汪的大眼睛看着步覃。如今的她比刚成亲时要丰润一些，脸色红润，多了几分玲珑可爱的感觉，步覃不禁又将手抚上了她的脸颊，轻轻揉捏起来。

"夫君要去哪里？去多久？"

见她紧张，步覃不禁笑了，将她的后脑往下压了压，双唇相接好一会儿，席云芝娇喘得快不行的时候他才肯放松手臂，又以指腹在她有些发肿的双唇上轻抚，这才说道："去一趟南宁，最多下个月就能回来。"

得到了确切的时间和地点，席云芝的心这才定了，但还是止不住有些闷闷不乐。步覃静静搂着她，偶尔在她耳郭亲上两下，好不容易才将她哄骗着睡了过去。

步覃看着她清丽的睡颜，从前只觉得清丽秀气，可如今相知相爱之后，就觉得全天下再也没有比这张脸更加生动好看的了。为了她，他也必须重整旗鼓，而在那之前，还要先解决手头上的一些事情。

历山的东南角，有一处营地，营地驻扎五百士兵，为半山腰的陵寝镇守之用。

因为没有将领，故这五百士兵从追随前扬威将军步覃来到洛阳之后，便似一盘散沙，走入营地不觉整齐肃静，反而脏乱不堪，嘈杂声声。

赵逸和韩峰步入营地，从腰间拿出一只集合号角，吹了起来。营地中先是一阵寂静，然后又是一阵比之先前还要嘈杂的声响，过了好一会儿，才陆续有士兵从营帐里跑出来站队。

出来一个人，韩峰便在纸上记录一个，赵逸则在一旁继续吹号，指挥站立地点。就这样零零散散，断断续续，足足用了一盏茶时间，才歪歪斜斜站了十几队，每队也都十几个人的样子。又吹了一会儿，见营帐内不再走出人，赵逸才将号角歇了。

一个五百人的营地，现在竟然只剩三百二十八人，韩峰心叫不好，赵逸搬了张太师椅过来，步覃负手走入，面无表情地在这些士兵面前坐下。

"剩下的人去哪儿了？"韩峰从前也是三品参将，生就一副铁面，板着脸呼喝的模样，确实有些震慑。

"回……回大人，都……都在城里。"为首的一个士兵颤抖着声音答道。

韩峰冷眉以对："将领何在？"

现场又是一阵静寂，过了好一会儿，还是那个士兵颤抖着回答："昨日知州府办喜事，咱们营的七个头也全都带着亲信结份子贺喜去了，到现在还未回来。"

正说着话，只听营地外头传来一阵吆五喝六的哄闹声，为首的叫王冲，他是营地的长官，此刻却像个闹事的流氓般大声喧闹着。

一行人打打闹闹走进了营地，一个个还在回味知州府的酒有多醇，菜有多好，婢女有多漂亮……却突然发现整个营地的气氛都不对了。王冲眯起醉醺醺的眼睛，定睛看了看，这才像泄气了气的皮球般，腿软了。

"步……步将军……"

步覃冷面看了他一眼，王冲便承受不住跪了下来，步覃冷冷对韩峰问道："前一百个出来的都记下了？"

"记下了，都站在前七排。"韩峰立刻将手中的纸递了上去。

步覃却挥手不看，韩峰知道他的意思，便直接下令道："前一百个出来的，步将军便赦了你们军容不整之罪，后面出来的全都趴下，每人三十军棍，若有不服，站出来！"

韩峰一挥手，整个营地中便是哀号遍野，求饶不断。

步覃则充耳不闻，手里端着一杯赵逸刚刚奉上的茶，悠闲地喝着。

三十军棍，不一会儿就打好了，这刑罚说重，却不致命，说不重，对于一些穷于操练的士兵来说，却也能叫他们十天八天起不来身。跟着王冲出去夜不归宿的那帮人全被吓傻了，他们怎么也没想到出去喝了一顿酒，营地就发生了巨变，之前明明像是废了的一个人，怎会突然醒悟过来，发疯似的跑来整治他们？

"爷，军棍打好了，那帮人……又该如何处置？"

"吊晒五日。"

"是。"韩峰立即领命。

而王冲此时吓得连求饶的气力都没有了。他从前在步覃手下当过兵，知道这位说一不二的脾气，纵然步覃此时已不像从前那般手握重权，但余威犹在，令他根本不敢反抗。

十天之后，步覃带着韩峰和赵逸往南宁去了。

步覃他们出发之后，席云芝还来不及想念，家中就陆续有人过来敲门，都是守陵处的士兵，说是营中闲来无事，便下山来看看夫人这里有什么事让他们做的。

席云芝终于明白，这都是夫君在帮她想办法找人干活儿呢，想得这般周到，让她心中没来由地就甜蜜了一阵。若有了这些士兵的帮忙，她的确可以省下一笔不小的工费，用在其他地方。倒不是因为她小气，舍不得银子，只是开垦这项工程太过于浩大，她手中的资金也很有限，不得不一个铜板掰开做两个花才行。

如今有了现成的帮手，她不用白不用，有了这些士兵加入，稻田开垦就方便很多了。

过了十多天，开垦的队伍已经从开始的百十来人壮大到了如今的三百多，步家周围的田地也已经挖出了一道道渠痕，若是这样一片广阔的土地全能长出粮食，那定会是别样的风景。

福伯和堰伯两人互相协作管理，田地很快就开垦出来，接着便是开渠抛苗。

时间过得飞快，眼看大半个月就过去了，席云芝下午无事便坐在田岸上一边给夫君纳鞋底，一边盯着路口，目光中透着无限期盼。从前只听诗词中说妇人盼郎归的心情，当时只觉得那些妇人无病呻吟，郎君在与不在，不都是那样生活吗？可如今真落在她身上，才知道那种深入骨髓、缠绵悱恻的思念是多么令人心焦。

正坐着，远处有车马走动的声音传来，席云芝心中一喜，抬头却只看见了辆又小又旧的马车正被一个瘦骨嶙峋的车夫赶着，吃力地往这边走来。

这是谁家的马车？怎会到这里？正疑惑纳闷时，却听见马车里传来一阵嘈杂的声音，是一群女人在七嘴八舌说着话。

帘子一掀，只见狭窄的车厢里挤了许多人，一个个憋得面红耳赤，挤得发髻凌乱，狼狈不堪。那个穿着华服的胖女人跳下了车，嘴上的胭脂早已化在嘴角。在她之后，车里的人也陆续下来，一个个一副遭受灾难的模样，足足九人。席云芝正疑惑，由那个胖女人带头一行人异口同声道："老太爷，侄媳妇（外甥媳妇）（侄女）（外甥女）（侄孙女）前来投靠，还望老太爷收留。"

步承宗端着一杯茶，维持双手捧杯的姿势已经有一炷香的时间了，看着这些女人叽叽喳喳。

她们你一言我一语地说着她们如今在京城里的难处。

原来这些女人全跟步家沾着亲，所嫁之人也都是上过战场，已经战死的。因此，那时步家便一直养着她们。可步家一朝被贬，这些女人失了依傍，这才一路从京城赶来了洛阳。路上也因为用度不知节制，花光了身上所有的银两。

知道了个中缘由，席云芝于情于理都不能将她们拒之门外，只好先腾出两间小房间来给她们。

日子一天一天过，席云芝每天都数着指头，希望夫君能快些回来。

家里多了这么多女人，总免不了麻烦。闲话她们什么姿色平常，又什么单薄不好生养，还说她不是出自名门，配不上她们步家的独苗公子爷，席云芝也只是笑笑，并不往心里去。

五月初，席云芝终于把步罩给盼了回来，得知步罩他们回来，她连炒勺都来不及放下，就从厨房冲出去迎接。

玉面公子，眉如剑锋，眼如星芒，紧抿的嘴唇有一种说不出的冷意，但那双墨玉般的瞳眸在看到追门而出的席云芝时，却闪过一抹无论是谁都会动容的温柔。这不是她的夫君，还能是谁？

步罩自高头大马上翻身而下，身上带着风尘仆仆的疲倦，但在看见让他朝思暮想的女人之后，所有的疲累仿佛瞬间清零了般，手中的马鞭都来不及放下，便目光灼灼地盯着席云芝，对她张开双臂。席云芝开心地奔了过去，却在他面前收住了脚步，面带羞涩，含情脉脉地看着他。步罩扬着嘴角，长臂一收，便将席云芝搂了个满怀。

步罩不断收紧手臂，似要将席云芝揉入自己的骨血般，鼻尖嗅着她身上熟悉的香，只觉心中一阵踏实。

席云芝从来不知道，原来思念一个人会这样难受。

妯子们听说步覃回来了，一股脑儿冲了出来。步承宗也出来说明之后，步覃明了事情经过，虽然步家今非昔比，可她们既然来了便不能将她们拒之门外的。

之后步覃拉着席云芝回了房，搂着她亲了又亲，享受这片刻的安宁，在她耳旁低喃道："这些日子，辛苦你了。"

席云芝双手搂着夫君的腰，温顺一笑："不辛苦，都是妾身应该做的。"

步覃扬着唇瓣露出一抹笑容，抱了好一会儿后，才松开这个让他想了好些时候的女人。他走到门边拿过一只包袱，默不作声递到席云芝面前道："这些……都给你。"

席云芝不解地看着他，接过包袱问道："这是什么？"

步覃没有说话，席云芝好奇地将包袱放在腿上，打开。

这包袱里竟然全是各色翡翠珠宝，她从前在席家的古玩铺子里学过，看得出来这些东西都是年代久远的珍品，翡翠剔透，玉石温润，珍珠硕大……这些东西不禁让席云芝惊得说不出话，良久之后，才对步覃讪讪地问了一句："夫君，你们不是去南宁抢劫了吧？"

步覃蹙眉，伸手在她额头上弹了一记，这才翻身上床，无奈道："你不会以为，步家打了这么多年仗，真的什么都没有留下吧？"

听了步覃的话，席云芝这才恍然大悟。

席云芝觉得，夫君从南宁回来之后，整个人都变了，动不动就爱送她东西。

先是那一包袱亮瞎她眼的珠宝，然后第二天又不知从什么地方，弄来了一屋子鲜花，到了下午，竟然又叫赵逸领着三四个仆役进门，一个家丁是给老太爷使唤的，另外的一个老妈子、两个丫鬟安排给她贴身伺候的。

席云芝心中感激，但家里一下子多这么多人，席云芝觉得从前只能算小的院落一下子就变得更加拥挤了。晚上，她将这事跟步覃稍微提了提，没想到步覃第二天就扔给她一张图纸，说是扩建宅院，他连设计图都画好了，还问她有没有什么特别想要的布置。

席云芝对住所的要求倒没那么多，只是看着这气象恢宏的宅院，从左至右光房间就有三十二间，更别说再加上园林和水榭了，若是按照这图纸建造起来，没个几万两银子是绝对下不来的。席云芝无奈，只得冒着被步覃瞪眼的危险，硬是划去了好些没必要的扩建。

开荒工程经过一个多月的努力，已经渐渐步入了正轨，由堰伯和福伯看着，正好可以让她抽出时间安排改建屋舍。最终，她硬着头皮决定了宅子的布局。她盘算着要增加五六间房，也就是在主卧旁边的那块空地上多建一个小院出来，小院里一间主卧，两间孩子房，一间书房，一间绣房，跟老太爷住的后院比邻而居，却各自有围墙，互不干涉，这样的话建造时既不需要拆墙，也不会打扰到他们如今正常的生活。

家里的活儿都被丫鬟和老妈子分担了去，日子一下子就闲了下来。这日席云芝坐在院子里做着针线，前几日给夫君做了一件贴身穿的衫子，她想在衣角绣一朵芝兰，眼看就要完工了，却不料被经过院中的倩表姐看见了。

只见她看了一会儿，便啧啧啧啧地摇头。

席云芝不解地问道："怎的，我哪里绣错了吗？"

倩表姐弯腰拿起席云芝手中的衣衫，语气有些不屑道："你这花花叶无形又无神，颜色也土气，真不知你娘是怎么教你女工的。"

席云芝听倩表姐无意提起母亲，便噙着笑低下了头，没有说话。

正巧兰表婶来寻倩表姐，倩表姐像是分享般对她招了招手："兰姨，快来看看，这就是表弟媳绣的花。"

兰表婶过来接过了手，看了好几遍，语带不屑道："这都什么？花不像花，草不像草，真不知道我那侄子怎么就看上这朵野花了。"说着，便将衣衫扔回了席云芝手里。

倩表姐听了兰表婶的话，掩嘴一阵偷笑，还假模假样地安慰道："表弟媳你别介意，兰姨出嫁前可是京里数一数二的绣娘，要求自然是高的。"

席云芝笑笑没有说话，兀自收拾了针线。兰姨也没再理她，转手拉着倩表姐入了房，像是有什么悄悄话要说。

席云芝隐约听到了"借""还"之类的字眼。

三日之后，步家老少应约去贺张延的新酒楼开张。

张延当了老板，自然换了一身行头，看见席云芝便赶忙从柜台后迎了上来，一个作揖就对席云芝呼道："哎呀，席掌柜来得好晚呀。"目光一扫，落在俊逸不凡的步覃身上，两眼放光道，"这位便是步先生了，久仰久仰。"

步覃大气地回之抱拳之礼，张延却忽然转身拍了几下手，对着店里的伙计们招手道："来来来，都来见过席掌柜。"

众跑堂、厨子都围了过来，只听张延指着席云芝道："看清楚了，这就是我经常跟你们提起的席掌柜。"

"席掌柜好。"

众人对席云芝行了回礼，却让席云芝疑惑了，她蹙眉对张延小声问道："你搞什么鬼？"

张延也同样小声对她道："我张延可不是忘恩负义的人，你从前的照顾，我怎能不有所回报？"

席云芝好奇道："你待如何？"

张延让伙计们招待步家老少去了楼上雅间，却神秘兮兮地将席云芝拉到一边，对她比了个三的手势："从前我七你三，现在依旧有效，还是我七，你三。你什么都不用做，每月等着收银子就行了。"

席云芝惊讶地看着张延，张延对她爽朗地笑，挺直了腰板儿对她道："当然啦，如果席掌柜还打算开饭庄的话，那就当我没说好了。反正我现在的一套都是你教的。"

席云芝这才了然，原来这小子是怕她再开一间饭庄来跟他抢生意，怪不得这么大方呢。

席云芝摇了摇头，干脆给他吃颗定心丸："饭庄我是不打算开了。没有好厨子，再好的手段也做不出生意。倒是你替我打听着，看看香罗街上有没有什么好的店铺，我倒想租下两间来做做其他买卖。"

"香罗街？那条胭脂巷？卖的净是女人家的东西，你想卖什么呀？"

席云芝没有回答张延的疑问，只是高深莫测地笑了笑，便不再理他，上楼去与家人会合了。

席云芝从房间出来，捧着针线篮，打算将新绣好的花拿去给表婶她们看一看，却看见刘妈骂骂咧咧地从房里走出来，见了席云芝，赶忙收敛了，恭敬地站在一旁。

席云芝见她一脸怒容，不禁问道："刘妈，怎么了？"

刘妈虽然来了不久，但也知道这家的主母是个善人，好脾气不说，还特别讲理，想来自己就是跟她告了状，她也不会怪罪自己才是。

"老奴好心来收衣服洗，只是不小心碰到了兰夫人新做的衣服，便被她骂了出来。"

席云芝不禁问道："兰夫人的新衣服？"兰表婶不是说身上的银子早就花完了吗？她哪里来的银钱去买新衣服？正纳闷之际，却听刘妈说道："是啊，听说是前几日跟表姑娘借了些，又当了支簪子才买回来的。我不过是不小心碰了下，她至于这般埋汰人吗？"

席云芝听了刘妈的话，也大致明白了事情的始末，安慰了几句后，便让刘妈回去干活，自己则依旧去了她们房里。

因为兰表婶在生气，所以席云芝便特意绕过了她，对高傲的倩表姐着重请教了一番绣法针路。倩表姐面上净是不耐，却也不好明着拒绝她，只能在语气上表现得不耐烦一些，好叫席云芝自己离开。

席云芝全程笑脸，脾气好得像个木头。她走之后，倩表姐又在那里说了她很多坏话，什么太笨、太烦，自己根本不想搭理她之类的。

因为倩表姐说得大声，被席云芝的两个丫鬟如意和如月听到了，辗转前来告知了她，席云芝却也一笑而过，不予理会。

第二天，席云芝又让丫鬟去请倩表姐来她房间进一步教导。倩表姐带着不屑的怒容进房，却是带着骄傲又得意的神情出来，因为席云芝为了感谢她这几日的悉心教导，送了她一匹上好的湖蓝真丝缎。马上入夏了，倩表姐寻思着正好可以做两身轻薄的新衣。

倩表姐将缎子拿回房之后，还特意炫耀了一番，说是表弟媳已经被她的人格魅力彻底收服了，这不，紧赶着来巴结她呢。

众女不愤在心，却是对席云芝送出的那匹真丝缎子垂涎不已。

又过了一日，席云芝又差人去房里喊表小姐过来教授，不巧，表小姐不在房里，去街上裁新衣了。丫头只好叫了另一位会绣花的宁小姐去了席云芝那儿。

宁小姐是带着期待的神情入内，欢欣雀跃的神情出来的。因为席云芝问过她绣法，在她要走时，送了一支细长的梅花金簪给她。

宁小姐将金簪拿回房里，所有人都惊讶得面面相觑。这出手真是大方。等倩姑娘回来，见了宁姐儿得的金簪，知道来历，当场就恼了，两人闹得不可开交，一连好多天都没有说话。

众人翘首企盼，希望席云芝什么时候能再喊她们去教授一番，会绣花能讨彩头，不会绣花的也可以去吹捧两句呀，说不得一高兴，也能给她们个什么小东西啊。等了半个月，倩姑娘新做的衣服都拿回来了，她们也没等到席云芝再来请教，一个个只能暗妒在心，眼巴巴看着倩姑娘穿着那身湖蓝色的真丝缎子裙走来走去，出尽风头。

就在众人快要受不了倩姑娘的显摆时，终于又传来消息——席云芝亲自相邀，想带她们去逛一逛洛阳城。这个消息如甘霖一般在众女人间欢快地撒开了，因为她们一个个心里都认定，席云芝既然邀她们出门，那定是不会让她们空手而归的。这不还未出门，就都已经开始在心中盘算到时候要些什么东西了。

席云芝雇了三辆马车，载着九个女人和两个丫鬟去了城内。

众人直接去了香罗街，街道上有胭脂铺、成衣铺、珠宝铺等，一入街便是一股香风扑面。女人们叽叽喳喳地跟在席云芝身后，像一群被放出笼子的麻雀般吵闹。

席云芝走入了一家珠宝铺，女人们面面相觑，心中暗喜，眼睛便如钩子般开始在店铺里扫视。席云芝挑了一对珍珠耳坠，那珍珠圆润硕大，摆在黑底绒布之上，更显流光溢彩，一看便知不是凡品。

如意如月两个丫头倒是在一旁连连称赞，席云芝看了她们一眼，便微笑着起身，又看了看店里的其他东西，除了珍珠耳坠之外，她还试戴了一对玉镯、一条玛瑙手链，然后顺手又拿了两只玲珑可爱的小戒指。

掌柜的原以为她最多只买那一副珍珠耳坠，没想到试了多少，她便要买多少，当即将席云芝视为头号金主，殷勤地噼里啪啦算了起来，最后对席云芝报价道："夫人，这么多东西一共二十一两八钱，您全要吗？我替您包起来，可好？"

席云芝笑着从荷包中掏出两锭银子，摆在柜台上："二十两，全包起来。"

掌柜的也不作势，直接就招呼内堂来人包装。

一帮女人都在心中暗笑，看来这回是来对了，料定了有便宜占，便兀自在铺子里转了起来，一个个对铺子里的伙计们问东问西，像是也都要买似的。

席云芝对如意如月两个小丫头招了招手，也替她们买了两只小戒指，可把她们高兴坏了。

兰表姊见状，再也按捺不住，侄媳大方，居然连小丫头都送东西，她刚才看中的那支翠玉簪子，相信只要她以长辈的身份和侄媳一提，侄媳定会毫不犹豫地买下来送给她才是。

可刚走到席云芝身边，席云芝便站了起来，转头对大伙儿道："我的东西买好了，这里不比京城，想来也没有合姊姊舅母表姐们心意的东西，原也只是出来解个闷子，咱们便再去看看绸缎好了。"席云芝说完，就带头走出了珠宝铺，留下一帮女人在原地懊恼。真是的，都怪她们一开始吹嘘得太厉害了，京城的珠宝铺和洛阳的珠宝铺其实有什么分别呢？

陪着席云芝逛了一天，席云芝买了好些吃的穿的用的，步家老少她倒是一个不落，就是只字不提给她们买。兰表婶最后气不过，干脆将头上的一支凤钗取了下来，换购了两盒胭脂，即便如此，席云芝也像没瞧见似的，一切由她。

众人郁闷极了，可囊中羞涩是事实，她们也实在放不下脸面去跟席云芝讨要，因为有倩姑娘和宁姐儿的先例摆在那里，席云芝都是上赶着送东西给她们的，可若是她们现在开口要了，那不就说明，她们没有倩姑娘和宁姐儿的本事吗？她们虽然相携投奔，却是谁也不愿矮了谁一头，先做着没品的事。最可恨的是那席云芝，怎么不能像讨好倩姑娘和宁姐儿那般讨好她们呢？只能一个个憋着一口闷气，铩羽而归。

步覃从外头回来，发现今日的院落格外清净，没了从前的嘈杂，推门入房，看见席云芝正在清点东西，东西摊了一桌子。

见他走入，席云芝甜美一笑。步覃忍不住在她如水的脸颊上轻掐了两下，这才坐下，一边解腰带一边道："你这是要准备摆摊吗？"

席云芝听他调侃，不禁娇媚地横了他一眼，道："夫君你又在笑我，我只是把东西拿出来对比一下，你看……"

席云芝说着话，便将手中的两颗珍珠送到步覃面前，又道："这是你送我那堆东西里的一颗珍珠，这是我今日在集市上花八两银子买的，无论从成色还是大小、做工来看，夫君送的这颗明显要高很多档次，市面价格绝不会少于两百两。"

步覃一边喝茶，一边听席云芝讲她的见解，看着她认真的模样，故意开口道："这珍珠是从那耶王室拿出来的，你确定只值两百两？"

席云芝一听"王室"两个字，表情呆了呆，但想起夫君从前的行当，也不觉奇怪，便从一旁拿来了算盘珠子，噼里啪啦就是一阵打："如果是从王室出来的，那自然就不止两百两了。"

步覃失笑，抬手在她脑门上敲了敲："真是势利的小东西。"

席云芝好不容易算出了价格，这才抬起头对步覃道："这怎么是势利？就品相而言，这颗珠子只值两百两，但若加上它的来历和背景，那便值两千两，若是碰巧有人认出这是从那耶王室出来的，那便是天价之宝了。"

步覃哭笑不得，突然想起什么，问道："对了，你今日和表婶她们出去逛街了？可有买些东西给她们？"

席云芝收回放在珠宝上的目光，看着步覃自然地摇了摇头。

步覃却对她这个答案很是意外，这可不像他的夫人爱收买人心的性格啊。

席云芝放下手中的东西，正色对步覃道："夫君，授人以鱼不如授人以渔，表婶她们总这样习惯性依附旁人生活是不行的。"

"你想如何？"步罩倒是第一次去思考这个问题，从前步家鼎盛，他觉得养几个女人不成问题，可他没有想到，步家也会落难，女人家们没有任何生存技能，的确是不行的。见夫人一副成竹在胸的模样，他不禁好奇，她是想做什么呢？

席云芝将自己心中的想法对步罩说了说，步罩听了也不觉不妥，只是有些担心："你的想法很好，但表姊她们养尊处优惯了，不会愿意去做的。"

席云芝故作高深地低头侍弄她的珠宝，笑道："人的欲望一旦超过了自己所拥有的，那可是什么都会去做的。"

步罩听她这么说，心中明了，怪不得今日的院落如此清净，想来是夫人已经开始了她的计划，貌似还有些成功。

"这么多人，你控制得住？"

席云芝笑看着步罩摇了摇头："人越多才越好控制呢！"

步罩当然懂这个道理："制衡。"只要找准了平衡点，的确会事半功倍。

席云芝点点头，对夫君眨了几下眼睛："人多就有纷争，有纷争就有攀比，有攀比就有嫉妒，有了嫉妒就有了弱点……"

步罩见她这副稀松平常的模样，心中惊叹。他是真的没想到，一个未打过仗，不懂兵法的女人，竟然将战术玲珑地在生活中运用起来。他的夫人每天都令他惊喜，一步步地令他深陷，难以自拔。

席云芝租下了香罗街上的两间店铺，一间大门紧锁，另一间则披红挂绿地开业了。

这回她开的是一间南北货铺。城南经常会有波斯商人来贩货收货，席云芝从他们手中进了些新奇好看的首饰，以及颜色艳丽的纱缎。

她给自己的铺子起名叫南北商铺，就是想告诉人们这间店里会有各个地方的稀罕物件，而她这里是城中不能经常上街闲逛的夫人小姐们也能来逛的地方。

因为她经营有道，眼光又好，南北商铺的生意倒是很不错。席云芝还特意叫人在店铺的楼上准备了好几间雅阁，供一些深闺小姐单独选购，此举亦是大受闺阁千金们的喜爱。

一时间，南北商铺便成了姑娘们来香罗街的首选。

席云芝大把大把地赚着银子，在家也毫不避讳地清点银钱。这日她正在记账，却见兰表姊带着几个表姐期期艾艾地走了过来。

席云芝放下笔墨，笑着问道："表姊、表姐，你们有事吗？"

兰表姊被大家推出来跟她说话，只见她胖胖的手搅作一团，憋红了一张脸，才说出一句话："那个……我们几个也有些私藏的珍品，你那铺子里能替我们卖个好价钱吗？"

席云芝将她们扫视一圈后，冷静道："南北商铺不收旧品。"

兰表姊等人脸上现出尴尬与气愤，正要转身离去，却听席云芝一边打着算盘一边说道："不过若是一些手工绣品倒是很受欢迎。"

兰表婶等人面面相觑，收住步子，对席云芝问道："你是说，我们绣一些帕子或是其他东西，你愿意收？"

席云芝笑着点头，给了她们一个肯定的答复："只要手工精细，一定收。"

兰表婶等人得了席云芝的这句话，便一改先前尴尬的神情，都欢喜着回了房。

席云芝看着她们离开的身影，嘴角露出一抹笑，然后才将桌上的笔墨纸砚和银两盒子收了起来。

啊……鱼彻底上钩，她终于可以不在大庭广众之下算账了。

戌时将过，步覃才从外头回来，一进来便看见桌上放着的饭菜和酒壶。席云芝听见声响，从绣房中走出，自然娴熟地帮步覃换下衣服。

"这几日营里有些事，回来得晚，你就别等我吃饭了。"步覃看着摆着碗筷的席云芝一脸温和地微笑。

"今日可是有事？"他的夫人全程笑得很舒畅。

席云芝在他对面坐下，抿着嘴道："表婶她们今日来找我，说是愿意给铺子提供一些绣品。"

步覃挑眉，他好些天没过问这回事，原想等忙完了这阵子，他去和表婶她们说道一番，没想到自己夫人已经把这事做成了，心中对夫人的能力又高看了一筹。

十日之后，席云芝分别收到了四五块帕子，绣工各有千秋，但确实都是上品。席云芝交给早就高薪聘请过来的洛阳城顶级绣娘苏九做评判，然后按照那绣娘的专业眼光，给婶娘表姐们绣的帕子定了价格，并爽快地一并付清。

表婶她们拿到了入账，都激动不已，群情激昂地承诺还要加紧赶绣，争取每人十日之后，再交出几块。

席云芝则在她们离开之前故意与苏九讨论开设绣坊之事，并将绣坊中情况和待遇"无意间"透露了一番。果然，晚上她回到家里，众人又围过来，向她委婉地打听是否可以去绣坊做事。

就这样前后布局多日，席云芝在香罗街上的另一间绣坊总算能开业了。除了兰表婶、情表姐她们五个会刺绣的人，她还另聘了二十位绣娘，由苏九总领，按件结算工薪，专门绣制一些能够卖给波斯商人的传统绣品。

众人从别扭到适应，一起探讨研究绣法的花样，一起嬉笑，让她们对生活的态度也变得积极起来。

席云芝见她们辛苦，便在绣坊后头的民居中给她们另租了两间房，专供那些因为赶工而不能回家的秀娘居住，环境好，生活用品一应俱全。这一举措，深得绣娘的好感，更加卖力工作了。

这日席云芝正在南北商铺里清点从绣坊拿回来的绣品，准备叫人送到码头，却见铺子外头来了两顶华丽的四人抬大轿。席云芝原也没在意，以为是哪家小姐来店，眼角扫过轿身，硕大的"席"字和熟悉的雕饰叫她不禁一呆。

豆蔻般花哨的指甲晶莹玉润，一双纤纤玉手搭上丫鬟的手背，自轿上下来。

席云芝将手里的货单交给二掌柜，自己则走出了柜台。

席云春和席云秀相携走入店铺，美艳高华的气质使她们看起来便让人不由自主地产生一种疏离感。

席云芝迎出了门，笑容满面道："二位妹妹别来无恙。"

席云芝的出现让两位席家小姐面上都是一惊，随后还是席云春率先反应过来，语带不屑地说道："你怎么会在这儿？早就听闻你夫家清贫，没想到竟是真的，要你一个女人抛头露面跑生活。"席云春语调慵懒，带着一股冷嘲热讽的口吻，眼神中的瞧不上却是表现得真真的。

席云芝听她说得这般轻蔑，也不生气，横竖这些调调都是她在席府听惯了的。席云秀将席云芝上下扫了一眼，左顾右盼道："你们掌柜呢？我要选几样东西给云春姐姐添妆。"

席云芝知道，席云秀已于四月初出嫁，如今也早已换作妇人髻，云鬓墨染般雅致幽香，说话时，眼神却是频频瞥向席云春，像是故意说给她听的一般。

席云春收到她的眼神，便也亲热地莞尔一笑："多谢妹妹。"

"谢什么呀，都是自家姐妹。我那婆婆还说，等姐姐成亲后，让我多去贵府走动走动呢。到时可有得叨扰了。"

席云芝不动声色地站在一旁等候，看云秀的样子，应该还不知道她之前跟席家做的那笔交易。云秀嫁的是知州公子，云春马上也要嫁入京城通判的府邸，两家于公于私都来往颇密，可谓打断骨头连着筋。如今有了这对姐妹做桥梁，今后便能走得更近，所以，席云秀才会在席云春出嫁前，赶回来献一献殷勤。

两姐妹手拉着手，你我不分地坐到了店里特意给客人准备的太师椅上。两个人故意不看席云芝。席云芝也不献殷，只转身去了柜台，让正在对单子的代掌柜去接待这两位小姐。

席云芝一边核对，一边抬眼扫了扫席云秀，见她只有面对席云春时，表情是谦恭有礼、落落大方的，对待旁人总是多了几分凌厉与不耐，像是所有人都欠了她一般，这种表情，可不是一个新嫁娘该有的才对。看来，云秀妹妹的日子过得并不怎么舒心。

六月初二，洛阳城的鞭炮响了足足半日，席家二房云春小姐出嫁，嫁入通判府，通判大人杨啸比云春小姐大了足足一十六岁，对这门亲相当看重。其婆亲排场可谓空前，一时成为城中百姓们争相讨论的热门话题。但席云芝没多余的时间去理这些事情，因为再过一个多月，步家近千顷的稻子就要成熟了，她若不事先做好准备，到时候万斤米粮没有出处，可是会很头疼的。

洛阳城中的米行只有骆、王两家。王家沾着官亲，出粮入粮都是漕运官船，骆家虽也是漕运，却是漕帮自己家的产业。官家的粮铺规矩多，手续烦，两者相比，席云芝更倾向于直买直卖的骆家。席云芝去城西的骆家粮铺，和掌柜的敲定好大概日期，掌柜的还亲自跟她去了步家周围田地确认情况，瞧了这广袤的面积，立刻便将席云芝列为最大客户。

此事谈妥，席云芝觉得心头的大石算是落了一半，正要往回走，却突然看见一个熟悉的面孔。

席云秀的贴身婢女柔儿匆匆忙忙从药铺出来，怀里捧着东西，脸色通红地经过席云芝身边。

席云芝看着她离去的背影，双眸微敛，转首看了看柔儿先前出来的药铺，犹豫了片刻后，这才走了进去。她跟老板买了几两山参回去炖鸡，然后"顺便"问道："老板，那丫头买的什么？怎的那副模样？"

老板将席云芝的山参包好之后递给她，疑惑道："你说刚出去那个？嘿，真不知那家人在搞什么鬼。"

席云芝笑问："此话怎讲？"

药铺老板也是个好事的，四周观望了一圈后，这才对席云芝道："前几天那丫头才来买过安胎药，可今日又来买打胎药，真不知道到底想干什么。"

听完这句，席云芝便状似无意地付钱走人。

柔儿是云秀的贴身婢女，她买的东西，十有八九是跟云秀有关的，看来云秀妹妹嫁入卢家不久就有了身孕，这本是大喜之事，却又为何叫丫头先买安胎药再买打胎药呢？

步家的小院终于建成，没有气象恢宏、千檐百宇，却是自有一派农家小院的幽恬。

席云芝按照自己和夫君的喜好，布置好了房间，院子里种着好几棵她喜爱的桂花树。这正是她心目中的理想小院，只要安逸舒适便已足够。

晚上步覃和席云芝躺在新院子里的床铺上，步覃倒没什么，正常看书，席云芝却是在屋子里四处观望，像是一切都新奇得不得了。步覃趁着翻书的空当，抬头看了她一眼，这才说道："麻雀大小的院子，你倒还新鲜了。"

席云芝听他如是说，有点不以为然："麻雀虽小，五脏俱全。我就喜欢这样的小院子，所谓大家也是一户户小家组成的，有一座舒适的小院，一个心爱之人，两三个顽皮孩童，这样宁静的生活不应该受人喜欢吗？"

步覃听了一时语塞，倒是没想到她看了这丁点儿大的院子，居然有这么多的感悟，看着她难得天真的样子，不禁扬唇道："那如今你小院有了，心爱之人也有了，就差两三个顽皮孩童了……"

席云芝一愣，被步覃眼中赤裸裸的暧昧眼神看得面上一红："我是说理想中的生活，又不是说自己想要孩子，这种事，哪能说得清呢。"接着腰肢一扭，离开了他的书案。

步覃见她娇羞，想起她的那一套关于家的理念，心中也是快慰满足。

第二天席云芝带着满身的酸痛，去到南北商铺。她揉着还有些僵硬的腰，总觉得自己若不再吃些补药，就要跟不上夫君虎狼般的体力了。

刚跨进商铺，伙计小方便迎上来："掌柜的，知州府的少奶奶订了几套首饰，说是您娘家姐妹，指名要您亲自给送过去。"

席云芝停下揉腰的动作："知州府少奶奶？"

伙计点头："是，那订货之人是那样说的。"

席云芝敛眸想了一想，便点了点头，对小方道："知道了，她看中了哪几样，去装起来吧。"

小方领命去了。席云芝走入柜台，想着难道是柔儿昨日在药铺门口看到她了，所以云秀今日是想把她叫去试探一番？到底发生了什么，需要她们这般防备？席云芝心中的疑团越滚越大。

知州府位于城东，城东向来是勋贵富家居住之地，离席家也不是很远。

席云芝来到知州府外，看见一辆席府的马车停在外头，赶车的老严认识她。老严是个老实人，便从车上跳下来跟她打招呼。席云芝这才知道，这马车是四婶娘驱来看望闺女的。

让门房进去通报，不一会儿，便有人来带着她去了席云秀住的院落。

知州府占地没有席家大，内里乾坤却是富丽堂皇至极的，就连水榭前随意摆放的乱石都是由异域运来的，嶙峋错落，园中的花草更是珍稀品种。在席云秀居住的院子前还有一片用极高铁栅栏围起来的地，栅栏里竟然放养着两只通体雪白的白虎，据那卢家奴仆说，是他们少爷喜欢养这些野性难驯的猛兽。

走到一个院前，席云芝远远便听见一道歇斯底里的女声："他们一个个都来糟践我。如今就连娘亲也来糟践我，走，你走！"

说完之后没多会儿，便见一向软弱的四婶娘哭哭啼啼地从里面走了出来。四婶娘周氏一抬头看见席云芝端立在那儿，不禁一愣。席云芝对她福了福身子，直接道："云秀妹妹在我们店里订了几样首饰让我送过来，婶娘可是来看望妹妹的？"

周氏低头拭了下眼角，摇摇头冷淡道："是啊。听说她这些日子身子不爽利，我便来瞧瞧她。她既叫你前来，你好好陪着便是，莫再叫她动怒了，知道吗？"

席云芝听着四婶娘这番话，只觉得悲凉，不动声色地福了福身："是。"

周氏离开之后，带席云芝入院的丫鬟便上前通报。席云芝在院子里等了足足一盏茶的时间才被脸色不善的柔儿迎了进去。

只见席云秀正红着眼眶坐在梳妆镜前，虽然穿着锦衣华服，妆容精致，却也不难看出她是大哭过的。

席云芝站在一处水晶珠帘旁等候，时不时搭些话缓和气氛。

"先前遇见四婶娘了，她说妹妹身子不爽利？"

席云秀呆呆地看着镜中的自己，没有说话，却让席云芝替她比画钗环。

席云芝站到她身后照做，又道："昨儿在街上遇见柔儿，见她从药铺拿了药，可是妹妹病了？"

席云芝刚说完，席云秀却突然转过了身。

"你是不是知道了什么？"席云秀的声音空灵，像是没有灵魂的木偶，眼神阴暗得叫人害怕。

席云芝直视她的双眸，寻常说道："什么？不是妹妹让我来送东西给你的吗？这簪子……"

席云芝将簪子递过去给她看。席云秀接过去，拿在手中把玩了一会儿，整个人如幽魂般走到花厅里，就连水晶珠帘钩住了她的长发也不自觉，浑浑噩噩，脚步虚浮。

席云芝跟在身后，怎料席云秀突然转身，抬手就用簪子往席云芝身上扎去。席云芝逃开，可柔儿就遭殃了，只见席云秀疯了一般用簪子向柔儿扎去，疯疯癫癫地怒道："你们肯定是知道了，是特意来笑话我的是不是？你算什么东西？谁不知道你席云芝在席家连条狗都不如，你凭什么来笑话我？"

席云秀已经完全疯魔了，一边扎着柔儿一边骂席云芝："你不过是贱人生的贱种，旁人我动不得，你我却是动得的。给我滚过来，滚过来跟我求饶！跪到我面前来，爬着跪过来，否则我就弄死你，把你家的破房子一把火烧掉，哈哈哈哈。"

这样的疯癫之态让席云芝吓坏了，柔儿背后也被扎得血流不止。见柔儿叫得凄惨，席云芝也不得不先赶忙冲上前去把柔儿拉出来，躲到门外。席云秀想追出来，这时候，院子里十几个仆婢全都涌过来，将踏出房门的席云秀堵了进去。

柔儿哭红了眼睛，像这样的对待也不是这一天两天的了，可她只是个奴婢，就是被主子打死了，也没处说理。席云芝给她擦了擦眼泪，柔儿平复了下心情后，才捂着胸腹对着席云芝道："多谢大小姐救命之恩。"

席云芝不愿久留，当下便点点头告辞离开。第二天，伙计告诉席云芝，说知州府一早又派人来叫她过府。想起昨日席云秀癫狂的模样——席云秀不知在知州府中受了什么天大的委屈，无处发泄，卢家那边的人她是不敢打骂的，因此才会将矛头对准她这个无依无靠、无权无势的娘家姐妹。席云芝听了对伙计小方道："我知道了，不用理会他们，去告诉大家，今后若是我不在，无论知州府少夫人要传谁过去，都不许去，知道了吗？"明摆着被她打骂发泄，席云芝自是不会凑上去触霉头，也不允许身边的人触霉头。席云秀的事，她可不想被搅进去。

张延说话算话，给席云芝送来了当月的三成盈利，席云芝推辞不要，张延却当场较真，说席云芝若不收下这钱，那今后就连朋友都没得做。席云芝无奈，只好收下，并承诺这钱她先放着，若是今后他需要周转，尽管向她开口便是。张延嘟囔着说席云芝咒他，便回了他的得月楼。

席云芝看着柜上这一大包的银两，少说也有两百两银子，三成盈利就如此之多，看来张延的酒楼生意挺好。席云芝莞尔一笑，由衷地替张延感到高兴。

席云芝正打算再去绣坊，却在快要出门的一瞬被人叫住。

席云芝转身往后看了看，却见一位美貌妇人端立于豪华马车前看着她，竟是席家的四奶奶周氏，也就是席云秀的亲娘。席云芝眉心一跳，觉得该来的不管怎么躲避，还是会来。

　　将周氏请到了楼上雅间，命人奉了茶，周氏面无表情，显然是没心思喝茶的。席云芝便在她对面落座，咽下了那些客套之言，毕竟人家肯定不是来跟她喝茶叙旧的。

　　"这家店是你开的？"周氏先前听见店中伙计称呼她"掌柜"。

　　席云芝原本就没想隐瞒，遂点头："是。"

　　周氏嘴角露出一抹嘲讽，直接开门见山道："云秀传你去府，你为何不去？"

　　席云芝淡然一笑："四婶娘的意思是，要我送上门去给云秀妹妹骂一骂、打一打，让她解解闷子？"不想争吵，席云芝耐着性子对周氏比了个"请"的手势，直接逐客。

　　周氏愤然起身："席云芝，你是什么东西？别不识抬举，如今是云秀铁了心要见你，否则你信不信我明日便能叫你这店化为灰烬，你凭什么跟我斗？"

　　见席云芝软硬不吃，周氏走前目光恶毒地道："你别后悔。"

　　这对母女威胁人的口气也如出一辙，令人心生厌烦。

　　就在周氏来找席云芝谈判的当天傍晚，便有几个壮汉，拎着几大桶狗血，不由分说便在南北商铺外墙上泼洒起来，店里的伙计出去制止，却反被他们痛打一番。几个高大汉子眼看着就要进铺子抓人，幸好赵逸和韩峰及时赶到，将他们打了出去。席云芝惊魂未定，看着满地的血红和一片狼藉的铺子，心中愤然，目光空前镇定，她只是想好好生活，他们就这么容不下她？既然如此，就别怪她不客气了。

知州府后院。

"去抓她，给我去把她抓过来！我要见她，我要用刀划了她的脸，我也要让她尝尝痛不欲生的滋味！"席云秀声音尖锐地叫嚣着。

周氏看着女儿日趋病态，心急如焚，为免再刺激她，只好出言安抚："我已经派人去抓她了，你别生气，小心身子。"

席云秀偏不听，看了一眼似乎有些隆起的小腹，情绪变得更加激动："那个贱婢，她凭什么过得比我好？她样样不如我，凭什么是我来受这种罪，受这种屈辱？"

"是是是，你别急，娘这就派人去把她抓来，横竖不过是个贱婢，到时候随你处置，你可不能急出好歹来。"

席云秀听了她母亲的话，情绪这才稍稍好转。

周氏看着女儿这般模样，心疼极了，对席云芝的不听话更是恼火于胸。那个贱婢自以为嫁出去后翅膀就硬了，不愿向云秀低头，她就偏要席云芝永远被云秀踩在脚底，不得翻身，看席云芝还敢不敢轻视她们。

两日后，得月楼雅间内，张延对正在踱步的席云芝道："打听清楚了，那卢公子两年前给豢养的野兽咬了，那里似乎受伤了……"

张延的朋友多，找他探消息是最快的。席云芝点点头，又问道："那席家呢？席家最近出入卢家的次数是否增多？"

"何止是增多？就那四夫人，每天都要出入四五回，回回出来都是哭哭啼啼的。"

席云秀怀了身孕，却似乎并不是她相公卢光中的？席云芝敛目想了想，道："你能在卢家找个说话的人吗？"

张延想了想，回道："不难。"

卢府中的下人上百，从中找一个愿意收银子办事的人，确实不难。

之后，席家和卢家的事情并没再起波澜，席云芝的两家店铺照常营业，日进斗金。

这日席云芝正在铺子里盘点货物，张延走了进来，将她拉到一侧，神秘兮兮地告诉了她一些消息。席家有人在变卖产业，滴翠园和南城戏楼这两处地方，是席云芝四叔父的产业，可为什么着急变卖呢？席云芝当即让张延再去调查，同时也询一下两处产业的价格。

将张延打发走了之后，席云芝便回到柜台后继续清点货品，正折叠着几张夹着金箔制成的宣纸，突然想起她从慈云寺带回来的那张被烧掉的纸，镜屏师太寥寥数语，便将席家的产业尽数告知。

席家一共有五房，商素娥管家，现在自然是五房掌握的产业最多。二房叔父为人木讷，手里并没有太多产业。而滴翠园和南城的戏楼，是四叔父当年赚了一大笔钱后，买来送给周氏的，听说滴翠园中四季如春，南城戏楼日日戏台高筑。周氏平日最爱这两处，如今却要变卖。席云芝敢断定，这其中的理由，定然跟席云秀在卢家的遭遇有关。难道是被人勒索？

没过多久，张延就打听回来了，趴在柜台上对席云芝比了比手指，气喘吁吁道："五万两，滴翠园和南城戏楼要一起卖就是这个价。"

席云芝敛目想了想，滴翠园和南城戏楼加起来，他们才卖五万两？

张延见她陷入沉思，不禁问道："怎么，你有兴趣帮他们一把？"

席云芝没有回答他的问题，只是柔柔地笑了笑，然后才又开口问道："对了，柔儿那边有没有按照我的意思做？记得也去查一下那卢公子的身体状况……"

之前她让张延找人去接触柔儿，就是为了要她为己所用，若是用好了，柔儿可是一步最好的棋。席云秀既一个劲儿地想打胎，怀的可能不是卢公子的孩子，但卢家一个劲儿地想保胎，这其中必有缘由。

五万两就能买下两座十分豪华的宅院，这笔买卖能做。席云芝既然得了消息，就不能错过这个机会。她给了张延五万两银子，让他去把园子和戏楼买了下来。

看着地契与合约，席云芝将之妥帖收好，将铺子里的事情安排好之后，自己便匆匆上了街。

五万两，对谁都不是小数目，收到定然都会到票号核对的。席云芝不知道四叔为何要卖了宅子筹钱，如果与自己的猜测吻合，自己守株待兔定然能够印证。

席云芝坐在一间茶楼的二楼雅间临窗的位置，悠闲地喝着热茶，目光时不时地从上而下，瞥向茶楼正对面的通天票号。她倒要看看，她的猜测到底是否正确。席云芝思前想后，都觉得会在此时威胁四房的人，定非她莫属——商素娥惯来喜欢背后使坏，若是她偶然得知四房竭力想要隐瞒席云秀与人通奸的事，暗里勒索他们，也不足为奇。

她正想着，没一会儿就看见席府的二管家桂宁鬼鬼祟祟地进了票号，怀里鼓鼓囊囊的，衣襟漏出彩色的一角，不正是她早晨用来包裹银票的那块波斯彩纱吗？

看到他出现，席云芝证实了自己的猜测。既然那个勒索四叔夫妇的人是五婶娘商素娥，那么……事情也就好办了。

将军夫人的当家日记

第二天一早，街头巷尾便有人在传知州府的少夫人怀孕的消息。因席云秀这胎有异，所以，卢家一直对外隐瞒这个消息，如今被人大肆宣扬出去，自然恼火。因此，在听到街头巷尾的传闻后，联想到周氏经常出入卢府，知州府老太太便亲自找周氏谈了一回话。

卢家觉得周氏是想要先发制人，让卢家处于被动。卢府对周氏的怀疑，令周氏百口莫辩，并将她请出了府。周氏郁闷不已，心中亦是疑云重重，想着知道这件事的也就只有商素娥。

商素娥这个女人，勒索她也就算了，在收了她的钱之后竟然过河拆桥，实在可恶。第二天一早，周氏便又一次去了卢府，向卢家的老夫人"揭露"了商素娥的险恶用心。卢老夫人为之震怒，说绝不会轻饶了那个搬弄是非的女人。

席云芝这几天过得倒是很舒坦，南北商铺的生意越来越红火，卖给波斯商人的绣品也得到了大力好评，现在已经有好几个船商跑去绣坊找她订货，还承诺了今后他们船上的货品先让席云芝的商铺挑选。

这日，去到铺子里，席云芝便听店里的伙计在那儿说："我去看过了，德云客栈被砸得不成样子，就连掌柜的都被拉入了狱。"

另一个伙计立刻问："掌柜的都入了狱了？犯了什么事啊，前几日不还好好的吗？"

"谁知道啊，德云客栈是席家的产业，照理说席家跟知州府是结了亲的，不该发生这事才对。"

"哎哎，我可听说了，这事还真是知州老爷亲自下的命令，不只是德云客栈，还有湘潭楼和五岳楼，掌柜的全被抓了。"

伙计们见席云芝进来，跟她打了个招呼后，便作鸟兽散，回去干活儿了。

旁人也许不知，但是席云芝可知道，德云客栈、湘潭楼和五岳楼都是席家的产业不错，却都是五房手里最赚钱的铺子，看来知州府的人是听了周氏的搬弄，开始出手震慑商素娥了。不过，他们定然不知，商素娥这个女人，软硬不吃，你若对她好些，她瞧不起你，你若对她不好，她就会想方设法弄死你。也就是说，他们此举若是将商素娥逼急了，她可是会不惜一切代价，猛烈反击的。到时候卢家的秘密藏不住，定然也不会放过商素娥。而席云芝只需坐山观虎斗，她被害得父废母亡，亲弟失踪，况且母亲还死得那样冤枉屈辱，她一直隐忍着，希望能够等到时机反击。而现在的一切，不过只是刚刚开始。

就在德云客栈闭门第六日，街头巷尾疯传一件惊天大丑闻，说是卢家少夫人席云秀腹中怀的胎根本就不是卢家公子的。

这消息令城内炸开了锅，而卢家在消息爆出之后却沉默下来。

第九日，德云客栈和湘潭楼重新整顿开业。

不过，这是席云芝预料中的事。商素娥对于卢家的打压是不会退让的，而是对卢家发出警告，因为她确实知道内里玄虚，所以，她有恃无恐。但席云芝却觉得，商素娥的这种行为纯粹是自寻死路，卢家是洛阳的父母官，商素娥现在等同要与卢家闹翻，并且有压着卢家向她低头的嫌疑。

两虎相斗的结果如何，席云芝不想关心，她只要安分地做好自己的本分事，等待时机的到临就够了。

南北商铺里的货越来越多，品种也越来越全，席云芝新进了一批珍珠首饰，这些珍珠都是沿海渔民自己养殖的，样子虽不好看，并且良莠不齐，但价格便宜很多，席云芝早就派人去收了好些回来，然后统一请师傅成批做成首饰。

因为是以淘汰后的小珍珠收上来的，所以虽然珍珠用得多，但成本反而减少了。珍珠打磨后，镶嵌两颗三颗，这样的东西虽然不会入大家千金的眼，却很受一般家庭的女孩子们欢迎。而绣坊那边，经过绣娘们的日夜赶工，最后两批货物也全交到了船上，绣娘们全累坏了，但当席云芝拿出每封一百两的红包递给她们时，她们又完全忘记了疲累，情绪高昂相约下午就要去逛街。

临近中午的时候，赵逸突然跑来店里找席云芝，说是替步罩来传话，叫她晚上多准备些酒肉，他要请营地的人去府里吃饭。

"夫人，爷这些天可把营里整治得够呛，三四百人的营地，一下子精简到了八十人。"

席云芝不解："那其余的人呢？"

赵逸正趴在柜台上倒水，听席云芝问，便答道："给了一笔安家费，遣回乡里呀。"

见席云芝不说话，赵逸又补充道："爷说了，好兵再多也养，孬种一个不留。"

席云芝不懂这些，便笑了笑，对赵逸道："行了，我知道了，你回去吧。晚上我多准备些饭菜便是。"

赵逸喝了水之后，便回了营地。席云芝看着他消失的背影，心中生出一丝忧愁，她家夫君似乎太过于正直，这样是不是很容易树敌得罪人呢？

席云芝肩负重任，要负责近百人的伙食，当即带人出去采买了。

回到家，席云芝招呼着刘妈和如意、如月，做饭摆桌。刚做完没多久，她便听见院子外头响起了一阵整齐划一的脚步声。她将手在围裙上擦了擦，走出厨房，便看见她家夫君冷峻身姿自马背上翻下，手臂爆出的青筋让他看起来男人味十足，这就是她的男人。

步罩正对着身后大手一挥，沉稳地喊道："进来，坐下。"

院子里已经支起了八张圆木桌子，席云芝不得不感慨，上一回见他们时，还是一盘散沙，现在一个个竟然都染上了一丝丝厉兵秣马的血性，并且所有动作都是相当规范，一眨眼的工夫竟全跟标枪似的坐定，没有一个人敢像从前那般交头接耳、说说笑笑了。

短短几个月的时间，一盘散沙怎会变成如今这么有纪律的队伍，在席云芝看来，这实在是太不可思议了。虽然吃起饭来还是狼吞虎咽，却无人喧哗、乱跑、吵闹。

饭后，只剩八十人的精兵向席云芝道谢，那声音真是震天，整齐的姿态令他们看起来就像马上要奔赴战场的雄狮，颇具震慑力。

席云芝将饭前分装好的糕点分给他们，他们一开始都不敢收，眼神一个劲地往步罩身上瞟，直到步覃点头，他们才敢恭恭敬敬地收下了席云芝的好意。

晚上回到房间，席云芝边站在屏风后头换衣服，边对步覃问道："夫君，你到底是怎么训练这些人的？"

步覃正倚靠在软榻上看书，听了席云芝的问题，便慵懒地回道："嗯？他们表现怎样？"

席云芝穿着一件粉蓝色长款中衣从屏风后头走出，上面绣着开得正艳的牡丹花上蝶舞翩翩的美景。这是兰表姊她们特意绣了送她的，虽然是外衣的款式，但因为料子较薄，也太过于花哨，席云芝不好意思当作外衣穿，只好在家里睡觉穿一穿。

"很好。"席云芝乌发披肩，她一边低着头系腰间的绳结，一边道，"只是跟从前太不一样了。"

步覃偶然抬头看了一眼，便收不回目光，目光灼灼地盯着仿佛变了个人似的席云芝。粉蓝的色调将她的皮肤衬托得更加白皙无瑕，向来束起的长发水银般流泻而下，单薄的身段裹在一件略宽松的外衣下，妖娆却不失纯美，长长的睫毛向下低垂，露出她完美的侧脸与颈项，水嫩模样比彩蝶还要轻灵几分。他的夫人何时竟蜕变得这般貌美，还是她从前都有意藏起了她的美丽？

"这样的兵才配得上'兵'这个字。"步覃干脆将书放在一旁，对她招了招手。席云芝走过去，步覃坐起身，将她困在自己的手臂中："告诉我，你是打算穿这身来勾引我吗？"

席云芝大窘："没有……"

步覃扬唇将她抱起："我明确地告诉你，你成功了。"

第二天早起后，又研究了大半天的菜谱，直到下午，席云芝才去了店里，谁知道，店里却有一位意料之外的客人在柜台前等她。

席云春一身华贵，云鬓高盘，官太太范儿十足地端立在柜台前，竟然一改从前淡漠的样子，对席云芝笑面迎来。

"姐姐，你可算来了。"

席云春本就美艳，这番软言软语听着就叫人酥了一半骨头。席云芝迎了上去："妹妹怎的来了？"

既然席云春想要跟她客套寒暄，那席云芝也断无冷脸的道理，一句话，席云春要装，她就陪席云春装。

一阵寒暄之后，席云春终于进入了正题："对了，云秀妹妹的事，姐姐知道了吗？"

席云芝心中一紧，神色如常道："知道呀，云秀妹妹有了身孕，真是天大的好事。"

席云春听席云芝这般说，用帕子掩唇笑了笑，这才做出一副神秘兮兮的模样，拉着席云芝的手去到了一边，偷偷在她耳旁道："姐姐不知，云秀妹妹这胎可不是好事，你知道这胎是谁的吗？"

席云芝佯装不知，摇头道："不是卢相公的吗？"

席云春娇媚摇头："当然不是卢光中的，卢光中在两年前出了意外，听说是被猛兽咬着……那里，之后身子就废了！这事知道的没几个。"

席云芝看着席云春没有说话，只觉得这个女人可怕极了，席云春一副幸灾乐祸的样子，哪里有一点妹妹被人欺辱了的不甘与愤怒。她们从小疏远席云芝，所以席云芝和她们感情很淡，可席云春与席云秀的感情可相当好的，居然也这样落井下石。

见席云芝脸上真的露出遗憾，席云春忍不住又道："不过啊，就在昨天，卢家对这事也不隐瞒了，直接把云秀和休书给送回了席家，并且言明云秀不守妇道！这事云秀也是冤枉，她成亲当晚，是卢家纵的人强了她，如今却又将她休了。唉，真是可怜啊。倒是那卢大人，居然已经在找冰人，说是要纳妾呢。看来也知道儿子生不出孙子，干脆自己来，时间是慢了点，但总归还有希望不是。"

这件事，席云芝倒是不知道。没想到卢家居然这样决绝，原本是想借席云秀的肚子，生一个卢家的香火出来，可事情被商素娥给破坏了，干脆一不做二不休，把席云秀送回席家，然后卢大人自己纳妾生孩子。

真是奇葩年年有，今年特别多。早知今日，何必当初呢？席家这下也傻眼了，原本是想借此威胁卢家，可没想到做过了头，卢家干脆放弃了席云秀。

席云芝看着眼前这个不以为意的女人，觉得人心真是凉薄至极，这样的姐妹情分，她宁可不要。

九月将至，步家周围已被黄灿灿的稻谷包围，院子墙外，绵延近千顷的稻谷俨然已到了成熟之期。福伯和堰伯两位老者带着被日光晒黑的面孔前来跟她报告，席云芝欣喜地跟他们去看了看，果然每一株稻谷的头已经微微下垂，可见里头包裹的米粒有多饱满。

"再养个几天就能收了，到时候定会是个好收成。"

福伯种了一辈子的地，却从来没一下子种这么多、这么大，早盼晚盼，就盼着收成的那一日，现在终于给他等到，言语中不乏激动。

席云芝看着一望无垠的稻田，心里也踏实极了。可收成好了，收割也是一个大工程，席云芝正忧心着，席云春却给她带来了一个意外的消息。

说是她家杨大人要让通判衙门的人过来帮忙，席云芝本不想接受，杨通判却已经安排下来。如此热情，倒叫席云芝进退不得了。晚上回去跟夫君说了一番后，步覃也只是沉默了一会儿，便淡然答道："既然他要帮忙，我那儿也确实凑不出这么多人手，那就让他帮吧。"

九月初六，便是定好的收割日期，虽然人手还没凑够，但席云芝更怕给夫君添麻烦。可既然夫君也说了可行，那她就不用担心了。

九月初八，宜嫁娶，宜动土。

席云芝的收割队伍空前壮大，八百多个人弯腰在田里替她收割稻子，就连夫君都亲自下田，寅时便开始了，福伯和堰伯在田里奔走指挥。粮食收上来之后，经过多日的晾晒，席云芝和骆家去过磅结算，整整一日都耗在粮铺，最后，终于在亥时核算清楚，步家周围的土地共产粮十万两千斤，以每斤八钱银子的价格，卖得八千一百六十两，并且还使得骆家承诺，今后晒谷场与船只，席云芝只要提前预约，便可随意使用。只因之前那掌柜的将席云芝愿意每斤粮食比市价少一钱银子的事告知了骆家管事，骆家世代走水运，最欣赏生意人的豪气，当即说要交了席云芝这个朋友。

席云芝谢过了掌柜的美言，给他又另外包了一封三百两的红包。掌柜的对席云芝的态度更是满意得不行，走到哪儿都在夸席掌柜会做生意云云。

席老太后院的大门被一个哭得不成样子的女人推开。

四房的周氏不顾贵喜的阻拦，一下子就冲入屋内，跪倒在老太太腿前。

席老太见她毫无仪态，将手中的佛珠放下，不耐道："你看看你这什么样子？还有没有大家夫人的仪态了？"

周氏现在心急如焚，可顾不上什么仪态不仪态，哭喊着就告起状来："老太太，这日子可没法过了。商素娥那个贱人，她这是要把我们四房逼上绝路啊。"

老太太并不是不知这些日子发生的事，不过是不想管，只随她们去斗去闹，可如今四房的跑来找她，她也不好置之不理，遂问道："她怎么你了？起来，跟我说一说。"

周氏哭红了眼睛，就着跪坐在地的姿势，对席老太一条条告商素娥的状："那个毒妇，先是知道了秀儿被那卢家安排的人糟蹋，有了身孕，再来用这件事威胁我和坛郎，向我们索要了五万两，可在我们将私产变卖之后，商素娥收了钱，转头便去散播消息，说秀儿腹中的胎有异。这彻底惹怒了卢家，那老匹夫让卢光中那个小畜生把秀儿休了回家，一辈子就这么毁了呀！"

席老太神情淡然地听周氏说完，敛目想了想后道："素娥那性子确实要强了些，她也是想给席家争点脸面出来，唉，苦了云秀那丫头，但这也是她的命。"

周氏听席老太话语中像是偏袒商素娥，通红的眼睛盯着席老太，一反先前的哭腔，冷冷问道："老太太的意思是，要我们认命吗？卢光中那小畜生不能生，就纵别人替他生，糟蹋了秀儿，我好说歹说让秀儿忍耐至今，也是不想丢了两家的脸面，可如今卢家不仁，难道我们席家就任他欺凌吗？"

席老太从太师椅上站起，敛下目光，貌似心善地叹了口气，将周氏扶了起来，再道："我的意思是，如今席家已经彻底惹怒了卢家，秀儿的事情，我也气恼，可卢家毕竟是父母官啊，我们在人家的辖地里生存，只有我们迁就人家，哪里有人家迁就我们的道理？反正秀儿已经被休了，那就让人把她肚里的孽胎去了，重新找个外省的嫁出去也就得了。你也别不高兴了，你们捅出这娄子，我还得想办法替你们收拾。"见周氏不说话，席老太继续好言道，"你自己好好想想，是不是这个理儿。"

周氏盯着这个面似佛陀心似魔的老太太，顿时觉得自己愚蠢极了，她怎会忘记了，这个老女人从前是多么心狠手辣，在她的眼中只有她自己，就像是从前的大房……就那样被不明不白地扣了顶不贞洁的帽子，最后被困在院子里活活打死了……

周氏没再说话，只失魂落魄地走出了席老太的院落，那颓废的模样，活像是瞬间老了十几岁般。

周氏走后，贵喜嬷嬷伺候席老太去敲木鱼念经，不解地问道："老太太，五奶奶是不是做得太过了？您要不要出面去敲打一番？"

席老太半敛目光："敲打什么？四房本就无甚产业，如今也变卖得差不多了，唯一的女儿还给人休了，我现在去敲打商素娥，替她们出头，是不是太笨了？"

贵喜嬷嬷有些明白，将席老太的下摆理好，扶她跪在佛龛前，又听她道："由着她们去闹吧。"

席家四房一夕间分崩离析，私产尽数变卖，席坛跪了一天一夜之后，毕竟不是老太太亲生的，最后也只得了"好自为之"四个字，却一分钱也不肯给。周氏哭坏了嗓子，四处求人碰壁，席云芝派人给他们送去了五十两过生活，却被周氏一把扔了。席云芝倒也不介意，本就是走走形式，周氏收与不收其实没多大关系。很显然，在席家四房与五房的战争中，商素娥是绝对的胜者，而周氏输在了心狠却毫无手段。

席云芝从绣坊出来，见时辰还早，便去得月楼喊上张延，一起转悠着去了中央大道。

张延正在后厨里给厨子伙计们训话，给席云芝叫了出来，训词还没说完，憋在肚子里着实难受，便一路跟席云芝抱怨："你说那帮人，光拿钱不干事，几个厨子竟然还敢联手给我甩脸子，客人点的菜多了些，他们就叫苦叫累。"

席云芝也不说话，只是将双手拢入袖中，走到一株老槐树旁站定，看着斜对面的德云客栈。

张延见她的目光一直盯着斜对面那座高楼般的洛阳第一客栈，不禁问道："你盯着那儿做什么？不会在打德云客栈的主意吧？"这个女人也太敢想了，德云客栈可是几十年的老字号，可不是老刘那间暗巷子里的羊肉馆，不是凭着几千几百两银子就可以搞定的。

席云芝见他面露震惊，不禁笑道："打了，又如何？"

张延一副"你在作死"的神情，倒吸一口气道："那你就趁早死了这条心。你没瞧见这家店就连知州老爷亲自出面都没搞垮吗？你凭什么跟人家斗？"

张延说的便是之前商素娥和卢家闹翻，被知州下令封店的事。她看着张延笑了笑，高深莫测地说了一句："此一时，彼一时。"然后便对张延比了比手指，笃定地说道，"两个月后，你再来瞧瞧，德云客栈这个招牌还在不在。"说完，转身离开。

张延哼哼一笑，追在她身后自信道："好，我就跟你赌。两个月后，若是你搞定了，我就沿着得月楼外，学狗叫并且倒爬一百圈！"

席云芝简直不想理他，她之所以有这个胜算，是因为她知道，商素娥给卢大人送去了两名美妾。卢夫人是个有名的醋坛子，卢家后院可不会太平了，卢大人亲近了两名美妾，卢夫人必定光火，她只会把气撒在商素娥身上。所以说，商素娥与卢夫人的交恶之战就要开始，而她只需静静等待便是。

　　十月底，步覃带着他的八十精骑，又要出门。临行前，他让韩峰和赵逸去香罗街上又租下了两间店铺，然后送到席云芝手上。既然铺子已经租了下来，总不能闲置着，于是席云芝又紧锣密鼓地准备两间并一间，开一间大的胭脂铺子，铺子里除了卖女人用的香料颜料、胭脂水粉这些化妆用品之外，还打算兼卖钗环和成衣。她会将绣坊里接到的成衣活儿，都安排到胭脂铺子里来做，这样绣坊也不会那般拥挤，又能为胭脂铺子带来一些稳定的客源。

　　客人买完了衣服，店里还提供试衣工序，免费替试衣的客人化妆梳发，若是有人喜欢，便会连胭脂水粉这些东西一并买回去。

　　席云芝给这间铺子起名为悦容居，意思便是女为悦己者容。

　　悦容居的货架全是南北商铺那会儿多下来的，因此不用再去特意打制，货品的话在南北商铺近期入货的时候，她跟着一同进了一些胭脂水粉，并且早早就联系了城内的制香铺子，因此，只等到铺子里面修饰好了，就可以开张大吉了。

　　开张那天，空前热闹。

　　张延特意请了一支舞龙舞狮队来给她捧场，步承宗也难得上街到她铺子里逛了两圈，再加上一些其他生意上的朋友纷纷前来恭贺，其中最显眼的便是漕帮派人送来的贺联，高高挂在店铺门前。

　　席云芝知道，只要店一直在洛阳城内做下去，那么她席云芝在洛阳城中便算是站住脚了。

　　席云春一早便来了席云芝的悦容居，被铺子里精美的布料和胭脂吸引了目光，站在柜台前，都不愿意坐下，嘴里却不忘跟席云芝说着话："姐姐你知道吗？五夫人给卢老爷送了两个美姜，可把卢夫人给气着了。谁能想到卢家竟这样豁得出，只可惜了云秀妹妹啊，前儿我还听说，她在家割腕呢。"她的话语中不乏优越感，想着从前席云春和席云秀在府中也算是容貌相当、才情相当的，如今她嫁给了通判大人做正妻，席云秀却被人休回家，落得个凄惨下场。

"卢夫人最近专门和五婶娘打对垒，弄得五婶娘焦头烂额的一堆事。"

"是吗？"席云芝早就见识过席家的姐妹情义，席云春这番话，她倒不见得有多讶异。

席云春见她没什么表情，不禁问道："姐姐，从前就数五婶娘对你最为苛刻，她落得这局面，你不高兴？"

席云芝扬唇一笑，似真非真地说了一句："五婶娘只是对我严格了些，并没有苛待我。我要是五婶娘的话，就去找卢大人求救。"

见席云春不解地看着她，席云芝又解释道："刚给卢大人送了美妾，这点情面还是要给的。只要卢大人肯帮她，卢夫人总没法子了吧。"席云春是商素娥的人，席云芝给她支招，她就一定会回去告诉商素娥。

听了席云芝的一番话，席云春若有所思地敛下了目光。席云芝继续将悦容居的商品记录入册，席云春待了一会儿便觉得无聊，提出了告辞。

席云芝送她出了门外，眼看着她的马车转入了通往东城的小道，这才扬起嘴角，露出一抹笑来。只要商素娥去找卢大人帮忙，那么她和卢夫人的恩怨便无法可解。

事情过去一个月之后，卢家突然传出卢大人新纳的一个妾侍居然真的有了身孕，这个消息可把卢大人给乐坏了，恨不得将那妾侍捧上云端。可好景不长，又过了几天，那妾侍肚里的胎居然又没了。卢大人哪里受得了这样的打击，当即彻查府中内鬼，怀疑是卢夫人下的狠手，夫妻俩为这事差点闹翻。卢大人将所有人都拘起来一个个审问，最终才从那妾侍的贴身婢女身上查出了蛛丝马迹，孩子更像是那妾侍故意使自己落胎的……卢家后院疑云密布，卢修年过六十，膝下只有孤零零的一个儿子，养到可以成家立业的时候，又自己作死，坏了根，他为了传宗接代，不惜让儿媳和别人生，可这个算盘最终也被儿媳家给作坏了。他亲身上阵，老天垂怜居然让他真的得偿所愿，可这才高兴了几天，孩子又没了！这打击对他来说，还不如一开始就没有呢！

席云芝心中却明白，这事定然与商素娥脱不了干系。商素娥自恃过高，遇事总想着要占上风，卢夫人在外对她多加打压，她就暗地里把卢家后院搅得天翻地覆。那两个美妾是她送去的，其中一个怀了身孕，只要没了，卢夫人善妒，嫌疑最大，卢大人很可能因此惩治卢夫人，而若无惩治，于她商素娥也没有损失。可她太低估卢夫人了，她这件事做得真的天衣无缝吗？只要泄露出一点，就足以将她推入万劫不复之地！

这日，席云芝路过湘潭楼，正好遇见商素娥从楼里出来，商素娥审视地看了她一眼，冷哼一声便由人扶着要坐上软轿。此时，一个疯癫的身影却从人群中窜了出来，举着镰刀就要往商素娥头上砍去，旁边的一个随从正好替她挡了，要不然那把镰刀可就真砍在了商素娥的脊背上了。

"啊——你，周月如你疯了不成？"商素娥狼狈闪躲之际，也看清了砍她之人是谁。周氏脸色如鬼般苍白，形神枯槁，发髻散乱，像个疯婆子般追在商素娥身后就是一阵乱砍。

"我是疯了！商素娥，我今日便要杀了你！我要杀了你，替我秀儿报仇，我要杀了你！"

商素娥在乱成一团的仆人身后躲藏，嘴上却也不甘示弱："你的秀儿是咎由自取，关我何事？你有本事砍进知州府啊，在街上跟我撒野算什么东西？"

周氏听着这番刺激的话，情绪更加激动，用镰刀指着商素娥又哭又叫："要不是你去搬弄是非，我秀儿哪里会被休弃，如今她悬梁自尽，尸骨未寒，一切都是因为你——商素娥，你这个毒妇，你会遭报应的！"

商素娥的随从们已经抓住了周氏，但周氏情绪激动，整个人已经陷入了疯狂，虽然手脚被制，却也不断扭动。商素娥从仆人身后走出，惊魂未定地凶道："我遭什么报应？一切都是你们四房咎由自取，我……可什么都没做。"

商素娥边说，边意味深长地将目光投向了远远看着她们的席云芝，像是在警告她，若是和她商素娥作对，下场就是这样凄惨！

周氏的尖叫声已经吸引了很多人驻足，只见她陷入疯癫，不能自控地尖叫道："商素娥你个毒妇，别以为我不知道，大娘是被你诬陷的，是你做好了手脚后，才叫老太太去看的！你害得大娘含冤而死，害得三娘出家为尼，如今你又来害我，你这个女人是魔鬼！放开我，放开我，我要杀了你，杀了你！

"还有瑾儿，瑾儿也是你杀的，我都知道，我什么都知道……"

商素娥命人将周氏的嘴封了，不让她继续说话。随即手一挥，周氏便被好几个随从抬走了，她自己则别有深意看了席云芝一眼，这才转身走上了软轿，一副"你奈我何"的样子。

多行不义必自毙，不听周氏提起瑾儿，席云芝倒忘了还有这事。

席云芝的娘死后，席云芝曾在席府偷偷暗访过，然后知道了她娘是喝了贴身侍女瑾儿的一碗汤后，才会昏迷不醒，被商素娥算计。

估计连商素娥自己也没有想到，老太太竟然会借着这件事，直接将席云芝的娘给打死。

商素娥不想败露此事，便暗中将她之前买通的瑾儿杀死，而这一幕，恰巧被席云芝看在了眼中，所以商素娥才会想借着云筝的婚事，让席云芝以通房丫头的身份跟去京城，神不知鬼不觉地除掉她罢了。

席云芝怎么都没有料到，事情会发生得这么快。就在周氏在大庭广众之下喊出了商素娥杀人的事之后，第二天，知州府便派人来将商素娥带回了牢里问讯。

商素娥没料到那妾侍不堪供，竟说出了她。卢家知道是她在背后搞鬼，害了他们卢家的子嗣，哪里肯放过她，再加上周氏大庭广众之下闹了那么一出，卢家正在气头上，这样的罪名无论真假送到了手边怎会不用？当即把商素娥抓入了牢房。

当晚就有人来向她逼供，让她说出当年杀害瑾儿之事。

商素娥知道，卢家这回是来真的。

可偏偏就是这时候爆出她杀了瑾儿的事情，又有周氏作证，容不得她否认诡辩。商素娥在知州府的地牢被折磨得叫天天不应，叫地地不灵，只好俯首认罪，以减少自身的苦痛。

席云芝和周氏皆被传入知州府中例行问讯，席云芝说出小时候看到的情形，成了商素娥杀死瑾儿案件的最有力证据。而周氏又将当年发生的事情一一说了出来，包括商素娥如何陷害席家大娘，让席家大娘被活活打死的事情，还列出了商素娥的其他罪状。就连席云芝也没想到，周氏这些年来竟然暗地里搜集了这么多对商素娥不利的证据，看来她是早就看商素娥不顺眼了。

有人证、物证，商素娥杀人、夺人家财、逼害人命等罪名，在卢大人不遗余力的整治下，一一成立，商素娥被判秋后问斩，证据确凿地结了案。

商素娥是席家主母，她这一落网，席家就乱作了一团，幸好有老太太临时上阵，撑住了场面，席家才不至于分崩离析，溃于蚁穴。席老太在商素娥被捕期间也曾去卢家替她求过情，奈何卢家这回是铁了心要办商素娥，根本不容他们求情，当即将席老太请出了府。

席老太这才明白了卢家的坚定，生怕受商素娥连累，便不再理这件事。而商素娥在被定罪的第二天，就被打入死牢，她的私产，也被官府尽数封了。

前头有衙役掌灯带路，席云芝拎着食盒穿过狭长的黑暗甬道，在地牢深处，看见了那个被折磨得不成人样的女人。

商素娥在稻草上缩成一团，身上满是血痕，看样子她并没撑多久就认罪了。

"商素娥，有人来看你了。"衙役对牢里的人吼道。

商素娥缓缓转过了头，见是席云芝，想起了什么似的，从地上坐了起来，像是想要拿出最后的气力来维持气势般。

席云芝进来之前，给了衙役很多好处，衙役自然对她殷勤得不得了，还给她搬来了一张椅子，让她坐在牢房外头，跟商素娥说话。

"世事无常，五婶娘，你说是吗？"席云芝依旧淡然地对商素娥笑道。

商素娥扯了扯受伤的嘴角，对席云芝仰起了头："这下……你得意了？"

席云芝只平淡地望着她，因为有时候仇恨并不需要用愤怒的言语来表现。

"你以为杀了我，就是替你娘报仇了？我的确是陷害了你娘，可我只是想让她从主母的位置上下去，真正杀了她的人，是老太太，你费尽心力杀我，没有用！哈哈哈哈哈。"商素娥疯狂地笑起来，整个地牢中都充斥着她疯狂的笑声。

席云芝从地牢中走出，突然的明亮让她眼睛不由自主地眯了起来，商素娥的话犹在耳边回荡。

杀了商素娥当然不算是已经报了仇，但若要报仇，首先要除掉的便是她。

独自走在中央大道上，看着从前繁盛的地段，如今变得萧条。席云芝在德云客栈外站了好一会儿，看着那崭新的、貌似高不可攀的门庭，如今也只落得被封的下场。

官府的封店令，在案犯定罪之后，便会解除，归入公家给商行竞价，到时候，只要价钱适宜，买下来不会很难。

而像这种老板身上带着案子的店，一般不会有人轻易购买，一来怕得罪官府，二来也怕晦气，但是，席云芝不怕。

于是，在官府贴出竞价公告的第一时间，她就去了竞价场，花了六万八千两银子，将属于商素娥的私产尽数买下，其中包括了两间酒楼、一间客栈、一间茶坊。

席云芝知道，这些都是商素娥明面上的产业，暗地里还有很多已经被席家藏了起来。席家在商素娥出事的第一时间，就和她脱离了关系，五叔席卿也被席老太软禁起来，不许五房的任何人替商素娥周旋说话。

席家短时间内便败了两房，可谓元气大伤。

步覃是十月十三那天晚上，风尘仆仆赶回来的。

席云芝正在厨房里和刘妈捏面团、做糕点，听到院子外头响起马蹄声，扔下面团便往外奔去。

步覃乱了发髻，灰了衣衫，一张俊脸上也满是风霜。席云芝却毫不介意，在他翻身下马的那一刻，扑入了他的怀中，像个仰望幸福的小女人般，仰望着自己的一片天。

步覃搂着她纤腰的手都在发抖，面容有些苍白。席云芝只觉腰部一阵温热，低头一看，满是鲜血。

"啊——"

她到现在才看见，步覃的胳膊上竟然渗出了血迹。

赵逸和韩峰下马之后，立即要上前搀扶步覃，却被他一手挡开，兀自将自己身体的力量倚靠在席云芝瘦弱的肩膀之上。

"夫君怎么受的伤？有没有好好包扎？疼不疼？"

席云芝一连串的问题让步覃感动得想笑，见她这般心疼自己，一路的疲累早已烟消云散。

赵逸凑上前来说道："爷受伤之后，我和韩峰原本想让他养好伤再回来，可是爷执意连夜赶回来。"

步覃对他递去一个眼刀，赵逸便不敢再说什么。席云芝见他如此，也不再为难他们，赶忙让刘妈烧水，让如意、如月去拿绷带，自己则小心翼翼地扶着步覃去了小院。

她让他安坐在软榻之上，找来剪刀，将他伤口周围的衣服剪掉，露出内里受伤的伤口。伤口已经有些化脓，鲜血淋漓的样子，令席云芝止不住双手颤抖。

步覃见她一副要哭的表情，以为她怕见血，便要抢了剪刀自己来，却被席云芝固执地躲开了手。她红着双目，一语不发地替他清理包扎。

"我没事，一点都不疼。"步覃看了她许久，才好像有一点明白她此刻冷面相对是什么意思，便对席云芝宽慰地道。

席云芝正在替他上药的手微微一颤，嘴唇一开一合，像是要说些什么，却又忍了下来。直到步覃冰凉的手掌覆上她的手背，席云芝才醒悟过来，眼泪就此扑簌簌地往下落。

她双手将他的手包裹住，用轻若蚊蚋的声音道："为什么不爱惜自己？你在外头做事，我不干涉，但是，我只是希望你能做到，渴了喝水，饿了吃饭，受伤了就要养伤……"

步覃听她说着话，每一句都熨入了他的心，这就是被人记挂、被人关心的感觉，很充实，很暖人心。

席云芝的眼泪止不住地往下掉，步覃只觉得自己突然慌了手脚，将她搂入怀中，几乎要揉入自己的骨血般用力。席云芝攀附在他身上，肋骨被他搂得生疼，却又不敢挣扎，怕牵动了他的伤口。

两人就那样如灯芯一般纠缠在一起良久之后，步覃才肯放松了手臂，让席云芝枕在自己的双腿上，静静地抚摸她如云的秀发，与他冷硬的声音完全不匹配的话语自唇间流出："我说过最晚十月中旬会回来，我不想食言。"

席云芝将手环过他的腰，凝噎道："我宁愿你食言，也不愿你伤害自己。"

又是一阵静谧之后，房间内才又响起温柔的声音："仅此一次，下回不会了。"

席云芝将头从他腿上抬起，目光灼灼："你发誓。"

步覃看着她像孩子般天真的神情，无奈地叹了口气，举手道："我发誓。"

得到心爱之人的肯定回答，席云芝这才放下了心，趴在步覃的双腿上，静静地享受他们夫妻难得温馨的重聚时刻。

自从步覃回来之后，席云芝就好像变了一个人般，处处像个需要夫君保护的小女人，最近更是迷上了做糕团和点心，不过就是因为她有一次偶然间发现，自家夫君将一盘甜腻的点心全吃光了，她才明白，自家夫君原来极爱甜食。所以，这几天忙着从张延的菜谱中学糕点的做法。她要尽一切可能将糕点做得甜而不腻、滑而不粗、入口即化，她要做出世上最好吃的糕点给她的夫君享用。

又一笼糕点出炉，席云芝整盘端出，粉色的桃花造型，中间点着嫩黄蕊芯，看着就像是真桃花那般娇艳轻薄。她夹了一块送到坐在一旁看书的步覃面前，步覃也不看她，直接张开嘴，让她把糕点送了进来。

见他嚼了几下后，席云芝便迫不及待地凑上去问："怎么样怎么样？"

她就好像一个在接受老师考问的学生一般，着急地想要知道自己的成绩。

可步覃只是淡淡地点了点头，淡淡地说了一句："好吃。"之后就没有下文了。

席云芝忍不住推了一把他的肩膀，步覃才抬起头看着她。

席云芝这才叹了口气，叉腰说道："夫君，你都吃了二十几种了，每一样你都说好吃，就不能多说些意见吗？"

步覃不解："好吃……还要什么意见？"

席云芝蹙眉："就是提一些还需要改进的意见啊。我的糕点手艺是初学，不可能做得太完美的，一定还有不足啊，夫君你就是要负责任地把这些不足告诉我，然后，我才能一一改进嘛。"

步覃回味了一会儿，然后才又简短道："太淡了，多放些糖。"

席云芝有些挫败，她家夫君不会是只要够甜，其他就没有要求了吧？那她这些天到底在追求个什么啊？她忍不住咕哝道："要放糖就早说啊，试了这么多，不是浪费吗？"

步覃抬头又看了她一眼，目光在听到"浪费"两个字时，突然亮了一下，对着席云芝的背影道："对了，我又给你带了些东西回来，放在房间里的桌子上，你有空去看一看。"

"……"席云芝脊背一僵，她家夫君又给她带东西了？

席云芝看着一包袱价值连城的珠宝，觉得心情有些复杂。他难道不知道，他两次给她的东西已经足以买下小半座洛阳城了吗？席云芝收得忐忑，不知道夫君到底做了什么事。

步覃刚回来的那几天，夫妻二人形影不离，缠绵热火。几天后，步覃便需常去营地。因早出晚归，席云芝便做好小食让赵逸中午回来。

这日赵逸回来取她做好的私房菜。目送他离开之后，席云芝便拎着一只食盒出了门。

席云芝拎着食盒却不是朝店铺的方向去的，她走了许久，最后在一间小巷子的酒肆外停下了脚步。

这是一条极其肮脏的小巷，坑坑洼洼的青砖地上满是黑色的油渍，而这间酒肆旗幡也是破旧不堪，内里摆着的大酒坛上也满是落灰。

此时，巷子里出来一阵寒风，席云芝裹了裹领口的绒布，深吸一口气，走入了酒肆。

里头的光线暗得很，但席云芝还是看见了角落里趴着的那个人，像是醉得不轻，头发花白，衣衫凌乱，骨瘦如柴，如今已进腊月，他却仍旧穿着单薄的衫子。他蜷缩着身体，冷极了的样子。席云芝走过去看了他好久，他都没有醒来。

掌柜从后头出来，一眼看见她，先是一惊，后来见她的目光看着"赖子"，不禁开口道："姑娘你找赖子有事啊？他昨儿喝了两斤烧刀子，怕是没这么快醒的。"

席云芝听到掌柜说话，这才收回了目光，转身对掌柜客气问道："他总是在您这里喝酒吗？"

"是啊。只有我这儿还肯赊账给他，他不来我这儿，能去哪儿呢。"掌柜一边擦着手，一边回道。

席云芝觉得喉头有些酸痛，勉强扯了扯嘴角，又问："他做事吗？为何老是赊账？"

"他啊。他在后头那个澡堂给人擦背，每月最多也就十多钱，哪够他喝的。我也是见他孤家寡人，糟老头子一个，可怜他，才没跟他计较。"

席云芝听后，没有说话，取了五十两银锭子放到酒肆的桌子上，又将食盒放在旁边，对掌柜道："我是他女儿，这些银子给您，这盒饭菜点心，请您拿给他。他酒醒之后麻烦掌柜的告诉他，她女儿现在住在城外半里处一户姓步的人家。"

掌柜一辈子都没见过这么多银两，当即也忘了回席云芝的话，只是拿着银子望着席云芝离去的背影发呆。

腊月里的风夹杂着冷，丝丝细雨飘洒而下，街上没什么人。席云芝坐在南北商铺的柜台后头烘手，心中思虑更甚。

自从那日去酒肆留下一只食盒之后，已经过了十多日，原本以为至多五六日，他就会来找她，可是，他没有来。

席云芝那之后又去了一趟酒肆，却听那掌柜说，他那日醒来后便将食盒抱走，然后，就再没有出现过。

席云芝和步罩在屋子里看书，她失神片刻，再回过神来，面前的盘子里空空如也，新做好的白糖糕居然全没有了。她委屈地看着自家夫君，用眼神控诉他跟她抢东西吃的恶行。

步罩被她盯得莫名其妙，放下书册同样凝视着她，突然开口说了一句："你最近吃得多了，也胖了些。"

席云芝气绝，就因为她胖了些，所以他就来抢她的东西吃吗？

晚上躺在床上，席云芝不想绣花，也不想看书，便翻了个身。看到俊美的夫君正一本正经地看着什么陈年棋谱，她突然心中一动，缓缓地靠近夫君，一条玉臂也悄悄钻入了他的衣内，挑逗之意明显至极。步罩翻书的动作僵了僵，即刻忍住，将手伸入被中抓住席云芝那只作恶的手，拉出了被子，放在一旁。

席云芝觉得奇怪极了，若是从前她这般挑逗，夫君就算不立刻扑过来，最起码也不会拒绝的，今天却是怎么了？席云芝兀自郁闷去了。

没多会儿，步罩也熄灯睡觉，席云芝感觉一双大手将她整个身子捞入了怀，一阵窃喜，紧张地等待夫君的下一步……可是，夫君的这下一步……间隔的时间会不会太长了……

"夫君，我……"

席云芝的一个"要"字还没说出口，就被步罩一句冰冷的话泼了冷水："睡吧。"

淡淡的语调，沙哑的声音，让席云芝又爱又恨，难得主动，却被拒绝，想要一点小性儿，缩到里床去，可被他搂在怀中入睡实在是太舒服了。没过多久，她就眼皮子打架，将今晚求爱失败的事情抛诸脑后，沉沉地睡了过去。

天气越来越冷，席云芝去店里的次数也越来越少，因为现在店多了，她一个人本来就赶不及照应，便干脆做个甩手掌柜。店里的事情，只有代掌柜们处理不了的，才会来府里惊动她。这日席云芝抱着个暖手炉，坐在厨房里看刘妈包饺子，两人有一茬没一茬地聊着天。

当问到刘妈有没有子嗣的时候，刘妈的脸色却变了变，犹豫了一会儿后，才对席云芝惭愧笑道："有个儿子，还有个孙子。"

听刘妈提起孙子这两个字时，神态温和慈祥，仿佛她的爱孙就在眼前般。席云芝见她这样，不禁问道："那很好啊，子孙满堂。"

刘妈的目光低垂下去，看着面前的菜肉馅儿，笑道："是挺好，就是我老头子没啥本事，儿子儿媳嫌我们老两口没用。"

席云芝蹙眉："狗不嫌母丑，子不嫌家穷。那后来呢？"

刘妈叹了口气："后来……我和老头子就被逼着出来讨生活，年纪一大把了，还要远走他乡，前两年，老头子太过于劳累病死了。我横竖回去也是被嫌弃，便干脆不回去了，自己找份活儿，养活自己。"

席云芝看着刘妈满是皱纹的眼角，想来年轻时也是有些风韵，只是被岁月无情地碾压，才变成如此沧桑的模样。

骤然想起了那个骨瘦如柴的身影，他的眼角似乎也染上了风霜，从前那般才情横溢、丰神俊朗的一个男人，如今却被逼成那副半死不活的模样，每次想到这里，席云芝就觉得心尖上酸得发疼。

情绪有些低落地走出厨房，却发现今年的第一场雪就此落下，她摊开手掌，只觉得晶莹雪花中倒映的全是从前的生活，不知是什么原因，让她突然飞奔出门。

一道黑影飞快地窜入了田里，席云芝心中一动，想也不想就大声呼叫道："是你吗？爹！"

那道身影原本肯定是躲在院门旁的，她跑出去太急，那人才来不及躲避，只好钻入了田地，无论她怎么呼喊他都没有回头。

席云芝知道那个人肯定就是她爹席征，可是，为什么他宁愿在门外偷看，也不愿光明正大地来找她呢？

　　步覃早就从刘妈和如意她们口中听到了关于席云芝今日的反常。见她顶着风雪回房，他放下手里正在擦拭的剑，迎过去，帮她扫去身上的雪，脱掉外衫后，又将她整个搂入了怀，用自己的体温给她取暖。

　　席云芝将自己的身体完全靠在自家夫君身上，有了他的温暖怀抱，她才觉得好受了些，生怕夫君担心，她便主动开口道："我爹是个好面子的人，等他想通了，就会来找我的。"

　　感觉步覃的手指在她后背轻抚，席云芝像只猫般整个身子都软了下来，静静地倚在他怀中道："他是怕我怪他。其实我不怪他，最起码他还活着，我也还活着。只要再找回云然，我们还是一家人。"

　　步覃早就听席云芝说过从前的事，他明白此刻夫人哀伤的心情，并不是他用三言两语就能安慰过来的，他能做的，只是默默地给她支持，让她知道，任何事他都愿意与她一同承担。

　　腊月十三，新年将近，席云芝被诊断出了喜脉。

　　步家上下一片欢腾，步老太爷翻来覆去只有一句话，从今往后，她席云芝的事情，家里的每一个人都必须将之摆放在第一位，以她的喜好去安排所有的事情。

　　这些夸张的保护让席云芝有些哭笑不得，却也心怀感激。

　　老太爷也亲自对孙子下了严令，叫他每日必须有不少于五个时辰贴身陪伴在席云芝身旁，还让他每天念两首诗词，打两套拳给席云芝看，说是要让他的重孙儿一出世就文武双全。

　　这个命令，遭到了步覃的回绝，但是晚上到了房里，步覃却好像被老爷子下了咒般，总会强迫自己念诗给席云芝听，念完之后，又给她讲解兵法武术，说得兴起，还真会跳下床去演练一番给她看。

　　腊月三十那天晚上，家家户户祭祖放炮，步家这里却是静悄悄的。

原因是步老太爷说怕吓着他的亲亲重孙，所以，只允许做一些诸如放孔明灯、猜灯谜等文雅又有教育意义的游戏。众人玩了一会儿，觉得无趣，干脆围炉夜话，嗑着瓜子聊着天儿守岁，席云芝却被步罩早早带回了房。

席云芝白天睡多了，现在精神得很，就算躺下眼睛也不困，便枕在他的腿上与他聊天。

"夫君，你想要个男孩还是女孩？"

步罩靠着软枕，一手轻抚着席云芝的发鬓，听着远处鞭炮噼里啪啦的声音，轻柔地回答："随便，你生的我都喜欢。"

席云芝在他腿上转了个身，将止不住笑意的脸颊藏进他的小腹，用闷闷的声音说道："我上辈子不知道做了什么好事，才能嫁给你，嫁到步家来。"

步罩失笑："不嫌苦？"

席云芝摇头。步罩弯下身子，在她头顶轻吻了两下。

温暖如春的室内，席云芝枕在步罩腿上睡着了，时间仿佛已经静止，步罩看着她温婉如水的睡颜，忍不住在她红彤彤的脸颊上摸了一下，凑近她耳边轻轻道："我也是，能娶到你，是我这辈子做的唯一的好事。"

正月初五，迎财神。

席云芝被几家铺子的代掌柜请去了城内，听他们汇报店铺整年的情况与新年的计划，然后席云芝又一一做出决定与评判，几家店辗转走下来，倒是让她有些疲累之感，便躺在胭脂铺的柜台后面偷闲。这边正休息着，步家的马车却已经赶来接她回家了。席云芝掀开店铺的厚重帘子，竟然是步罩亲自来接，兰表婶她们一见是他，竟都面面相觑着站起身来。原本热闹的场面顿时冷了下来。

步罩像是丝毫不觉得自己搅了场，只是对席云芝招了招手，道："回去吧。"

马车上，席云芝靠在步罩身上，对他软软地说道："夫君，你对兰表婶她们太凶了。"

步罩不以为意："凶什么？我又没打骂她们。"

席云芝无语："可是你的脸总是冷着，她们看了就怕嘛。"

步罩将她直接抱到腿上，让她更加舒服地靠在自己怀里，用稀松平常的声音说道："我一直就这样啊，也不见你害怕。"

席云芝兀自寻了个舒服的姿势："我那是嫁鸡随鸡嫁狗随狗，总是害怕，这日子就没法过了。"

步罩重重地捏了捏她的臀，这才在她耳旁发狠道："别以为你怀孕了，我就不敢动你。"

席云芝这才伸了伸舌头，做出一副真的被他吓到的模样，嘴角含着笑躲入他的怀中假寐。

正月初八，席云芝怀孕的消息已经传了出去，知州府和通判府都派人送来了补品与贺状，各家从前与她有过生意来往的掌柜也都给她送了礼品。

席云芝店铺的生意越来越好，席家那边却是焦头烂额、事事不顺，席家多年的经营，如今被席云芝压得抬不起头。因了过去的那些事，席老太是不愿看到席云芝有机会翻身的，只恨当年竟一时心慈，没有斩草除根。如今，已万万不可再让她继续顺遂下去了。

这日，席云芝坐在院子里悠闲地晒着太阳，吃着小点，顺便念儿歌给腹中的宝宝听。正念了一半，诸多掌柜突然齐齐来访，她与诸人见面，一问之下才知道缘由。

"全开在隔壁，或者不远处，席家这回是铁了心要和我们争了。"悦容居的掌柜道。

南北商铺的掌柜立刻补充："是啊，咱们叫南北商铺、南北客栈，他们就叫东西商铺、东西客栈，这根本就是砸大钱来跟咱们较劲嘛。"

悦容居的掌柜连连点头："不错不错，我听说他们已经放出话来，说是他们卖的东西，不管什么，都会比咱们便宜一半，这……这生意可怎么做啊？"

席云芝听了几位掌柜的话，心中已经有数。她敛下目光后，又坐回椅中，沉下眸子思虑起来。

席家这回是不惜下血本，也要用这种低端的手段来逼迫她自己关店，想要在最短的时间内逼她自乱阵脚。

席云芝嘴角泛出一抹笑，对着几位掌柜道："以不变应万变，你们本分做事即可，所有损失，我来担当。"

他们既然想要断了她的后路，就放马过来吧。

席家的攻势相当猛烈。不过短短十多日，就在席云芝所有店铺的方圆一里之内，开出一间跟她相同的店铺来，并且货品齐全，价格只有她店里的一半。

价格永远是人们选购商品时最重要的参考值，席家也深谙这个经商道理，因为只有这样，才是最有效的吞并掉小店的方法。席云芝一点都不感到意外。

对席云芝来说，南北商铺的生意没有从前那般繁忙，她也正好有时间理顺手里的账目。

席家的商铺原先共有七十三家，最近刚开的那几家不算，之前她从商素娥手中收了四家，还有六十九家。这六十九家里大小酒楼饭庄，就占了二十家，另外还有九家珠宝行、六家书社，原本有四家戏园，被她收了一家，如今也就只有三家，客栈五家、药行十六家、鸟行两家、成衣铺子八家。共有三十六名掌柜和代掌柜，有势一点的也就五六个，而这五六个掌柜在席家做了多年，早已根深蒂固，一群人在同一个地方待久了，那就势必会形成小团体，有了团体就有是非，有了是非就有弱点。

席云芝在西城转了一圈，又吃了一碗豆腐脑，回去的时候，发现她家夫君竟然已经等候在南北商铺里，正拿着一幅大家临摹的山水画在欣赏，见她入内，便放下画卷，迎了过来。

"去哪儿了？"步覃将她额前的一缕乱发拨开，摸了摸她的额头是否有汗珠。

席云芝摸摸肚子，笑道："原本是点心吃多了，出去消消食，没想到走着走着又饿了，又在西城吃了一碗豆腐脑。"

步覃蹙眉："西城？走那么远，怎么没坐轿？"

席云芝见他面露担忧，不禁失笑："我的腿有劲着呢，哪需要坐轿呀。"

两人又聊了一会儿，席云芝便随着步覃回去了。

第二天一早，席云芝吃过早饭后，便又上街去了。不过她没去自己的店，反而去了张延的得月楼。

雅间内，张延难以置信的声音传出："什么？他们竟然私底下做这些？用席家的钱走私，他们就不怕被发现吗？"

张延夸张的叫声让席云芝为之蹙眉。

"还有，这么重大的事情，你怎么知道的？"他震惊了片刻后，又突然转首问席云芝。

席云芝让他少安毋躁坐下来，张延这才发觉自己失态，坐下之后，只听席云芝温和的声音缓缓说出："相信你也知道，席家从前掌事的三房夫人吧。三娘之所以会去当尼姑，也就是被商素娥联合这几个掌柜给逼的，商素娥利用他们用席家的钱去走运货物，掌柜的们禁不住诱惑，这才一同反了三娘。三娘虽然厉害，可三老爷根本不管事，平素只知道吟风弄月，三娘又没有儿子，只有一个年幼的女儿，身边无人相帮，寡不敌众，居然就真的让商素娥成功上了位。最后商素娥又拿了把柄，逼迫三娘断了红尘。"席云芝面色凝重，对张延说着这一段席家的陈年旧事，"而这些掌柜当年之所以帮商素娥推翻三娘，就是因为三娘太厉害，管着他们不能作为，而他们不愿意放弃这条财路，只得联合了商素娥，而商素娥知道掌柜们帮她的真实原因，不敢步上三娘的后路……所以这些年这群人阳奉阴违、中饱私囊，商素娥却绝对不敢管。"

张延像听说书一般，神情疑惑地问："所以……你的意思是，其实如今的席家不过就是空壳，钱都被这些掌柜拿去搞私运了？"

席云芝笑了笑，这就是她被人紧逼到了家门口，依旧好吃好睡，丝毫不担心的原因。

"倒也不至于是空壳，毕竟那么多家铺子还在那儿呢。"席云芝云淡风轻道。

张延点点头道："那倒也是，而且看他们这回为了击垮你，不惜斥巨资，看来还是有些家底的。"

席云芝高深莫测地摇摇头："席家的家底，恐怕都押在这几个掌柜身上，因为不想暴露才拿钱出来，这事了了，他们才可以神不知鬼不觉地继续搞他们的私运。"

张延摸着下巴道："这几个孙子，这些年一定赚了不少吧？"

席云芝耸耸肩，站起身："走私运这种事，风险大，回报大，但回报的速度可不快，一船货走出去，要等全都销掉才能回来，销掉的货也有可能被拖欠货款，这中间若是再遇上官府海禁，那损失也是不可估量的。"

张延看着她笃定的模样，知道她心中已然有了对策。

只见席云芝凑过来在他耳边说了几句话，然后张延瞪大了眼睛看着她："行不行啊？"

席云芝比出一只手指，道："事成之后，一万两酬谢。"对付张延最好的办法就是这个了。

果然张延立刻收起了先前担忧的神色，拍着胸脯说道："你就放心吧，不就是跑一跑外城，找沿海司认认门，然后再请他们去喝喝酒，吃吃饭，送送东西。这种事我在行！"

席云芝满意道："去山东，进出洛阳的货都是从那儿运来的，货品能不能上陆，靠的也是沿海司的批文。这些天席家掌柜们的货就要到了，如果沿海司的批文晚些时间下，那这些掌柜手头可就青黄不接了。到时候他们后院失火，谁还管得着前院的事？"

席云芝这么一说，张延就明白了，盯着席云芝看了好一会儿，然后才颇有感悟道："你这招釜底抽薪用得也太毒了吧。"

席云芝但笑不语，摸着肚子，走出了得月楼，路过云翔楼，又进去买了好几袋蜜饯，边走边吃，心情好得像阳光一样明媚灿烂。

晚上，席云芝看着好像有些突起的肚子，情不自禁地一边抚摸，一边一个劲儿地笑着。步罩走进来，见到的就是她傻笑的样子。

小小的身子最近似乎圆润了些，看着珠圆玉润，气色好得不得了。步罩走过去，坐在她身边，手掌盖在她的肚子上，像是在感受着。可席云芝见他似有忧虑的样子，不禁将他的手握在掌心，问道："夫君，怎么了？"

步罩反握住席云芝的手，犹豫了会儿后，才道："犬戎对萧国出兵，朝中已折损诸多良将，无人再敢应战，皇上……下旨，让我回去。"

席云芝没想到会是这样，看着步罩良久都未说话，低头想了想，才又问道："夫君，不想回去？"

步罩郑重道："国之兴亡，匹夫有责。纵然皇上有负于我，我却不能就此推卸保家卫国的责任，你懂吗？"

席云芝看着他，点了点头，再看看自己的肚子，才用低若蚊蚋的声音小声问道："那夫君……回去之后，还做将军吗？"

步罩见她情绪有些低落，点头道："是，还做将军。"

席云芝低着头不说话，良久之后，才懒懒地开口："那……夫君便回去吧。我一个人也能照顾好孩子。"

步罩有些疑惑，她怎么会这么想呢？

"孩子怎会要你一个人照料？我是想说，让你跟我一起回京城，你怕吗？"

席云芝抬头看着步罩，有一瞬间她以为夫君是不想带她去京城的，他是声名赫赫的将军，而将军的夫人这样的位置怎么可以让一个名声有污点的女人占着呢？

席云芝流泪道："不怕，只要跟你在一起，去哪儿我都不怕。"

步罩摸了摸她的脸："京城不比这里，那里人心莫测，人人都有两张面孔，令你防不胜防，这些，你都不怕吗？"

席云芝一头扑进步罩怀中："不怕，我不怕，只要你带我走，就是龙潭虎穴我也要去，你不要抛下我。"

步罩在她后背轻拍着："我步罩有生之年，绝不会做出抛弃妻子之事，你放心。今后我去哪儿，你便跟着我去哪儿。倒是你，今后就算是怕了，也别想跑才是。"

席云芝将步罩抱得紧紧的："我才不会跑呢，是你休想将我们娘儿俩甩掉才是。"

接下来的几日，步罩总是跟赵逸、韩峰待在书房，一待就是大半天，席云芝偶尔去给他们送吃的，听到的都是一些什么攻防布局上的东西，她也没什么兴趣，放下东西便走了。夫君对她说他们一个月后起程，席云芝这些天便没去店里，在家里跟刘妈和如意、如月收拾东西。

这天，席云芝正伏案理账，如意却从外头迎进来一个人，正是张延。

见桌上有茶，张延直接喝了起来，喝完才喘着气道："我告诉你，真是人要走运，天都帮忙。"

席云芝将毛笔放下，抬首调侃道："是吗？张老板最近走什么运了，说来听听。"

张延瞪了她一眼，这才指着她说道："可不是我，是你啊，席老板。"

席云芝挑眉："哦？愿闻其详。"

张延挥手让如意和如月退下，自己则走近了些，才小声道："你不是让我去山东的沿海司吗？我去了，真是，那帮兄弟太给面子了，喝了几回酒后，就要跟我拜把子，说是对咱们提出的那几条船定会严加查问，能拖几天是几天，可是，你猜怎么着？"

席云芝一边听一边想，见他憋着劲卖关子，便如他愿追问："怎么着？"

"怎么着？"张延兴奋地一拍桌子，"那帮孙子的船上，还真查出问题了。私盐！那帮孙子竟然敢用公家船贩私盐，你说是不是报应！"

席云芝有些蒙："私盐？"

这个问题连她都没有想到，但沉下心来一想，不对啊，那些掌柜走私运已经好几个年头，不可能贩私盐这么蠢的，要真是这么蠢，那他们又怎么能走这么多年的货呢？

"就是私盐。沿海司那帮兄弟去查的时候，我也混进去看了看，船舱下小半仓的私盐，用张油布纸盖了盖就这样运过来了。"

席云芝更加不解："只有小半仓私盐？那其他的货呢？都有些什么？"

张延回忆道："其他啊，就是一些很正常的布料、绸缎什么的，具体我也没一一看，都给堆在一边呢。"

席云芝觉得更加奇怪，只要是一个脑子正常的人，都不可能将私盐跟布料放在一个船舱里，他们就不怕布料浸了盐水，卖不出去吗？这其中肯定有什么是她不知道的。

"那你知道，这些货是从哪里运过来，经过了哪些地方？"席云芝心中有个猜想，如今只待验证。

张延如数家珍道："我就知道你会问，东西从南疆运来，途经南宁府、广东府、福州府，最后就是山东府了。"

席云芝将这些地方都想了想，听到"南宁"的时候，她的嘴角就露出一点笑容来，她知道南宁是步家的大本营，船只经过南宁，若是相公派人做些手脚……

张延见她好长时间不说话，以为她是兴奋呆了，便开口道："你到底在想什么呀，这件事足够席家那些掌柜头疼了，说不定还会被抓起来拷问，席家没了那些掌柜，就等于被断了手脚，还不是任你鱼肉嘛。"

席云芝收回了目光，见张延铆着劲跟她讲解，不禁笑了："行了，我知道了，你回去吧，注意着点席家的动向。"

张延觉得席云芝的反应有点奇怪，但也知道，就算自己开口问，她也不会告诉他的，干脆老老实实地不问了，反正她让干什么就干什么，她的脑子总比他要灵光一些，总不会带着他往沟里钻。

如意送张延出门，他看见宅子里有些东西已经被收拾好了，走到院门时才装作无意地询问了一句。从如意处得知席家要迁往京城，张延若有所思地离开了步家。

晚上席云芝靠在软榻上看绣本，步覃从书房回来后，她便放下绣本迎了上去，替他换过衣物。席云芝又端来了两盘水果，放在软榻中间的茶几上，两人一人一边，静静地享受安静。

席云芝看了几页绣本，便抬头看一眼步覃，犹豫了一会儿后，才开口问道："夫君，你可知席家掌柜们的那些船出事了？"

步覃翻书的手顿了顿，然后才抬头看着她，一副漠不关心的样子："嗯？是吗？"

席云芝见他如此，便将手中的绣本合上，自己也坐直了身体，对他道："他们的船上出现了私盐，成袋成袋的私盐。"

步覃依旧那副不甚感兴趣的模样："嗯，是吗？"

席云芝敛目想了想，又道："是啊。听说私盐是从南宁府运上船的……"

步覃这回装不住了，将手中的兵书也放了下来，学着席云芝的模样盘腿坐在她对面，拿起一块苹果咬了一口，却是扬唇对席云芝笑道："你知道的太多了。"

席云芝不以为意地耸耸肩："我就知道是夫君你暗中搞的鬼，那群掌柜的就算脑子再笨，也不可能在自己的货船上放私盐吧。"

步覃对席云芝点点头："几艘货船而已，他们该庆幸，我让放的只是私盐，不是炸药。"

席云芝见自家夫君做了坏事，还一副要他人感谢他没有做更恶的事的嚣张态度，不觉好笑，这个男人，总是在她背后，偷偷地做一些叫她感动的事。

只见步覃将水果送入口中，吃了几口后，又对席云芝道："你爹现住在西城王二麻子巷，我去找过他，原本我是想跟他说，随我们一同去京城，免得你两地牵挂，但是他没肯见我。"

席云芝听后，默默低下头："我爹好面子，脾气也强，我娘曾说他是驴，他就是驴，怎么都不肯从我娘死去的事实里醒悟过来。"

步覃抓住了席云芝的手握在掌心。席云芝没有说话，只是低头看着两人交握的手，久久不语。

接下来的几天，洛阳城又陷入了一阵流言之中。

席家几十家店铺一夜之间纷纷倒闭关门，从前的各路供货商生怕席家跑路，每天都蹲守在席家门前要债，一见有人出来，便蜂拥而上，将人团团围住。

皆因席家几个大掌柜竟然背主偷运货物不说，还胆大包天偷运私盐，如今却是东窗事发。而席家短短数月之内，连遭大难，先是四房与知州府闹翻，然后五房掌事奶奶被抓，之后席家虽然元气大伤，却又接连开设了好几家店铺。谁承想，这才十几天工夫，竟然又发生了这种事，席家这回可算是赔了夫人又折兵。他们为了打垮席云芝的店铺，投入了巨大的人力物力，没想到竟会是这种结果，官府的各项处罚就可将席家全部掏空，而且还有众多未清的账目，被债主追账。席家走投无路，开始变卖房产。

他们在那边卖，席云芝便叫张延在暗地里收，一连收了几十家铺子不说，就连席家祖宅都被她刮入囊中。席家老小被迫搬离了祖宅，捉襟见肘的形势逼得他们不得不迁往穷困的西城。一时可谓悲惨到了极点。

这个正月里，席家的日子可不太好过，变卖了店铺也没能还清被那些掌柜亏空的债款，最后，就连祖宅都不得不卖掉还债。

西城的一间四合院里，席老太拄着拐杖在院子里训话，她虽然无子嗣，却掌管后院半生，心高气傲了一辈子，自以为机关算尽，没想到一朝大意，竟败得如此彻底。

"你们这些没用的废物，就这么眼睁睁地看着席家败了？席家好的时候，你们一个个都是老爷、少爷，如今席家落败了，你们是什么？你们什么都不是！从前的鼎盛都是我这个老婆子在养你们，养了这么一大家子废物！"

席老太用拐杖直在地面上敲着，发出"砰砰砰"的声音，衬托着她盛怒中的严厉面容，对席家的子孙来说，还是有些余威的。

如今院中站着二十来人，席家的儿子和儿媳也只剩下二房的席远和董氏，其余的都是之前几房的庶子庶女，平日里都入不了席老太的眼，如今更是越看他们越生气。

"云春呢？席家发生了这么大的事，云春就不站出来说说话？她那个通判夫人是怎么来的，难道她忘记了吗？"席老太像是一副想起救命稻草般的神情，拉着董氏就要往门外推，"你现在就去找云春，让她赶紧过来见我，我已经想好了怎么对付席云芝那个臭丫头，你让云春过来帮我。"

董氏低着头不说话，被席老太推搡她也维持那副半死不活的姿态。席老太见她无动于衷，一个巴掌就打在她脸上："你是没听见我说的话吗？我让你去找云春过来，我要见她，我要她去帮我铲除了席云芝！把我们席家的产业全都夺回来！"

董氏捂着发热的脸颊，看着席老太的目光中满是愤怒，她终于爆发："你现在知道要找云春了？我当初求你帮帮云春的时候，你做了什么？你把秋萍秋云那两个丫头给我转送到了通判府做小，如今，通判大人就连云春的房都不踏入了，你现在还有脸让我去找云春帮忙？你这老太婆还要不要脸？你凭什么让云春过来帮你？"

之前董氏跟席老太提起让她用席家的声势帮云春敲打一番杨大人，让他对云春上心些，没想到这老太婆竟丝毫不顾祖孙情分，将秋萍和秋云直接送了去。现在杨大人都已不再理会云春。如今席家遭逢大难，这老太婆倒知道找人帮忙了？简直太可笑了。

席老太先是一愣，然后竟然爆发得比刚才更加激烈："你们这是什么态度？席家如今被逼得住这种狗都嫌臭的屋子，你们难道就没有点血性吗？席家若是夺不回来，你以为你们还是老爷夫人吗？你个读了半辈子书，连个秀才都考不上的孬种，跟你那个死去的娘是一个贱坯子。"席老太指着席远怒不可遏地叫道。

董氏听了，想冲上去跟她厮打，却被席远从后头拉住。

席老太在一众孙子孙女间看了几眼后，突然又指着五房留下的两个庶女席云锦和席云露说道："把她们给我送去知州府，去告诉知州老爷，我们席家总归能帮他生一个儿子出来，去呀，把她们送去呀。"

被她点名的两个庶女吓得脸都白了，她们的亲母立刻跪在席老太面前求饶，却被席老太用拐杖打破了头，鲜血直流，两个女孩扶着母亲躲到了一边，哀叹自己的命运。

就在这时，只听四合院的大门被人踢开，三四十个壮汉闯入，震慑了一院子的人。

席云芝披着素雅薄毡，淡定从容地走了进来。她姿容清丽润泽，早已不复当年灰头土脸的狼狈，没想到从前的丑小鸭竟变成如今这般脱俗的样貌，众人面面相觑，颇有世事难料的感慨。

席云芝嘴角扬着笑，走到席老太面前，故意环顾了一番院子，从腰间抽出一块干净的帕子掩在鼻下，语气嫌弃地刻意道："真是委屈老太太了，这么脏、这么破、这么难闻的院子，也亏得你待得下去，可是没有钱了？没有钱可以跟我说，孙女多亏了老太太照拂，如今手里最多的就是钱了。"

赵逸不知道从哪里给席云芝搬了一张椅子来，韩峰似模似样地将椅子擦干净了，这才请席云芝入座。

席老太扫了一眼席云芝带来的壮汉，知道她是有备而来，也不敢太放肆，但经年脾气一来，总归有些忍耐不住，便指着她说道："我倒是没瞧出来，你这野丫头的狼子野心。席家哪里亏欠了你，你要下此毒手？"

席云芝云淡风轻地笑了笑："席家哪里亏欠了我，老太太还不知道吗？"

席老太目光闪烁，脸色一变："你娘……你娘是咎由自取，她不守妇道，勾引男人，我以家法处置她，哪里做错了？难道要我明知你娘做了那些丑事，还包庇她吗？"

席云芝敛下笑容，盯着席老太看了一会儿后，这才开口说道："事实是什么，你心里清楚，商素娥用了什么手段，你怎会不知？你明知我娘是冤枉的，却还是顺着商素娥将我娘乱棍打死，你怕在府里立身不稳，怕我娘抢了你手里的权力。"席云芝的娘是长房长媳，处事越发利索干练，席老太不过是个续弦夫人，大房长媳要管家的话，她就只能退下，所以她先发制人，商素娥闹出这事，她也干脆趁机夺了大房长媳的生路，以绝后患。

席老太被席云芝看得有些心虚："你说什么，我听不懂。你娘原本就不是什么好东西，死了最好，不会连累人，跟我有什么关系？"她做了什么无论如何也是不可能承认的。

席云芝她娘，在席老太看来是死有余辜的，虽说席老太是顺着商素娥的伎俩将计就计，可是当年大娘也确实身边不太干净，确实有人看见她和一外族人有接触。和外族之人有干系，若是被检举揭发出来，整个席家都得跟着她陪葬，再加上当时席老太一心想夺了大娘手里的管家权，故而才下了狠心，一不做二不休，把大娘给弄死了。席老太只恨当年只送走了男娃席云然，却把席云芝这么个祸根留了下来，以为她是个女孩儿，又在眼皮子底下盯着，到了年纪就随便把她嫁出去，总不至于闹出什么乱子来，可没想到这孩子心思这样深沉，在府里百般受欺凌却始终隐忍，连她都给这孩子蒙蔽了，以为是个软弱的，没想到……这竟然是她最错误的决定，当初就不该留下席云芝，应该一起弄死才对。

到了这个时候，席云芝不想再和席老太废话，今日来就是看看席老太的惨况，如今见了，席老太以后会遭遇什么，就不干她的事了。她从来没想让席老太死，而是要席老太活着，活着过那种一穷二白、贫困交加的日子，让席老太的威风使不出来，处处受制，寄人篱下，日日活在煎熬之中，这样的惩罚才是最好的。死，是解脱吧。她不会让席老太这么痛快的。

步覃定好了二月初出发。

席云芝从席家收回的铺子只是缺乏资金运转，投入金钱之后，便能正常运作，不需另投人力。席云芝将所有铺子的房契地契，还有工人的合约卖身契统一装在一只檀木匣子里，然后，又从南北商铺和南北客栈的老人里挑选了二十来个代掌柜，叫他们轮班，每个人分别做一个月的总掌柜，管洛阳几十家商铺的钱财，每十天就要对一遍账，每个月底都要将这个月的销售金额快马传到京城让她过目，另外每个月盘点两回，附送两回盘点的清单，每一笔大额进货都需事先向她申请，她同意之后，才能领用公款，安排进货事宜。

这样的操作方式是她花了两个晚上想到的，因为她人在京城，鞭长莫及，要人将每日金额悉数送往京城也不现实，干脆让人轮流管理，每个月汇报，每个月盘点，每个月做账，轮流管理制度既能减少掌柜的责任与风险，又能很好地利用他们互相监视，每月的盘点列表与进货列表她都会一一核对，并且时不时派人前去抽查。

临行前，席云芝去了一趟王二麻子胡同，根据步覃的指示，她找到了他爹如今居住的地方。那是一间单独的带有小院子的破旧瓦房，院子里满是杂草，破旧瓦房的墙身也是斑驳一片。

席征不在，席云芝等了他一会儿，给他留下了一些棉衣和银两，然后抱走他院里一株精心修剪过的兰花——席征一直没有忘记娘亲，这种香兰是娘亲生前最喜欢的。

从今往后，她要跟着夫君去京城里生活了，再也不能照顾到他，只是他一直避而不见，席云芝就是想帮他走出阴霾，也无能为力，只能祈求他自己想通。

二月初四，步家老小坐上了赶去京城的马车，离开洛阳时，几十家铺子的掌柜皆到城门口送行，与席云芝一一话别之后，才肯离去。

兰表姊她们在洛阳城找到了生活目标，不愿随他们再回到京城那个空荡荡的牢笼，席云芝也不勉强她们，便将绣坊的生意全权交由她们打理。而堰伯也留了下来打理步家老宅周围的良田。

因为席云芝怀着身孕，不能太过于颠簸，所以，在行走前，步覃特意去定制了一辆专门给她坐的马车，这样逍遥清闲的日子，甚至让席云芝生出了如此这般天荒地老，海角天涯的感觉。

一路游山玩水，终于在二月的最后一天到达了京城。

席云芝从马车里探出脑袋，看着眼前那巍峨的城墙，只觉得这才是她想象中的京城气象，恢宏万千、四角飞檐的城楼上插着一排排印有"萧"字的三角旗，迎风招展，彰显着这万里江山的帝王豪气。

"爷，咱们走哪个门，宣武门后有百官相迎，但咱们事先找好的宅子得走安定门。"韩峰这般说道。

步覃没有迟疑，冷声说道："去安定门的宅子。"

韩峰自然明白自家爷的意思，从前的将军府如今已经变成镇国侯府，皇上虽说又给赐了高宅，但爷不高兴接受，就事先让他们在京城里另寻了宅子居住。

席云芝没有来过京城，所以不知道他们口中说的宣武门和安定门有什么区别，她只知道，夫君带她回到了他生长的地方，不管从哪个门进去，对她来说，都是一样的。

京城繁华，到处车水马龙，高楼台榭，每条街仿佛都堆满了人，男男女女、老老少少都衣着光鲜，各色番邦异人也比比皆是，市集上的叫卖声，让她就算看不到街上的画面，都能在脑中自动想象出那热闹的景象。

不一会儿就到了他们的新宅兰馥园。兰馥园是一座前朝的旧园子，从前是以种了奇珍异草闻名，后来被前朝某大人买了去，辗转至今，已有百年历史。院子分为主院、后院和侧院，两条狭长的鹅卵石通道则连接着主院和后院。

因为这宅子原本就是用来租赁的，所以，屋子里的摆设用具倒是齐全的，席云芝叫如意如月先去后院打扫，争取让步老爷子首先安顿下来。

席云芝的肚子已经有些看得出来了，她最喜欢的就是坐在小院子里一边摸肚子，一边晒太阳。她家夫君知道她这个爱好，便让赵逸给她买了一张摇摇椅，于是她就更喜欢了。

席云芝想着替夫君再做两身衣服，这日一早吃过了早饭，就去了一品阁。

经过这些天的熟悉，席云芝知道这"一品阁"是京城最大的衣料铺子。席云芝走下轿子走入店铺，只觉琳琅满目，豪华绸缎、真丝面料比比皆是，光是气派而言，便不是洛阳的店面能够比拟的。不过这店里最吸引席云芝目光的，并不是这些衣料，而是一个女人斤斤计较的声音："你们会不会做生意啊？我要了这么些绢丝，你们连零头也不肯抹，未免也太小气了吧？"

站在柜台后应对的伙计有些哭笑不得："这位夫人，先前您已经将这绢丝的价格压下近三成了，如今还要我们将零头抹去，这……这未免也太……""计较"两字，商铺伙计实在没好意思说出口，但这笔生意着实没得赚，所以他干脆指着另一匹类似颜色的普通布料说道，"如果夫人真的嫌贵，那不如就挑这种半麻半丝的南国丝，颜色手感都差不多的，但价格只有这种绢丝的一半。"

那女人看了一眼伙计推荐的南国丝，上前摸了两把，便放下了，指着绢丝说道："唉，算了算了。不肯就算了，包起来吧。"

席云芝在后面看着那个女人付了一百八十八两银子，然后才叫婢女拿了布料，走出店外。

她走之后，席云芝便听见那伙计一边数钱一边说道："真是死要面子活受罪，买不起好的又不肯将就用差的。"

见席云芝走到柜台前，伙计即刻换了一副面孔，但精明的目光已将席云芝上下扫了一遍，听到席云芝说想要买些布料给夫君做两身衣裳的时候，他便想也没想，推荐了先前被嫌弃的南国丝。如意有些气不过，觉得这伙计以貌取人，把之前人家嫌弃了的东西拿来糊弄她们。

但席云芝摸了摸手感倒是觉得不错，问过价钱，一丈一两银子，不算贵但也不算顶便宜。席云芝满意地笑道："半麻半丝挺好的，透气吸汗，这两种颜色，各裁个两丈吧。"

席云芝挑了一种墨蓝，一种牙白，想象着衣服做出来是什么样子。

伙计见席云芝爽快，没费什么口舌便做成了生意，随口夸赞道："还是夫人识货，小的这就给您裁去。"

买完了布料，席云芝就打算回去了，谁知遇上拥堵，一问之下才知道，原来是什么敬王妃的坐轿经过，这街临时被封了大半。

走到路口的时候，席云芝下意识看了过去，想看看能不能从轿帘的缝隙中，窥得敬王妃的容貌。不过人山人海，席云芝挺个肚子也不敢乱冲乱撞，倒是把如意、如月吓得满头大汗，生怕夫人有什么损伤，爷一心疼，可不会饶了她们的。

席云芝瞧见一辆破旧的轿子停在马路中间被敬王妃的仆从驱逐，只见轿子旁窜出一个有些面熟的小丫头，"扑通"一声就在王妃坐轿前跪了下来，带着哭腔说道："敬王妃息怒，我们王妃轿子坏了，这才挡了敬王妃的去路。"

那领轿奴仆一听挡路的竟也是个"王妃"不禁一愣，问道："你是哪个王府的丫鬟？"

"回总管，奴婢是济王府的人。"

那总管转身便跑到敬王妃的轿帘旁汇报了一番。这时，那破旧的轿子后头又走出一个愁眉苦脸，自己撩着袖子修轿子的妇人，席云芝一看，竟是先前她在衣料铺中遇到的那名与伙计讲价的女人。

席云芝不禁咂舌，都说京城遍地是黄金，可如今看来，她倒觉得京城中遍地是王妃啊，她只是出趟街，就一下遇到了两个。只见那女人不情不愿地走到敬王妃的坐轿前福了福身子，便对跪地的丫鬟招手道："行了，轿子修好了，咱们走吧。"

敬王妃的领轿总管虽然恼济王府上下没有礼数，却因对方好歹也是个"王妃"，他也不好说什么。

两个王妃，两种排场。一个骄奢，众仆簇拥；一个寒酸，简衣陋行。

京城可真奇怪。

步覃回来京城后，白天基本不在家，但每天晚饭之前都能准时赶回来陪席云芝吃饭，看书，睡觉。

席云芝坐在床沿描绣花样子，将今日在街上看到的新鲜事跟步覃说了一番，步覃便知无不言地对她进行说明道：

"敬王妃是首辅大臣蒙廖的亲孙女，她与太子妃是嫡亲姐妹，在京城贵女圈中，蒙家姐妹算是翘楚，至于那个济王妃……济王是十三皇子……人品还算端正，并未有出格行为，我曾与他谈过几回，虽没有大的谋略，但对朋友两肋插刀，义薄云天，因此他的门客虽不多，但每个都对他十分忠心。我回京城之后，其他人不想多交，济王倒是可以例外。"

席云芝舒舒服服地躺入被子，听步覃一件一件事无巨细地讲着京城贵圈中的事情，以及各位皇子家眷的身份、各位官夫人的来历等。因为这样一个精打细算的王妃，席云芝不禁对济王也有些好奇，而夫君又说济王是个没什么大才的仁义之辈，就更让席云芝印象深刻了。

她将步覃的话一一记在心中之后，才抵不住困倦，沉沉睡了过去。

在席云芝以为，夫君跟她说的那些事情都还离她甚远，每天日子还是照常过着，却没有料到，事情会这么快找上门来。当席云芝看到济王妃带着殷切的笑容和上好的绢丝缎子上门拜访她的时候，她简直不知道用何种心情来面对，原来济王妃那天在一品阁杀价是为了到她家来送礼……

"这是京城中最新出来的布料，入手极细，最适合妹妹的细皮嫩肉了。"

席云芝亲自替她奉茶之后，被她拉着一同坐下。席云芝保持微笑："王妃过奖了，这么重的礼，云芝愧不敢收。"

济王妃立刻平易近人地摇摇手，说道："不重不重，最重要是适合妹妹，收下吧，不然王爷可是会怪罪于我的。"

席云芝推拒不得，因为她知道济王妃特意登门送礼，必定是济王吩咐，而夫君说过，京城诸人他不想多交，唯独济王例外，犹豫一番后，就将料子收了下来。

席云芝借着劝茶的机会，将济王妃的穿着上下打量了一番。她今日穿的是一件比较华美的袍子，彰显王妃华贵，与她昨日上街时穿的那身普通衣物确有分别，见她十指素淡，未戴金银，仅在右腕处戴着一只缠有金箔丝的玉镯，看样子也是有些年头的古物。

这样节俭，当真与夫君口中所说的仗义疏财、生性豁达的济王殿下性格迥异。济王妃这回估计也就是来认认门儿，简短地说了几句话之后，便提出告辞，席云芝再三挽留之后，亲自送她去了路口，才转身回来。

转眼便是三月，春暖花开的季节。

席云芝已经有五个月身孕，上个月的店铺账本清单各大掌柜都已经派人快马给她送了过来。她核对无误之后，便在清单后做了标记，令来人带回了洛阳。

在济王妃的热情下，席云芝与之渐渐相熟起来，也因为她无意间提到的一件小事令席云芝注意到了京城的房屋买卖。

京城是京师重地，各方面的条条框框都很多，没有关系和人脉，想开个店铺，那些繁杂的官府手续都不一定能搞定，但席云芝发现，在房屋买卖这一块，却没有这么多限制，基本上都是明买明卖，买卖双方自拟合约，签字画押，钱财两清之后，就算成了，然后看准时机倒手再卖，就是一笔进账。这桩生意，只要资金充足，既不需要起早贪黑，又不需要太大人力，只要有专人去找房源即可。

席云芝晚上将想法跟步覃一说，步覃没什么意见，只说别累着就行。第二天，步覃便派了一队十人的随护给她。席云芝一开始也只是想着给他们一个月的时间去熟悉，没想到仅一天时间，每个人就给她带来了不少于十条关于买房、卖房的讯息。

席云芝有些傻眼，好奇询问，其中一个黑黑的高个子干净利落地回答："回夫人，我们从前是前锋营的，专探敌人情报。"

用前锋营的探子兵去探百姓房源的事，古往今来，估计还真没人干过。不得不承认，她家夫君真是个人才啊。

有了探子兵的加盟，席云芝的买卖房屋事宜进展得十分顺利，短短几天之内，就辗转易手好几座宅院，眼看着白花花的银子如流水般轻轻松松就进了她的口袋，席云芝更加肯定自己的选择。

席云芝决心好好将这行做下去，毕竟整个京城她还真没看到过什么上规模的买卖地方，既然要做，那就要有个做的样子。她在兰馥园隔壁又租下一座农家小院子，找了几个会识文断字的女人回来记账。女人心细，性喜安定，一般只要薪资给够了，便不易转行。她让她们将所有房子的特征、性质全都整理入册，以便供以后查找对比。

这日，席云芝在院子里修剪花草，如意便通报济王妃来了。如意将济王妃请进来，只见济王妃甄氏红着双眼，带着一副与平日不太相同的脆弱坐到了她旁边的凳子上。

席云芝放下剪刀，坐到她身边，柔柔问道："怎么了？"

许是长久未能找到人倾诉，甄氏一听席云芝询问，便再也顾不得身份，扑到席云芝肩头哭了起来："这日子没法过了。我为了那个家，省吃俭用，连一件像样的衣服都不敢添置，可是他倒好，挥霍无度，将那些不安好心、骗吃骗喝的人引入府内，我不过说了两句，他便对我大吼……"

席云芝听后，大体明白了事情经过。从前她就听夫君提过，济王身为十三皇子，上头有三个哥哥，当今皇上有十六个儿女，其中儿子不过四个而已，济王因母妃出身较低，没有外戚支持，虽有些见识与能力，却不受当今圣上重视，早早将他送出宫另立门户，封赏也只是历代皇子最低标准。就连娶妻这种大事，圣上也只是随便塞了一个五品武官的女儿给他，也就是如今的济王妃甄氏。

十三皇子虽不受宠，却不甘堕落，有心要有一番作为，叫当今圣上对他刮目相看。奈何，他天资有限，纵然有赛孟尝之心，却英雄无用武之地，偏他又是个不肯放弃的，做的事情多为皇上不喜。

拍了拍哭泣不止的甄氏的后背，席云芝柔声安慰道："别哭了。男人嘛，总是好个面子，他定只是随口一说，并不是有心的。"

甄氏哭得更厉害了："他就是有心的！明知道府里不宽裕，他还偏要那么做，他叫我这个主母今后如何当家？我身为王妃，从来没有过一天真正王妃的生活，你见过哪个王妃上街买菜讨价还价，你见过哪个王妃出行是坐那种用了十多年的轿子？走两步，下面的板都会掉下来，我还得自己修。"

席云芝回想那日在街上遇到她的情形。要不是她那日亲眼看见，定会以为甄氏此刻是在说笑话，甄氏这个王妃当得确实还不如一般的官太太舒服……

甄氏又是一番哭哭啼啼，席云芝听了半天终于听明白了她的话。原来是济王殿下没打招呼，就让门客住进了王府，济王府可能本来就不大，这些门客影响了府里正常的作息，甄氏说了几句，就和济王吵开了。

席云芝也知道她的难处，就说："我手里有一座临江的宅子，一直闲置着，要不就给王妃安置那些人吧。"

甄氏惊讶地抬头看着席云芝，有些心动，却还有些犹豫："这……怎么好意思？"

见她不推辞，便知她是愿意的，席云芝便安慰道："没什么不好意思的。我也不想看着你在府里不自在，宅子空着也是空着，用起来总是好的。"

甄氏虽然不好意思，可也实在不想跟那么多陌生男人同住一个屋檐下，就对席云芝谢了又谢。

席云芝为了宽慰甄氏便打算在外就餐，两人便去了聚雅茶斋，要了二楼的一间雅房。在上楼时，因为甄氏猛地一拉，席云芝一个没站稳，踉跄了一步，撞在一个正往下走的夫人身上。

"哪儿来的莽撞妇人，敢冲撞了我们夫人。"

席云芝站在下首，低头道歉，毕竟是她撞人在先的。

"真是抱歉，是我没看清前路，冲撞了夫人，还请原谅。"席云芝的话刚一说完，一记火热的巴掌便打在她的脸上。

席云芝和甄氏愣住，席云芝抚着脸颊抬头看去——

眉目如仙脸如画的席云筝，正高高在上地站在那里道："贱人来了京城，还是贱人，这一巴掌是教你走路要向前看，学会了吗？"

席云芝抬头看着站在楼梯上的席云筝，她与席云筝再见剑拔弩张的场景也是她曾预想过的，毕竟商素娥被问斩的事情，席云筝定然已经知道，可身为左督御史夫人的席云筝既然没有出面，说明当时她也是无可奈何，只能寻她的晦气了。

席云芝深吸一口气，敛下眸子，忍下气退到了一边，她并不愿那么难堪地与席云筝当街厮打。

席云筝冷着面孔，高贵华丽的面容冷若冰霜，踏着优雅的脚步与席云芝在楼道上擦肩而过，下一刻，席云筝人忽然一歪，整个人扑了下去。

"啊——"此起彼伏的尖叫声在茶斋中响起，几个婢女也被席云筝拉倒压在了身下。

甄氏在席云芝震惊的目光中，收回了自己的脚，耸肩道："我一看见装模作样的女人就想踹，多少年了，还是忍不住。"

席云芝掩唇一笑。席云筝发髻凌乱地被人扶起，见四周看客的憨笑、指戳，席云筝恼羞成怒，要丫鬟令府卫进来，当场把席云芝和甄氏抓起来。

"谁敢动我？我可是堂堂济王妃。"甄氏高高在上地喝道。

席云筝这才抬手喝止了簇拥而上的府卫，怨毒的目光在济王妃甄氏身上扫了几眼，终是气愤离去。

二楼雅间。

甄氏已经将与济王吵架的事情忘得一干二净，满心满眼都是做了坏事之后的兴奋与害怕。

甄氏好奇道："她叫席云筝，你叫席云芝，我想你们该是认识的。"

席云芝放下手中茶杯，跟她解释其中关系："她是我娘家妹妹，不过两人有恩怨。"

甄氏恍然，既然席云芝不多说，她也就不多问了。她帮席云芝出头，也是想诚心对待这个朋友的，并不计较她从前如何。席云芝感谢甄氏替她打抱不平，如今这个年头，能遇到一个像甄氏这样一心为朋友的女人实在难得。

甄氏吃饱喝足，席云芝又另外包了好多份点心和糕饼让甄氏带回府里。甄氏连声道谢，却并不推辞，济王府的日子不好过，她能省则省。

五月初，空气中飘着柳絮，春风吹送，粽叶飘香，家家户户都在河中洗米，浸箬包粽子，迎端午，步家也不例外。席云芝坐在椅子上，将浸在水中的箬叶拿出来摊平递给刘妈，如意和如月则一个蹲在井边洗米，一个将洗好的米端来倒入刘妈面前的大瓷盆中。

席云芝想着步覃手中的兵，皆是背井离乡，自然吃不到家乡的粽子，于是决定提前多包一些，到端午那日，叫赵逸和韩峰回来取到营地，给将士们尝个鲜也好。

因要去探望济王妃，席云芝在包好第一锅粽子之后，便让如意用礼盒装好，带着如意出了门。

济王妃亲自去迎席云芝，直接将席云芝带到了她的房中，拉着席云芝的手对她道："你来得刚好，快帮我选选衣服。"

席云芝好奇："这是要去哪儿？"

"十日之后，有一场牡丹会，城中的贵女贵妇都受邀参加了，我正在挑选衣服呢。"

席云芝刚来京城不多时，自是没有听过："牡丹会？"

"牡丹会是每年皇家都会举办的赏花宴，一年有三次，端午这回是第一次，城中贵女和贵妇都会被邀请参加的。"见席云芝疑惑的样子，甄氏急急补充道，"这些请帖大都是有的，你初来京城，怕是要晚一些才会收到。"

席云芝笑着摇头："我又不是贵妇，他们请我做什么？"

甄氏对她摇摇手指："那是你不知道，从前的步家有多鼎盛，若是步家的媳妇都不是贵妇，那整个京城就没有妇人敢称一个'贵'字了。就好像从前的步老夫人和步夫人，她们婆媳二人就都被册封为一品诰命夫人呢。"

席云芝却是知道她的婆婆与太婆婆，还在步家如日中天时便早早去世。

又在济王府逗留了会儿，席云芝便提出告辞，待回到家中，刘妈便给席云芝送来了一封白底金纹的精致请柬。席云芝打开，"牡丹会"三字赫然入目。

今天晚上步罩不回来吃饭，席云芝便早早回了房。她坐在烛光下绣起了前几日描好的花样。

房间的门被人推开了，步罩脸色红红地走了进来。

席云芝放下针线，上前去接过步罩解下的腰带，便闻到一股重重的酒味，嘴角含笑问道："夫君怎喝了这么多？"

喝了席云芝倒的香茶，步罩回道："嗯，跟人……商量了些事。"

"是好事，还是坏事？"席云芝看着他问。

步罩将杯子放到一边，自己则趴在了桌上，像是很苦恼的样子，埋头犹豫了一会儿后，才说道："不是好事。"过了一会儿后，又说，"但也未必是坏事。"

席云芝知他此时苦恼，因不知事情始末，也不好随意出言宽慰，只能尽力做一个夫人的本分，走到他的身后，素手替他捏着肩膀。

步罩先是紧绷，后来便放松地靠在了椅背上，任席云芝替他按压。静谧的环境满是温馨的香气，他突然觉得自己的头没有刚才那么痛了，心情也好像恢复了很多，抓着席云芝的手拉到胸前，静静地抚摸了好一会儿，才开口说道："济王殿下是有真才实学的。他有意问鼎帝位，你说……我要不要帮他？"

席云芝停下了动作，默默看着步罩，这般重大之事，夫君竟告诉了她……

只听步罩又道："天下有德者居之，尸位素餐总是叫人心寒的。"

席云芝听着自己夫君的语气，便知道他心中已有了决断。夫君对朝廷其他人都失望透顶，唯独对济王另眼相看，可见济王身上还是有可取之处的。

"你说我做这个决定，对吗？"步罩将席云芝从身后拉了出来，让她坐在自己的双腿上，手指有一下没一下地在她肚皮上画着圈圈，"当今圣上，已经失了对步家的信任，他召我回京已是逼不得已，虽然率领文武百官于宣武门前相迎，却未必出自真心，我纵然今后再立汗马功劳，到最后，也未必能保步家老小富贵安宁，从前我可以不在乎，现在却不能。"

步罩的目光落在席云芝的肚皮上，不知是不是喝了酒的缘故，他的双眸有些湿润，摸着肚皮的手也越加轻柔。

席云芝深吸一口气后，双手搂过步覃的肩头，对他郑重道："夫君想做的事，便去做吧，大不了不要这些功名富贵，我们还去找一处小山村安住，你耕田，我织布，不照样也能幸福一生吗？"

步覃将目光落在席云芝的侧脸上，不禁笑道："夫人说得有理。"

席云芝笑着抚上他近在咫尺的俊颜："夫君，你想做什么便去做，做成了，我们娘儿俩跟着你享福，做不成，我们就一家远走他乡。"

步覃听她说完，只觉得今生何其之幸，能娶到一个这般懂他的女子。这样美好的她此刻正坐在他的腿上，腹中怀着他的孩儿，一切都美好得叫他感动。

席云芝最后还是决定十日之后的那个牡丹会，她就不参加了。

昨晚夫君喝得有些醉，倒是与她谈了一夜的话，聊了一夜的情，她也知道了夫君如今的心思，那么她做起事来，也要多几分思虑了。虽然济王的实力实在太差，但毕竟夫君有意辅佐……

牡丹会是太子妃等一手筹办的，这样的集会请她参加本身就透着可疑，她也不耐与他们周旋，于是，当太子府上的婢女前来确定她是否出席的时候，席云芝便以"腹大如盆，行动不便"为由，大大咧咧拒绝了邀请，并令刘妈从厨房里拿了两筐草鸡蛋送给那婢女，并且千叮万嘱要让婢女将那两筐鸡蛋带给太子妃。

婢女走后，刘妈终于忍不住对席云芝说道："哎哟，我的个夫人哎，您好歹也是位官太太，那么多好东西不送，偏偏送这么乡土的鸡蛋，您想让太子妃怎么看咱们步家？还真以为咱们是从乡下进城的土包子了？"

席云芝见刘妈急得满头大汗，对刘妈笑了笑，算是安抚了一下，自己便挺着肚子回房绣花去了。

她这么做，也是为了藏拙。她初到京城，不如就坐实乡野村妇的印象。

果然，太子妃在收到她的回话与鸡蛋之后，也确实在心中给这个不识好歹的村妇贴上了无知的标签，并且将席云芝列为今后不再邀请的对象。与席云芝这样小地方来的无知村妇来往，岂不是显得自己掉价？

太子妃这样想也是这样做的，因此席云芝的日子也就自在多了。

她每日照常吃睡，照常赚钱，日子过得倒也飞快。眼看半个月就过去了，她在府中无聊地看着书，惊觉济王妃甄氏已经好久没来找她说话。她在京城没有朋友，也就只有甄氏这么一个说得上话的。甄氏不来找她，她还真就觉得有些无聊了，让如意送了封信去济王府，谁知道却带回了一个不好的消息。

"我也是偷偷问了问济王妃的婢女小青，听说那日牡丹会，敬王妃有意陷害济王妃，让她当众出丑不说，还被太子妃以搅乱会场秩序为由，掌掴了三十下嘴巴，如今脸上肿得厉害，根本见不了客。"

"什么？"席云芝放下手中的针线，对如意的话惊讶得不得了，敛目想了一想后，才又问道，"可知会上发生了什么？"

如意又道："听说是敬王妃派人换了济王妃的花牌，被济王妃发现之后，还对济王妃冷嘲热讽，这才激怒了济王妃大闹会场，然后，就被责罚了。"

如意走了之后，席云芝将针线放在一边，自己则躺在躺椅上发呆，济王妃这回受过，没准还与她有些关系。定是席云筝将上回茶斋的事情，告知了敬王妃，她们这才会借此由头，在牡丹会上整治济王妃。但席云芝仔细一想，又觉得不对，掌掴三十下，就算是对奴婢来说，这刑罚也算是重的，何况是对一个王妃，不管这个王妃受不受宠、有没有势，她都是王妃。可是太子妃和敬王妃如此不顾她的颜面，肯定还有其他什么她所不知道的原因。

　　席云芝原本想等到甄氏情绪好些再去看她，没想到，就在她让如意过府递书之后的第二天，甄氏便派了贴身婢女小青前来传她入府。

　　小青将席云芝带到了甄氏的卧房，席云芝简直有些震惊。

　　甄氏虚弱地靠躺在床铺之上，脸颊嘴唇上满是青紫。席云芝快步走过去，坐在床沿抓着甄氏的手问："怎会伤得如此严重？"

　　甄氏空洞的眼神转向席云芝，毫无血色的唇瓣微张，还未说话，眼泪珠子便掉了下来。她哭了起来："孩子、孩子没了。"

　　轻若蚊呐的声音在席云芝耳边响起，她震惊地看向甄氏。甄氏整个人蜷曲起来，婢女小青在一旁看着干着急："王妃，您还在坐小月子，可别这样伤了身子啊。"

　　见甄氏哭得不成人样，席云芝这才意识到了事情的严重性，一问之下才听甄氏说出了真相。原来半个月前，甄氏被诊断出了喜脉，已经两个月，甄氏怕孩子小器，便一直瞒着。可牡丹会上，太子妃和敬王妃不知从何得知甄氏怀孕的消息，有心害她，就让人拿走了甄氏手里的花牌，让她作诗，甄氏哪里会作什么诗啊，武将家出身，会写字就已经很不错了，然后宴会上那些妇人就对甄氏冷嘲热讽，甄氏也不想这样受气，就顶了几句，也不是什么大不了的话，可太子妃就拿着这事做筏子，以甄氏扰乱会场秩序，又目无尊上为由，用竹板子抽了甄氏三十个嘴巴，还要她顶着脸上的伤，在正午的日头下足足跪了两个时辰。甄氏怀着身孕，自然受不了，回来之后，内裙上都是血，这才知道孩子保不住了。

　　"她们……她们怎么能……"席云芝听了小青的话，内心一片翻涌，她忽然明白为何太子妃她们要整治济王妃了，不对，她们根本不是整治，而是阴谋杀害，她们知道济王妃怀了皇嗣，如果是男孩，便是诸王中第一个嫡子。

为一己私利使出如此血腥自私的手段，这让席云芝觉得害怕。她摸着自己的肚子，特别能理解济王妃的痛苦，若是她的孩子被害，那她甚至会不想活了。

这太残忍了，席云芝拉着她的手，与她一同掉泪。

"我……不会放过她们的。"甄氏低若蚊蚋的沙哑声音，一字一句敲响了席云芝的心。

济王萧络晚饭时来看过甄氏，脸色也很不好。甄氏心情低落，不愿与他多说话，萧络无奈，只好拜托席云芝多陪她一会儿。

席云芝在王府一直陪伴甄氏到戌时过后，才被步覃亲自接了回去。

马车在空无一人的朱雀街上缓缓行驶，席云芝靠在步覃肩头，沉默地听着车轱辘转动和马蹄踩踏的声音。步覃将席云芝的手紧紧握在掌心，他自然也知道了济王府最近发生的事情，可这种事情对宗室而言，实在是太平常不过。因为这里的人心太过于肮脏险恶。

"如果我们的孩子没了，我也活不成了。"

步覃将她搂在怀中，深吸一口气，安慰道："我不会让我们的孩子没了的，我一定会保护你们的。"

席云芝鼻头发酸，趴在步覃的肩窝处默默哭泣。

因为济王妃的事情，席云芝接连好几天都心情不好。她每天都会尽量抽些时间去济王府陪伴甄氏，并且对甄氏承诺，说她肚子里的孩子，生下来便认甄氏做干娘，甄氏也感动地答应了。

这日，席云芝在兰馥园隔壁的小院子中核对账目，却见小黑跑进来找她，说是有个胡姬要买她手上那座价值两百万两的豪华庭院。

"胡姬？她知道那宅子的价格吗？"这座宅院是席云芝花一百二十万两买入，准备两百万两卖出的，一般客人在听到这个报价后，便没了下文。

小黑已经在席云芝这里做了好几个月，对这些手续轻车熟路："知道，我开始的时候就告诉她了。"

席云芝放下笔墨，有些意外："知道了，她仍想买？"

胡姬是外域女子，大多混迹青楼楚馆，说是卖艺不卖身，但也都知道不过是抬价的借口罢了。

小黑激动地点头："是啊。那胡姬长得可妖了，她说她的相好是个大官儿，最近要送她一处宅子，她便选中了咱们这座，两百万两啊，夫人，这是要发呀。"

听了这话，席云芝倒是有些兴趣了："大官儿？多大的官儿才能一笔付清两百万两？"

小黑想来也是查探过的，接着答道："听说是个督察院的大人，家底厚着呢。"

督察院？席云芝心中疑惑，督察院中家底厚的高官有哪几个？

七个月的肚子，让席云芝看起来圆润了不少，走路也有些吃力，不过步罩和刘妈都建议她多走动，因此每天固定时候，她都会出去遛弯儿。

路过一家绸缎庄，刘妈被一匹布料迷得神魂颠倒，趴在柜台上听掌柜的忽悠，席云芝这才偷了个空闲，坐在绸缎庄一侧的客椅上一边休息，一边用帕子扇风，让自己觉得更凉爽一些。

买好布料，刘妈搀着极不情愿的席云芝往店外走，却迎面撞见一队人。

席云筝被一群仆婢簇拥着过来，突然看见挺着肚子的席云芝，面上不禁一愣。接着，席云筝却出乎意料地没有与席云芝争执动手，而是像没看到席云芝一般，径直往店里走去。

席云芝正要离开，却听席云筝忽然冷冷道："别以为你让那个莽夫去威胁我家老爷，我就会怕了你。我多的是办法叫你们后悔得罪我。"

席云芝蹙眉："什么威胁？不懂你在说什么。"

"哼，回去问问你男人就知道了。他仗着自己从前立过功，就敢这般嚣张，却不知圣上早已对他动了真怒，让他当心着点，别哪天又给莫名其妙赶出了京城。"席云筝冷着脸道，傲气凌霜地走向席云芝，而刘妈立刻防备地挡在了席云芝前面。

席云芝这才知道，原来那日她在茶斋被席云筝打了一巴掌的事情，还是没能逃过自家夫君的眼，居然暗地里去找左督御史的麻烦。虽然解气，可就怕遭小人报复。

宁得罪君子，莫得罪小人，说的就是这个意思。

见席云芝不说话，席云筝更加得意了，凑近席云芝道："那个帮你出头的济王妃，如今还好吗？她不知道吗？秘密这东西是可以买到的？"

席云芝听她这么说，便从刘妈身后走出，凝眉怒道："是你传出的消息？"

席云筝没有回答席云芝，只得意一笑，转过了身去。

席云芝看着席云筝走入店铺的背影，目光沉了下来。

席云芝产期将至，步罩早早便在家里安排了四五个稳婆随时候命，让她们训练席云芝呼吸吐纳的技巧，就为了让她生产的时候能顺利一些。这样一弄，原本不怎么害怕的席云芝反而心情紧张起来了。

八月初三，席云芝早上吃了五个鸡蛋、一个烧饼，又喝了两碗煮的豆浆后，终于感觉饱了。在家转了两圈，她便觉得肚子有隐隐的痛感，有点像是要闹肚子的感觉。

刘妈赶紧叫了个稳婆来。稳婆一摸肚子，喜色上眉："哎哟，我的夫人哎，这哪是吃撑了，这分明就是快生了啊。快快快，都来人把夫人给扶进去。"

随着稳婆的一声喊，步家上下都乱了。

躺在产房的床铺上的时候，席云芝只觉得宝宝在她肚子里翻了好大一个身，其中一个稳婆高兴道："哎，对了对了，胎动了胎动了。快去准备热水、盆子，再将窗户和门都打开，挂上纱帘后通风，找人守着院子门口，别让人闯进来了。"

稳婆经验丰富，有条不紊地指挥着。

席云芝在床上躺了好一会儿，感觉自己的肚子一阵一阵地疼，而且越来越疼，她哭喊着拉住垂在床头的两根黑绸。

"夫人，这就开始生了，你感觉肚子下坠的时候，就用力。"

"啊——"席云芝已经完全顾不得形象。

步覃闻讯策马从外面赶了回来，还没进院子就听见席云芝叫喊的声音，不多想便要进去，却被如意和如月两个小丫头拦住了去路。

"爷，产房男子不能进的。稳婆说不能让夫人分心。"

步覃也怕自己进去让席云芝分心，只得忍下心中焦急，在院子外头等待。午时将过的时候，只听产房里传出一声洪亮的啼哭，步覃悬着的一颗心这才稍稍缓了下来。

又过了大概一炷香的时间，产房的纱帘终于被掀开，一个稳婆出来报喜："恭喜老少爷们，夫人为咱家生了个七斤八两的小少爷。"

步覃紧接着问："夫人怎么样？"

稳婆又答："夫人好着呢，这时已经给小少爷吃上奶了。"

步覃这才放心松了口气："我现在能进去看看我夫人吗？"

稳婆见过心急见孩子的，却没见过这么心急见产妇的，笑着说道："请爷再等等，里头还有血气，夫人和小少爷都还没清洗，见不得风，一会儿弄好了，小人来叫您。"

听了稳婆的话，步覃这才止住了想往里冲的冲动。

清理过的产房中静悄悄的，席云芝累极睡了过去，旁边放着一只小摇篮，他们的儿子此刻吃饱喝足，正安稳地睡在里面。

走进去生怕吵着他们，步覃轻手轻脚得连自己都觉得滑稽。俯身在席云芝被汗水浸透的额角亲了一下，这才走到摇篮边，抱起了孩子。

红红的脸皮，还看不出长相，但依稀能看出有着他母亲的轮廓，这是他的儿子。小心翼翼地亲了一口后，他将儿子软软小小的身子放入了摇篮中。

等他坐到了床沿，席云芝像是听见了响动，眼睛缓缓睁开了。

席云芝一看见步覃，先给了他一个大大的笑容。步覃俯下身子与她躺在同一个软枕上，轻柔地将席云芝拥入怀中，在她头顶亲了又亲，说道："辛苦夫人了。"

席云芝轻轻地摇头，伸出疲累的手，钩住步覃的蜂腰，让自己和他靠得更近，拥得更紧，悬在她心头好几个月的石头终于落地了。她想跟夫君说，她挺争气给步家生了个小子，想着想着，又体力不支，睡了过去。

步承宗得了一个重孙子，每天都高兴得像是打了胜仗一般，逢人就说，一说就笑。他给孩子起名为步一鸣，寓意一鸣惊人，寄予厚望，但席云芝觉得这个名字太大，不好，她不希望孩子有多大本事，也不需要他一鸣惊人，只要他日日平安。步罩也赞成她的意见，便去跟步承宗商量，说让孩子叫步日安。

步承宗虽然有点遗憾孩子不叫一鸣，却也愿意尊重小两口的意思。

而就在席云芝坐月子的这段时间，席云筝的日子却不太好过。

自从两个月前，席云筝凭借蛛丝马迹，找到了相公在外金屋藏娇的地点，便拿出当家主母的气势，将那个胆敢勾引她相公的胡姬痛打了一顿。

本以为她的这一举动会令丈夫有所收敛，没想到，丈夫不仅为此恼了她，还干脆从府里搬到了那胡姬的住所，不再回来。席云筝见丈夫是真的生气，也不敢与他闹得太过分，只好软下身子与他求饶，没想到他竟然趁机提出了要把胡姬纳做小妾的要求。

席云筝心寒的同时，却也明白自己没有拒绝的权利，只得忍气吞声，给这个刚被她打过的胡姬，安排了一场纳妾宴之后，她的相公才满意了些。

胡姬进门后，将男主人的心拉拢得死死的，经常让她这个女主人下不来台，偏偏男主对胡姬宠爱异常，但凡胡姬受点委屈，最后他都会怪罪到席云筝身上。席云筝觉得自己的生活从未像如今这般难过，自己的身份地位，还比不上一个番邦的小胡姬，终日浑浑度日，郁郁难安。

九月，席云芝已经出了月子。天气也是热得不得了。这日，席云芝让刘妈把小黑叫了过来。她简单问了外面的情况，在听到小黑说起席云筝如今的处境时，不禁扬唇笑了。

之前，席云芝就叫小黑查了个分明。那个买宅子安置胡姬的督察院大人，果不其然就是席云筝的夫君尹子健，这个尹大人曾经有过宠妾灭妻的行为，在席云筝之前，他还有个正妻，便是活生生地被小妾给逼得跳了井，这才有了席云筝和他在扬州的邂逅。

一个男人会习惯性宠妾灭妻，原因总不能是小妾个个是真爱吧。之前席云芝忽然想到这点，便令小黑去调查尹大人，而其与亡故夫人的事，果然印证了她的猜测。尹大人原配是大家千金，性格嚣张，尹大人的升迁也皆因她家族的助力。因长年的忍耐，在原配死后，尹大人最讨厌的就是性格强势气焰嚣张的女人。所以，席云芝令人使席云筝得知尹大人置养外室的事，然后席云筝自作聪明地按线索找上门。其痛打胡姬的行为，似乎令尹大人看到了前妻的影子，顿时对席云筝充满了敌意。

想必席云筝这段时间，日子很不好过吧。不过，她相信，这一切还都只是开始。

济王萧络和王妃甄氏前来探望，萧络一来便和步罩钻入了书房，商讨事宜，甄氏和席云芝坐在葡萄架下唠家常。

"真可爱，你说过，让我做他干娘的，你可别忘了。"甄氏把小安抱在怀里都舍不得放下了。

席云芝便也随她，点头道："那是自然，可你这个干娘也得有些表示吧。"

原本席云芝只是说的俏皮话，没想到甄氏还当真了，从脖子里解下一根细细的金链，就要套在小安身上。席云芝拦住了她："哎，我说说而已，别当真，平日见王妃对这条链子的喜爱，定是珍贵之物，怎可就这样给了这小子呢。"

甄氏却执意如此，将链子藏入小安的襁褓之后，她才说道："这是我娘留下的，我原想留给我闺女戴，便给小安了吧，我乐意。"

席云芝见她这般，也不好再推辞，替小安谢过了她这个干娘，把甄氏逗得笑开了花。

有了小安的生活，变得充实美好。步覃每日也会尽量早点回来，在小安的摇篮前一坐就是大半个时辰。炎热的夏季就快过去，席云芝给他们父子俩各做了两套衣服，用的便是之前在布料铺子里买的南国丝。

席云芝的做工在兰表姊她们的教导之下，手艺突飞猛进，从裁剪到缝边，再到拼接补绣，每一样都做得得心应手，就连对吃穿没什么要求的步覃都开口夸奖了她。晚上夫妻二人靠坐在软榻之上，席云芝枕在步覃的腿上看绣本，步覃则靠坐在一旁，揉捏着她的肚子，过了好一会儿，才开声对席云芝说道："我，可能要出征了。"

短短的几个字，令席云芝瞬间坐直了身子，呆呆地看着他，口中重复着那两个字："出……征……"

步覃见她如此，便安慰般笑了笑，说道："是啊，回来这么久了，总要做点事了。"

看着席云芝担忧的神色，步覃还是据实相告了："皇上前几日召我入宫，命我出征西北，征讨犯境犬戎，时间不会很长。"

席云芝看着他："要多久？"

见席云芝一副不开心的神情，步覃便将她搂入了怀中，一边亲吻她的发顶，一边道："最多三个月。我从前与犬戎的军队交过手，对他们行军布阵还是有些了解的，所以，不会有事的，我保证三个月后，一定回来。"

步覃说完，便对席云芝捏起拳头，翘起大拇指。这是从前她教他的盖章手法，原是闹着玩的手势，如今却被他用来做这么重大的承诺，席云芝有些哭笑不得。

步覃出征那一日，听说城里的百姓都去看了。席云芝没有去，而是喂完奶之后，将小安交给两名奶娘照料，自己则去了济王府。

席云芝在王府等了整整一天，萧络才从外头回来，看见席云芝，觉得有些意外，心头也隐隐生出一种不好的预感。正这么想着，席云芝便毫不寒暄地站起，直接问他道："殿下，夫君这回有多少兵？"

萧络见她神色凛然，知道她定是有所察觉，他若再欺骗也没有意义，便直接答道："两万。"

席云芝不动声色："对方兵力呢？"

萧络头皮发麻，只觉得这个女人认真的眼神让他心虚、不忍，稍稍犹豫了一下后，才如实答道："十万。"

席云芝闭上双眼深深呼出了一口气，她就知道事情不会如夫君说的那样简单，两万对十万……他竟然还敢承诺她三个月内必归。

"皇上为何只给两万兵马？"

席云芝问出了最后一个问题，却让萧络更加难以回答，踌躇了好久之后，才简略说道："左相李尤连同镇国公赫连成谏言，说步家世代军威，步将军以一挡百，是军中战神，两万兵马足以对付蛮族。"

席云芝这才明白夫君从前所说不愿回来是什么意思，有这样的君臣，大战在即仍不忘钩心斗角、铲除异己，难怪她家夫君世代忠勇，都有了改投明主之心。

萧络看着席云芝低垂的脑袋，面上似乎布着阴云，知她担心步罩。

这一刻不知为何，萧络居然有些羡慕远征而出的步罩，意识到自己的想法有些怪异，他赶忙收敛心神，故作轻松地安慰道："步将军吉人天相，若是此次凯旋，步家东山再起将指日可待。机遇往往藏在风险之中，步夫人要对将军有信心才是。"

席云芝没有说话，而是盯着萧络看了好久，然后才静静地往后退了一步，对他福身告辞。

所谓的东山再起，不过是再入火坑。横竖都逃不过为萧氏王朝卖命，这是身为臣子的可悲，她无力更改。

甄氏三天两头往步家跑，为的就是多看几眼她的干儿子，顺便陪陪席云芝，两个女人坐在葡萄架下，闲话家常。

这日，席云芝看到甄氏手腕上戴了一串黑色的珠子，遂问道："这是什么呀？"

甄氏抬起手来，将手腕伸到席云芝面前，笑着说道："这是前儿见贵妃时，她赏赐的安神珠，我戴上确实觉得心神定了许多。"

席云芝凑近看了看，说道："这链子的材质很罕见呢，我从前也卖过这种波斯黑珠，但你这个好像……多了点儿香。"

甄氏听了席云芝的话，脸色一变，将珠串拿到鼻下轻嗅，而后又将目光落在珠链上，久久不语。

小安不知是做了什么噩梦，突然惊了一下，席云芝赶紧凑过去看他，轻轻地拍他哄他入睡。甄氏却猛地站了起来，匆忙地跟席云芝告别。

不知她为何这般，席云芝突然想起先前在她手腕上闻到的味道——麝香？

怪不得觉得熟悉，从前席老太最爱的便是麝香，有凝神静气之效，却不利于女子怀孕……这宫闱之事果然可怕至极。

之后不几日，敬王府来传唤。敬王妃令席云芝带着小安去王府做客。席云芝很是疑惑，虽然不知敬王妃葫芦里卖的什么药，但她居上位，自己的确没有不从之理。但好在心中有了计较，便不那么怕了。

席云芝抱着小安，带着如意、如月和两名乳娘坐上了去敬王府的马车。

黑暗中，几个身影随车而动。

敬王是当今圣上的第八个儿子，母为贵妃，左相李尤为其外祖，在所有皇子皇女中，地位仅次于太子。再加上敬王妃又是定远侯府的二小姐，身份尊贵。

席云芝从马车上走下，叫乳娘抱着小安，在早已等候在外的门房仆役的带领下，走入了美轮美奂的王府。

敬王妃选在一座精致的小院接见席云芝。席云芝被带到一座拱门前，只见敬王妃正被婢女簇拥着坐在一株香槐树下临摹小篆。

席云芝走到敬王妃面前，行了大礼："参见王妃娘娘。"

敬王妃看着席云芝笨拙的模样，心道太子妃所言果然是真，这个女人不过就是个普通的乡野村妇，胸无点墨，话语动作全都赔笑大方，根本不足为惧。今日不过是因步罩出征去了，留下这村妇在家，她才想将之喊过来敲打一番，最好吓破她的胆，让她今后把眼睛放亮些，别跟有些作死的人多亲近。

聊了几句席云芝在洛阳的家常后，敬王妃就提出来要看孩子。

席云芝本以为，敬王妃怎么样也不会对一个孩子下手，就让乳娘抱过去了，可敬王妃一下就掐上了小安的胳膊。小安没受过这样粗暴的对待，顿时就哭了，敬王妃嫌烦，居然让身边的婢女去捂小安的嘴，不让他出声。席云芝哪里还能忍，猛地发力朝那婢女冲了过去，趁所有人都没反应过来的时候，一举将小安夺入怀中大叫："他不过是个不足两月的孩子，王妃若想杀，便杀了我好了，横竖我夫君回来看不到儿子，我也是死！"

席云芝觉得这些女人的世界太可怕了，当初敬王妃和太子妃明知甄氏有孕，还故意折腾甄氏，让甄氏小产，此时为了敲打她，竟打算捂住孩子的口鼻，这等蛇蝎心肠，真是闻所未闻。

敬王妃被席云芝的动作惊了惊，发觉事情竟然开始脱离自己的掌控，干脆狞了神色怒道："大胆愚妇，本宫不过是喜爱你的孩儿，想多看两眼，你便不顾身份，冲撞本宫，简直不知好歹，来人哪，给我重重地打！"

席云芝看着手持长棍的王府家丁，弯下腰身，将孩子包裹在自己的怀里。

如意和如月都吓得扑到敬王妃裙角前替席云芝求饶，却被敬王妃的婢女一脚踢开，两名乳娘也不知如何是好。

可预想中的疼痛并未发生在席云芝身上，小安在母亲怀中，啼哭声也渐渐小了。席云芝又等了一会儿，直到听见身后此起彼伏的棍棒落地声，才颤抖着回头一望。

只见这院子里突然多了二十多个穿着黑衣的男人，他们如鬼魅般出现，将席云芝母子围在里面，手持棍棒朝他们拥来的王府家丁被他们一手一个，折断了手，或踢断了脚，此刻正躺在地上不住哀号。

席云芝抱着小安站起了身，脸色被吓得有些发白。

那些黑衣护卫将席云芝母子围在中间，俨然一副保护的样子。

敬王妃一声尖叫："大胆，竟敢私闯敬王府，你们是什么人？不想活了吗？"

敬王妃也被这种情景吓住了，但很快便恢复过来，指着这些分明就是赶来保护席云芝母子的男人叫嚣起来。

黑衣人中走出一个像是领队的高大男子，迎面走向敬王妃说道："我们是步将军旗下保卫营一营二队之人，我叫闫坤，爷命我等保护夫人与公子不受外力伤害，任何想要伤害夫人和公子的，我们可以先斩后奏，一切罪责由我们爷一力承担。"

敬王妃没想到这个人在私闯了王府之后，还敢毫不遮掩，自报家门。她一时气得无语，颤抖着白嫩的葱尖手指，指着闫坤说道："好啊，我就是要伤害他们，我倒要看看，你们敢把我怎么……啊！"

敬王妃的话还未说完，闫坤便面无表情打了她一巴掌。敬王妃高贵美艳的脸颊上立刻现出了一个粗大的巴掌印。

"我们爷说了，出言不逊者，可当场掌掴，后果也由我们爷一力承担。"

敬王妃捂着脸颊，难以置信得快要哭了，气得脸色发红，直喘气，刚要开口大叫，却在看见面无表情、刚毅不屈的闫坤再次抬起熊掌之后，硬生生将叫声咽下。

原本她为教训席云芝，所以故意找了个偏院，周围并没有太多府卫。面对这些鲁莽人，为避免受伤，她只好选择沉默，眼睁睁地看着席云芝被一干黑衣人保护着离开了王府。

而这一切变故，皆被立于偏院后假山顶部凉亭中的敬王看在了眼里。

随从见王妃受袭，问敬王要不要派亲兵去追，敬王只哼哼一笑："哼，你以为刚才那些是什么人？那个闫坤我五年前见过一回。那时我被派去与方腊首领谈判，没想到他们恼羞成怒，想要斩杀来使，就是那个闫坤，在三千乱军中，独自一人便将我救出敌营，毫发未伤。"

随从不敢说话了，王爷说的，就是刚才出手打了王妃一个巴掌的男人吗？

"他们都是步罩的亲兵，是步罩的随护军团，每一个都是以一挡百的绝顶高手。你信不信，就刚才那二十来个人若真要动手，除非出动御林军，否则绝无可能镇压，到时候，我们就是自取其辱，说出去都会被太子笑掉大牙的。"敬王站起身，在凉亭中踱步，"步罩是头强势的狮子，他若真的怒了，可是会牵动南宁二十万兵力的，这种人若不能收为己用，那就必须除掉，并且硬来是不行的……"敬王自言自语了几句后，别有深意地看着山下被婢女簇拥、正大发脾气的敬王妃，扬唇说道，"咱们就当全不知情，也不派兵，就让王妃亲自出面，好好去教教那个女人京城贵女们的规矩。"

席云芝抱着小安呆坐在葡萄架下的躺椅上，好久都不能回过神来。

　　回想刚才发生的那一幕，她就觉得周身被恐惧与愤怒包围，到底是怎样的仇恨，让她们对一个懵懂无知的婴孩都下得去手？

　　想着那些恶手差一点就真的捂上小安的口鼻，席云芝就觉得周身冰寒。看着小安沉静的睡脸，席云芝的心才渐趋平静。若是其他，席云芝可能还会忍耐，但她们动手的对象是小安……席云芝无法再忍。

　　甄氏来访。

　　将孩子交给乳娘照料，席云芝走出房间，便见仍旧惊魂未定的如意带着甄氏走了进来。席云芝将甄氏请到她的绣房中，将今日发生的事情对甄氏说了一番。甄氏也吓得脸都白了，直呼"幸好，幸好"，心中也猜测，席云芝会受此难，兴许也是因为步覃近日崛起，而她又和自己走得过近，让太子妃和敬王妃对她生出了警惕之心，这才想出手敲打一番。

　　甄氏对席云芝说了些宽慰的话，就告辞了。而接下来，席云芝决定先从她的老本行着手来加强实力。

　　洛阳的南北商铺的生意很是红火，而洛阳城内，席云芝手里就足足有五十多家店铺。如今的她，要钱有钱，要货有货，就连漕帮的船只她都能随意调动，那……她还客气什么？

　　席云芝即日便叫小黑他们探来了京城内十多家需要买卖店铺的消息，择优买下便去官府登记了房契。买的五家店铺，东城三家，西城两家。席云芝令这五间铺子统一装饰，统一入货，统一时间开张，又从洛阳抽调了五位代掌柜随货一同跟来京城替她打理京城内的生意。

　　五家店铺她全挂了南北商铺的名字，并紧锣密鼓赶在十月底将铺子全开张。

　　甄氏在震惊席云芝竟然有这么大财力的同时，也派了府中仆役前来帮忙。

席云芝的南北铺子很新鲜，在这之前都没有人开过，而她一开就是五家，几乎分布了京城所有闹市，叫旁人想模仿都模仿不来。

南北商铺的格局还是依从洛阳的老店，就是面积大了些，货架摆多了些，但席云芝依旧在店中保留了客座和二楼的选购雅间，这一设计也深受京城闺阁小姐姑娘们的欢迎。

这日，席云芝正陪着小安在铺子的后厢房玩，前头的伙计突然来敲门，对她道："掌柜的，代掌柜请您出去一趟。有个客人，要买咱们的那条珍珠船，代掌柜说金额太大了，他一个人做不了主。"

珍珠船是席云芝摆放在店铺正东面，用来做镇店之宝的一个物件。船身是用金丝楠木雕刻而成，又镶嵌众多珍稀、价值不菲的珍珠。这摆件是一个波斯商人寄卖的，那商人给定价二十万两，一分钱不能少，所以卖了好几年都没卖出去。席云芝将那船从洛阳总店搬来了京城，没想到这才没几天，就陆续有人要来买，全被拒绝了，只不知这回来的客人，是不是她盼望的那一位呢？

席云芝走到前院，一掀开帘子，刺鼻的香粉味便扑面而来，她定睛一看，一旁的客座上，正坐着一位衣着火辣的女人。其五官美艳，不似中原人，看着还有些面熟。席云芝走到柜台后，想起了这个女人是谁，是之前买下朱雀街尾那套宅子的胡姬。她之前好奇尹大人喜欢什么类型的女人，便在卖出房子的时候，在屏风后偷偷看了胡姬几眼，这才认识她的。

这是送上门的生意。席云芝哪里有不做的道理，并且心中有了计策。

胡姬对席云芝不感兴趣，开门见山就问那珍珠船的事情，这珍珠船标价三十万两，本就是个偏高的价格，可那胡姬很豪爽，直接拿了钱，就要提货。

铺子里的伙计们都傻眼了，包括代掌柜脸上都出现了难以置信的狂喜，原来他们掌柜拒绝之前的客人，就是为了赚多一点。正要收钱，却被席云芝按住了："这位夫人，东西我不能卖给您。"

胡姬停下了走向珍珠船的脚步，猛地回头："为什么不能？钱不够吗？"

席云芝深吸一口气，保持微笑："倒不是不够，这条船的标价就是三十万两，但是，就在昨天，我答应了另外一位夫人，说要将这条船留给她做一位长辈的贺礼。"

胡姬蹙眉："什么夫人？你可知我是谁，我的男人可是……"

"左督御史夫人，就是这位夫人要我将东西留给她的。"

席云芝说着瞎话，面色不改，倒是成功将胡姬吓住了，让她到嘴的话又缩了回去。席云芝暗笑，席云筝再怎么说都是左督御史夫人，这个胡姬再得宠，也知道自己只是一个妾。

"左督御史夫人？她也来过？"胡姬不相信地又出言确认。

席云芝笑着点头道："是，那位夫人说，她与夫君冰释前嫌，所以想趁着家里某位长辈生辰的时候，再替夫君送一份大礼出去，这样她的夫君高兴了，她就可以让家里的小妾滚蛋了，所以……对不起，这个东西对那夫人来说至关重要，我不能卖给您。客人可以看看我们店的其他东西，一样也很漂亮的。"

胡姬脸色青红一片，咬着下唇暗自愤恨了好长时间，才气冲冲地对贴身婢女指了指柜台上的银票，踩着急急的脚步，坐上了回府的轿子。

席云芝看着她离去，嘴唇微扬，代掌柜则有点不乐意了。但席云芝是老板，她做的决定，旁人无权干涉。

其实席云芝早就猜到这些天会有人来买这条珍珠船，因为十一月底，便是当今太后的生辰，文武百官哪一个都会削尖了脑袋把最好的东西送进宫里，给太后她老人家贺寿。前几天来的客人，有的也看中这珍珠船，但全被她拒绝，就是为了等大鱼上钩。

左督御史府中，尹大人尹子健带了几位同僚回来歌舞宴客。

大家效仿晋魏，席地而坐，中间搭起一座舞台，尹子健叫胡姬先给众人舞罢一曲。众人对胡姬的美貌与身段，流下了大大的哈喇子，看向尹子健的眼神，就更加艳羡了。

有位大人干脆直接说了出来："哎呀呀，尹大人真是艳福不浅，有此绝色美人服侍在侧，真是艳羡旁人，羡煞我等啊！"

尹子健最爱在同僚中显示自己的品位，而那说话的大人又是他的顶头上司，只见对方一双老而混浊的眼睛直在胡姬身上打转。尹子健也不介意，拍拍胡姬的腰肢，叫她去给大人们斟酒。

胡姬提着酒壶，便妖娆着身段，朝大人们走了过去，斟好酒之后，便又对着那说话大人的耳根吹气，风情万种道："大人有所不知，在这府中，真正的绝色可不是我。"

那大人被胡姬迷得神魂颠倒，只好顺着她的话说，只希望她能在自己身边多留一会儿。

胡姬话音一转，便说道："我们家夫人，那才真叫美人中的美人，绝色中的绝色，就连我这个女人看了都不免心动。"

那大人一听眼睛放光，胡姬便趁势伏在他的肩上，吐气如兰地说道："何不让尹大人将夫人请出来，为大家畅舞一曲，岂不妙哉？"

那大人忍不住就抓住胡姬的手在掌心摩挲，现在无论她说什么，他都会说对，根本忘记了自己的身份。

"对对对，请出来畅舞一曲，要是能有美人这般绝色，那我等也就不枉此行了。尹大人，你说是不是？"

尹子健先是面上一愣，犹豫了一下，毕竟席云筝是他的正妻，怎么说都不是可以出来供人观赏的，只是他已喝昏了头，又是顶头上司提的要求。他打了一个酒嗝，当即不经思考地对家丁招了招手，让家丁去把夫人叫来。

席云筝莫名其妙被喊到他们的私席之上，听了自家相公的要求之后，她简直难以置信，当即拉下脸，怒道："相公，你喝醉了，妾身告退。"

醉酒之下，席云筝的拒绝令尹子健感觉面子大失，再加上从前对她的冷漠与蛮横积怨甚深，酒气上头，不管不顾上去就是一巴掌，接着便狂性大发，撕扯着她的衣衫，然后，将衣衫不整的席云筝推到了舞台中央，大声怒道："给我跳，大人们既然要看你跳，那你就得跳，站起来，跳啊！"

席云筝不从，两人便撕扯在一起。

众人皆被此等场面震惊，一个个面面相觑，酒醒了大半，纷纷起身告辞。

席云筝只觉得寒心，自家相公竟然逼她像一个妓子般当众搔首弄姿。她是他的正妻，他竟连一点尊重都不给她。

一场聚会就这样不欢而散。等待席云筝的远不止这些糟心的事。

闹剧过后，席云筝原以为会等来相公的道歉之言，可等了几天，却迎来了一件更加糟心的事。

这日尹子健从外面回来，很高兴地把席云筝请回了主院，说是感激她替他买了一份价值三十万两的珍珠船给太后生辰做贺礼。

席云筝傻眼，她什么时候买过珍珠船？她哪里来的三十万两？

尹子健一副"我早知道了"的神情："你就别瞒了。我都知道了，你用私房钱给我买了贺礼，从前我还以为你们席家落魄了，没想到该出手的时候，你倒是丝毫不见小气，三十万两的珍珠船，竟然一口气就买了下来。"

他一边说，一边搓手，憧憬自己的美好未来："若是我将这宝贝送到太后跟前，太后定会高兴，太后高兴了，皇上自然也就高兴，总会记得我的好。若是因为这事我受提拔了，尹某就记你一功。"

席云筝虽然不解尹子健口中的珍珠船是什么，但她还是能听明白自家夫君这是以为她在外面买了一条价值三十万两的珍珠船给他作为太后寿辰的贺礼。她若交出来，皆大欢喜，夫妻关系还有机会缓和。可她若交不出来，那今生怕是再也没有机会重获自家相公的爱戴了。

一个主母在府里失了敬重，那今后的日子可就难过了。思及此，席云筝冷静下来，不就是一条价值三十万两的珍珠船吗？

当席云筝千回百转，终于打听到哪家店铺卖那条传说中的珍珠船之后，上门一看，立刻傻眼了。席云芝正站在柜台后头，冷冰冰地看着她。

席云筝带着丫鬟，一撇嘴便迎了上去，左右环顾一眼后，盯上了最显眼位置上放的那一条闪闪发光的珍珠船，心中憋闷，却又不得不开口说道："就是你的店里，卖的那个什么珍珠船？"

席云芝只看了她一眼，便继续低头算账，根本没打算搭理她的样子。

席云筝一拍柜台，发出巨响："我跟你说话，没听见啊？"

席云芝将算盘清零，冷冷的一句话便将席云筝堵死："卖掉了。"

席云筝大怒："什么？你卖给谁了？"

席云芝用指尖抓了抓眉头，好笑地看着席云筝，双手撑在柜台上，冷静地应答："这位客官，东西是我店里的，我爱卖给谁，不卖给谁，我说了算。你以什么身份质问我？左督御史夫人？对不起，你家相公估计都管不着这些，要不你去找京兆尹来试试？"

席云筝若是再听不明白席云芝的话，那就真的别混了。她深吸一口气，咬牙切齿地说："你到底要怎样才肯卖？要钱？我带来了！"

说着，她便向贴身丫鬟伸手，叫她拿出银票来。

席云芝的算盘又是一合，发出清脆的哗啦啦的声音，看着她掏出了几十张最大面额的银票，摊在她的柜台上，说道："三十万两，够了吧？"

席云芝笑着将她的银票推了回去，面不改色心不跳地说道："三十万两那条已经卖掉了。现在这条要这个价。"席云芝伸出手掌比了个五。

"五十万两？你疯了吧？"席云筝简直要疯了，为了凑齐钱，她可是绞尽了脑汁，没想到却被席云芝这个女人坐地起价，委实可恶至极。

只见席云芝耸耸肩："没有的话，那就算了。我不卖了。德全啊，去朱雀街尾的那户人家说一声，我把珍珠船卖给她，让她带钱过来取便是了。"

席云芝似模似样地喊着代掌柜的名字，一副要他立刻去喊人般的神情，席云筝一听朱雀街尾便知道她说的是哪户人家，这才明白其实这件事情，根本就是胡姬给她下的套，却没想到最后会栽在席云芝手上。可她现在已经进退两难，一咬牙，狠狠心道："我买。"

这个亏，她吃了。但她绝不会这么轻易饶过算计她的人。

就在席云筝付钱拿货之后的第二天，胡姬又一次扭着腰肢来到了席云芝的店里。席云芝见她进来，淡定从容地取了十张银票给她，衷心夸赞："演技不错。"

胡姬收了银子心情好极了。席云芝笑了笑，对她道："拿了钱，就赶紧离开京城吧。那人从小便骄纵惯了，眼中绝不会容下你的。"

胡姬却不以为意，无所谓道："她容不下又能怎样？如今尹大人喜欢的是我。"

席云芝看着她美丽狂野的容貌，却是再没说什么，只一个请的手势。胡姬将银票收入腰间的五彩锦袋，摇曳着身姿离开。

两日后，左督御史府便传出小妾胡姬失足落井溺毙的消息。席云芝也只得叹了一口气，她早提醒过她的，不是吗？

腊月初，步罩的军队终于凯旋。

她的男人回来了。她的倚靠回来了。她再也不用独自面对这样可怕的世界了。席云芝在家里听到这个消息时，心中的激动怎么也抑制不住。

待回归那天，从宣武门跑到了正阳门，席云芝却被沿街观望的人群隔离在最外面，但只要能远远地看他一眼，她便满足了。

晚上步罩回到家中，看见等待他的是一桌丰盛的家常晚餐，美丽的夫人，可爱的儿子，高兴的家人……

他知道，这便是他追求了一生的东西。

而步罩的回归，也无疑是给步家老少配的安心药。对席云芝来说，更是一种难以言说的幸福。

步覃这次回来虽然大获全胜，却带回了一个令人心痛与震惊的消息。

"闫大师……死了。"久别重逢云停雨歇，步覃将席云芝完全裹在怀中，埋头在她发间说道。

席云芝震惊："什么？什么时候的事？"

步覃轻叹一口气："我以两万兵对战犬戎十万，若是没有他的帮助，怕是绝不会这么轻易得胜……他在助完我后，便说要赶去凌霄山，凌霄山在齐国境内，两日之后，才发现他被人杀死在了越水之滨。"越水则是连接萧国与齐国的越江。

席云芝看着步覃，双手环过他的腰，安慰道："每个人都有每个人的命数，别多想了。"

步覃将身子沉入被褥之中，怀中抱着温香软玉，叹息着睡了过去。

第二天上午，席云芝就听见外头声音嘈杂，走出去一看，席云芝愣在了廊下。只见公公模样的人正站在一群人最前面，从锦盒中拿出圣旨，尖锐的声音在步家小院中响起："步覃接旨。"

步家老小先后跪下，步覃也抱着孩子从房间里走出，单膝跪地之后，那公公便开始宣旨：

"步覃英勇善战，打退强敌，为国效力，特加封为一品上将军，统率三军。赏黄金白银各三万两，绸缎若干，新将军府着内务府重建，来年三月竣工。钦此。"

步覃官复原职之后，便经常有朝中大人前来府中拜会，步家小院也开始热闹起来。

步覃疲于应对，早早就随席云芝去了店里，在后院抱着小安玩儿，躲得清闲。因半个月的假期放完，步覃不得不穿上那身朝服。步覃本就五官深邃、高挺俊美，一身绛色纱袍佩水苍玉，脚踩乌皮靴，官袍上一只画意甚浓的武麒麟张牙舞爪，这一品武官朝服穿在他身上，更加威武贵气。

席云芝伺候他穿完了衣裳，都等不及往后退了两步，美美地欣赏起来，在步覃快要发飙的前一刻，又聪明地回过神来，接着替他戴上金蝉发冠。

步覃见她嘴角带笑，一双眼睛恨不得贴到他身上，觉得有些好笑，便一把将之搂入怀中，在她耳边扬唇说道："若是夫人喜欢看，为夫晚上再到帐幔之中穿给夫人一个人看，如何？"

席云芝难为情地推了他一下，步覃正好将她圈入怀中一番欺负，才肯放开。席云芝面带羞色，欲拒还迎地将他推开了，一双素手替他抚平衣服上的褶皱，这才将他送出院外，看他骑上了高头大马，带着赵逸和韩峰往正阳宫门走去。

虽然步覃说过只要她喜欢，就不用管其他的，但席云芝还是觉得，从前她抛头露面也就罢了，如今若是还经常如寻常商妇那般出入店铺，可能会给步覃带来不必要的麻烦，便歇了去店铺的事，效仿洛阳商铺的做法，所有事宜交给代掌柜全权处理。平日里，她就不去店里了，只每半个月把清单和账目整理了送来她的府上给她过目。

席云芝在家里陪着小安悠闲度日，却怎么也没想到，一个她意想不到的人突然找上门来。

他风尘仆仆、灰头土脸，席云芝愣了老半天，惊呼："张延？"

这个狼狈的客人不是张延又是谁呢？

张延看到席云芝的第一句话不是别的，只是一句"有吃的吗"，席云芝让如意、如月端来了糕点和茶水，又叫刘妈去厨房赶紧煮饭。

张延狼吞虎咽，恨不得自己多生几张嘴来吃才好。

席云芝看着他的样子，不禁说道："你慢些吃，别噎着了。"

张延嘴里塞得满满的，含混着对席云芝道："我都饿了三天了。"

席云芝奇道："你怎么落得如此狼狈？"

张延看她一眼，道："我在途经石亭的时候，财物都给人抢了个光，就剩一匹又老又瘦的马了。"

席云芝倍感同情，又好奇地问道："那你没事跑来京城干什么呢？"

张延做出一副理所当然的样子："当然是投奔你呀。你现在可是洛阳首富，到了京城又成了一品上将军的夫人，飞黄腾达，我为什么不能来投奔你？"

席云芝无语，但又确实不好擅自将一男人留在步府，正好步家隔壁是空院，只好先租下来给张延住。

晚上，席云芝对步罩说了，步罩无甚异议。虽然奇怪步罩醋性极大，却从不反对她与张延走近，席云芝还是只让张延跟在小黑后头，替她跑跑宅子什么的。只是张延的适应能力出奇快，有些就连她的人都没有摸到的犄角旮旯他竟然都了如指掌。

张延在几天的时间里，就替席云芝找了不下于十座宅院，一下子就在小黑他们中立下了威信。转眼就是大年初一，小安被奶娘们打扮得像只小炮仗，圆滚滚的小模样已经长开，看着活脱脱一个步罩的缩小版，见人就笑，可爱得任谁都想伸手去捏捏他白嫩嫩的小脸。

二月初始，御赐的将军府初建完成，筑造府的匠官前来请步罩过去过目，步罩便将席云芝也带了过去。

将军府占地不少于三百顷，湖泊碧水，九曲回廊上，四周风景如画。步罩看后甚为满意，只是吩咐，在湖泊上另外多添几条小船。

三月初，步家举家迁入南郊新居。内务府拨了三十人一同送入了将军府做仆役，有负责清扫的，有负责养花的，有负责打理鱼池的，还有负责做饭的，凡是大家府里要用到人的地方，内务府基本都给安排好了，倒是给席云芝省去了不少麻烦。不过，步罩却对内务府送来的人没什么好感，当日便给他们定下了不许出入主人院落的规矩，违者重罚不待。

一开始席云芝还不太明白他此举何意，但过了几天之后，她就有些明白了。

宫里的奴才跟外面的家仆是不一样的，人多口杂，人多也事多。步罩虽然接了他们在府里做事，但不代表他能允许这些人随意刺探他们的生活。

此时的京城也是极为忙碌。

三月初二科举应试，持续七日，考完三日发榜，发榜后有琼林宴，琼林宴后，三月十五乃圣寿，三月十八则开始一年一度的选秀，各官家十二至十八岁的未出阁闺女皆可参加。

不知新科状元是谁，席云芝还真有点好奇。

第二天一早，步覃上朝之后，席云芝接到通报，说济王妃驾到。

席云芝心中奇怪，连忙去了花厅，不是说了济王府要同步家保持距离吗，可是今日济王妃突然登门……不会王妃又和济王吵架了吧？

甄氏见了席云芝，也不客气，直接开门见山道："过些时日，便是皇上大寿了。济王命我办理此事，可是……"

甄氏的脸上出现一丝窘迫，席云芝见状，赶忙应答："若有事情云芝能够帮得上忙，就请王妃不要客气了。"

甄氏听了席云芝的话，对她一笑，然后才直截了当道："济王府这些年的境况，想必你也是知道的。府中早已没有半点余钱，年前发的例银，被王爷用来打点各家礼品了，例银所剩无几，这次皇上大寿，济王府再不行，总不能叫王爷空着手去，所以……"

甄氏说到这里，席云芝已经明了。

席云芝取了十几张万两的银票，拿给甄氏。甄氏数了数数额，当即吓了一跳，连连摆手说："不不不，用不了这么多。"

席云芝让她收下，说道："去年十一月太后生辰，左督御史花了足足五十万两买了一条珍珠船送给太后做寿礼，济王就算不用送那么贵的，但这些还是必要的吧。"

甄氏为难地对席云芝说道："快别说左督御史送的那条珍珠船了，太后喜欢是喜欢，但知道价格之后，便不高兴了。太后生性节俭，将此事跟皇上说了之后，皇上当场就要督察院彻查尹大人的家产，看他是否贪污，幸好最后查出银钱是由尹夫人四处筹借的，这才没有罢免尹大人的官职。"

席云芝还不知道这其中缘故，当即心中冷笑，没想到席云筝到头来，还是竹篮打水一场空，尹大人没在圣驾前讨得好，回家定然不会给席云筝好脸色看。

甄氏虽然这么说了，但济王府也确实拿不出银子来应急，心中一贪，就收下了席云芝的五万两银子。只是这个时候谁也没想到，这五万两银子，居然会给济王府带来那么大的祸端。

琼林宴当天，头三甲都会胸戴红绸花，骑在高头大马上向京城百姓致意，然后，再从正阳门直接入宫，参加琼林宴。

席云芝这天正巧在铺子里盘货，状元和探花到朱雀街时，无甚兴趣的席云芝也被几个小丫头拉着走到门外。

席云芝抬眼看了看为首的状元郎，只觉眼前一花。

游街的队伍从她眼前穿行而过，前去凑热闹的小丫头们也都回来了，一个个表情兴奋得不得了。

"状元郎的年纪虽然有点大，但还是挺好看的，还有那个探花……"

小丫头们的谈论并未引起席云芝的参与，她在店铺门前站了好久，然后回过神来。

席征！那是她爹席征啊！这……这到底是怎么回事？席云芝跑着，眼中的热泪却怎么都忍不住掉落下来，这么多年了，她真的没有想到，她爹居然还会有振作的一天。

当天晚上，步覃参加完琼林宴回来，给她带回一个消息，席征明天要来将军府做客。再也没有比这件事情能够让席云芝开怀的了。

第二天一早，席云芝卯时不到就起来亲自煮了早饭，一大锅的白粥，加一盘子水煮鸡蛋，还有她亲手腌制的酱菜三四样。

席征来的时候，席云芝正在摆碗筷，他愣在门外不敢进来，席云芝便放下碗筷，深吸一口气，走到了门外，伸手将他拉了进来，按坐在一张太师椅上，又将一双筷子和一只鸡蛋送入他手中。

步覃倒是不客气，端起粥就喝了起来，而且一吃完早饭就上朝去了，给这对父女空间和时间说话。

席云芝与席征坐在一张饭桌上，互不相干地吃饭。席征粥碗空了，席云芝才会抬头主动问他还要不要。席征点头后，将碗递给她，她就站起来替他再盛，相看两无言，但气氛又十分默契和谐。

小安被乳娘抱了过来，看见席云芝，就往她身上赖。席云芝将他抱在怀中，颠了两颠，将小家伙逗得痴笑不已，清脆的声音在饭厅中回荡。

席云芝抱着小安坐在饭桌前，正要腾出手来剥鸡蛋，却对上了一双渴望与惊奇的眼神。

席征的一双中年俊目自从看到小安之后，就拔不下来了，小安哪怕只是拍个手，他都盯着看半天。席云芝敛目想了想，说道："爹，我要给小安剥鸡蛋，你替我抱一抱他吧。"

席征立刻从座位上站起，僵着步伐走到了席云芝旁边，两只手臂就那样直挺挺地伸了过来。

父女俩这才对上了第一眼，只一眼，席征就低下了头，对席云芝说了一句："对不起。"

席云芝心中颇有感触，莞尔一笑，把小安送到了席征手里，说道："您给我抱着他，他可皮了。"

席征低头和小安大眼瞪小眼，突然眼睛就湿润了，说道："他长得可真像你娘。"目光似乎透过小安看着其他什么。

席云芝打趣："怎的像我娘，不是应该像我和步覃吗？"

席征只是淡淡一笑，没有说话。

席云芝却觉得很奇怪，席征对她娘分明很思念，可是为什么这么多年，却对她这个女儿不闻不问呢？

"哎……哎哟。"席征的胡子被那小子抓在手里不肯放，疼得他鼻头直泛酸，却又丝毫不想拉开小安的小手，就那么痛并快乐着。

席云芝和席征之间的小尴尬，被小安三两下就全部化解。大概是外公牺牲自己逗他一乐的精神太过于伟大，使得小安在撒手之后，便对外公席征产生了好感，赖在外公怀里，就连席云芝伸手要抱，他都表示不愿意。

席征就这样变成专业奶公，小安的御用抱抱。

席云芝便趁机让席征今晚干脆就住在将军府。席征原本是觉得不妥的，但在小安的"诚意"挽留下，他却是不得不留下来了。

　　琼林宴后，以状元为首的三鼎甲进士皆被安排了官职。榜眼和探花都无意外地被放出京去，做了一方父母官。席征这个状元却是直接被留在了京城，任命为内阁侍读学士，虽然只是闲职，却也是从四品的京官。席云芝原本还担心，自己与父亲刚刚相认，他很快就又要被外放他乡，没想到会是这个结果，心下大喜，便跟步罩商量，要席征住到将军府。

　　步罩自然同意，第二天亲自带了人去将席征请回了府内安住。

　　席征的性子有些文人的傲气清高，但他对步罩这个女婿还是特别满意的。席征住入府中后，步老太爷便邀他住同一座院子，席云芝原本以为，她爹定然不会同意，没想到，他爹竟然欣喜地答应了步承宗的提议。

　　席云芝这才知道，原来这两人从前便有过交情。

　　席征才情自不必说，清高刚正的性格肯定深受步老太爷喜爱，这一老一中年倒是成了无话不谈的忘年好友。席征的到来，正好也弥补了堰伯不在老太爷身边伺候的孤单。

　　日子过得平静而充实，席云芝别无所求，只希望这种平静的日子一直继续下去就好，如果不是发生了那件事的话。

　　时年七月，济王被谏徇私枉法，结党营私，意图谋反，十二条大罪，条条天理难容，天子大怒，将济王府上下皆关入天牢候审。

　　知道这个消息的席云芝等步罩一下朝，便着急地问他："济王府怎么样了？"

　　步罩知道，她与济王妃甄氏感情不错，初来京城时，她也确实受了济王妃不少照料，看着她担忧的神色，不禁抚上她的脸颊，叹息道："前几日皇上御花园遇刺，兵部尚书带人抓住了两名刺客，种种线索都指向济王是刺杀皇上的幕后黑手。济王近来也与朝臣多番走动，皇上震怒，将济王一家流放西北苦寒之地，并下诏，在他有生之年，济王永不能回朝。"

席云芝脸色苍白："流放……西北？"

步覃点了点头，可席云芝还是不解："可是，怎么能凭那两个刺客的一面之词，就定了济王府的罪呢？"

步覃叹了口气，对席云芝解释道："皇上多疑。再加上济王最近也确实与某些朝臣走得太近，上个月皇上大寿，他给皇上送了一幅千寿帖，说是前朝大家王舟的亲笔，市价要五万两银子。皇上命内务府清查了济王府的例银，得知这笔银子来路不正，虽然济王妃一口咬定是朋友那里借来的，但左相和镇国公哪里肯放过这个机会，济王妃的申辩根本没用，他们一口咬定了济王受贿，说是证据确凿，逼着皇上尽快将之处理。"

席云芝觉得有些站不住脚，五万两银子的千寿帖……五万两银子……不是济王妃从她这里借去的吗？

这……她间接害了济王府吗？

步覃见她脸色有异，便将她搂入怀中，也清楚，济王妃说的朋友会是谁。除了席云芝，济王妃还有几个能一下子拿出五万两银子帮她的朋友？

他的手轻拍她的后背："事已至此，难过也无济于事。他们明日卯时便会被送出城，城外十里石亭处，有我的岗哨，你若想去送她……我给你安排。"

席云芝终于忍不住，哭倒在步覃怀中。

城外十里处有座石亭，那里是历来流放之人最后会亲之所。从昨日开始，瓢泼大雨就下个不停，春雷阵阵，天际黑压压的云像是大军压境般叫人喘不过气。

席云芝穿着一身素色的衣衫站在石亭中翘首等待。

过了好久，远处才缓缓走来一行人，前面两个押送的官兵坐在马上，后面跟着一辆简陋的马车，席云芝不管不顾地冲入了大雨中，站在官道中央，如意打着一把伞，来到席云芝身旁替她遮雨。

带头官兵指着席云芝主仆大喝一声："来者何人，胆敢阻挡去路。"

席云芝从袖中掏出一只锦袋交给如意，如意便将手中的伞递给席云芝，自己则跑入了雨中，一边跑着一边说道："大人，我家夫人曾受过济王恩惠，想来送他们一程。"

如意说着便偷偷将一只锦袋送到为首官兵手中，那官兵掂了掂重量，一挥手，马车的帘子就给掀开，戴着枷锁的济王和王妃就从马车里走了出来。济王是皇子，但他私下联络大臣、私下敛财的罪名让皇上十分震怒，因此特叮嘱流放时佩戴枷锁。不过比之寻常百姓还是优待许多的，至少还有一辆简陋的马车代步。席云芝看着面色沉静，却有些狼狈的济王和一直哭泣的甄氏，几人去了一旁的凉亭里躲雨，让如意替他们擦了擦脸上的水渍，然后自己默不作声地从旁边的食盒中，拿出几盘子点心，一口一口喂给他们吃。

济王妃哭得跟泪人似的，济王的眼睛却一直盯着席云芝。

甄氏边吃边说谢谢，济王也是对席云芝感激不尽，全程没有一个人说其他话，谁都没有心情，就算是告别的话，也说不出口。

在官兵的催促之下，济王和甄氏被拉起身，戴着锁链和枷锁转身离开。

济王走在前头，甄氏走在后头，席云芝趁着官兵们全走出石亭之后，将甄氏悄悄拉住，飞快地从袖中掏出一只油包从甄氏的侧襟处塞了进去。甄氏讶异地看着她，只见席云芝不动声色地看了她一眼，淡淡地说了一句"珍重"，便在背后推了她一把。

济王和甄氏被解了枷锁，再次关入马车，押往西北。

席云芝站在石亭上看着他们离去，直到看不见人影时才收回了目光，撑着伞往城内走去。

济王被流放之后，整座朝堂仿佛都笼罩在一片风声鹤唳之中。

步覃每每回来都是眉头深锁，自从上回带兵攻打犬戎之后，就没再被安排出征。皇上似乎对他有所防范，怕他拥兵自重，好几回商议大事，都未传他一并入阁商议。

济王算是和步覃结盟过的，如今济王获罪，步覃也对这件事无能为力。而步覃似乎对这个朝廷也真的失望了，朝上有事，他也不再轻易开口。

至于席云芝，现在说是日进斗金也不为过。店铺里赚了钱，她就用来买宅子，反复倒手赚取差价，再置店铺，如今朱雀街上的店铺已被她买得七七八八了。不夸张地说，如今京城中有小半的宅子多少跟席云芝沾着些关系，有的已经成为她的私产，有的是她卖出去的。总之，就算席云芝再怎么低调，不愿声张，但她在京城之中也自有一番名声了，人家提到有钱的掌柜，总归第一个想起的便是她。再加上她将军夫人的身份，坊间对她的传闻就更加神乎其神了。

而小安现在也已经能下地走动，每天东跑西跑，一跑就摔，然后自己爬起来，拍拍手再跑。把两个乳娘弄得头昏脑涨、焦头烂额，府里却充斥着他清脆快乐的笑声。

同年十一月，行事向来十分低调的平王突然暴毙家中，凶手据说是他的两名舞姬。皇上勒令彻查，最终却也没查出什么所以然来，只好不了了之。但步覃和席云芝都觉得这件事定有蹊跷，因为这绝不是两名舞姬能够做到的事。

皇室的四位皇子，一个被流放，一个暴毙而亡，如今只剩下太子和敬王。太子和敬王是同母兄弟，又是连襟，这件事对他们最有益处吧。

十二月初，太子妃传出怀了身孕，举国欢腾。皇上说天赐麟儿，当场就要给这位迟来的太孙封号，被群臣谏言之后，才答应等太孙生出来之后再封。

席云芝依旧每天忙得不行。席云芝搬到新的将军府之后，便将兰馥园的宅子买下，做了她的商宅，买卖住宅的人手也从原来的不足十人，发展到了如今五六十人的队伍。

席云芝不会常去铺子里抛头露面，但因兰馥园依旧是私宅，所以她有空还是会到这里来看账。席云芝久不见张延，一问之下才知他已许久不曾出现。

席云芝派人盯住张延，却发现他每天晚上都会去同一个地方。

东城燕子胡同的一座神秘居宅，常年大门紧闭，席云芝曾经派人去打听，却都铩羽而归，只知道此处是某位达官贵人的私宅，其戒备森严，根本混不进去，平常也看不到人出来。这张延竟然可以在那里随意出入。席云芝觉得甚怪。

晚上席云芝回到将军府中，门房老陆告诉她，将军中午回来之后就一个人去了演武场，一直到现在还没出来，也不见吃饭。

席云芝将披风解下来递给如意，自己则去了将军府南面的演武场，还没进去，便能在外面听见内里棍子挥得虎虎生风的声音。

席云芝推门而入，只见步罩一个人在校场上挥汗如雨，各路棍法打得十分激烈，像是在宣泄着什么似的。

见到席云芝，步罩停下来，大刀阔斧地坐在一张石凳上，重重叹了一口气："西北出现了叛乱，敬王举荐王博冲上阵。王博冲是蒙鹜的关门弟子，从未上阵杀过敌，此番皇上命他为主帅，将镇守南宁的二十万兵全派给了他。"

席云芝不懂谋略与政治，但听步罩这么说了，也知道这个王博冲是靠着定远侯蒙鹜的关系，才当上了主帅。他从未打过仗，各方面经验都不足，皇上却将步家镇守南宁的二十万兵派给他，难怪步罩会觉得生气，无处发泄了。

席云芝见他如此，也不知如何安慰，便问道："那朝中其他大臣就没有反对的吗？敬王举荐王博冲，那太子呢？太子可有举荐什么人呢？"

步罩一听席云芝提起太子，顿时就更生气了，拍着桌子，怒道："太子，太子都接连一个月不上朝了。"

小黑将神秘宅子的来历查了出来，席云芝蹙眉不解："竟然是太子的私宅？消息可准确？"

小黑抓着头嘿嘿一笑，道："我在外头盯了好几天，发现这府里每三天派车出门采购，我便跟过去看了看，谁知道，他们的车根本不是往集市的方向走，跟着跟着，就到了东城太子府的后门，他们装了一大车东西，就又回到了燕子胡同。"

席云芝觉得更加不解，昨日夫君才说太子已经一个月不上朝了，今日小黑便打探出来太子很可能藏身在燕子胡同。这些原本也不关她什么事，可是，这其中牵涉到了张延。

张延每天出入的府邸竟然是太子私宅，而且夫君说太子一个月没有上朝，而张延是差不多一个多月前表现就有些奇怪，早出晚归，很少见他在兰馥园露面。这到底是怎么回事？太子想从张延身上打听出什么？若说太子想借由张延打探将军府的事，但张延也没有特意向她打探过什么。难道他们俩从前是旧相识，张延说他曾经做过御厨，那是不是在他做御厨时，跟太子有过交情？可是席云芝不明白的是，到底是什么样的交情才能令张延与太子这般密不可分地聚在一起呢？

席云芝心中虽然对张延和太子的关系表示疑惑，但始终没打算插手去管，甚至连问都没有问过。张延也依旧我行我素，直到最后人不再出现，席云芝派人去找他，都杳无音信，他就像在京城中消失了一般。

过了几天，兰馥园里来了一位衣着得体富贵的丫鬟，自称"香如"，说是替她家主人请席云芝过府一叙，还说席云芝若是不愿，可自带护卫云云。

席云芝觉得奇怪，百般猜想无果，便决定带着随行护卫随那丫鬟去一探究竟。

席云芝被请进一间美轮美奂的房子，内里摆设每一样都是价值连城的宝贝，她正盯着一座古屏风看，就听廊外传来环佩叮咚的声响。

她正襟危坐，保持警惕，只见门边一道火红色的身影走了进来。

席云芝往上看去，只看到一张让人惊艳，却是陌生的脸庞。

这个女人长得十分漂亮，远山眉之下，一双清澈得仿佛能看出倒影的眸子如星光般璀璨，五官秀丽，令周围美景失色。

怎么也没想起自己是否见过此人，席云芝谨慎地对她福了福身子。那女人似笑非笑地朝她走过来，开口笑道："最近席掌柜可是在城里找一个叫张延的人？"

席云芝听她提起张延，不禁愣了愣，看着她久久没有说话，而后才敛目点头："没错，姑娘如何认识张延？他是我的朋友，这些天却失踪了，姑娘可知他现在人在何处？"

那女人听了席云芝的话，盯着她看了好久，银铃般的笑声脱口而出，换了一种语调之后，席云芝整个人都愣住了。

"我就知道你这个朋友没白交，还知道派人来找我。"

席云芝难以置信地看着眼前的女子，她口中说出来的话，却是十足的男声，而且听声音，分明就是张延。

"你……"有种念头在席云芝脑中闪过，她想说却说不出话来。

"我什么？我就是张延啊。我会易容术。"

接着，张延又说了一句："我是女人，步将军不是早就看出来了吗？所以才会放心你跟我来往的啊。"

席云芝愣怔住："怪不得……"

张延耸耸肩，披在肩头的薄纱滑下，露出香艳的姿态。席云芝则是一团乱麻，她心中的张延是个永远衣着邋遢，穿了龙袍也不像太子的市井之徒，怎会……咦……等等。太子？

"你和太子是……"

席云芝从燕子胡同出来的时候，脑子里都是乱的。

张延原来叫张嫣，是龙武年间的秀女，前朝御厨的第五代传人，凭着出色的容貌和绝顶的厨艺，被皇上看中封了才人，住在锦绣宫中。谁知道，一次偶然的机会，那时仍旧住在宫中的太子对她一见钟情，再难自拔，正巧那时后宫妃子嫉妒她身份低微，却屡获圣宠，她们便找了个机会将她打昏丢入了御花园的长清河。长清河通着护城河，她一路下漂，竟然漂出了宫外，以为自己必死无疑的她，奇迹般为太子所救。

两人情到浓时，太子便将她养在了如今的燕子胡同中。怕人认出她的身份，太子重金请来了一位易容高手，教张嫣易容之术。张嫣有一双巧手，将易容之术学得是炉火纯青，直到太子被赐婚，张嫣大受打击，于太子大婚之日出走，一走便是多年。

她不想被人知道她的真实身份，在洛阳城浑浑度日，直到席云芝的出现，才让她又一次看到了人生的希望，决定用张延的身份，洗心革面，重新做人。

没想到席云芝来了京城，她终究是躲不开心中的期盼，也跟着回来，然后故地重游的时候，被太子碰个正着，就发展成了现在这样。

席云芝对他们之间的感情不想多加评论，因为无论她说什么，张嫣都听不进去太子的任何坏话，总是留恋着当年的美好回忆，坚定地认为，太子对她是绝对的真爱。

可不管怎么说，张延是女人这件事都太令席云芝震惊了。

席云芝回家之后，对步覃说了这件事，没想到步覃的答案更叫席云芝惊讶，步覃说他第一眼看见张延就知道她是女人……因为她没有喉结……就是这么简单的原因，席云芝简直是哭笑不得。

十二月初，王博冲西北惨败而归，叛军数目虽不多，却深谙兵法，打一仗换一个地方，王博冲只知兵书，全无作战经验，节节败退。

朝中文武百官困在内阁几日都不得归家，步覃提出解救之策，被皇帝赞许。赏赐金银，却就是不让他带兵出战。

如今皇上身边只剩下两位有封爵的皇子，太子和敬王。太子已经连续一个多月不曾上朝，皇上虽然龙颜大怒，但也只是勒令太子即日出现，在太庙面壁思过两日，并未有过多的惩罚。

皇上对太子的宽容态度，让敬王觉得自己若不再努力一些，怕是今生今世都没有取而代之的可能了。所以，敬王才会不惜冒着被太子党羽排挤的可能，铤而走险搏一搏。而太子最近浑浑噩噩也是事实，敬王也就更加肆无忌惮。

这几天，步覃回家都挺晚的，席云芝有个习惯，非要等到他回来，才肯睡觉。

步覃回来的时候，已经是亥时，席云芝仍撑着精神，半靠在软榻上看绣本花样。步覃推门而入，她便一如既往地从榻上走下，提起精神去替步覃换衣服。

因为不知道他在宫里有没有吃，所以，她特地做了几样糕点备在房里。步覃换过衣衫，见桌上摆着七八碟小吃，便看了席云芝一眼，见后者嘴角挂笑，他不禁宠溺地在她脸颊上掐了掐，赞其懂事。

"宫里也真是的，将人留到这么晚，却不供吃食，真当你们这些做臣子的是铁打的身子吗？"

席云芝的话叫步罩觉得好笑，捏了一块白糖糕放入口中，甜腻的口感令他眯起了眼。

"这几日军机处都忙疯了。西北的叛军一直攻克不下，王博冲屡屡败退，看来是撑不了多久了。"

步罩大口大口吃着糕点，席云芝一边叫他吃慢些，一边替他顺气，免得他狼吞虎咽噎着了，随口问道："西北叛军都是些什么人啊？怎会这般厉害？"

步罩喝了一口茶后，答道："他们是最近两个月刚刚集结在一起的各路散兵，不知道为何突然聚集在了一起，作起战来有如神助，兵法运用自如。"

席云芝不懂这些，只是替夫君喝光的杯子里又添了些茶水，看着步罩将几盘点心全清完，最后还意犹未尽地指着白糖糕说："明晚还要，再多做些这个。"

西北的叛军之战打得如火如荼。京城里，太子和敬王之间，倒是相反的局面。

太子在太庙面壁两日之后，依旧我行我素，不上朝，不议政，一副两耳不闻窗外事的秀才样，倒叫敬王白捡了好些便宜。有好些朝臣都已经被敬王趁机收为羽翼，为了储君之争，与太子党羽展开了殊死较量。

天，像是要变了，但日子还在继续过，百姓们依旧沉浸在一片祥和的盛世之中。

四月初，皇上携文武百官，下江南视察民情，步罩被留在京中，美其名曰镇守，其实谁都知道，皇上这样的安排意味着什么。

皇上带着群臣下江南去了，步罩每日也不用上朝，便在家里看看书，陪陪儿子，偶尔带儿子出去玩玩，偶尔这父子俩再跟着席云芝去店铺里混一日。

四月初九，皇上离京的第三日，敬王在府中设宴，邀请留京的官员携家眷去府中一聚，步罩也在受邀之列，因为是带家眷前往，席云芝便一同出席了。

敬王府中灯火通明，男宾席在东厢，由敬王亲自接待主持，而女宾席在西厢，由敬王妃及敬王的两位侧妃一同接待。

席云芝与步罩牵手而入，好些认识步罩的官员纷纷来与他见礼寒暄，步罩一一点头致意。席云芝穿着一身得体的裙装，身上没挂太多装饰，只是一条猫眼珠链自领口斜下前襟，形成完美的弧度，将她原本有些刻板的服装衬托得灵动婉约，虽然简单，但当家主母的气势是丝毫未减的。

两人携手走了一段路后，便被分别请向两边。

席云芝被请入了西厢，由敬王府专门的领路仆役带着走在雕梁画栋的九曲回廊上。女宾的席宴，竟然被安排在一座四面环水的亭子里，九曲回廊周围全都点着宫灯，将桥面水面照得如白昼般通明。

敬王妃盛装打扮，像只尊贵的蝴蝶被两名同样美艳的侧妃簇拥着四处走动寒暄，见席云芝从回廊的三阶楼梯上走来，敬王妃便挺着胸，提着下巴斜视而过。

一场宴席下来，席云芝吃了挺多，因为她行为低调，也不怎么说话，有人上来攀谈，她就开口说几句，没人来找她，她就乐得一个人在那里看风景，吃东西。

戌时将近，席云芝看见有些夫人已经提出告辞，便也跟在她们后头，一同跟敬王妃行了个礼，一同出去了。

原本她是想，若是夫君还没吃完，她就先到马车里等他，谁知道，走到马车里一看，步覃一副等候多时的模样，正半躺在软垫上，喝着茶，看着书。原来，在宴会开始没多久，他就果断出来了。

敬王宴请群臣的目的已经很分明，就是为了在皇上出京这段时间里，拉拢更多的人站在他的一方，这就等同于公然与太子展开对峙。有几个不愿与敬王为伍的大臣，也都纷纷跟在步覃身后，走出了宴会厅。

"敬王此举不是明摆着跟太子唱对台吗？他就不怕太子那里反击吗？"

回家的路上，席云芝难得来了兴致，跟步覃谈谈这些政治，不为别的，她只想知道那太子到底是个什么想法，毕竟张嫣跟他走得那么近。

步覃双手抱胸，双眉紧蹙："太子已经很久没有上朝了，敬王这才动了心思。"

席云芝听了之后，犹豫了一下，便对步覃说出了张嫣和太子的事。步覃听后只是面上一愣。席云芝继续说道："据张嫣说，太子对她情根深种，这些日子就与她一同躲在燕子胡同中。"

步覃蹙眉："张嫣的事，我早就听说过。太子年少时确实传出与皇上的一位美人有染，但因为当年皇上和太子那里并未有什么响应，所以没有太多人知道这件事。如今敬王生出反叛之心，太子却在此时与张嫣重温旧情，实属不智，还是说……有什么事情，是我们不知道的。"

席云芝见步覃陷入沉思，便不再说话。回到府中，步覃没有直接回房，而是急急忙忙去了书房，写了一大堆名单之后，便带着赵逸和韩峰，出门去了。

京城的夜，骤降暴雨，哗啦啦下了一夜。

小安怕雷，非要席云芝陪他一同睡。席云芝将他哄得睡着之后，推开南窗看了看，雨打树叶，凋零了多少花朵，这样凶暴，这样无力反击，似乎正提前演示着即将到来的一场血腥巨变。

步覃连着好几日没有回家，只是叫赵逸回来传了口讯，说是最近城里发生了大事，让她一切小心，并将兰馥园的人全都抽调回了将军府中守卫。

城中的大事，别说是席云芝了，就是一般的百姓都知道发生了什么。

三十多位大臣，一夜之间几乎被人灭门。

凶手手段极其凶残，就连老人孩子都不放过，所幸在屠杀当晚，有神秘黑衣客出现，

将军夫人的当家日记

与凶徒搏斗，每家都救下一些人来。

五日之后，步罩带着满身的血腥回到了将军府。

席云芝立刻叫人打来了热水，伺候步罩清洗。步罩躺在浴桶中，大大地叹了一口气，对席云芝说道："若是你最近能看见张嬷，就让她赶紧离开京城吧，不要再去肖想其他了。"

席云芝正替他擦背，听了他的话，默不作声了好一会儿，才开口问道："最近城里大臣被杀，是不是都是太子做的？"

步罩闭上双眼，点了点头。席云芝便也跟着叹了口气，又问："那些大人的家眷，你全救下了吗？"

步罩又摇摇头，声音略感疲惫："没有全救下，如今我手中能调动的兵力不过数百人，要将三十位大人家全救下是不可能的，只能让他们留个根，不至于断子绝孙。"

席云芝听后，心中难受至极，但也明白，夫君已是尽他最大的能力，抢在最好的时机，尽力做了他觉得该做的事情了。若是没有他，那些大人家定会被人斩草除根，不留后患。

而这次屠杀事件的凶手，已经很明显了。

太子利用长时间的不上朝来麻痹敬王党羽，让敬王以为，他只是个耽于美色、贪图享乐的太子。敬王的得寸进尺，便是他踏入坟墓的导火线。前几天敬王宴请群臣，凡是参与到最后的大人，几乎都被太子列入叛变的名单，屠杀殆尽。如此大规模的清扫活动，若不是蓄谋已久，根本难以完成。被杀的都是敬王刚刚拉拢的大臣，此举足以震慑仍旧投靠在敬王麾下，或者准备投靠敬王麾下的大臣，叫他们人人自危，好好地看清楚自己将来要站的位置。

敬王一败涂地，却又没有证据指控这次屠杀是太子所为，因为谁都知道，太子疏于朝政好些时日，而他敬王，才是最近与朝臣走得很近的那个人。就算皇上回来问起，太子也可以反过来说是敬王所为，因为毕竟事情发生在敬王宴客之后的第二天，太子会说这些朝臣是不满敬王拉拢行为，而惨遭敬王灭口。敬王这边则死无对证，百口莫辩。

敬王与太子的争斗，就败在了自大与掉以轻心上。太子隐忍不发，为的就是一击即中，叫敬王再无翻身的机会。

这一招螳螂捕蝉黄雀在后的伎俩，太子用得是炉火纯青。

太子没有当场杀了敬王，而是将敬王一家软禁起来，美其名曰等待皇上回来定夺，其实也是让自己尽最大可能地置身事外。

席云芝担心张嬷的安危，便派人连夜刺探燕子胡同，半夜他们回来了，并且带回一个奄奄一息的张嬷。

张嬷浑身是血，眼神空洞。

"夫人，燕子胡同早已撤了守卫，手下们去的时候，就她一个人孤零零地倒在血泊中。"侍卫略带遗憾地对席云芝说出了当时的情况。

席云芝现在也只能竭尽全力地救治张嫣了。

后来，席云芝才知道，下手的人不是太子而是太子妃。而张嫣落得如此下场，却是太子的手笔——太子亲自将张嫣给了太子妃。在燕子胡同的院子里，太子妃叫人毒打张嫣，还用簪子划破了张嫣的脸，最后亲自在她腹上插了一刀……整个过程，太子萧楠就在旁边看着，丝毫没有理会张嫣痛苦的哀号与求救，仿佛正被太子妃行刑的只是一个与他毫不相干的人。这样的结果，是谁都没有想到的。

原来太子对张嫣真的只是玩玩，年少时的懵懂情感早已随着时间的流逝而消失了，既然太子妃已然发现，并且对此极为愤怒，那么太子宁愿把张嫣交出去给太子妃泄愤，也不愿让太子妃觉得他对张嫣动了真情，影响他们夫妻间的权力平衡。

只可怜了张嫣，一腔痴情错付，落得如今这等凄惨下场。

五月中旬，乱成一团的京城终于等来了圣驾回归，却是一副厚重的灵柩——皇上在南巡路上驾崩了。与皇上的灵柩一同回来的不是旁人，正是去年被皇上流放西北的济王萧络。

济王说，皇上在下江南的途中遭遇刺客，他得知后赶去救驾，却还是没能避免皇上遭受重创，他尽心尽力伺候在侧好多日之后，皇上感念其孝心，自知寿数将近，便在随行文武百官的一同见证下，写下遗诏，将皇位传给十三皇子济王萧络。

京城的天，这回算是彻底变了。太子愣住，敬王傻掉，他们两个在京中斗得你死我活，最后竟然都输在一封不知道真假的诏书上，济王横空出世，如天降神兵般将他们打得溃不成军。

济王有诏书在手，一同随行江南的文武百官也都见证拥戴，新皇登基，留守京城的官员有少数提出异议的，也很快被镇压。济王回京的第一天，就入住皇城，并封锁城门，城禁三日。

太子手中的御林军尽数被济王收编旗下，太子被降为禹王，迁离太子府邸。

整座京城都笼罩在一片肃杀之中。

济王即位后的第一件事，就是将兵权重新交到了步罩手中，让他全力整合兵力。

西北的叛军自济王登基之后，便主动投诚。济王没有亏待他们，让他们从叛军之中脱离，编入了正式军队。

京城的动荡，让升斗小民都为之惧怕，人人自危的同时，好在生活没有发生太大的变化，也没有给席云芝的店铺造成太大影响。

这日，店里来了一个年轻人，容貌俊秀，嘴角总是习惯性上扬，浑身上下有一种叫人难以抗拒的和气，若不是他穿着劲装，右脸颊上还有一道浅浅的刀伤，席云芝还真以为这是哪家走出来的公子少爷。

店里的伙计凑上前来招呼他，他却不予理会，直接走到了席云芝面前，似模似样地对席云芝作了个揖，说道："这位夫人有些面善。"

那公子一双桃花眼直勾勾地盯着她，叫席云芝觉得奇怪极了，那人又问："不知夫人尊姓大名？"

席云芝见他不像是买东西的，就将手中算盘彻底放下，双手撑在柜台后头，对他说道："夫家姓步。不知这位公子有何贵干？"

她的话已经说得很清楚了，要买东西就买，不买我就不陪你唠嗑了。

那人似是听明白了，便也不再纠缠，拿了礼品，转身便走。走了两步之后，他又忍不住回头对席云芝笑道："对了席掌柜，我叫顾然，你记好了。"

席云芝看着那人离去的背影，只觉得有些莫名其妙，但生意做久了，什么样的怪人她都见过，就没有在意。

晚上回到家中，席云芝先去东苑看了看脸上缠着绷带的张嬷，跟大夫打听了一番她今日的情况，大夫和伺候的丫头说，张嬷今日吃了小半碗粥，精神也比之前好了很多，现在睡下了。席云芝听后这才放心地离开了东苑，暗自祈祷张嬷能挺过这道难关。

五月中旬，新皇办好了先帝的身后事与祭祖告庙等烦琐之事，便在中正殿宴请群臣，表彰功勋。步覃算是受邀首位，新皇言明，必带上夫人一同前往受赏。席云芝正愁该穿什么衣服出席宫宴的时候，宫里便有一队太监捧着皇后娘娘的赏赐来到了将军府。

第一次来皇宫，席云芝虽然觉得皇后御赐的绣着牡丹国色的大礼服花哨华丽得让她有些不能接受，但她还是穿了。既来之则安之，想必以她从前跟甄氏的关系，入宫以后应该不会遭受为难才是。

朝臣们统一在中正殿外行了跪拜之礼，就入了中正殿。

殿内比席云芝想象得要古朴许多，不似一路走来皇宫的金碧辉煌，中正殿有着厚重历史的沉积感。跟在步覃身后落座，席云芝总觉得身旁有很多审视的目光，只好尽力维持平和的姿态。

偶然间抬头，却看见现在已经是皇后的甄氏正看着她脸带笑意，席云芝眼神亮了亮，便也对甄氏挑了挑眉，弯唇笑了笑。

宴会开始，皇上宣讲了一番，群臣落座，在例行寒暄碰杯之后，皇上又开了口。之前他的目光便有意无意地瞥向席云芝，不知怎的，这目光竟让席云芝心下有些惴惴不安，刚转念一想以为皇上要提起她家夫君，却没想到皇上话锋一转，突然指着她道："其实，朕对一品上将军夫人最为感激，若是没有夫人的鼎力相助，便没有朕与皇后的今日。若论封赏，将军夫人是第一人，请夫人上前听封。"

席云芝愣住，看了自家夫君一眼，见他也是满脸不解。因众位朝臣都在侧目观看，没有时间容她多想，席云芝从席位上站起身，走到了龙凤座椅正前，规规矩矩地行了跪拜之礼，得皇上喊平身之后，才敢站起。

"席云芝，蕙质兰心，胆色过人，仁义万千，巾帼不让须眉，实乃尔辈习之楷模，特封一品诰命夫人，享一品禄。另赐黄金三万两，绫罗绸缎两百匹，玉如意四对，南山屏两只。"

席云芝听完这道封赏，简直想抬手掐自己的腮帮子，一品……诰命夫人？

"席云芝……谢、主隆恩。"

宴毕，皇上开始对有功之臣封赏。皇后走到席云芝面前，对她伸出了一只手，姿态亲昵地对席云芝道："夫人可愿陪本宫去御花园走走？"

甄氏令人在御花园的水榭之上摆了一桌瓜果点心，带席云芝过去之后，甄氏令众多伺候的宫人都退了下去。

"行了，都走了，你就别撑着了，我看着都累。"

甄氏看人都走了，突然一拍席云芝的后背，吓了她一跳。想起她们从前的关系，席云芝心里总算平复了些，将圣旨推到甄氏面前，开门见山道："这圣旨是什么意思呀？干吗好端端封我做什么诰命夫人，我对国家社稷又没有丝毫贡献，皇上若是想封赏，那便封给将军好了，这封给我，不伦不类的，若给人留下话柄可如何是好？"

甄氏听席云芝说了一大堆，终于知道她还没弄明白怎么回事，左右看了看，确定没有人之后，她才将戴着厚重皇后金饰的头靠近席云芝，对她说出了这次封赏的实情："你对国家社稷怎会没有功劳，正如皇上所言，你的功劳是最大的。还记得我与皇上被流放西北，你到石亭送我们吗？你后来不是在我侧襟内塞了一包油纸包的东西吗？我竟不知道，你有那么多钱，足足两百万两，你竟也舍得给我。"

席云芝听她提起石亭相送，心里这才有了点数，想来是自己当时的举动让皇上皇后感觉她是个仁义之人，这才有了如今的封赏。这么一想，她悬着的心才敢稍稍放下，答道："我不过想着你们远离京城，流放在外，用钱使钱的地方太多，若是用度少了，定会更加难熬，这才……"

不等席云芝说完，甄氏便抓住席云芝的手，捏在掌心，感动道："我懂，你待我们是真心，皇上昨晚还在跟我说，今日见着你，定要当面道谢。"

席云芝摇摇头，说道："谢什么呀，当初我将你们当朋友，如今说朋友是高攀了，但我也是求个问心无愧，皇上皇后不必太过于记挂在心的。"

甄氏见她说得诚恳，便又凑过来道："现在咱们也还是朋友啊。你不知道你那两百万两银子，替皇上解决了多少难题。你几乎养活了西北整个军队，让皇上有了重新打回京城的筹码。这等功绩，是开天辟地头一遭，你今后若有什么事，便对我直言，我定不负你。"

"西北的……军队？"席云芝这才恍然大悟，原来王博冲久攻不下的西北叛军竟然是被当时流放的济王所集结。她给他们银子，是出于朋友之义，没想到竟阴错阳差成就了这段伟业。

回到中正殿后，甄氏回到了皇后宝座上高高坐起，席云芝则回到了步罩身边，将圣旨交给他看。步罩将圣旨放在一边，又给她面前的盘子里夹了两块新上的点心："封赏仪式快结束了，你先吃一点垫垫肚子。"

席云芝摇头："刚才在御花园，皇后娘娘招待我吃了些，现在不饿。"

步罩与她相视一笑，只听帝台上的皇帝又举杯站了起来，对着殿中宣布道："还有一人，是朕游历西北之时所遇良才，乃国之栋梁，随朕打下不少江山，功在社稷，必须封赏。传顾然入殿听封。"

席云芝一看，居然正是那日去她店铺里买东西，还缠着她说了一会儿话的那个年轻男子。

顾然被封作二品骁骑营统领，代天子管理皇城内外两万御林军和一万城防兵。这样的恩赏，可见新皇定是十分器重。

晚上回到家中，席云芝整个人便如瘫了一般坐在太师椅上就不想起来。此时已是深夜，除了门房，将军府中下人已全睡去，因此，无人看见席云芝这等撒懒之态。步罩伸手给她拉，席云芝也摇头，表示不愿意动。步罩无奈，便将头上的顶冠摘下，放在桌子上，然后在席云芝面前蹲下，背朝着她。席云芝见状，嘴角弯起一抹得逞的笑，整个人站起来趴到了步罩背上，紧紧搂住。步罩无奈起身，将她背在背上，走出花厅，往他们住的小院走去。

席云芝还是第一次这么晚，看这么安静的将军府，回廊两侧繁花似锦，四周屋舍雕梁画栋，都比不上眼前这人的宽厚脊背能给她安心，不自觉将步罩搂得更紧。

回到房间，席云芝将今日在御花园中，甄氏跟她说的那番话，全告诉了步罩。

"我原想着他们被流放出京，今生怕是都难再回来了，银钱便给得多了些，没想到会让皇上做成这些。"

步罩若有所思地回道："你是无心，皇上……却是有心。看来他在离京之前，就已经有了部署，你给他们的钱，不过是促成了这件事的飞速发展。"

席云芝低下头："我也不知道是做对了，还是做错了。总觉得皇上这次回来，比从前变了许多。"

步罩将她按坐在梳妆台前，亲自替她卸了发钗装饰，看着镜中不施粉黛的她，笑道："别想太多了。皇上刚刚登基，总不能再像从前那般随意了。"

席云芝点点头："从前只听戏文里说，伴君如伴虎，今日我算是初见了。"

"以后会见得更多……"步罩看着她，略微迟疑地说道，"以你如今的品级，今后你定然会常常入宫，有很多人的眼睛会时刻关注着你，盼着你出错，盼着你出丑，这就是这里的人心……"

席云芝有些心惊，步罩在她柔顺的长发上抚了几下，又补充道："从今往后，若你太过于轻敌仁义，很可能便会成为众矢之的，被人攻击得体无完肤。"

听了步罩这番话，席云芝的心狂跳了整个晚上，如果前路真如夫君说的那般可怕，那她又该如何应对呢？

席云芝去看张嫣时，张嫣脸上缠着绷带，正坐在院中晒太阳，精神看上去已经好了很多。席云芝看着张嫣，不禁笑道："你脸上的疤都已经结痂了，还缠着绷带干什么？"

张嫣转头看是她，这才放心地又躺回躺椅，声音沙哑道："那么多疤，露出来别把人吓坏了。"

席云芝知她为容貌被毁伤怀，不禁打趣道："吓什么？你血淋淋的样子我都见过。"

张嫣听了席云芝的话，深深叹了一口气，道："是啊，我如今还能矫情给谁看？"

席云芝知她痛苦，此刻的软语安慰只会让她一辈子消沉下去，只有言语的激励才会让她重新找回对生活的希望。

"你知道就好。矫情也是需要本钱的，但既然已经没有了本钱，那就想办法去挣回来。这就跟做生意是一样的，亏了不打紧，只要从另一个渠道赚回来便是了。"

张嫣听了席云芝的话，沉默良久，才轻轻地点了点头："没错，不过是做生意亏了，哪里跌倒，就在哪里爬起来，我还要爬得比从前高，比从前远。"

席云芝拍拍她的肩膀，站起身来说道："这就对了，对于一个易容高手来说，有一张什么样的脸，还不都是掌握在自己手里吗？"

看着张嫣的目光中重拾斗志，席云芝这才往她手里放了一个芦柑，转身离开了小院。

又过了一些时日，宫里忽然派人传她。

席云芝到了宫里，发现甄氏的双眼红得厉害，一副刚刚哭过的样子。席云芝走过去，还没说话，甄氏就一头扑进她的怀里。

"娘娘，怎么了？"席云芝有些莫名其妙，只好先安抚。

甄氏的贴身宫婢屏退所有宫人之后，偌大的坤仪宫中便只剩甄氏和席云芝两人，甄氏哭哭啼啼的声音这才响起："皇上说要选秀，扩充后宫。"

席云芝了然，原来是这事。只是也不知道这种事情该怎么安慰。

"从前跟着他日子虽苦，可横竖他就我一个女人，如今他做了皇帝，我却要与旁的女人分享他。"甄氏哭道。

席云芝明白这种夫君被人分享的不安，试着说道："这也许是皇上的职责，他其实也不想的吧。"

甄氏一听来劲了，突然指着大正宫的方向大声道："他会不想？他就巴不得扩充后宫！我就知道，这么些年来，他早就想了，你是没看到他说要选秀女时那种快要笑出来的表情。我算是看透他了！"

席云芝看着甄氏愤怒至极的模样，觉得这个女人只是心中有气，她气的可能不是皇帝要扩充后宫这件事，而是皇上没有跟她商量，只是一人定夺了此事。

等甄氏发泄完毕，席云芝才提出告退。

却在正阳门前，遇到了同样出宫的步覃，夫妻二人眼神都亮了，步覃向席云芝走来，主动牵了她的手，问道："皇后又传你入宫了？"

席云芝点点头，见他一夜未归，发髻丝毫未乱，便知他可能一夜没睡，替他揉揉额角，温柔说道："回去吧，我给你炖了冰糖银耳在锅里。"

步覃不顾他人目光，搂着席云芝的肩头就要离开，却忽然听见狭长安静的长道上响起一道突兀嘹亮的声音："步将军、步夫人留步。"

顾然穿着一身御林军的官服，姿态威武，步履雄健，脸上却是一副无赖的笑，让他看起来痞气十足，像个混街面儿的混子。

步覃蹙眉，似乎不喜他，正面对上顾然，说道："顾统领有何贵干？"

顾然的目光在席云芝的脸上转了几圈，席云芝便觉此人目光如刀，赶忙往步覃身后躲了躲，步覃也很自然地挡住了顾然，眼神十分不友好。顾然见步覃挡住了他的视线，讪讪地摸了摸鼻头，对他说道："哦，是这样的，下官今晚在四海楼宴客，请的都是朝中同僚，不知步将军有时间大驾光临否？"

步覃面不改色，直接回绝："没空。"

席云芝躲在步覃身后，微微叹息，她这个夫君拒绝人也不知道缓和一下。不过顾然似乎并没有太在意，耸耸肩后，便拱手抱拳告辞而去。

顾然走后，步覃才搂着席云芝继续走，对席云芝说道："今后离这人远些，我瞧他有些不对。"

至于哪里不对，席云芝就没有问了，因为她也感觉顾然有些奇怪，只要她在场，似乎他的目光总会若有似无地瞥到自己身上来，带着什么不可告人的秘密，总觉得很奇怪……她一边走，一边对步覃问道："夫君也觉得他不对？"

步覃点头："是的，这人就像凭空冒出来似的，而且来京城之后，就四处活动，拉拢关系。虽说世间也有功利之人，可是像他这般从山野来朝的，不该对官场之事这般娴熟了解，而且之前我也发现过几回，这人曾在你铺子外转悠多次，不知是何用意。总之你离他远一些，总错不了的。"

席云芝还不知道这些事情，顾然在她铺子外转悠？为什么呀？监视她吗？可他就是要监视，也该在将军府外监视才对，跑她铺子外做什么？

心中感觉此人十分怪异，不知道是不是她的错觉，总觉得此人的目的和她有关！夫君既也说他来历可疑，那就先查查他好了。

回到家中，席云芝把皇上要选秀扩充后宫的事情跟步覃说了，步覃听后也表示自己知道这件事："嗯，据说定在八月，要搞一次夏选，很多大臣都已经在物色人选了。"步覃顿了顿，接着又道，"听说这回左督御史府也会出人来选，说是御史夫人娘家的姐妹，你能猜到是谁吗？"

席云筝娘家的姐妹？席云芝在脑中回转一番，惊呼："席云彤，席家还有一个彤儿至今未嫁，是三房的嫡小姐。会是她吗？"

如果这个猜测是真的，那么席家真是想翻身想疯了，竟然要把彤儿送进宫里。

步覃摇头表示不解，让席云芝也不要多想，到时候就知道了。

七月中旬，禹王妃诞下一位小郡主，取名宁秀。皇上亲自册封其为康宁郡主，列入宗牒。

席云芝如今为京城官夫人之首，连着好几回被邀一同前往看望禹王妃和小郡主，她推辞不得，就随着她们一同前往禹王府。不过其间虽然被敬王妃挑衅，席云芝也并未忍让。待回到家中，却发现步罩今日不知为何早早便回了府。

小安被步承宗带出去游玩了不在家，席云芝便直接去了步罩的书房，看到步罩立在书架前找着什么东西。席云芝走过去拍了拍他的肩膀，送上了大大的笑容，却被步罩嘴角的一抹青紫吸引住了目光。

"夫君，你的脸怎么了？"

席云芝伸手碰了碰，步罩就那么居高临下地看着她，也不闪躲，也不喊痛，过了好一会儿才扬起嘴角说道："没怎么，就是在路上遇到一只野狗，跟他打了一架，不碍事的。"

席云芝无奈地看着自家夫君，跟一只野狗打架，也亏他说得出来，真不嫌埋汰。正要再问，却被步罩猛地偷亲了一下，她惊吓羞赧之余，也忘记了自己原本要说的话。

"我中午想吃糯米糖饼，你亲手做的。"

步罩推着席云芝的肩，让她去厨房做饼，席云芝就那么被推出了书房。看着自家夫君一副心事重重的模样，席云芝轻叹了一口气，去房间换了一身轻便的衣服后，便去了厨房。

席云芝将糯米糖饼下锅，又做了道凉拌莴苣，最后一并端去书房。

可推开书房的门，哪里还有步罩的身影。席云芝将托盘放在桌子上，看见步罩先前翻看的书，便好奇走过去看了看，只见上头写了些武功摘要，讲的却是齐国武学。

席云芝第二日入宫，便从甄氏口中听说了那件事。

"你那夫君脾气也太大了，顾统领不过跟他说了一句话，也不知怎么惹毛了他，他就把顾统领拉到御林军的校场去比试。你说他好歹也是一品上将军，就算顾统领说错了话，他只需口头训斥一番也就够了，何必动手这么严重呢。顾统领现在还吊着胳膊呢。"

席云芝端着香茶的手就那么僵在那儿，听甄氏说完之后，她才反应过来，放下茶杯，轻咳一声说道："竟有此事。我……我回去跟他说说。"

甄氏煞有介事地点头："是呀，是该好好说说。这么暴躁，就这点而言，我觉得顾统领可比他好多了，最起码不会随便动手不是。"

"对了，还有一件事，你要如实答我。"甄氏突然话锋一转，凑近了席云芝。

席云芝正在伤脑筋自家夫君的事，被甄氏这么一说，不知她到底要问什么，便瞪着眸子静听下文。只听甄氏稍稍犹豫了下，便说道："我听说这回的秀女中有你娘家的一个妹妹，这是真的吗？"

原来是这件事，席云芝松了口气，遂点头道："听说是的，但因她不是来投奔的我，所以，我也不太敢确定。"

"席云彤。本宫派人探知，她叫席云彤，你认识吗？"

席云芝心下叹息，果然是彤儿，于是点头说道："认识。她是席家三房的嫡女。"

甄氏听后不禁又问："她生得如何？漂亮吗？"

席云芝见甄氏问得兴致勃勃，想来是在询问"情敌"的信息。横竖这都是她们之间的事，席云芝也就没什么好隐瞒的了。

"彤儿在席家算是漂亮的，娘娘不是见过御史夫人席云筝吗？彤儿虽不及席云筝清丽脱俗，却不失娇憨可爱，天真无邪，从前在席家，也就只有彤儿愿意跟我说两句话了。"

甄氏若有所思："也就是说，你和那个席云彤关系还不错咯？"

席云芝不知甄氏此言何意，便也如实答道："称不上不错。"

甄氏听了席云芝的回答，陷入了沉思之中，就在此时，太监的高声吟唱传了过来："皇上驾到——"

甄氏一听，整个人紧绷起来，弹簧似的从座位上站起，席云芝也赶忙跟在她身后跪下迎接圣驾。

自从那日封赏宴之后，席云芝便没有私下见过这位皇帝，现下竟有种恍如隔世的感觉。

"参见皇上，吾皇万岁万岁万万岁。"

两人行礼之后，便听萧络沉稳的声音在她们头顶响起："平身。"

席云芝和甄氏双双立起之后，皇帝萧络没有先与甄氏说话，反而走到了席云芝面前，对她说道："原想到御花园散散步，没想到竟会见到夫人。石亭相送，朕还未亲自跟夫人道谢呢。"

席云芝温婉一笑，低头恭谨地答道："皇上太客气了，石亭相送不过是尽朋友之义，皇后娘娘也将此事提了又提，倒叫下妇难为情了。"

"哈哈哈哈，夫人的出资之情也好，石亭相送喂食之义也罢，朕此生绝不会忘记夫人的高义，定将夫人之情载入史册，美传天下。"

萧络爽朗的笑声传遍御花园，甄氏站在一旁，脸笑得有些僵硬，但仍旧一副乖顺守礼的模样。席云芝温婉地笑了笑，不知该如何应答皇上如此热情的话，见皇后脸色不善，席云芝也不敢多加停留，当即提出告辞。

萧络点头准许之后，嘴角带笑，目光也一直盯着席云芝，直到其背影消失。之后，他又换了一副不知道在想些什么的表情坐在那里沉思，而甄氏坐在一旁，看着他这副模样，目光中不觉掺入了冰凉的恨意。

八月，步罩受皇命接手刑部，处理各种官员谋反、结党营私案件。每天晚上都要忙到戌时将过才能回来。中旬，迎来了新皇选秀。

因为新皇后宫空虚，只有皇后，因此整个八月，甄氏都忙得焦头烂额，在礼部的协助下，为新皇选定十五位姿容出众的秀女。其中镇国公府的赫连忧拔得头筹，被封为妃；左相府的二小姐李兰瑾，被封为妃；其余十三位皆为美人。而这十三位美人中，有一位是得皇上亲口御留的——左督御史府送入的美人，席云彤。

在选秀宴上，皇上将席云彤看了又看，最后才说了一句："差强人意，留。"

至此，席云彤便以左督御史府表亲的身份与皇上亲口御留的情分，成为杀入秀女堆的一匹黑马，是所有秀女中，第一个被新皇宠幸的女人。

承宠翌日，便被封为彤贵人，风头一时无两。

而对席云彤的崛起，大多数人都不明所以，只有席云彤自己才知道，承宠那一夜，皇上抱着她抵死缠绵时喊的是谁的名字。

云芝，席云芝……

第十六章 · 遇刺

在步覃执掌刑部后一个月，席云芝的耳中陆续听到一些关于自家夫君不好的传闻。

但因为之前步覃已经给她做好了心理准备，所以，在听到这些话的时候，她还不算太意外。且除非步覃派人传话回来说晚上不归，不然无论多晚，席云芝都会等到步覃回来。

九月初，席云芝再度被传入宫，甄氏说是近来得了一尊玉雕而成的观音像，足足有一人高，实为罕见，便想着叫席云芝一同入宫欣赏。

席云芝入宫之后，发现甄氏的坤仪宫中，坐满了人，想想也是，皇上重新选秀，妃子也纳了两个，这后宫中，再也不会像从前那般清闲了。

对各位美人娘娘行了礼，席云芝被甄氏拉到了凤座旁的座椅之上，那是她特意给席云芝留的。

玉雕观音被四个太监平稳地抬入了坤仪宫，众妃美人皆对其工艺啧啧称奇，就连席云芝见惯了宝贝的人，也不得不承认，这尊观音的雕工堪称完美，几乎找不出任何瑕疵。

许是职业关系，在众妃欣赏过后，开始例行茶话会之时，席云芝横竖不想与他们多说话，便仍旧用宫中提供的放大镜对玉雕进行深度观察。

可看着看着，席云芝发现周围变得很是寂静，先前七嘴八舌的说笑声像是被人砍断了般，再无声息。

她回头一看，却见萧络不知何时竟走到了她背后，离她甚近。

怪不得坤仪宫中突然静了下来……可皇帝驾到，竟然没有人通传，这又是怎么回事？

席云芝赶紧向旁边退了两步，慌忙跪下行礼，随着她的下跪，坤仪宫中所有妃子美人一一跪下行礼。甄氏也从凤座上走下对皇帝盈盈拜倒，将座位让了出来，安宁顺和地站在了一旁。

"都平身吧。"萧络穿着龙袍，一身贵气。他原本生得就好，一双桃花眼总是在不经意间勾得女人为他心动，只见他扫过一圈之后，最后将目光落在低头不语的席云芝身上。

"步夫人，朕刚才见你看得认真，便没有打扰，吓着你了吗？"

席云芝深吸一口气，莞尔一笑，尽力让自己表现得大方些："回皇上，没有。只是觉得有点意外。"意外得差点让她夺门而出。

萧络见她这般便不由自主地笑了，一边抚弄着手上的扳指，一边对席云芝说道："夫人先前那般认真地研究这尊玉雕观音，觉得如何？"

席云芝看了看甄氏，面上显出犹豫，萧络见状便挥手道："夫人照实说就行了，朕绝不怪罪。"

甄氏也跟在萧络后面出声附和："是啊，云芝，皇上让你说，你便说吧。"

席云芝只知这尊玉雕是皇后近来得到的，并不知它的来历，怕说得重了，会不经意间得罪什么人，几经思量之后，才决定捡一条最好的说。

"是。"席云芝低头应承之后，便走到放在中央的玉雕观音旁，最后又确认了一遍，才开口说，"这尊玉雕，就……雕工而言确是一绝。"

甄氏坐在原本给席云芝留的座位上，皇上则半倚在甄氏的凤座上，饶有兴致地盯着席云芝。听她那般说后，萧络扬唇反问："那夫人的意思是，雕工一绝，用料却不绝咯？这可是上好的油田薄玉，羊脂白雪也不过如此吧。"

席云芝微笑着不说话，既然皇上已经对这玉雕进行了肯定，那么她再说什么都是赘言了，便干脆点头默认。

怎料萧络却不依不饶，从凤座上走下，来到玉雕观音身边，并从席云芝手中拿过放大镜，看了又看，然后才确定地说："不错，朕看这就是油田薄玉，难道夫人还有所见解？但说无妨。"

席云芝见他信心勃勃，又从他的话语中听出了他对这玉雕的喜爱，不禁摇头说道："下妇才疏学浅，并没有见过皇上所说的油田薄玉，但此玉料确实莹润如雪，光滑如镜……"

"那你会出价多少？"萧络抢问。

席云芝看着玉雕，深深地叹了一口气，对萧络伸出了三根手指。

"三十万两？"萧络试探地问。

席云芝摇头，揭晓答案："三万。至多三万，就这个价格，有一半还是因为它入过宫，被宫中贵人们赏玩过。"

萧络被席云芝说得哑口无言，盯着她看了好一会儿。甄氏也走过来替席云芝打圆场道："云芝，这可是皇上亲自从民间选回宫的东西，足足花了……"

怎料甄氏还没说完，便被萧络打断了。

"多嘴。"萧络随意扫了甄氏一眼，甄氏便识相地闭上了嘴，只听萧络又对席云芝问道，"夫人何以判定这玉雕只值区区三万？"

席云芝总算明白了，这东西是皇帝亲自买回来的，所以才会对它的评价特别高，而她稍有贬低，他就不依不饶，一定要问个清清楚楚。

席云芝指了指玉雕，扬唇说道："这玉料就纹理手感而言确实不错，可惜不是整玉，这尊观音绝不是一位名家雕刻而成，这裙摆上的纹理有些是雕刻的，有些是碎玉打磨拼接的，全身上下最值钱的便是观音脸上的这块玉。下妇所说的三万两中，一万五千两算作这尊玉雕的经历，另外一万两，便是观音的这张脸，其余碎玉，顶多值五千两。"

萧络听完席云芝的分析，便真的用放大镜凑近观音的裙摆仔细看了一遍，再抬头时，俊脸上现出一些尴尬："听夫人这么一说，确实是朕买贵了。"他长叹一声，将放大镜交给贴身太监，拍拍手，故作潇洒地说，"得，白花花的银子打了水漂，连个响儿都没听着。"

后宫众妃和美人们看着皇帝这样子，一个个想笑却又不敢笑。她们英明神武的皇帝陛下竟然也有买卖被坑的时候，兴师动众地把大小老婆聚集在一起看他买回来的一尊假货。

"夫人果然是生意好手，朕甘拜下风。"

萧络虽然知道自己吃了亏，但最起码的风度还是有的，对席云芝揭穿他的行为并不觉得生气，这一点令席云芝松了一口气。原来刚才皇帝就是为了显摆他买回来的东西，才会让所有人噤声，偷偷地走到她身后，就为了听到真心的评价。

这么一想，席云芝原本忐忑的心一下子便安稳下来。

萧络又坐了一会儿，与众妃美人说了会子话，就回中元殿批阅奏章去了。

众妃见皇上已走，她们也没了再待下去的兴趣，一个个拿出人困马乏的姿态，跟甄氏告了罪，请安退下。

一尊一人高的玉雕观音像被送入了席云芝的南北商铺中。代掌柜见押送之人皆是穿着黄马褂的御林军，当即派人快马去了将军府，报告给席云芝。

席云芝匆忙赶到店中，只见为首那名太监有些面熟，他见着席云芝便舰着笑脸走过来，边走边打千儿作福："奴才刘朝给夫人请安。"

席云芝当然知道刘朝是皇上的贴身掌事太监，当即客气地对他抬手道："公公不必多礼，不知公公将这尊玉雕像送来我店中是何意？"

刘朝做太监已有好些年，举止便完全女性化了，翘着兰花指，对席云芝指着观音说道："哦，皇上说，既然夫人是懂行之人，那这尊观音便赠予夫人，卖不出便做个情义，卖得出那也好为皇上挽回些损失。"

席云芝虽然表面在笑，心底却对这个皇帝的行为表示很无语，这不明摆着想叫她做冤大头吗？

刘朝将玉雕观音像留在了席云芝的店铺之中，便携人撤走。见席云芝不停打量玉雕，代掌柜凑上来道："掌柜的，这东西是皇上赐的？可我前儿怎么在青石街见过这菩萨，是青石街那些人专门拼起来蒙外行的。根本不值什么钱啊。"

席云芝绕着玉雕观音像走了两圈后，才若有所思地对代掌柜回道："甭管内行外行，这就是皇上入的干股啊，叫人抬起来，把东西放在最显眼的位置。"

玉雕既然给了她，她便得替皇上要回面子和损失。

正说着话，有一官兵模样的人却匆匆忙忙跑了进来，见着席云芝就说："夫人，出大事了，爷遭了刺客埋伏。"

"什么？"席云芝得知步罩遇刺的消息之后，几乎是冲回了将军府，见府中多了好些官兵，她的一颗心扑扑通通悬在半空，直到看见赵逸和韩峰好端端地站在院子里跟那些官兵的头儿说着什么话。

韩峰见她赶回，上前说道："夫人，爷没受伤，您放心吧。"

席云芝听了韩峰的话，心落了一半。

步罩听见韩峰喊夫人的声音，便也从内里走了出来，身上的官袍裂了几处口子，发髻有些凌乱，倒是真的没有受伤的痕迹。

席云芝小跑到他身前，一边仔细检查，一边问道："怎么回事？怎会突然遭遇刺客呢？"

步罩见她紧张，不禁笑了，摇头说道："没事，那些刺客我还没放在眼里，伤不了我的。"

席云芝还想再问，便见韩峰他们也凑过来，对步罩说道："爷，刚才严大人抓了几个活口，其中一个便是前按察使的儿子秦建，他定是不服刑部判刑，才会找来杀手对爷下手的。"

席云芝一般不会参与这种大事的讨论，但这回关系到夫君的安危，她也不禁多问了几句："那可有漏网之鱼，他们会不会卷土再来？爷身边要不要多加一些护卫呀？"

步罩见席云芝仍旧一脸担忧，便不想继续这个话题，直接做出了吩咐："行了，把秦建交给刑部追查，让各级涉案官员也全都小心点，出入多派些人手跟随，这事就这么揭了，去吧。"

官兵们得了指令，便从将军府中撤走。

席云芝拉着步罩回到房间，打了水来给他擦洗身体，顺便检查是不是真的没有受伤。

"那些人为什么要刺杀你呢？"席云芝一边替步罩脱去脏衣，一边问道。

步罩也配合着她，将散乱的发髻松散了下来，说道："我是主审，秦横被判午门斩首，他家人不服。"

席云芝将毛巾拧干，过来给步罩擦拭，忧心忡忡地问："只要你还在刑部，那今后这种事岂不是会更多？"

步罩没有说话，默认了。

见席云芝一副闷闷不乐快要哭的神情，步罩才捧起她的脸，重重地在她唇上亲了一口，才道："你放心吧。你夫君我是领兵杀敌的将军，千军万马我都闯过来了，这种程度的刺杀，不碍事的。"

虽然得到步罩的保证，席云芝还是觉得心慌得厉害，但也明白，这就是夫君如今在做的事情，她不能多加干涉。

步罩遇刺的第二天，皇上对刑部发出圣旨，说一定要严惩秦家，百官若有说情，同罪问处。各家官员都感觉风声鹤唳，纷纷在自家院子里多添了不少护院守卫。

席云芝在店里算账，代掌柜走过来跟她商量事情："掌柜的，这尊玉雕观音像摆在这里太扎眼了，要是这玩意儿是真品也就罢了，可这根本瞒不住行家的眼睛，摆着都有点自砸招牌的意思了。"

代掌柜说的也是事实，一家专门卖真货的货行中，摆放着这么一尊明显是从青石街出来的赝品，确实不太像话。席云芝叹了口气，放下正清点账目的动作，低头想了想，便对代掌柜招手说道："你去将军府找老陆，让他安排几个官兵随你一同去青石街转一圈，就说皇上日前买了一尊玉雕观音回宫，被人指出是赝品，正龙颜大怒，要南北商铺的席掌柜代为买卖，若东西真是假货，定会向售出者问罪。"

席云芝说完，便继续埋头算账，代掌柜半信半疑地往将军府赶去。

两日之后，席云芝正在后院教小安写字，代掌柜便兴冲冲地跑了进来，指着外头对她道："掌柜的，有人要买玉雕。"

席云芝将小安交给乳娘，自己则擦着手走到水缸前，扬唇说道："好啊，那就卖给他们，一百万两。"

青石街那些人做赝品买卖不是一两个年头了，这回他们撞到了枪口上，席云芝也没有理由纵容他们，给他们个教训也好，让他们今后骗人的时候，能够想起今次的教训，下手悠着点。

玉雕观音"卖"出，或者说是被人赎回去的第二天，席云芝便带着赚来的银两自请入了宫。

萧络看看被呈上来的一百万两，饶有兴致地看着跪在龙案下的那个女人，一边清点，一边笑道："夫人不是自掏腰包吧？"

席云芝摇头："皇上多虑了，东西确实是被人以这个价格买走了。皇上若是不信，可以派人前去打探一番，便知真假。"

萧络从龙案后走出，叫席云芝起身回话。

"那朕就觉得奇怪了，席掌柜不是说这东西至多值三万两吗？怎的一转手就是一百万两？莫不是之前是骗朕的？"

席云芝处变不惊，淡然答道："回皇上，东西的确只值三万两，这一点相信皇上后来定去暗访过，席云芝纵然有天大的胆子，也不敢拿此事欺骗皇上。"

萧络被她说了个正着，他在听她说了之后，的确派人去探了探虚实，证实席云芝所言非虚，他就是买了个假货回来。

但一个假货，她都能卖出这么高的价格，这一点令他不得不觉得好奇了。

席云芝将事情原委说了出来："如此，下妇诰命夫人的身份摆在那儿，更加证实了传言，那些工匠觉得害怕，自然就会上门赎回，我不过是坐地起价，给他们一个教训罢了。"

萧络听着听着，就站着不动了。良久，他才讷讷地开口问了一句："所以说……现在整个青石街都知道，朕……买了尊假货？"

席云芝低头不语，算作默认，萧络见她如此，只觉哭笑不得，但也不得不承认，这个女人很懂变通，既不明确捅破那层窗户纸，却又能很好地震慑到对方。

算了，横竖他也没亏，还给国库又赚回来五十万两。

见她就那么站着，整个人如空谷幽兰般单薄，低垂的脸庞看起来那样安静，还有那张嘴，虽不见红润艳泽，却粉嫩馨香，叫他不禁喉咙一紧。

席云芝见事情都禀告结束了，正要告退，却被萧络叫住了。她不解地看着他，那如水的剪瞳像是墨玉般黑亮。

被她这么一盯，萧络只觉自己四肢都舒坦起来。

"那个……天色不早了，夫人不如留在宫里用膳，用完膳，朕派御林军送你回去。"

席云芝没想到皇上会开口留饭，想着小安今天要吃她做的白糖糕，她若留在宫里用饭，就太对不起小安了，便委婉开口道："这……天色也不算晚，家人都在府中等候，我来时也没跟他们说一声，还是不了吧。"

萧络不想放弃这个机会，当即拦在她面前，说道："朕现在就派人去将军府传话不就得了。"

说着话，萧络便招来了刘朝，正要不顾席云芝的阻拦，让他去将军府传话，中元殿外便传来一声太监的高声吟唱："皇后驾到——"

席云芝如释重负，退到一边去迎接皇后的到来。

萧络一副被人打断了好事的脸色，看着不明所以的甄氏。甄氏将席云芝扶了起来，在他二人之间回转目光，温和地说道："臣妾听闻云芝在宫里，便特意来接她去坤仪宫用膳。本宫准备了你最爱吃的枣泥山药糕。"

萧络负手背对着她，用行动表示自己的不痛快，倒是席云芝很懂抓住时机，对甄氏说道："谢娘娘惦念。"

两人相携走出了中元殿。走到御花园，甄氏便放开了席云芝的手，屏退宫人后，对席云芝冷道："步夫人，你是真傻还是装傻，没看出来皇上对你的心思吗？今日若不是我赶到，你敢想象接下来会发生什么事吗？"

席云芝看着甄氏，半晌没说话。其实就在刚才，她也确实感受到了来自皇上的那股狂热逼迫，她心叫不妙，却又无计可施。

见席云芝不说话，甄氏也觉得可能自己的情绪有些失控，不禁又牵了席云芝的手，克制温和地说道："皇上这个人我已经看透了，他是个为了达到目的会不择手段的男人，不管是对江山，还是对女人，他都是这个态度。我与他捆绑在一起，坐上了如今的高位，世人羡慕我运气好，可是他们哪里知道我的苦。流放西北的时候，我跟着他过的是什么下三滥的日子，你知道吗？有时候回想起来，连我自己都看不起自己。"

甄氏越说情绪越激动，席云芝想上前安慰，却被她抬手拦住了，只见甄氏对席云芝摊牌道："云芝，我希望你以后没事就别入宫。我不会再主动传你，你有一个好的归宿，有一个幸福的家庭，犯不着为了这么一个吃人不吐骨头的金丝牢笼毁掉如今的一切。我已经不是从前那个与你一同笑、一同疯的反包济王妃了，我是皇后，我高高在上，母仪天下了，我不允许有人抢夺我的高高在上，这宫里的女人别想，你——我曾经最好的朋友，也别想。听明白了吗？”

甄氏的一番话，重重地敲击在席云芝心头，令她直到出了宫门都还处在失神之中。

她又何尝没有看出甄氏已经变了，她变得野心勃勃，阴森深沉。席云芝明知，这些变化，都是甄氏用来应对后宫险恶的本能变化，任何一个人身处那样危机四伏，所有人都巴不得将她拉下位取而代之的环境中时，都会发生变化。席云芝一点都不怪她，反而感激她能够如实地对自己说这番话，也为自己不能帮到她而感到愧疚。

这日步覃从宫里回来，给席云芝安排了一个任务。

“过几日镇守南宁步家军的元帅会回京一趟，可能会借住在将军府，你安排一下，一行十多人吧。”

席云芝一听有客人上门，突然抬起头，瞪着圆滚滚的眼睛看着步覃，不解地问：“南宁步家军的元帅？”

步覃点头：“嗯，我没跟你说过吗？步家在南宁还有二十万兵，全都是步家军，元帅步迟是我的表叔父，也是步家最后一位领袖，德高望重。”

席云芝摇头：“你没跟我说过。步家还有这样一位德高望重的领袖，那你和爷爷被赶出京城的时候，怎么没见他们站出来保你们呢？”

步覃对夫人一出口就这么犀利的问题很是无奈，失笑道：“那时我不是打了败仗吗？在表叔父眼中，打了败仗的将军就该受到惩罚。”

席云芝看着自家夫君没有多说什么，虽然心中觉得这位表叔父实在太不通情理，但毕竟是他们的长辈，也不好在背后妄论才是。

既然夫君让她准备客房待客，她只需做好便是。其他的，她相信自家夫君定然是有分寸的。

席云芝在南北商铺的后院看着洛阳绣坊的发展，觉得潜力无限，她早就派人回洛阳传话给兰表姊她们，让她们将洛阳香罗街上的空闲店铺都买下来扩充绣坊。如今绣坊的规模空前壮大，从原来的五六十名绣娘，发展成了如今五六百名，就这么多人，还是日夜赶工在做。

席云芝也在京城开设了一间成衣铺子，接待本地制衣的同时，也代卖洛阳绣坊做出来的成品。因为绣工精湛，确实很受京中贵妇小姐们的欢迎，再加上她诰命夫人的名声，她的成衣铺渐渐就做成了京城之最。

走出后院，席云芝正要回将军府，可一出店门，就看见朱雀街上满是争相奔跑的百姓，全往街头跑去，拥在道路两侧，一眨眼的工夫，就万人空巷了。

"大家去看什么呀？"席云芝的印象中，朱雀街有两回万人空巷，一回是她家夫君以两万精兵大挫犬戎十多万而凯旋，万人空巷；第二回，则是她的父亲高中状元，游行入宫时，只不知这一回大家是为了什么。

店铺里的小方立刻情绪高昂地回道："看将军啊。咱们萧国唯一的一位女将军，威风着呢。"

女将军？席云芝不解，但也难掩心中好奇，便站在自家铺子前头，远远地眺望。

威武的马队自北面驶来，高高扬起的三角番上写着一个大大的"步"字，席云芝这才想起，昨晚夫君和她说的话，南宁步家军，就是他们了吧。

为首那人四五十岁的年纪，刚毅威严，两鬓有两撮白发，任何人见了，都会为他的铁血刚气所折服。

但席云芝扫过马队一眼便知，人们簇拥在一起观看的，绝不是这个威严的元帅，而是跟在元帅身边，那抹白马红衣，银枪飒飒的身影。

"她就是咱们萧国唯一的那位女将军，哎哟，看着可真英气啊，怎一个帅字了得！"

席云芝听到身旁的伙计围绕这位女将军的话题如豆子般撒开，收都收不住。

别说是他们，就连席云芝见了她，都觉得这样一位女子实属传奇，容貌自是出色，一对细长剑眉如刀锋般斜插入鬓，细长的凤眼说不出的英气。只见她端坐马背，英姿飒爽，紧抿的唇未擦胭脂，看着有些泛白，却丝毫不影响她周身的英气散发。

像是感受到了席云芝的审视目光，那双凌厉的凤眸直直扫向席云芝的方向，精准地落在她的脸上。席云芝只觉心中咯噔一下，像是被人撞了一撞，冲突的感觉侵袭而来。

这就是所谓的气场吧，席云芝这回算是彻底见识过了。

马队从她的店门口经过，人们也随着马队的移动，渐渐往前方迁移。席云芝想着夫君昨日的吩咐，见马队往正阳门走去，定是先入宫拜见皇帝，然后才会到将军府休息。

酉时刚近，步覃便带着客人来到了将军府。

来人正是她白日在街面上看到的那位威严元帅和飒爽将军，席云芝端正大方地对他们行了个礼，便拿出主母的架势请他们入内。

席云芝一共安排了八荤八素的冷盘，一坛散发着浓郁香味的米酒一揭封便引起威严元帅步迟的注意，将那酒坛直接拿在手中观看，还不时将坛口送到鼻下轻嗅。

"这是……不少于二十年的香糯米酒吧？"

众人不解一个好好的元帅，怎会对宴客用的酒这般有兴趣。席云芝在旁微笑解释道："步元帅高见。此乃京城归一酒庄特制的陈年佳酿，的确是糯米酒，若是元帅觉得不够劲力，这里还有陈年竹叶青。"

步迟对落落大方的席云芝不禁多看了几眼，这才对步覃点点头，笑道："好啊，只要是酒，我都爱，但最爱的，还是这香糯米酒，闻一闻都觉得是享受哇。覃儿，是不是你跟你的夫人说过，老夫爱喝米酒哇？"

步覃看了席云芝一眼，笑道："叔父爱喝米酒，小侄至今不知，怎会特意告诉内人呢。"

"是吗？"步迟仍旧一副不怎么相信的神情。席云芝不以为意，招呼随行之人坐定，只觉身后有一火红身影一窜而过，二话不说，便坐在步覃身边的位置，豪迈奔放地钩住了步覃的肩膀，说道："覃表哥，咱们好久没见了，今晚可得好好喝几杯。"

席云芝见她一个姑娘家做派这般豪迈，不禁吓到了，但见她家夫君一副见怪不怪的神情，便知他们从前的相处模式便是这样的。

席云芝只觉得自己回程时，特意去买的那几包蜜饯估计是用不上了。以为这女将军既是女孩，自会对蜜饯瓜果之类有些许兴趣，没想到这姑娘根本就是汉子心，蜜饯什么的娘货，还是留给她用来哄小安吧。

家里来了客人，小安兴奋得不睡觉，席云芝把他抱在怀里又是唱歌又是哼小调，终于把他哄得睡了。步罩进来，席云芝对他比了个"嘘"的手势，步罩才放轻了脚步，来到床边探头看了看熟睡的小安。

席云芝见他双颊泛红，满身酒气，显然是喝得有些多，伸手在他脸颊上摸了摸，还有些烫人，便对他轻声说道："你先去睡吧，我再陪他一会儿就回房。"

步罩迷离着双眼，也在她脸颊上拍了拍，这才点头，转身离开了小安的房间。

席云芝回了房，推开房门一看，步罩连衣服都没换地躺在床上，听见开门声，才撑着头勉强坐了起来。

席云芝见他的模样有些难过，便从外头打来温水，给他洗了把脸，他这才觉得眼前清明了些。席云芝又端来了清凉的醒酒汤，步罩也乖乖喝下了大半碗。正要转身，却被步罩抱住了腰，发烫的脸贴在席云芝的胸腹间，闷闷的声音传了出来："多谢夫人。"

席云芝知他有些醉，不禁在他后脑上摸了几下，然后才用对待小安般柔软的语调对他说道："谢什么？"

"谢夫人给了我最大的体贴，让我走出颓败；谢夫人给了我一个安定温暖的家，让我不必再四海漂泊；谢夫人给了我一个无后顾之忧的前路，让我不至于瞻前顾后。"

席云芝低头看了他一眼，没有说话，步罩抬头看着她，夫妻二人深情对望。良久，席云芝才对他温婉一笑："夫君，你喝多了。"

步罩自床沿站起，捧着她的脸颊，如视珍宝般亲了下去。唇瓣相接，席云芝感觉到一股浓浓的酒气侵袭而来，却又浓情蜜意得令她沉醉，不自觉地攀过他的肩头，让两人贴得更近。

步罩喝了许多酒，原本就觉得身焦体燥，当即回以更盛的热情，席云芝被推倒在床，重重的身体便压了上来。在这件事上，步罩是占绝对主导的，席云芝只需跟着他的步调走就成了。两相斯磨了一会儿，双双喘息不定，步罩情生意动，将席云芝紧紧搂在怀中，在她耳旁沙哑着声音低吟："你变得越来越好，我好怕守不住你。"

席云芝被吻得浑身无力，只得软着手臂圈住他，感受着两人之间的情动。

一夜火热。

第二天，席云芝醒来的时候已是近午时分，只觉四肢酸软得丝毫不想动，从床上爬起之后，埋头看了看自己身上的斑驳痕迹，脸上又是一阵燥热，慌忙穿戴整齐，走出了房间。

经过院子时，听见那里传来声声打斗和阵阵叫好声，她觉得好奇，便走过看了看。只见假山石后，两道风驰电掣的身影正打得不亦乐乎，动作如行云流水，招招刚劲。

步罩将长发束于脑后，没有成髻，每一个旋身都令他倍增潇洒，席云芝远远看着他，心中满是甜蜜。

步罩像是在人群中看到她，忽然停了手，一招隔开缠斗不休的琴哥儿，兀自从假山石上翻身而下。琴哥儿还没打过瘾，自是不爽，一同翻身而下，由背后扣上了步罩的肩胛。

"还没打完呢，你去哪儿？"琴哥儿顺着步罩的目光看去，围观众人这才看见站在拱门边上的席云芝。

步罩将琴哥儿的手自肩胛处取下，转头对她说道："明儿再打。"

说完，步罩便走到席云芝身边，动手将她的一只耳坠捋顺，扬唇说道："还累吗？"

席云芝娇羞地低头摇了摇，取下侧襟干净的帕子替步罩拭去额间的汗珠，又将他衣衫上打斗留下的褶子抚平。

步罩就那么理所当然地站着，任她摆弄，又对她道："下午刑部有事，晚上可能会晚些回来，元帅今日入宫面圣，会在宫中用膳，你替我招呼好琴哥儿他们。"

步罩将事情尽数交代，席云芝听后便乖巧地点头称是，步罩便又在她秀美的脸颊上摸了几把，这才将兵器抛给先前围观在外的一个男子。

席云芝昨晚已经知道他们分别的名字与身份，参将鲁恒，是鲁副帅的独子。鲁副帅鲁平自步家起家之初就一直追随，军中地位斐然，鲁恒文质彬彬，说话总是带着之乎者也，故作文采风流；副将琼森，魁梧高大，不用闭眼就能灌下一坛子烧酒；还有张果，也是副将，一双眼睛就没离开过琴哥儿半刻。

这三个人看来是对步罩极为折服的，就算私底下怎么打闹，但在步罩这儿都变得守礼谨慎。

步罩走了之后，席云芝才对他们福下身子，温婉大方地说道："诸位有什么需要，尽管跟我提了便是。"

鲁恒是个会武功的读书人，知道以席云芝如今一品诰命的身份是绝对不用跟他们行礼的，赶忙趋身向前回礼："夫人您忙，我们有事自己解决就好，不敢劳烦夫人费心。"

席云芝见他这般夸张，不禁笑了，白皙的容颜仿佛沾染了光泽般，叫人为之眼前一亮。

将军夫人的当家日记

"鲁兄弟不必如此，你们与将军是上阵手足兄弟，都是自家人，无须这般客套。"

琼森是个粗性子，本来就不待见鲁恒的穷酸性子，当即推了鲁恒一把，对席云芝拍着胸脯说道："既是一家人，那咱们也就不叫你什么劳什子夫人了，就叫嫂子。嫂子既然要招待，那咱也不客气了，中午我要吃大块肉，喝大碗酒，其他的倒也不用了。"

席云芝顺和地点头："好，保准酒肉管够。鲁兄弟呢？可有什么要求？"

张果被席云芝点名，终于将镶在琴哥儿身上的目光转了过来，对席云芝摇头。

席云芝又将目光投向手持银枪，一身红装的琴哥儿，英姿飒爽的豪气确是一派女中豪杰之象。

席云芝走到她面前，亲热地想去拉她的手，琴哥儿却反射性地避开。席云芝只好收回了手，像是什么都没发生般，笑着问道："那琴姑娘呢？可有什么要求？"

琴哥儿冷眼将席云芝从上到下扫了一遍，这才从鼻腔喷出一股气，冷冷问道："夫人会武？"

席云芝微笑摇头："不会。"

琴哥儿又掀着嘴皮子问："那是打过仗？"

"从未见过战场。"席云芝摇头。

琴哥儿一副不耐烦的模样，双手抱胸，抬首用鄙夷的目光看着席云芝，又问："那你是读过战略兵法？"

席云芝不知这姑娘想做什么，耐着性子回答："不曾。"

琴哥儿终于受不了席云芝的温柔，放下手臂，横眉怒目道："我的兴趣跟表哥相同，打架、打仗、论兵法，你什么都不会，我要怎么跟你说我的要求啊？"

琴哥儿说了这番话之后，鲁恒和琼森对望了一眼，心道这小祖宗这就跟人家杠上了，但他们毕竟跟琴哥儿相熟一些，听她说了这番挑衅之言后，并没有出声制止责怪她，反而将目光投向席云芝，期待席云芝的反应。不得不说，他们还是有点等着看戏的小激动呢，琴哥儿的霸道大气对上温婉柔美的席云芝，铁树对上菟丝花，将会是什么样的结果呢。

席云芝像是完全听不懂她话中的讽刺般，对琴哥儿突然伸出了手，在她防备的目光中，将她发髻上的一根枯草摘了去，在众人意外的目光中，对琴哥儿笑了笑："这般美丽的姑娘，怎能张口便是打杀之言呢，会把男人都吓跑的。"

席云芝说着话，还伸手在琴哥儿的脸颊上摸了一把，微笑恬静道："许是风沙吹多，皮肤有些干燥呢。我那儿有些香蜜膏，待会儿便让丫头给你送来。"

不等浑身僵硬的琴哥儿反应过来，席云芝便对众人福身告辞。

琼森和鲁恒又对望一眼，看着浑身被惊起了鸡皮疙瘩的琴哥儿，琼森快人快语，脱口就说："原来覃少爷喜欢这种调调。"说完，三人都以一种很是同情琴哥儿的眼神，将她从上到下打量了一番。

鲁恒最善补刀，看完之后，还在嘴里发出"啧啧啧啧"的声音。

琴哥儿回过神来，终于相信了自己被一个女人摸了两回的事实，骤然暴怒，对着在一旁看戏的三个大老爷们大吼道："看什么看？再看把你们眼睛挖出来当尿泡踩了！"

三人摸摸鼻头，果断撤退。

果然不是一个类型的。

晚上，琴哥儿等人却没有在府中吃饭。一天事毕，席云芝半躺在软榻上看绣本，看着看着竟然睡着了。迷糊中，她猛地睁开眼睛，便看到自家夫君的俊脸。原是步罩怕她着凉，想把她抱到床上去睡。席云芝搂住他的脖子问道："用过晚饭了吗？"

步罩点头："在刑部审堂时用过了。"

"琴哥儿他们出去了，没在府里吃饭。"

"嗯，我知道了，他们去刑部找我了，后来他们便被荣安郡王请去了光华楼，估计此刻已经喝高了。"

席云芝正在整理他的外衣，听他这么说，不禁问了一句："荣安郡王为何要请他们呀？"

步罩一副"你有所不知"的样子："荣安郡王从小跟琴哥儿一起长大，长大后，郡王跟着王爷回了京城，娶妻生子，跟琴哥儿他们也好几年未见了。"

"哦。"席云芝这才明白其中的曲折。

步罩见她连连点头的模样，慵懒中带点随意，长发披肩的她看起来更加柔美动人，一把将她搂入怀中："你就不问问琴哥儿和我的事？"

席云芝不解："夫君与琴哥儿发生过什么事？"

步罩没想到她会问得这么直接，果断摇头："没有啊。"

席云芝娇嗔地看了他一眼，柔柔道："那夫君要我问什么呀？"

步罩被她反问得一时语塞，不知道如何回答，摸着鼻头支支吾吾半天才道："就是，你没看出来，琴哥儿对我的态度……不一样吗？"

席云芝点头："自是看出来了。但只要夫君对她还是那样，我就没什么好问的了。"

原本还想从这小女人口中听听她的求助之言，他好在她面前得意一番，充当一回护花使者，没想到好心当成驴肝肺，这个小女人压根就没打算就琴哥儿的问题向他求救。

他不禁出言吓唬："别怪我没提醒你啊，琴哥儿的脾气很坏，一般男人都不敢惹她。"

席云芝想了想后，问出了她自认为最关键的问题："那她会打我吗？"

步罩蹙眉："那倒不至于吧。"

"哦，那就行了。"席云芝做出一副"那我就放心了"的姿态，看得步罩不禁埋在她的肩窝里闷闷地笑了起来。

夫妻二人又打打闹闹好一会儿后，才肯双双躺回床铺。席云芝在夫君怀中，一夜好眠。

一早用完早膳，席云芝原想陪小安出去游玩一番，却不料宫里来人了。

琴哥儿与鲁恒他们听说宫里来人，都从他们的小院里跑出来，以为是皇帝召见，谁知道，皇帝的贴身太监刘朝过来说，是皇上传席云芝入宫觐见。

席云芝心中一惊，将刘朝请到一边问道："公公，不知皇上召我所为何事？"

刘朝是个人精，他就是知道为什么，也不会直接告诉你的，只是对席云芝抱歉一笑，抱拳见礼："哎哟，夫人恕罪，奴才还真不知皇上为何召见，许是皇后娘娘依托的，夫人自己入宫一趟不就明白了吗？"

席云芝有些犹豫，正想着要不要派人去刑部给夫君传个信，刘朝便又出声催促。

席云芝无奈，只得趁着换衣服的时候，让如意偷偷去一趟刑部，自己则赶忙换了身衣服，坐上了入宫的软轿。

席云芝怀着忐忑的心情，被带入了中元殿。

偌大的宫殿内只剩下萧络与席云芝两人。萧络看着眼前这女子，低眉顺眼的乖觉模样，不知在想些什么，低头不语的姿态都那样婉转动人，便又向前走了两步。

席云芝赶忙往后退了两步，似有所防备。

萧络负手靠近，边走边说："夫人缘何怕朕？"

席云芝正在想着要不要跑，外头便传来了救命的声音："启禀皇上，上将军求见。"

萧络明显感觉到眼前的女人松了一口气，收起满腹的邪火，走到龙案后头，振臂一呼："宣。"

"宣上将军觐见——"

随着太监的吟唱声，中元殿的大门被再度打开，步罩冷着面孔走上前，单膝对萧络行礼。萧络热情地走过来将步罩给扶了起来，说道："上将军免礼。朕早跟你说过，你我二人情同手足，没有外人的情况下，你大可不必行礼。"

步罩没有说话，而是走到席云芝身边。

萧络像是换了一个人似的，知道步罩为了席云芝而来，便主动对步罩解释："上回承蒙夫人慧眼，令朕挽回不少银两，今日特地宣夫人进宫道谢。"

步罩看了一眼席云芝，席云芝对他点点头，而萧络也一副光明磊落的姿态，又点头道："朕正要派人送夫人回去，没想到上将军便亲自来接了，真是鹣鲽情深，羡煞旁人。"

步罩拉着席云芝行礼正欲退下，萧络却突然对步罩说道："对了，南宁二十万大军继任统帅，步帅属意上将军，昨日他已经正式跟朕提了，朕想问问上将军，意下如何？"

步罩敛目想了想后，爽利回道："步帅如今身体健，此时易帅，为时尚早。"

萧络听了步罩的话，便一边敲着龙案一边对他点点头，背过去的他看不出神情："是啊，为之尚早。那就容后再议吧。"

"是，臣等告退。"步罩带着席云芝离了宫。

马车里的空气凝滞不动，席云芝端坐在一侧，低着头连大气都不敢喘一下。步罩与她僵持了好一会儿后，才开口说道："亏得你还算聪明，知道叫如意去刑部找我。"

席云芝低着头，不住咬着下唇，说明了她此刻的不安，只听步罩又说道："若是比经商、比心计，我绝不担心你，可是，你现在面对的是一个对你动了不该动的心思的男人，你竟然敢单独跟他待在一起。"

席云芝被步罩说得汗颜不已，不禁小声解释道："我没想到他会这样无所顾忌。"

"还敢顶嘴？"步罩很明显是在气头上，席云芝见他如此，便往他身边靠了靠："夫君，我知道错了。下回绝不敢了。"

"下回？"步罩的声音提高，"下回你就被他拆吃入腹，啃得连骨头都不剩了。"

见席云芝低头不语，步罩也知道是自己把她吓着了，深吸一口气后，不禁放柔了声音："下回他若再传你，你便全推到我身上，有事我担着。"

"是，夫君。"席云芝乖乖地应下，见步罩的脸色好看了些，这才大着胆子，让自己与他靠得更近，挽住他的胳膊，让自己的头枕在他的肩膀上。

步罩被她这么一软，顿时就没了脾气，搂着她的肩头，看着一掀一掀的车帘，若有所思。而席云芝心中也有考量，皇上对她家夫君的态度很是耐人寻味，顾忌？隐忍？南宁二十万兵的统帅……夫君遇刺令南宁的步家军都为之震动，甚至连步帅都亲自赶来京城探望，这种信任与重视，定是叫皇上感到了前所未有的威胁。

在皇上还是济王之时，步家的这二十万兵是他急于拉拢的势力，如今他真的做上了皇帝，这二十万兵显然又成了他的心腹大患，欲除之而后快。

皇上的心思，夫君定然已经看出，那他又是怎么想的呢？

席云芝派出去打听顾然的人终于从西北回来了，禀报道："顾然是当初集结所有西北叛军的判首，他手下的叛军一共有七拨，如果不是他的鼎力支持，当时的济王根本不可能这么快打响旗号。他是麒麟山上任判首收留的义子，说他小时候是被上任判首从河里捡回去的。但是属下赶到麒麟山，并没有发现那里有叛军集结过的痕迹，也许年代太过于久远，才找不到的。"

调查的这番结果让席云芝更加迷惑了。就在这时，刘妈又过来跟席云芝说了一件奇怪的事情。刘妈说，最近府里有个叫三福的厨娘似乎很有问题，从前紧巴巴的一个人，突然就富裕了，而且她在外面的时候，还曾看到三福似乎与敬王府的人有接触。

席云芝想着若只是寻常事情，也就罢了，可这事既然牵扯到了敬王府，那便断没有掉以轻心的道理。

刘妈也算是家里老人，对府里一切几乎是了如指掌，厨娘身份要紧，她自然不敢马虎。

刘妈与如意、如月，明里暗里地监视着三福，可三福似乎也很谨慎，并没有露出什么马脚。刘妈觉得日防夜防，家贼难防，若是不早早揭露她的行径，一不留神闹出什么来，可真就着了人家的道了。于是干脆和如意、如月联手使了一计，在一日午后，刘妈将鬼鬼祟祟的三福截在后门，扭送到了席云芝面前。

先以偷窃的名义将人拿住，又威逼利诱，终于审出敬王妃收买她的缘由。

原来敬王妃给钱令她每隔三五天便将府里的事写下来，再从后门交出去。她想也不是大事，还能拿钱，便大着胆子接了。这下被发现，几乎吓破了胆子。

抓了把柄，又许以重金，席云芝令三福继续给敬王妃传递消息，不过是要先给她过目的消息。她倒是想看看，敬王府想做什么。

　　步罜晚上从刑部回来之后，还没跟席云芝说上两句话，便被也是刚从宫中回来的步迟叫了过去。两人说了多时，步罜才面色凝重地回到房间。

　　席云芝从软榻上下来，关切问道："怎么了？"

　　步罜看着她，良久才重重叹了口气，说道："没什么。跟叔父发生了些意见分歧。"说着，便拧着眉，心事重重地走到了书案后头。

　　席云芝敛目想了想，便也跟着他走到书案旁。步罜坐下之后，席云芝便站到他后面，轻抬素手替他按摩经络，排遣酸痛。

　　步罜默不作声让她按了一会儿后，才覆住了她的手，将她拉到身前，语气柔和道："别按了，你也怪辛苦的。不是什么大事，只是一些战略的意见不太统一，等过几日我再说服说服就好了。"

　　席云芝看了他好一会儿，乖顺地点点头，没再说什么。只是她心中却明白，这回步帅跟夫君说的事，定然与她有关，但是既然夫君不愿让她知道，那么她就不问，反正她相信夫君一定会很好地解决。

　　席云芝又将自己打听顾然的结果告诉了步罜。

　　步罜听后，沉思了片刻，才说："不是让你离他远些，你怎么还打听上了？"

　　席云芝笑了笑，说道："你们兵法上，不也有一条是知己知彼，百战不殆的嘛。我觉得他真的很奇怪，所以才派人去打听他的，只可惜，没什么有用的消息。"

　　步罜拍了拍她的手背，说道："有些事情若是能被你的人随随便便打听出来，他怕是早死了不知道多少次了。"

　　席云芝点点头，没说什么，一夜无话。可是谁都没有想到，事情发生得这样快。

　　第二天，席云芝去户部走了一趟，有些生意上的事情必须经由户部之手。回程的时候在马车上，席云芝觉得有些头疼，便靠在软垫上眯了一会儿，昏昏沉沉地不知道马车走了多久，突然停了下来。

　　席云芝惊醒，对车外问道："怎么了？"

　　良久车外都没传来回声，席云芝掀开车帘一看，只觉四周一片荒芜，根本不在回将军府的路上。她惊得想从马车上走下，谁知车帘刚刚掀开，一把透骨凉的钢刀便架到她的脖子上。

　　马车继续驱动，不知驶向什么地方。

　　大概过了一炷香的时间，马车停在了一条陌生的小巷中，席云芝被押着下了车，推入了小巷的一处后门。从后门走入后院，席云芝只觉鼻腔内净是刺鼻胭脂的香味，后院四周挂着颜色暧昧的灯笼，紧闭的房门里也偶尔传出一些娇人的声响……

　　席云芝被推入了二楼最东边的一间房间。一道尖锐的声音响起："哈哈哈哈，步夫人大驾光临，蓬荜生辉啊。"

席云芝转身一看，只见一个蒙着面纱的女人走了进来，那挟持她的大汉转身出去，顺便将门给关了起来。

那女人走到灯光之中，席云芝认出了她。

"敬王妃好大的雅兴，竟会约我来这种地方见面。"席云芝故作镇定地对她说道。亏得她还是个王妃，竟然想用这种下三滥的手段逼迫于她。

"是啊。能够亲眼看着步夫人如何受辱，我的雅兴自然是大大的。"

席云芝深吸一口气，干脆坐了下来："我真是不明白，我与你有什么仇怨？"

敬王妃看着席云芝故作淡定的模样就讨厌，将脸上的面纱扯下。她这脸上的伤痕，席云芝是记得的，这是当初甄氏杀回京城，做了皇后之后，对敬王妃和禹王妃的惩罚。像她们以前糟践甄氏那般，将两人喊去了御花园中，寻了敬王妃的错处，再让禹王妃动手打敬王妃的脸，足足五十下爪篱，把敬王妃的脸都打花了。席云芝也是后来才知道，原来甄氏在让禹王妃打的时候，已经命人在那爪篱上抹了三花粉，只要抽得见了血，那粉便会侵入肌肤，将表皮灼伤，从此疤痕密布，再也好不了，只能终日以面纱遮面。

虽然如此，可席云芝也不懂她怎么就恨上自己了，明明是甄氏派人打的她，她却固执地要把账算在自己头上，还不就是见如今斗不过甄氏了，只能在自己身上撒气。

"你看看我这张脸就知道我哪里不如意了。你席云芝是个什么东西？不过一只乡野麻雀，飞上了枝头，就以为自己成金凤凰了？你现在拥有的一切，你也配得到？你是什么身份，别以为我不知道，你就是洛阳城中曾经的一只野狗，也配到京城来跟我们姐妹抢风头？"

席云芝就那么坐着，看着这个女人发疯。

"还有那个甄氏，她从前在我们面前，不过就是一介蝼蚁，我一只手指就能碾死她，但她做了皇后，她凭什么做皇后？就算蒙涵不做，还有我，她一个五品小官儿的女儿，凭什么？我这张脸就这么被她毁了，敬王的霸业也被她毁了，你说我哪里不如意了？"

席云芝听了半天，只觉得这个女人真可怜，不禁开口说道："你只说旁人凭什么，但是你有没有想过，你又凭什么？你怪皇后对你出手狠毒，可是你对她呢？她腹中怀胎三月的孩儿，你们说杀便杀掉了。皇后仁义，最起码没有以彼之道还施彼身，否则禹王妃的小郡主也生不下来。"

"住嘴！"敬王妃的情绪越趋疯癫，只见她一边在房间内转圈，一边抓着自己的头发，口中念念有词，"她生不生得下来，不关我的事，我只知道，我什么都没有了，没了身份，没了尊贵，没了容貌，可是你们呢？一个个过得都比我好，就连蒙涵都笑话我！你知道吗？她一个废太子妃也敢笑话我！"

"但这一切又关我什么事？你有能耐去找她们报仇啊。"

席云芝说出了一句事实，却让敬王妃更加恼火："我找她们报仇，我是要找她们报仇，但我要一个一个慢慢来，首先就是你。谁叫你最笨，谁叫你第一个上钩……"

听敬王妃说着，席云芝便觉得手脚开始发软，她心道不妙。

软着四肢被人抬到了床铺之上，她的意识仍旧清明，身子却是丝毫动不了。

只见敬王妃走到床前，声音阴冷道："哼，你今晚就好好享受吧，明早我会带着人来，亲眼见证一品诰命夫人的淫乱，竟然在青楼与男人私通，哈哈……我看你还有什么颜面再活下去，哈哈哈哈哈。"

　　接着，是房门打开的声音。

　　接着，席云芝便听敬王妃道："便宜你了，可别忘了这份情哦。"

　　而后是一男声："放心吧，我不是忘恩负义的人。"

　　这声音……席云芝心中更加疑惑，直到那张痞气的年轻脸庞出现在她的床前，她才惊觉——竟然是顾然！

　　席云芝四肢无力，躺在满是胭脂味的床铺上，顾然将她从上到下扫视了一遍，便不再浪费时间，边脱衣服边说："你放心吧。你是我看中的女人，就算明日你身败名裂，步覃不要你了，但我还会要你的。"

　　席云芝真想指着这厮的鼻头破口大骂，真不敢相信他竟然可以如此无耻下流。

　　"云芝，我会好好待你，跟我离开萧国，好不好？我会让你过得更好，步覃能给你的，我都能给你。"顾然越说越兴奋，上身的衣衫除尽之后便想要往席云芝身上覆去。谁知，背后突然窜出一道影子，重重地在他颈后劈了下去。

　　顾然就连转身看是谁偷袭的机会都没有，就这么晕死过去。

　　席云芝急出泪花的眼看到了那个叫她安心的身影，这才深深呼出一口气。她早就跟夫君商量好了今日引蛇出洞的方法，可是等了这么久，他都没出现，她的一颗心早就悬在半空。

第二天一早，敬王妃便带着一众人等闯入房中，奚落的声音就此响起："哼，我说什么来着？席云芝那个女人荒淫无耻，竟然背着将军在这里与人私通。"

有个被强行拉来的官太太不相信，替席云芝说话道："敬王妃，这种腌臜之地，步夫人怎么会来呢？"

敬王妃得意一笑，指着落下的艳丽帐幔说道："我想干什么，你们待会儿就知道。我将你们带来这种地方，为的就是叫你们有个见证。"

"哎呀，见证什么呀，敬王妃你就别卖关子了。"

敬王妃得意道："今日我就让你们开开眼界，让你们看看这诰命夫人是如何与男人私通的。"

"刺啦"一声，敬王妃一把将挡得严严实实的帐幔掀了开来。

见一只男人的手探出帐外，有人惊呼道："咦，真的是男人。"

步覃带着一脸被人吵醒的起床气，自床上坐起，出现在众人面前。

敬王妃抓着帐幔的手突然松了，惊愕地看着从帐幔中走出的男人，得意的笑容僵在了脸上，难以置信地说："怎么会是你？"

步覃冷声道："我与夫人在此歇脚，谁给你们的胆敢闯进来？"

人群中有见过步覃的，当即变了脸对步覃讨饶道："将军息怒，是她，是敬王妃带我们来的，我们什么都不知道哇。"

步覃的怒火绝不是一干深闺妇人可以承受的，当即一声怒吼："滚——"

前来看热闹的官太太们赶紧散去。敬王妃气短，眼珠子左右乱转，似要狡辩。还不等她说出什么，步覃对着门外大喊一声："赵逸，韩峰。"

两人如鬼魅般出现在房中，双双对步覃跪下，说道："爷。今日前来的所有人都已经记下了。"

步覃冷声道："将那些人全以窥探朝廷命官隐私的罪名关入刑部，按律执行。"

"是。"赵逸及韩峰刚劲应答。

步覃指着敬王妃又道："将这个女人的衣服剥了，丢到敬王府门外，敬王若想找人算账，叫他来找我步覃便是！"

"是。"赵逸、韩峰领命之后，便利落干脆地架着敬王妃的两只胳膊，将她架出了房间。

"啊——你们不能这么做，我是王妃，敬王不会放过你们——唔唔唔——"

这一仗席云芝和步覃算是险胜。他们知道，如果不是事先洞悉先机，做出预防，真的给敬王妃的恶计得逞，那就实在太悲惨了。

将军府的密室中，顾然被揍得鼻青脸肿绑在一根木桩子上，步覃好整以暇坐在一旁喝茶，看着那一下下的棍棒敲打在这个敢觊觎他女人的男人身上。

微微一抬手，行刑的士兵便停下了动作，步覃冷然的声音在空旷的密室中响起："怎么样？想通了吗？"

顾然是个硬骨头，吐掉了口里的一口鲜血之后，仍旧高傲："呸，想通什么？你我同是朝廷命官，你背后偷袭不算，现在还敢私下囚禁行刑，我若是告到皇上那里，你就能保证皇上不治你的罪吗？"

步覃挑了挑眉："你也知道，前提是你能告到皇帝那里去。"

顾然咧开满嘴是血的嘴："你是说，你敢就这样杀了我？"

"有何不敢？"步覃耸肩，一派轻松自然的模样。

"哈。我顾然从前还敬你是条铁铮铮的汉子，没想到竟是这般卑劣不堪之人。"

步覃掏掏耳朵，态度照旧无波无澜："论卑劣不堪，步某自认及不上你。"

步覃从座椅上站起身，来到顾然面前，冷言道："说吧。你到底是谁？混到萧国来，意欲何为？"

看着步覃近在咫尺的脸，顾然就忍不住满肚子的气，喷着血水大声喊道："我是跟着皇上打江山的功臣，不像你，一个只会靠着家族庇护，打些小仗的懦夫。"

步覃不想与这样一具脏污的身体靠得太近，往后退了一步，才继续道："第一次跟你较量，我就发现你的武功路数很奇怪，我查了典籍发现你的路数有齐国武学大家凤氏的痕迹，如果你想死得痛快些，最好告诉我。"

顾然听到步覃提到齐国凤家时面上微微一怔，但很快就恢复过来，嗤笑道："什么凤家不凤家的，听都没听过，有本事你就打死我。若打不死我，我发誓，一定会在你身上十倍讨回。"

步覃不喜欢跟人说太多废话，见他嘴硬，便转身走出了密室。刚刚静了一会儿的密室中，再次传出了棍棒敲击和男人咬牙忍受的闷哼声。

席云芝在敬王妃落网的第二天，便去了禹王府。她早就知道，凭敬王妃那种性子，绝不会想出这般恶毒又阴险的主意，她不是主谋，定然还有操控的黑手。这个人不会是旁人，只会是从前的太子妃，如今的禹王妃。

席云芝似笑非笑地坐到禹王妃的对面，也不请安，也不问好，就那样一动不动地盯着她。若是她老老实实也就罢了，偏偏明知道自己再无翻身的可能，又想搏一回爽快。

禹王妃的精神已经不是很好了，一直在喝药，满院子全是药味儿，可见她病得不轻，精神状态十分敏感。禹王妃知道席云芝今日来是找她算账来了，她强自镇定地对席云芝说道："夫人前来，不知所为何事？"

席云芝扬唇一笑，开口道："夫人可还记得张嬷？"

提起那个惨死在她手中的张嬷，禹王妃顿时紧张地站了起来，不住踱步搓手，神情慌张："什么张嬷，我不懂你在说什么。"

席云芝好整以暇："就是张嬷啊。那个生得比禹王妃还要美貌的女子啊，禹王殿下为了她，曾经不惜得罪先皇啊。那个女人……死得好惨啊，是不是？"

禹王妃浑身汗毛似乎都竖了起来，席云芝不知不觉走到她的耳后吹了一股阴阴的冷气，又在她耳旁念叨起来："她的脸上全是血，眼睛瞪得吓人，肚子上还有一个大窟窿，禹王妃你说是不是？"

"啊——"席云芝刚刚说完，禹王妃便抱头蹲下，双臂捂住耳朵，一副再也不愿多听的样子，不住摇头。

席云芝不依不饶，继续蹲下故意在她耳边说道："禹王殿下就喜欢外面的美人，他宁愿叫外头的女人生儿子，也不愿要你生，为什么呢？因为他不喜欢你，他更喜欢那个叫张嬷的女人，是不是？"席云芝知道，禹王妃很没有安全感，张嬷就算被她亲手杀了，但是张嬷与少年禹王的那段感情却是让她耿耿于怀的，她始终觉得，张嬷才是禹王唯一动过真情的女人，就算那份真情早已消逝，但它毕竟存在过，如鲠在喉！

"啊——你不要说了，不要再说了！"

席云芝的那几句话就像是压死禹王妃理智的最后一根稻草，只见禹王妃抱着脑袋不住摇头，眼神涣散，像是失心疯般无论旁人怎么叫，她都不肯放下手臂。

席云芝对她的反应很是满意，站起身后，随手掸了掸身上的灰尘，转身离开了禹王府。走到门边的时候，从旁边窜出一个婆子，如意低声询问了一声席云芝之后，就领命迎向那婆子，在那婆子耳边低声说了几句话之后，那婆子就下去了。

那是禹王府后厨的婆子，早就被席云芝收买了，如今正好派上用场。

在传出禹王妃"吃错药"疯了的第二天，席云芝再去到张嬷养伤的小院时，发现她已经不辞而别了。席云芝派小黑在城里客栈找了个遍，都没能找到她的身影。席云芝怕她去找禹王送死，便特意让人在禹王府外监视禹王，没想到，好几天过去了，张嬷根本就没有去过禹王府。

宫里传来了消息，说是席云彤恃宠而骄，对宁妃以下犯上，杖毙于御花园，而宫中谁都知道，宁妃是皇后的人。

席云彤的死，并没有让皇上表现出丝毫悲伤，不过几天工夫，就宠幸了新入宫的一名女子。倒是送席云彤入宫的左督御史府受到了一定的牵连。席云彤被人斗死，尹子健也不成气候，有大臣联名上奏左督御史贪污行贿，皇上却将此事压下，说是交由刑部调查过后，再做定夺。

琴哥儿与席云芝争锋，次次都败下阵来，也是怕了，干脆日日外出，直到天黑。而席云芝看不到琴哥儿的人，就是想管教都没有机会，她也乐得清闲。

步帅这几日总入宫觐见，不怎么留在将军府，偶尔回来与步覃照了面，两人也都是冷着脸。席云芝心中担心日盛。直到那一纸圣旨送到将军府。

皇上赐婚，要一品上将军步覃择日迎娶步迟养女步琴哥为侧夫人。

圣旨送来时，步覃在刑部，席云芝代接了圣旨，便一直呆坐在院子里。小安爬上她的膝盖，窝进她的怀里她才有所感觉，将小安抱在腿上坐好，搂着他默默不说话。小安也像是感觉出娘亲的不开心，不哭不闹，只乖巧地靠在她怀里。步覃回来的时候，就看到他们娘儿俩抱坐在一起，仿佛天塌下来了一般无助。

看着他们身边放着的那卷明黄圣旨，步覃眉头蹙了起来，走过去将圣旨拿了便转身要走。

席云芝反应过来，拉住了他，说道："你去哪里？"

从前只要她受了委屈，他都会偷偷地给她出气，可是这回不一样，下旨的是皇上。

"难不成你想我娶她？"

席云芝看着步覃："我只是不想你出事，咱们可以想其他办法。"

步覃甩开席云芝的牵制："有什么办法？他们这是在逼我，用南宁二十万军下任主帅的位置逼我。我若不娶，他们就换人做下任主帅。面对如此卑劣自私的手段，我若屈服，既对不起你，也对不起我自己。"步覃说完之后，便不管席云芝在后面追赶，大步走出了将军府。

席云芝抱着小安怎么也追赶不上，只得站在大门外看着他绝尘而去的身影。

小安紧紧搂着她的肩头，小小的手抱住她的脸，奶声奶气地说道："娘，不哭，爹爹，坏。"

席云芝将他搂得紧紧的，预感着将军府将会发生一场前所未有的巨大风暴。

不一会儿，席云芝沉了沉目光，从悲伤的情绪中走了出来，将小安交给刘妈带着，自己则去了房间，拿出她的宝匣子，看着匣子里的东西，目光前所未有的深沉。

宝匣子里满是珠宝，最下面一层压着厚厚一沓银票。

席云芝手脚迅速地将所有东西分成了十份，珠宝银票分作堆，先用几张油纸包裹好，然后外头再包一层衣服，十份宝贝被尽数打包到一只包裹之中。席云芝谁也没知会，换了身普通农妇的衣物后，便从后门走了出去。

转了两条街之后，雇了一辆破旧的骡子车，席云芝令车夫往城南燕子巷走去。

燕子巷如今已是人去楼空，萧条得不行。因为是官宅，不可买卖，而且出过人命案，院子里还有一些褐色的血迹未曾打扫。席云芝将十份财物，分别埋在了十个地方，做好只有她自己才认识的记号之后，才又匆匆出门，回到城中。

席云芝从后门回到将军府中，刚换好衣服，从屏风后走出，房门便被急促地敲响。

老陆带着一直跟在步覃身边的一个小厮前来报信，小厮看见席云芝便跪在地上："夫人，不好了，将军驾前失仪，被关入大牢了。"

席云芝蹙眉大惊："什么？"

"是的夫人，韩总领让我回来给夫人报信，您快入宫去救救将军吧。"

席云芝听到步覃被关，整个人都像是失了神般。那人一再催促，席云芝便让他们去门房候着，她换过衣服便随他去宫里。

老陆跟小厮走了之后，席云芝火速将如意、如月还有刘妈叫了进来，交给她们一张千两的银票，对刘妈说道："你们带着小安先出城去，无论在路上听见什么，都不要回城，带着小安一路往北走，有多快走多快，听到没有？"

刘妈和如意她们都不明白夫人是什么意思："夫人，干吗要带着小少爷走啊？您和将军呢？不走吗？"

席云芝沉吟片刻后，对她们说道："我和将军都要进宫，出宫之后，会尽快追上你们。你们现在就走，衣服也不用收拾了，抱上小安，直接去城里找车，不要用将军府的马车，快走！"

如意和如月到底年轻些，见一向冷静的席云芝如今都慌了神，知道肯定是出了大事。这两个丫头深受席云芝的恩情，早就打定主意，要对席云芝效忠一生了，如今主母有难，正是她们报恩的时候。

如意当即点头，推着如月和刘妈往外走的同时，也对席云芝保证道："夫人，您放心吧，我们这就带着小少爷走，沿着官道一路向北，您和将军出城之后，顺着官道找来便是。"

席云芝对如意很是放心，对她点点头，感激地笑了笑之后，便将她们推出了房门。席云芝自己则穿上诰命夫人的朝服，往内宫去了。

席云芝入了正阳门，便有一顶明黄软轿停在那里接她。她心中有疑，知道这软轿不是皇上便是皇后安排的，但为了自家夫君，她只得硬着头皮坐了上去。

长长的甬道，像是走了数年般难熬。

席云芝走下软轿，发现自己所到之处并不是中元殿或是坤仪宫，而是另一座她从未来过、美轮美奂的宫殿。

心道不妙，席云芝想走，却被守在门边的两名御前侍卫拦住了去路。

席云芝这才明白，自己已中计。

"啪啪啪！"

一阵清脆的击掌声在这座空荡荡的宫殿中响起，席云芝循着声音望去，只见花团锦簇的廊下走来一个明黄色身影，是萧络，一双眼睛正直勾勾地盯着她。在他身后还跟着一名绝色倾城的美人，而两人身上的衣服也是松松垮垮，一副奢华淫靡的模样。

"夫人好大的架子，要你进宫，可费了朕不少心思啊。"

萧络像是喝了些酒，双颊有些酡红，脚步也是虚浮的。

他没有走到花园里来，而是坐在连接花园和回廊的台阶之上，好整以暇地看着席云芝。

席云芝注视他良久，才缓缓开口："皇上，听闻下妇的夫君也在宫中，只不知此刻却在何处？"

萧络听她提起夫君，不禁怪笑起来："哈哈哈，夫人是说……步将军吗？他出宫啦，早就出去了呀，怎么夫人没遇到吗？"

席云芝闭起双眼，深吸一口气，咬碎银牙也不能表达此刻心中的悔意。

萧络抬手对身后挥了挥，对始终立于他身后的美人说道："你先走吧。我跟夫人还有些事要办。"

那美人在皇上与席云芝之间看了两眼，这才恭谨地退了下去。

萧络直起身子，脚步虚浮地朝席云芝的方向走去。

"朕要的东西，从来就没有得不到的，你越是不给，朕就越是想要。"萧络走到席云芝面前，弯下身子凑近席云芝，故作姿态地在她耳畔闻了闻，抬手就要去触碰席云芝的脸颊，"日思夜想，夜不能寐，怎么样都想尝尝你的味道。"

席云芝不住后退，萧络步步紧逼，他探手，席云芝闪躲，最后席云芝却是不及萧络身手，被他抓住了裙摆，绊倒在地。萧络不管不顾地压了过去。

席云芝与之挣扎厮打，惊声尖叫："啊——走开。我是有妇之夫，我的夫君是步覃——"

"步覃又怎么样？不也是朕的臣子，朕要他生，他便生，要他死，他便只能死！朕的赐婚他可以不要，南宁二十万军主帅的位置他也不要，正好遂了朕的意，让步迟恼了他，让他们两个斗去，朕就只需坐收渔翁之利。"

"啊——"萧络将席云芝的手腕压在头顶，一把扯开了席云芝的外衣，席云芝的尖叫声响彻宫殿。

"皇后驾到——"在席云芝的一声尖叫之后，宫殿外传来了太监高声的吟唱。

甄氏穿着明黄凤袍，神情冷凝，让宫人全在殿外等候，她独自一人走入了殿。

"萧络，你到底知不知道自己在干什么？"甄氏看到眼前情景，敛眉怒道。

甄氏说完，跑过去推搡萧络。萧络被她推得往后倒退了几步，酒醒了大半，见是她，原本想发怒的神情才稍微敛了敛，讪讪地摸着鼻头说道："你来干什么？"

甄氏将席云芝护在身后，对萧络冷笑道："我来干什么？我倒是想要问问你想干什么？萧络你太忘恩负义了，如果不是她，你我如今还在那个腌臜粗鲁的世界中苟延残喘；如果不是她，你我这辈子都别想回到京城。你现在对她起了龌龊之心，你就不怕天打雷劈遭报应吗？"

萧络面红耳赤，借着酒气与她对峙："我遭报应，你以为你是什么好东西吗？别以为我不知道你在宫里干的那些勾当，你逼死那些女人，不也是怕她们威胁你的后位吗？我由着你，不管你，如今你凭什么要管我？"

甄氏周身散发出从未显露的狠劲："我逼死那些女人，是我应该做的，就好像你身为皇帝，有权利扩充后宫，那我身为皇后，就有权利给你清理后宫，我只是尽了我的本分。"

萧络冷着脸看着甄氏，只觉得这个女人再没有了从前的退缩，是什么给了她这种底气，要知道，他才是皇帝啊！

"好，那朕就废了你的本分，让你在冷宫里过一辈子吧。"

甄氏也毫不示弱："好，那你可别后悔。我敢做那些事，就不怕你废我，咱们走着瞧，看是被你废了的我凄惨，还是你弑父篡位的事传出去之后，被赶下帝位的你凄惨。我倒要看看！"

萧络与甄氏站在繁花似锦的花园中对峙，良久，萧络才愤然转身，走出了宫殿，留下一句话："皇后驾前失仪，软禁在此，不得朕命，不许出宫门一步。"

宫殿的拱门便被宫人关了起来，一片静谧。

将军府中满是火把，城防总兵李鹤带着五百城防营的兵士闯入了将军府，奉命来抓人。步承宗有先帝御赐尚方宝剑，李鹤自知动他不得，何况他只是奉命来抓步将军的独子小安，并没有接到指令要将步老将军一同抓回去。

步承宗护着一头雾水的席征坐在后院，院外围满了士兵，却无一人敢与步承宗的尚方宝剑对上，一直踌躇不前。

"大人，都找遍了，里里外外都没找到步将军的独子。"

李鹤大怒："一个三岁孩童能去什么地方，再给我搜。挖地三尺也要给我搜出来！"

士兵们又去找了一圈，还是没有发现，李鹤命人将将军府的人全押到身前，一个个问了过来，都说从今日下午起就没有看见小少爷在院子里出现过。

李鹤正一筹莫展，突然最北面传来一声惊呼："大人，这里有间密室。"

李鹤闻声赶去，在假山石的后面有一个机关，士兵们偶然间发现，打开机关之后，露出内里绵延而下的石阶。李鹤怕有诈，便让一队先锋士兵下去探路，不一会儿，士兵们便抬出一个浑身是血的男人。

李鹤凑近一看："是顾统领。"

被酷刑伺候过的顾然是御林军和城防营的大统领，李鹤的顶头上司，所以，尽管他被折磨得满脸血污，但李鹤还是能够很快认出他来。

顾然微微睁开眼睛，看见周围满是火光，自己则被搭在两名士兵的肩膀之上，耀眼火光让他眯着眼，虚弱地问道："你们在这里干什么？"他绝不会相信，这些人是来救他的。

李鹤如实回答："皇上命我们前来将步将军独子抓入宫去，没想到会救出大人。大人怎么会被困在将军府的密室之中，还被人施以酷刑，这到底是怎么回事？"

将军夫人的当家日记

顾然将口中的血水吐出来，自己则站直了身子，听说皇帝对步家动手，想到的不是别的，而是……

"步夫人呢？她在哪里？"

李鹤不解地回道："这个……下官听说，步夫人午前便被传入宫了。"

顾然再也顾不得身上的伤口，大叫一声"不好"，便踉跄着冲了出去。

而此时，步覃正被步迟困在刑部大堂。

"叔父，我再说一遍，我是不会娶琴哥儿的，就算不是为了云芝，我也不会娶她。就算你用兵权威胁我，我还是那个答案，不会娶。"

步迟坐在大堂之上喝茶，看着顽固不化的侄子，突然觉得自己说了这么多全是白费。

"覃儿，我知你喜爱云芝，但男儿志在四方，岂可迷失温柔乡中，用一纸婚约，换二十万的兵权，怎么算你都不亏吧。更何况，我给琴哥儿求的只是侧夫人之位，并未要求你将云芝休弃，你仍旧这般坚持，实在没有道理。"

步迟对这个侄子很是喜爱，所以才会耐着性子跟他说这些，若换作旁人，他早上去教训一顿，强势安排一切了。

步覃转身看着堂外，坚定地说："不管是正夫人，还是侧夫人，我都不会负了我心爱的女人。更何况，这里面还牵涉兵权，我更加不愿以此为筹码，叔父你就死了这条心。若再不让我离开，我便要强闯了。"

步迟从大堂后走出，一边摇头一边说道："既然你意已决，那我也没什么好劝的了。皇上开始就说，要将席云芝和小安传入宫中，逼你答应，被我压了下来，如今我劝不动你，那么，只好试一试皇上的法子了。"

步覃脸色骤变："谁敢动他们一根汗毛试试。"

步迟看了看天色："这个时间，他们估计已经被抓入宫了，不信你可以回去看看。"

步覃双目中透出一股杀气，一拳打在刑部大堂中的圆形石柱上，柱子沿着他拳印的一角开始崩裂。

步覃冷哼，飞也似的窜出了大堂，叫上一直守在堂外的赵逸和韩峰，三人便迅疾如电飞身上了屋檐。

刑部大堂之中发出"轰隆"一声巨响，屋檐一角轰然倒塌，掀起满院尘土。

步迟窜出大堂，看着轰然倒塌的狼藉，再看了看自己的拳头，讷讷地自言自语："这小子的功力，又增加了。"

就这劲力，就算是他拼尽全力也未必能够做到，不得不说，这小子确实是个奇才。

步覃回到将军府一看，府中各人正在收拾残局，院子里一片狼藉。

步覃随手抓了个人问道："夫人和小少爷呢？"

被问的是个外院仆役，早就被吓蒙了，不住摇头："不……不……小人不知道。"

步覃一声怒啸，此时步承宗拿着尚方宝剑从后院过来，步覃见到他，赶紧迎了过去。

"爷爷，云芝呢？他们娘儿俩去哪儿了？"

步承宗临危不乱，对步覃道："云芝午前便被传入了宫。宫里来人说你被关入大牢，云芝心急，就跟着进宫面圣，替你求情去了。"

步覃看着步承宗，想起儿子，又问道："小安呢？小安也被抓进宫了？"

步承宗摇头："没有，李鹤他们带人来搜了好几遍，都没找到小安。"

"那小安人呢？总不会就这样凭空消失了吧。"

步承宗见步覃心急如焚，便将他拉到了一边，在他耳旁轻声道："除了小安，刘妈、如意、如月都不见了。在云芝被传入宫之后，府里就没人再见过她们。"

步覃愣愣地看着他："你是说，云芝走之前让刘妈她们把小安带走了？"

步承宗将食指掩在唇边，怕被人听见他们正在讨论的话："云芝心思缜密，说不定她早猜到自己凶多吉少，才做此安排的。"

步覃叹息沉吟："这个傻女人，为什么自己不也跟着跑呢？"

就在此时，突然从外头闯进一拨御林军，御林军副统领直接拿着圣谕，说是要以通敌叛国之罪，来擒步覃。

步承宗破口大骂："荒唐！我步家世代忠心，何来通敌叛国？欲加之罪何患无辞，这世道终究是变了吗？人心终究是变了吗？"

御林军副统领脸上现出一些尴尬，却也是皇命在身无可奈何，对步覃比了个请的手势，说道："步将军，我们自知不是你的对手，但皇上说了，你若不去，他便让步夫人一力承担此罪责，你自己决定吧。"

步覃冷言扫了他一眼，副统领立刻别开了目光，让御林军们退后一步，给步覃让出一条通行的道路来。

"好，我倒要看看，皇上是如何治我通敌叛国之罪的。走！"

步覃被一路押到了中元殿。

皇帝萧络高坐龙椅之上，左相李尤和镇国公赫连成站在一旁，跪着的却是左督御史尹子健还有席家老太与一男一女。

步覃一到，左相李尤便狐假虎威地对步覃道："大胆叛贼，还不束手就擒，俯首认罪！"他与步覃素有积怨，如今既然得了皇上的命令，要惩治步覃，那他还有什么客气的呢。

步覃只冷冷看了他一眼。

李尤色厉内荏，强作气势地接道："如今证据确凿，不容你狡辩。"

萧络低头看着自己手上的扳指，神色平静地对一旁的尹子健说道："尹大人，步将军乃我萧国栋梁，你说话可得要有依据，否则就别怪朕不留情面，判你个满门抄斩。"

尹子健又擦了擦额间的汗珠，脸贴在地面上，连头都不敢抬一抬，结结巴巴地道："是……是，臣定是有证据才会越级告发一品上将军的。"

尹子健说完，就对身后的三个席家人挥了挥手。席老太带着席远和董氏跪爬着上前，颤抖着声音禀报道："启……启禀皇上，老妇人乃步夫人席云芝的亲奶奶，从前愚钝不知个中利害关系，如今得尹大人点醒，方明白此乃危及国家之大事，老身纵有天大的胆子也是不敢隐瞒的了。"

萧络看了一眼蹙眉的步覃，对席老太说道："老夫人请说，朕恕你无罪。"

席老太点头如捣蒜："是，那老妇便说了——其实，我那孙女并不是萧国人，她是……是齐国人，她并不是我们席家的女儿。"

萧络也有些意外："哦？席云芝是齐国人？此事当真？"

席老太不住点头："当真，句句当真。她娘便是齐国人，这……这件事老身早就知道。这事老身一直憋着没敢说，怕……怕席家遭受连累，而且还有齐国人曾来寻她……如今知道自己是助纣为虐，还望皇上看在老身一片忠心的分上，原谅老身之前的过错。"

席老太在洛阳城里过不下去了，就来了京城，也曾试图去找席云芝帮忙，但席云芝怎么可能会见她？以至于席家一行人只能依附席云筝，而席云筝在尹家没什么地位，她的丈夫尹子健是个急功近利的，席家人有用，他才可能允许席家依附。尹子健知道皇上对步家动了心思，想要铲除却没有借口，从落魄的席老太处得知席云芝竟然有齐国血统，虽然错漏百出又是空口白话，但皇上想要治人，一个莫须有的名头便已经足够。于是尹子健孤注一掷，直接将这事告到了皇上这里。没想到这一告，还真就戳中了皇上的心思。

席老太也是经历过风浪的人，一番思量早已明白皇帝这是想借她的口来对付步家。若是能因此把席云芝拉下来，席老太也是乐意的。上了殿，她大着胆子添油加醋、声情并茂地对皇帝说着席云芝的身世。

萧络点头，满意地从龙椅上走下，在帝台上边踱步边说："老夫人所言定不会虚假，既然步夫人席云芝为齐国人，那……娶她为妻的步将军，岂非真有通敌叛国之嫌？"

步罩重重叹了一口气，没再争辩什么。他到今日怎么可能还不明白，任何罪名也不过都是借口罢了。

他向前一步，冷声说道："我夫人，现在哪里？"

萧络强作镇定："步卿此时此刻不想为自己辩驳什么吗？还在想着你那齐国人的夫人，是想要朕对你完全失望吗？"

步罩抬头对上了萧络的一双眼睛，突然笑了："辩驳什么？皇上心中早已将我定罪，我再多作辩驳也无法挽回帝心不是吗？我现在只想知道，我的夫人，究竟在什么地方！"

萧络重新坐回了龙椅上，好整以暇道："你的夫人是齐国人，已被朕收押。步将军休弃那女人，朕还能原谅你这回，否则的话……"

随着萧络的一个眼神，镇国公立刻会意，双击掌心，随即，御林军一拥而来。他们将枪头对准步罩，将步罩围困在中央。

"否则如何？"步罩一声长啸，平地而起，以一人之力与众人对打。

萧络面容狰狞，在帝座上指着步罩喊道："步罩通敌叛国在先，行刺圣驾在后，来人哪，杀——无——赦！"

步罩抢过一根长枪，将蜂拥而入的御林军打出殿外。

"步罩自问忠君爱国，为国家效力不留余力，曾迎战大小一百二十场……"步罩的声音与动作一样铿锵有力。

萧络在左相和镇国公的陪同之下，也走出了中元殿，看着步罩在宽大的广场之上，越战越勇，如神附身般生人勿近。此时，一刚劲的身影窜入了战圈，步迟一把拉住步罩的手，对他吼道："罩儿，你还执迷不悟吗？"

步罩发力一推，将步迟推得后退两步。

步罩双目通红，一记长啸："滚——谁阻我救人，我就杀谁！"说着，步罩便将手中的一把长刀猛地掷向步迟，步迟只能徒手接住。步迟大怒，两人缠斗在一起，难分你我。

中元殿外，镇国公赫连成对皇帝请命："皇上，步罩勇猛无敌，步帅根本不是他的对手，咱们要不要多派些人手来助步帅一臂之力？"

萧络淡定地看着场内鹬蚌相争，没有说话。左相李尤拉了镇国公一下悄悄道："你傻呀，步迟能将步罩拿下最好，即便不能拿下，他们若反目成仇则更是……渔翁之利了……"

镇国公幡然醒悟。

萧络扬唇一笑，招来了贴身太监刘朝，在他耳旁说了几句话。

刘朝果断领命而去。

步罩的武功偏于刚劲霸道，步迟功夫自不如他，再加上也有了些年岁，体力稍逊，两人过招百余回之后，便明显感到了力不从心。步迟被步罩的一记刚猛掌力打得倒在地上，喷出一口鲜血。步罩正待冲出重围，只见中元殿外一抹熟悉的身影闯进了他的视线。

脸色惨白的席云芝被带到了中元殿外，看着被御林军包围的步罩，席云芝大声道："夫君，你快走，不要管我。"

与众御林军缠斗的步罩欲攻过去，萧络一个手势，只见刘朝便从旁边的侍卫身上抽出一把刀，架在了席云芝的颈上。

萧络淡定自若地走下中元殿的石阶，对步罩说道："你再敢向前一步，朕便要她血溅当场！"

步罩紧捏着拳头，额头暴出青筋，咬牙切齿道："你到底怎样才肯放了她？"

萧络一伸手，身旁自有人给他手上递上了一把弓箭，只见他当着步罩的面，瞄准了步罩。

萧络阴险地扬唇说道："那就要看你怎么接我的箭了。你躲一次，我便叫人在你夫人身上划上一刀，你看着办吧。"

"不——"席云芝欲跑向步罩，却被侍卫困住。

萧络手中的箭射了出去。

看着被侍卫按住不断哭喊挣扎的席云芝，步罩硬生生忍下躲避的本能。

一支利箭射在他的左腿之上，步罩咬牙没有跪下。

萧络摆明了就是想慢慢折磨步罩，一共对着步罩射出了十八箭。步罩一次都没有闪躲，直挺挺地受着。

步罩倒地抽搐时，侍卫们也放开了对席云芝的钳制。

席云芝连跑带爬地跑向了步罩，她的哭喊声夹杂着风声，回荡在这血腥残酷的中元殿外。

萧络将弓箭抛在一边，走到席云芝与满身是箭的步罩身边，居高临下道："别说朕无情，朕给你机会送他最后一程。"

萧络走后，席云芝双目空洞，抱着步罩的身体仿佛陷入了痴状。宫人欲分开两人，但席云芝的手仿佛要掐入步罩的肉里一般，无论怎么掰都掰不开，于是两人一起被送入了之前关押她的宫殿。

席云芝将步罩的身体抱在怀里，痴痴道："夫君，我不怕，你走了，我也绝不独活。"

席云芝将头靠在步罩身边，从发髻上拔下一支簪，正要引颈赴死，突然一颗小石子打掉了她的簪子。

与萧络在宫殿中寻欢作乐的那名宫妃走到席云芝身前，指着步罩说道："他还没死呢，你着急去死干什么？"

见席云芝愣愣地看着她，那女人左右顾盼一番，确定殿里没有其他人之后，她才从脸上撕下一块面皮，赫然是张嫣那布满疤痕的脸。

原来张嫣自将军府离开之后，想要报仇，她知道凭自己想要对付前太子不容易，就想着易容入宫，借由皇帝之手诛杀前太子。皇帝荒淫无道，来者不拒，她意外听闻皇帝要对步罩和席云芝不利，想着自己这条命是席云芝救的，便在暗处盯着，果然皇帝对他们动手了。

席云芝和步罩两人命悬一线，张嫣避开了宫里的耳目，找准机会出来搭救。

张嫣从怀中掏出一颗金丹，塞入步罩口中，对席云芝说道："这皇宫里什么宝贝都有，我给他吃了续命丹，你赶紧带他出宫，说不定还能救活。"

席云芝见步罩吃下金丹之后，脸色确实有些好转，目含期望地看着张嫣道："如今我和他都被困在宫中，该如何出去？"

正一筹莫展之际，殿外传来一阵脚步声，张嫣见状，赶忙藏到了屋内屏风后。只见皇后甄氏急匆匆地赶了过来，看见席云芝和步罩，也没有耽搁，蹲下身子，对她说道："我在正阳门外安排好了车马，步将军的两位随从副将正在车上等你们，趁着皇上还在安抚步帅，你们赶紧走，迟了就真来不及了。"甄氏的出现，为席云芝与步罩寻得了一丝生机。

席云芝看着甄氏，问道："我们走了，你怎么办？"

甄氏拉起她，说道："你就别管我了，萧络不敢把我怎么样的。别以为我是为了救你，我只不过是为了自己罢了，你留在萧国一天，萧络对你就一天不死心，我不想看见这样的事情发生。你们赶紧走，趁我还没有改变主意之前。"

席云芝动了动嘴角，低声说了句"多谢"，扶起步罩，往甄氏安排好的方向走去。

席云芝和重伤的步罩被皇后的人送出了皇城，皇后甄氏怕皇帝发现之后派兵追赶，特意准备了八辆一模一样的马车，拿着令牌，分别跑向八个方向，混淆视听。

韩峰赶着车向前，原想就此出城，席云芝却觉得不妥。席云芝令韩峰买了一辆新马车和众多伤药，待换过马车，又留了些药放在原来的马车上，才让韩峰继续赶着那辆从皇宫中出来的车往城外去，另一边则由赵逸赶车，去向相反的方向。

席云芝将步罩搂在怀中，看着昏迷过去的男人，出奇冷静。

先前张嫣给了她一只包裹，包裹里有几个瓶罐和一只小木匣子，匣子里没有其他东西，只有一把钥匙。

席云芝不明白张嫣给她钥匙是什么意思，稍微想了想后，便明白过来。

"赵逸，去燕子巷。"

张嫣之所以会给她这把钥匙，肯定是想给她什么东西，而张嫣差点被禹王妃杀了之后，被她救入将军府，张嫣的一些私物定然还在那里。

燕子巷原本就没什么人，如今撤去了太子府的戒备，更是门庭萧条。席云芝让赵逸从后门将马车驶入了宅子，处理好后门边的车辗辙印，然后维持原来的模样，任后门敞开着。

席云芝和赵逸将步罩搬下了马车，安置在一张软榻之上。

"夫人，爷身上这些箭若是不拔出来一定会感染的。"赵逸交给她一只瓷瓶，对她说道，"一会儿我剜肉的时候，您便往出血的地方撒这止血粉末，直到拔出来为止。千万不要觉得心疼，因为这些箭若不拔出来，爷就没有活路了。"

席云芝忍着泪不住点头，一只手紧紧握住步罩的。

步罩的手臂大腿上各六支，五支射在胸腹间，肩胛骨处甚至有一支箭刺穿过去。席云芝强作镇定，从自己衣袍上撕下一大块布料，卷好送入步罩口中，让他咬着。

赵逸深呼吸一口气之后，将先前找到的烛台点亮，然后将两把匕首的刀锋放入火盆，烧了一会儿后，拿出其中一把，用干布擦掉表面的黑雾，当机立断，将匕首剜入步罩左胳膊上的伤口。

"唔！"原本昏迷的步罩突然身体紧绷起来，咬着席云芝塞入口中的布条，眉头紧蹙。席云芝弯下身子，用自己的额头抵住他的脸颊，在他耳旁不住地喊他的名字。

赵逸一鼓作气，一连拔了好几支箭，将带血的箭头投入水中时，不禁说道："幸好这是皇宫的箭，纯金打造，没有铁锈感染，否则还要难办。"

大概过了一炷香时间，所有的箭都被拔出，赵逸也好像虚脱了一般，满头是汗，跌坐在地。席云芝以为就这么结束了，可没想到赵逸爬起来，又从火盆中拿起一把烧红的匕首，一下便烫在步罩的伤口之上。

"啊——"这一烫，令昏迷中的步罩嘶喊出声。席云芝看着步罩痛不欲生的样子，别过头不去看赵逸的动作，只能用尽气力，按着步罩不让他的身子竭力反弹，最后忍不住大哭起来。

韩峰顺着赵逸留下的记号，终于摸到了燕子巷。赵逸和席云芝已经替步罩处理好了伤口，而步罩一直处于昏迷之中。韩峰凑上前看了看，将赵逸拉出了门，问道："爷怎么样？"

赵逸叹了口气答道："十八支箭，情况不太好。"

韩峰满脸忧色："我驱车到城外十里，在路上寻了一名马夫继续向前赶路，折回城里的时候，发现京城已经戒严，咱们爷和夫人的画像被贴得满城都是，城门全加了最起码两倍的守卫，受了刀伤、剑伤的人一律不许出城，押入大牢，等候审问。"

"这个暴君，咱们爷当初瞎了眼才会想要帮他。"赵逸不禁想起之前皇帝如何来求他们爷办事，就满肚子气。

韩峰叹息："咱们爷仁义，总是先天下之忧而忧，先帝残暴，以为辅佐一个深知民间疾苦的皇子会造福百姓，没想到……"

席云芝坐在步罩身边，听着韩峰和赵逸在屋外的话，心头积郁。如果他们继续在城中待着，定撑不了太久，可是如今城内这般戒严，他们又该如何出城呢？抬眼看到张嫣给她的那只包裹，席云芝拿出了包裹中的钥匙。席云芝相信，张嫣要给她的东西，一定是她可以找到的。

寻了一圈，在张嫣以前住的房间席云芝终于用钥匙打开了一个柜子。里面有一只硕大的箱子，放了十多张人皮面具，还有一些细软银票……看来这就是张嫣的所有私产了，她对禹王情根深种，那般被伤之后，想来是为报复禹王，才要化身美人，潜伏到萧络身边……

他们三人可以易容出城，但昏迷的步罩，怎么将他运出呢？

京城戒严，各处城门都增派了好些人手对出城之人进行盘查。

城门前排了好长一支队伍，队伍中有一辆行迹缓慢的牛车，牛车上坐着两个耄耋老人，男的张着嘴打着瞌睡，女的则靠在老伴儿身上，不住地抖手。两位老人的两个儿子看着也是普通的乡下汉子，穿着短打，腿肚子上满是泥点，莆鞋早就坏得不成样子，那乡下汉子还用两只脚趾夹住继续穿着。这样的打扮哪里还有人认识他们。

出城之后，牛车便一路向北赶去。

赵逸和韩峰正说着话，却听牛车后头传来席云芝焦急的声音："赵逸、韩峰，还是快找家客店休息一下吧，爷坐不住了，开始流血了。"

老太席云芝努力抱住老头步罩的腰，原来为了让步罩看起来是坐着的，在两人宽大的袖口下，腰带竟是连在一起的，席云芝将步罩捆绑在自己身上，让他一路坐着出了城，如今已是极限。

席云芝感觉再这么颠簸下去，不用等萧络的人找到他们，步罩就撑不下去了。

赵逸和韩峰对视一眼，韩峰主动请缨："夫人，要不我再进一趟城，从城里弄辆舒服些的马车来？"

席云芝有些犹豫："可是，会不会太让你冒险了？"

韩峰对她抱拳道："夫人您说的什么话，我和赵逸从小就跟着爷，走南闯北，上阵杀敌，从未见爷什么时候抛下过我们，如今爷有难，我们就是上刀山下油锅，也会护爷和您周全的。"

赵逸也学着韩峰的样子，抱拳对席云芝解释道："夫人，您就放心吧。韩峰轻功很好，他只需神不知鬼不觉地混入城内，然后再赶一辆空马车出城，任谁也不会怀疑一辆没有人的马车吧。"

席云芝又看了一眼步罩，这才点头说道："好，那便交给你们了。"

席云芝转身，从衣襟中翻出一些银票，这是从张嫣的私产匣子里拿出来的，只有不过五百两银子，席云芝拿了一张两百两的银票交给韩峰，让他去购置马车。

看着所剩无几的银两，席云芝又对韩峰说道："你横竖是走一趟，你便再去一趟燕子巷……"

她将之前私银的其中一处地方告知了韩峰，让他将那包东西一起带出城来。

晚饭时分，完成任务的韩峰赶着一辆马车到了他们暂住的客店，匆匆吃过一些薄饼之后，一行四人便上路了。

马车内里虽不见豪华，但好在够大，垫子够软，像一个小房间般舒适。席云芝坐在一侧，让步覃平躺在马车上。他们已经换过了妆容，恢复原来的面貌，她叫韩峰他们沿着官道一路向北赶去，路过沿途每一家旅店，他们都会歇脚，席云芝会下车去询问，有没有看见三个女人带了一个孩子。如意、如月和刘妈带着孩子一路向北，这个时候也不知到了哪里。接下来又沿路找了许久，终于在平城外的一间客店里，席云芝听到了那熟悉的哭声。

席云芝冲上二楼，循着哭声找到了房间。敲了门，只听房间内的哭声骤然止住，过了一会儿，如意才探着脑袋过来开门，一见是席云芝，高兴得差点跳起来。房间里的刘妈和如月也看见席云芝，当即松了一口气，如月原本捂在小安嘴巴上的手也赶忙放开，将席云芝迎了进来。

小安正吵着要爹要娘，看见席云芝顿时不哭了，从刘妈身上跳下来，小短腿啪嗒啪嗒跑过来，抱住席云芝的小腿便叫道："娘……"

奶声奶气的喊声让席云芝再也止不住泪水，蹲下身子，将小安小小的身子抱进怀里："小安，让娘好好抱抱你。"怀里抱着小安，熟悉的奶味钻入席云芝的鼻端，这是接连三四日以来，她觉得最幸福的时刻，在小安脸上不住亲吻，亲了还想亲，根本停不下来。

席云芝和小安会合之后，觉得有必要和如意如月，还有刘妈交代清楚事情，便拿出了银票让她们自己选择，要是不愿随她走，就拿银票自己过生活去。如意如月都说当初是席云芝救了她们，免于她们被家里卖到窑子里去，说什么也不肯离开席云芝，刀山火海也要报恩。刘妈更是如此，说自己早已没了家人，席云芝给了她家，就是她的家人，老婆子怎么着也得守着家人过活。危难关头，得此三个忠仆，席云芝心中也颇感安慰。

小安一动不动地跪在昏迷不醒的步覃身旁，感觉到娘亲的目光，小安抬起头，对席云芝问道："娘，爹睡觉觉？"

席云芝将小安抱到膝盖上坐好，温和地对他说道："是啊，爹在睡觉觉，咱们不吵他好不好？"

小安虽然年幼，但也好像有些明白，家里发生了大事，但他只要有娘亲的怀抱，就什么都不怕，往席云芝怀里钻了钻，乖乖地点头道："好。小安不吵。"

席云芝坚强地对小安笑了又笑，心中无比庆幸，她事先将小安送了出来。

接到小安之后，席云芝的一颗心总算定了下来，开始好好考虑接下来的去路。

萧国位处南部，如今席云芝和步覃的名字肯定已经被皇榜和通缉令传遍了各州县，所以他们只能一路往北走。

买好路上会用到的各种物品如衣物、干粮、器具等。席云芝将所有人喊在一起，正色吩咐道："从今往后，大家没有主仆之分，全是兄弟姐妹，你们要记住，我们是去北方投靠亲戚的，亲戚名叫张三，家里是做药材生意的，专卖人参鹿茸，我们是洛阳欢喜巷卖羊肉的老刘家。我们姓刘，记住了吗？"逃亡路上，统一口径才是走得更远的制胜法宝。

众人将席云芝的话牢牢记住，正要散开，却听马车里传来一声瓷瓶落地的声音。

席云芝心叫不妙，赶忙转身走入马车。只见小安一副吓坏了的样子，看着被他用糖葫芦扫在地上摔碎了的瓷瓶不知如何是好。

这可是张嬷给的药，席云芝赶紧弯下身子去捡药丸，意外见到被摔碎的瓶中有好些字，捡起来一看，心中便一阵狂喜，将韩峰和赵逸都叫进了车里，问道："宫里是不是有把炼丹的药名写入装丹药的瓶罐中的规矩？"

韩峰和赵逸对视一眼，这才说道："我从前在宫里当过差，好像是有这么个规矩，因为药监局的药品实在太多，他们怕用错药，或是被有心人陷害，所以才会在每一种药的瓶子里都写上配方，以供后人追查。"

席云芝大喜过望，捧着小安直亲，口中直呼："你爹有救了，你爹有救了！"

小安被亲得莫名其妙，虽然不明白发生了什么，但是他也知道，自己打破他爹的药瓶的事情，娘没有生气，那他就可以放心地继续吃糖葫芦了。

席云芝将所有碎片都搜集起来，坐在窗边，仔仔细细地将瓶子拼了起来，终于拼好了内瓶，她赶忙用笔记下药瓶中所写的药名，然后将写好的单子，一并交给了韩峰，让他出去购买马车的时候，顺道再买些药材回来，并且叮嘱他，不要在一家药铺里买，要分散开。

刘妈听说要去买药，赶忙又在后头追加了一句："记得买煎药的罐子啊。"

席云芝看着刘妈，突然觉得自己是多幸运，在她最落魄的时候，身边竟然还能有这么多为她着想的人，想起夫君的续命药不会断绝，她此刻只感觉安心幸福。

续命单中所说的药材分别是：三步草、当归、枣仁、红参、雪莲、桃肉、冬虫、鹿茸。

赵逸和韩峰找遍了平城所有的药铺，除了三步草和红参之外，其他都凑齐了。

马车里舒适温暖，小安玩了一会儿，就有些困了，自动蜷到步罩的里床，胖胖的小手搭在步罩身上，安心睡了过去。

席云芝正在给他缝制小衣服，见他睡了，便放下针线，从车壁上取下另一条薄毯盖在他小小的身子上。看着这对睡去的父子，席云芝弯了弯嘴角，倒了些水，用帕子沾湿了给步罩擦擦脸，不过几天，她家夫君就瘦了许多，昨天她第一次给他喂她熬制的药，步罩终于像是有了些反应，药喂下去之后突然睁眼，吓了席云芝一跳，但也只是睁了一下眼，就又陷入了昏迷。之前喂了那么多续命丹他都没有醒过一回，这回喂了药汁，有了反应就说明还是有效的。席云芝终于能定下心来。

这日，午时将近，大家停下马车，找了一块湖边的空地生火做饭。赵逸和韩峰却表情凝重，走过来对席云芝直接道："夫人，昨天我们去集市买东西的时候，听说了一件事。皇上在发出通缉皇榜的第二天就遇刺了。"

席云芝大奇："什么？遇刺？"

韩峰点头，详细道："皇上发出皇榜之后，便派人把将军府抄了个底朝天，给咱们爷安上了二十几条莫须有的罪状，然后还要将老太爷和席老爷抓入天牢，幸好被步帅阻止救了出去，然后第二天，就传出了皇上遇刺的消息。"

席云芝蹙眉："是谁做的，知道吗？"

赵逸点头："夫人，这个人谁都不会想到。顾然，御林军统领顾然。

"这个顾然算是皇帝亲近的心腹，谁能想到他会突然冲进宫里给皇上一刀呢？他手底下那些被编入御林军的叛军竟然也跟着他一同杀入宫中，像是找什么人，结果人没找到，他们就干脆把皇上给刺了，你说奇怪不奇怪？"

席云芝听完，只觉得世事变化太快，可就算萧络死了，他们此生也怕是再难回到京城了吧。

有说有笑吃好了饭，如意洗碗刷盘子，如月收拾草地上的残局，刘妈则开始收拾各种用具，全都结束了之后，便各自上车，继续赶路了。

小安这一觉睡到了下午，醒来揉揉眼睛，就跟席云芝说肚子饿了。席云芝先前吃饭的时候给他留了几样小菜放在碗里，用炉子小火温着，听他说饿，便去将碗端了出来，让他就着馒头吃。

吃饱喝足的小安拿着一只小绒马爬到铺上玩去了，床铺最里头，就是他的小窝，窝里都是他自己收集的玩意，玩腻了小马就玩风车。

席云芝坐在窗口给他缝制衣服，也没去理他，让他自己玩。忽然，马车里响起小安的声音："娘。爹，奇怪，黑的在动。"

席云芝不知道他想说什么，便继续着手里的活儿，看了他一眼："什么在动啊？爹在睡觉，你别动他哦。"

小安深深吸了一口气，指着步覃裸露在外的肩头说："真的，动。"

席云芝以为是步覃有了知觉在动，心中一喜，放下针线往软铺走去，可步覃依旧维持那个姿势，半点也没有动的意思。顺着小安的小手看去，只见步覃光裸在外的肩头上确实有什么黑乎乎的线条在动，席云芝大惊，连忙叫停了马车，让韩峰进来看。

韩峰和赵逸进来之后，也觉得奇怪。席云芝想了想，干脆将步覃上半身的被子掀开，只见他裸露的上半身上，爬上了好几条黑线，黑线像虫子一般在他的表皮下一扭一扭的。

"奇怪，早上给他擦身子的时候还没有的。"

席云芝试着用手摸了摸那黑线，觉得并没有什么突出的感觉。韩峰沉吟了好一会儿，才惊声说道："是引脉蛊。夫人可还记得，爷之前的腿是断了的，后来闫大师给他身上下了一种引脉蛊，将军的腿好了之后，脚踝上不就有这样一圈黑线吗？"

席云芝听韩峰说着，便将步覃的脚踝露了出来，果然所有的黑线都是从脚踝上蔓延出去的。

席云芝迟疑道："之前闫大师为夫君治疗的十几日中，每日都叫我熬制好好多多汤药，难不成这蛊还活在爷的身体里，这两天我给爷灌了些药，所以它们就又活过来，到上头来找'食'了？"

韩峰看着她没有说话，席云芝继续猜测："夫君上回的脚伤，我一共熬了十四天的药他才有所好转，那是不是只要我继续给他熬药，他再过段时间就能醒过来了？"

"闫大师的蛊天下无双，引脉蛊估计就是能够自动修复受到损伤的经脉血络，爷这回身体受到重创，却因为身体中有引脉蛊这种东西，所以才没有当场毙命，而是在不知不觉间，慢慢修复起来。我就说我们爷命不该绝，吉人自有天相。"

赵逸说着说着自己便高兴地击了击掌，露出欣喜的神情，在场的人也因为他的这句话而神情明亮起来，其中又以席云芝最为惊喜。

席云芝道："好，我们加紧赶路，争取傍晚前抵达下一座城，无论如何都要再去买些药回来才好。"

"好，那我们赶紧走吧。"

大家达成了共识，便有了目标，终于在戌时将近时赶到了汉州城外，随便找了一家客栈，要了三间上房之后，赵逸和韩峰连饭都没有吃一口，就去了城里的药铺。

汉州是一座小城，离京城有一千多里路，所以，席云芝心底已经不是那样担心会被人发现或是被追到了。让店家打了一桶水，她先帮小安洗了个热水澡，换了干净的衣服，又用剩下的水，帮步罩擦拭了身体。

把他们爷儿俩忙活好，韩峰和赵逸就回来了，他们这回不仅带了好些药材回来，还带回了平城所没有的红参。

"这药店今日刚刚进的货，据那掌柜说，前儿有几个北方人前来贩卖药材，各种人参、山参、红参他们都有，包括雪莲、冬虫什么的，好像也很多，只不过那药店本小利薄，不敢进太多货，今日就给我们全买下了。"

席云芝看着满桌的药材，欣慰地笑了，让刘妈把车上的炉子搬到他们房间，毫不拖延地熬起药来。

席云芝看着这孤零零的炉子，脑中想了想，又对赵逸和韩峰说道："一会儿你们再去买四五个炉子回来，从明天开始，在路上的时候也要抓紧时间熬药，再去买百十个水囊，每一锅药熬好之后，就灌进水囊，如今这些药就是爷的粮食，多备些总是好的。"

韩峰和赵逸点头说知道了，吃完晚饭就去买了放到马车上，席云芝这才放下心来。

吃完了晚饭，和刘妈她们轮流去了澡堂，舒舒服服地洗了一个热水澡之后，席云芝回到房间，拥着夫君和儿子，沉沉睡了过去。

第二天一早，她给步罩喂了药、洗了脸，再把小安从被窝里拎出来，忙完之后，一行人就又上路了。

两辆马车里，一共支了六个炉子，每一个上面都咕嘟咕嘟熬着药，赵逸和韩峰尽量让马车不颠簸，以免洒了炉子里的药，就这样，四个女人一连守了好几天，终于灌满了五十多个水囊。席云芝看看堆积如山的药，觉得心里终于踏实了些。

就这样，席云芝一天五六回地给步罩喂药，步罩身上的黑线也越来越清晰，十天之后，步罩的手脚仿佛都有了些知觉，会无意识地动了。这个变化，让席云芝高兴得差点跳起来，每天也就顾不得睡觉，一直守在步罩的床铺边，看着他。

二十多日的时候，步罩的眼睛已经能够稍微睁一会儿，但还是有些无神，只一会儿便坚持不住了。

小安在步罩睁眼的那一瞬间，恨不得把自己的脸全塞到步罩的眼睛里去，紧紧贴着父亲的脸，抱着步罩直叫爹。

席云芝感觉到累了，就在床沿稍微趴一会儿，让小安替她坐到药炉子前去看火，说看见火快熄的时候就叫她。小安对娘亲分派给他的这项工作，做得相当到位，给席云芝也减少了不少麻烦。

而在另一边，顾然穿着一袭劲装，带着百来号人，一路风尘仆仆跑到了平城县，跟在他身旁的一个男子对他说道："爷，咱们还是快离开萧国吧，那狗皇帝被刺，已经下令追击我们，若是再不走怕是真的要折在这里了。"

顾然嘴里哈出一口浅浅的白气："找不到她，回去也没法交差，你忘了我们混进萧国的目的吗？"

顾然的手下无奈地看着自家首领："可是爷，我们这么找下去也不是办法啊，狗皇帝手下那么多人，都没找到她们，何况咱们这几个人手，到时候，被狗皇帝的兵包围了，还不是死路一条？"

顾然看着天际压下的黑云，像是要下雨了，他之前听说席云芝被皇帝软禁在宫里，就气血上头，冲进宫里去救她，没想到她已经被人救走。他被萧络发现，抓个正着，所以，才会不顾一切将萧络刺伤，然后带着自己的兵从皇城中杀了出来。

他本是齐国的御前侍卫，会到萧国，是受了皇上的密令，为的就是令席云芝脱离步罩后将之安全带回齐国，再顺便给萧国制造内乱，可是他的计划还未完成，萧络便自取灭亡。而步罩和席云芝也好像凭空消失了一般，再也找不到了。一连找了十多天，京城内外他都转遍了，也没能找到席云芝和步罩的下落。再找下去，怕是也不会有什么结果，反而会把自己的小命都搭在萧国，还不如先回去复命。

这么想着，顾然便勒紧了马头，带着一队人马，浩浩汤汤地往北方跑去。

天际飘来黑压压的乌云，空气也变得沉闷起来，韩峰和赵逸多年行军，知道接下来会迎来一场暴雨，见周围是片稀疏的树林，时值冬日，树上的叶子早已掉得光光的。他们将车马停下，从刘妈她们那辆马车后头取下了雨布，之前他们还嫌刘妈买得多，如今看来是只少不多的。

将雨布四边的洞孔中穿过绳索，然后将绳索分别绑在了几棵粗大的树干上。雨布完全展开之后，下方完全可以容纳两辆马车、四匹马，然后还有好大一块空地可以供他们歇脚，搭帐篷。如意如月则趁着他们在弄挡雨布，在树上飞来飞去的时候，赶紧趁着雨还没下下来，去捡了好些干柴回来，准备一会儿给刘妈煮饭用。

前一天在汉州城的客栈留宿，他们晚上溜出去买了好些东西回来，刘妈一早又拖着赵逸一同去了集市，买了些鱼肉回来。

等树上的雨布搭好，他们将卷起的地方全放了下来，雨布正好垂在地上，又用木头将雨布楔在地上，如此，一间临时的避雨棚就算做成。这样一来，就是大雨接连下个几天都不成问题了。

小安从马车上跑下，围着赵逸团团转，一个劲地说赵叔叔好棒、韩叔叔好棒，把两个大男人逗得开心极了，争相要把他顶在肩膀上玩儿。

大雨倾盆而下，众人也开始准备晚饭。

因准备了许多菜和肉，此时天气又略寒，席云芝便提议直接将肉炖成肉锅。刘妈也乐得轻松，将肉片下锅，又加入作料烹煮，不一会儿就飘出了香味。

等到肉锅都开了之后，大家都迫不及待围着暖和的炉火锅子吃起来，刘妈又在锅里加入了好些菜，随便烫一烫便可以吃了。

韩峰和赵逸边吃边对刘妈竖起大拇指，说道："刘妈，要是从前行军的时候带着你，我们就不用吃伙头军煮的烂肉烂菜了。"

刘妈横了他一眼："哟，现在知道我好了？"

赵逸最是活泼，一把搂过刘妈的肩膀，做小鸟依人状，撒娇道："我当然知道，刘妈，你以后就是我妈了，你可要多煮些好吃的给儿子我吃呀。"

赵逸的话把大伙儿都逗笑了，而小安也站在小凳子上，一边吃着娘亲吹好的菜和肉，一边开心地烤火，他可觉得现在的生活，比从前在将军府的时候快活多了。

在林子的另外一边，几个穿着斗篷的人坐在马腹底下避雨，淋得像只落汤鸡，狼狈得不得了。顾然心事重重地盯着眼前的小水潭儿，眼前久久挥散不去的是那个总是不给他好脸看的女人，这么多天过去了，也不知她在哪里，是不是还活着。

空气中飘来一阵使人流涎的香味，让顾然的马队中掀起一阵不小的波澜，不是他们嘴馋，实在是因为他们全都肚子饿了，赶了一天的路，原本想直接赶到福宁镇去歇脚，没想到半途遇上倾盆暴雨，让他们想走都走不了。

"头儿，太香了，我去看看是谁在那儿煮东西吃。"顾然身边的手下终于忍不住要去探查一番，从他说话的表情来看，他在看到人家煮的东西之后，肯定还会顺便要一点来吃。

那人走出马队之后，又有四五个人跟在后面一同去了，顾然见状，大声喝止了他们。

"回来。人家煮什么东西，关你们什么事？让你们做了几天土匪，就以为自己真是土匪了吗？"

几人被喝止之后，便一个个摸着鼻头，悻悻地回到了队伍中。

在暴雨里享受雨水的浇灌，还得忍受馋虫香味的勾引，真是苦不堪言。但顾然的命令，是谁都不敢违抗的，一个个只好期盼着大雨赶紧过去，他们好赶路去镇上吃香喝辣。

席云芝他们这边可不知道自己差一点就被人发现了，依旧和乐融融地吃完了饭。

饭后收拾好，刘妈号召大家一起玩叶子牌，小安也吵着要看就同他们一起钻到赵逸和韩峰的帐篷里去了。

席云芝回到马车上，用火折子把油灯点亮，给步罩喂了一回药，清理了他的身体之后，便拿出针线篮子，开始做衣裳。天气越来越冷，席云芝准备用之前买的棉布和棉花，先给小安做一套抗寒的棉衣出来。如今衣样子全都打好，只剩下缝制和塞棉花了，正将大块的棉花扯开摊平，静谧的空间内却突然响起了一道虚弱的男声："水……"

席云芝愣了愣，似是幻觉般慢慢转头一看。只见原本昏迷的步罩，眼睛依旧闭着，嘴唇却在掀动："水……"

席云芝几乎是扑了过去，急忙倒了一杯水，然后将步罩扶了起来："水，水在这里。"

席云芝小心翼翼地将水杯送到步罩的唇边，步罩便小口小口地喝了起来。

一杯水下肚，步罩虚弱地摇头，席云芝便又将他平放下来，然后自己跪在边上，眼巴巴地看着他。

步罩没有多少力气，只是勉强对席云芝扯了扯嘴角。席云芝想哭却笑了，握住步罩的手贴在自己的脸颊上，说道："夫君。"

感觉到步罩的小指在她脸上碰了碰，席云芝咬着下唇拼命让自己忍住不要哭出来，可天知道，她现在心里有多高兴。

"我……没事，别……担心……我说过，永远不会抛下……你们娘儿俩的……"步罩用尽气力说出了这几个字之后，便又虚弱地陷入了昏迷。

席云芝终于忍不住眼泪倾泻而下，她怎么能不担心呢？他中箭的那一刻，她感同身受，恨不能冲上去用自己的身体替他挡箭。她暗自发誓，如果他死了，自己绝不独活。

如今，他终于还是回到了她身边。

越往北走，天气就越冷，说话的时候明显嘴里都开始吐出白气了，他们也终于到了辽阳。

辽阳算是北方最大的一座城，来往客商较多，街道上也比较热闹。席云芝他们的两辆马车经过一个多月的风雨洗礼，外表的装饰都已剥落得差不多，看起来就像是用了十多年的马车一般。

这样的马车拖瓶带罐走在人头攒动的大街上，不得不说，还是比较扎眼的。任谁都会猜到，这是一户从远方迁移而来的人家。

马车停在了一间大酒楼门前，从车上连续走下六七个人，穿着普通的棉布袄子，头上戴着瓜皮帽子。

看样子是一对夫妻带着孩子和几个仆人远行而来，那男主人似乎生着病，走路都要人扶着。

进了客栈之后，席云芝便让大伙儿随便点自己爱吃的，众人大呼万岁，一个个开始争抢菜单，可把酒楼里的小二给吓坏了，心道这是从哪儿来的一帮土包子。

菜上了之后，步罩便开始大快朵颐，拿出一个饿了一个多月的人该有的吃饭态度，将他面前三尺处的菜肴尽数干掉，又喝下了两杯茶水，然后开始了另一轮厮杀。

与他相比，除了席云芝和小安的战斗力不行，其他人也都风卷残云，毫不逊色。

毕竟一路上过得太清苦了，虽然有的时候能吃一些炒菜，但毕竟都是小锅出来的，食材也有限，其实早就吃腻了，只是谁也没有抱怨。如今难得有机会吃个饱，大家就都没打算跟席云芝客气。

七大一小，足足吃掉了八十几道菜，因为他们这两桌点的菜太多，所以掌柜的亲自过来收钱。席云芝给了钱，又问了这里最大的药铺在什么地方。步罩的身子这才稍微好转，药可不能就这么断了，还得补给补给。

掌柜的指明了方向之后，席云芝就让赵逸和韩峰去采购了。

出了酒楼，席云芝对捧着肚皮的步罩说道："一直以为辽阳府就是萧国最北，没想到还有更北。"

步罩满足地打了个饱嗝，对席云芝道："肃慎之地乃萧国最北，那里多山多林多雪，人迹罕至却盛产药材，也是萧国边界，过了越江和嫩江，就是齐国了。"

席云芝点头："哦，原来是这样，夫君去过肃慎之地吗？"

步罩点头："十八岁那年随着叔父来过一回，齐国散兵屡犯边境，我是前锋，用不足一百人，吓退了齐国三千散兵。"

席云芝将步罩扶上了马车，又将小安抱上车后，自己才爬了上去，看步罩撑得难受，不禁笑出了声："你这么个吃法还是头一遭呢。"

说着，她便给步罩又递去一杯热茶，让他往下顺顺。

步罩接过之后，喝了一口，这才对席云芝不甘示弱地回嘴："我感觉好多了，好像又活了过来，我估计我昏迷有一半原因是饿的。你别看我睡着，但总觉得肉里面都是小虫子在咬我的肉。"

小安一听吓坏了，当真地抱住步罩："爹，小虫子咬肉肉，疼。"

步罩将他小小的身子拉入怀中，戳着他圆圆的小肚皮说道："嗯，小虫子最爱咬小胖子的肉肉了。"

小安吓得脸都白了，一个劲地摇头："宝宝不是小胖子。"

席云芝对自家夫君一醒来就调戏小孩子的行为很是鄙视，怕小安压到他身上的伤口，便把小安抱了下来，让他坐在自己腿上，对步罩道："闫大师的蛊真是奇妙，这回也多亏了他呢。"

提起过世了的闫大师，步罩的眼神有些暗淡："是啊。他的引脉蛊是蛊门中的骄傲，这种蛊生来便是以珍贵的药材培育而成，所以对药有特殊的反应，你喂我喝下第一口药汁后，就像是惊醒了它们，真是神奇。"

席云芝觉得车厢里的气氛有点沉重，不禁岔开话题道："咦，那是不是夫君以后都不用再怕刀伤、剑伤了，只要当时不死，事后就总能再救回来。"

步罩对她这个问题表示无语，小安待不住，就出去找如意和如月玩了，步罩脱了鞋，由席云芝扶着坐回软铺之上。

"这些日子，辛苦你了。"步罩看着席云芝，这些日子他虽然昏迷着，但也依稀知道席云芝为他做的事，心中的感动自不必说的。

席云芝莞尔一笑："老夫老妻了，说这些干什么。"

步罩不以为意："我就要说，这些话我要说一辈子。"

席云芝盯着他看了会儿，才将手里的水果放了下来，说道："既然你要说，那我也要说，今后不许你再这样冒险。萧络明显就是想要利用我除掉你，可是你还傻乎乎地硬是往上凑，那么多箭射在身上，没了你，你叫我们可怎么办啊？"

"偏的。"步罩听了席云芝的话，知道席云芝不解，解释道，"皇上射箭的时候，我虽然看起来没有动，但实际上我动了，所以，他的那些箭才都没有射中我的要害。"

席云芝这才明白过来，怪不得赵逸给他拔箭的时候，一个劲地说他们爷运气好，这么多箭，居然没有射中要害，皇帝箭术太差云云，原来竟有这个原因吗？

席云芝蹙了蹙眉头，正色道："我不管这些，总之，你以后不能再这样伤害自己，也不能让别人伤害你，听到了吗？"

步覃安慰一笑，点点头："不会了，不会再有下次了。"

经此一役，他对萧家王朝已经彻底死心了。当皇帝萧络用弓箭对准他的时候，他还心存侥幸，如今看来，这种侥幸心理实在是要命的。虽然觉得唏嘘，但步覃也觉得这是一场浩劫后的解脱。

席云芝见他神色有些沉下去，不知道在想些什么，又开口说道："对了，爷爷和我爹如今都在步帅营中，皇上奈何不了他们。"

步覃听后点点头："那就好。虽然叔父对我出手，但他只是想要我妥协，绝不是想杀了我。经此一战，他应该也能看清皇上对他的利用，今后会小心行事的。爷爷和岳父在他那里，我也放心了。"

赵逸和韩峰买了药材和干粮回来，又将两辆马车修修补补，清洗一番车辂辘上的泥浆，然后给几匹马都喂了上等草料，让它们在马棚里好好歇了几天。

补齐装备之后，一行人才从辽阳继续往北，前往肃慎之地。

极北严寒之地，风凛冽得不行，不过走了半日的路程，就迎来了一场风雪，风雪很大，又走了小半日，马儿开始嘶鸣，不愿再前行。赵逸他们便将之前在街上买的棉毯绑在马儿身上，然后头上也戴好皮帽，马儿这才又肯继续往前走。

外面飘着鹅毛般的大雪，枯树梢上挂着漂亮的冰凌，车内席云芝坐在窗边看着步覃。这些时日步覃精神好些的时候，就靠在那里看看书，精神不好的时候就躺下睡觉。正在看书的步覃接收到席云芝的目光，先看了席云芝一眼，又看向小安，忽然开口道："小安，爹和娘再给你生个弟弟或妹妹好不好？"

席云芝觉得有些尴尬，就埋怨般看了步覃一眼，却正好对上他递来的目光。

小安却从铺尾站起，跑过来，趴到了步覃身上，说道："爹，要妹妹，要一个听我的，长得漂亮的，妹妹。"

步覃在他期盼的小脸儿上刮了一下，然后才将目光投向席云芝，道："夫人，可听见了？"

看父子俩笑作一团，席云芝不禁有些脸红。

"夫人、爷你们坐好了，前头像是山路，马车可能会很颠簸。"此时，韩峰被风雪吹得有些僵的声音自外头传来。

席云芝赶忙回了一句："哦，好，你也要小心点。"

可是席云芝的话音刚落，就感觉马车一震，她整个人都不由自主地往后倒去。

小安吓得大叫，步罩费力抱住他小小的身子，目光盯着跌倒的席云芝，担忧喊道："你别动，马车翻了，正在滑，你靠在那儿别动。"

席云芝慌了神，只觉得马车正以极快的速度往下滑行，耳中一片轰鸣。

过了一会儿，席云芝只觉得不断下滑的马车撞在一个什么闷闷的东西上，停止了滑行。

惊魂未定的她首先看了看夫君和儿子，小安被步罩牢牢抱在怀里，一脸惊吓，步罩则脸色惨白，神情有些痛苦。席云芝顾不得出去看怎么回事，先是沿着车顶爬到步罩身边，将小安抱了过来，便看见步罩的双臂已经有些血溢出。

"不用管我，出去看看。"步罩忍着痛，让自己的身子顺过来，然后靠在车壁上直喘气。

席云芝带着小安爬出了车厢，只见入眼全是白茫茫一片，他们什么时候竟然已经走入了雪山，不知道轮子碾到了什么，两辆马车都侧翻，滑下了山坡，入眼白茫茫一片。

赵逸和韩峰从树干底下爬起来，吃力地走向席云芝他们。

"这到什么地方了？"席云芝见周围都是大山，心情也有些乱。

韩峰哈出一口浓浓的雾气，将头上歪掉的毛皮帽子拿下来拍了拍，愁眉苦脸地看着周围不说话，想来就连他也不知道他们现在到什么地方了。

赵逸拧了一把鼻涕，表示也很无奈。

席云芝记挂步罩的伤处，转身入了车厢。

席云芝将卷起来的铺盖重新摊平，让步罩躺在上面，然后开始给他处理伤口。才刚刚包扎好，就听见外头传来一阵打斗声，席云芝与步罩对视一眼，席云芝掀开帘子，可还未看清外头的情形，她的脖子上就架了一柄钢刀，被胁迫着走出了翻倒的马车。

"你们是什么人？胆敢闯入齐国边境！"众人只觉得有些蒙……

齐……齐国？众人环顾四周，他们真是不幸，竟然翻个车就遇到了齐国的散兵，这里少说也有两百人，若是步罩没有受伤，或许还能有逃离的机会，可如今他们着实没有这个胆色。

第二十一章·被俘

席云芝一行人被齐国散兵押着与大部队会合，赵逸和韩峰他们与一批俘虏一同被押着走，席云芝抱着小安，扶着步罩跟着其他俘虏一同走在厚厚的冰面上。

走了大概四五里路，一天一夜没吃过任何东西的席云芝终于有些扛不住了。但幸好，终于能看见齐国的营地了。还未入营，他们就被一队骑着高头大马的人给挡住了去路，押解他们的为首官兵立刻趋身向前，对那马上之人屈膝道："参见国师。"

这人头上戴着高高的官帽，逆着光，让他原本就不明朗的五官更添了一种阴暗的气质。只见他挥了挥大袖，让那官兵起来，然后趋着高头大马，审视着这些新来的俘虏。

"这些都是新抓来的？"国师陆芒指了指鄂温克的族人问道。

押解官兵立刻殷勤道："是啊，国师，他们都是萧国人，您若有需要尽管拉去几个便是。"

陆芒的脸上露出狡诈的狞气，声音不大不小正好让所有人听到："我的药庐还少几个试药人，挑几个人让我带走，要年轻结实点的。"

陆芒的话让众人心中一凛，几个年轻的吓得直往后躲，却也逃不过被拉出列的命运。

陆芒走到了旁边，自己也挑选起来，待走到席云芝身旁时，对她满是煤灰的黑脸倒是没什么兴趣，但对她手中抱着的孩童很有兴趣，扬唇说道："这个孩子倒是可爱……"说着，他就将手伸向了小安。

席云芝如惊弓之鸟，抱着小安赶忙往后退了一步，陆芒抓了个空，面色立刻冷了下来，手指一挥，就要让人去抢。两个士兵举着长枪走向席云芝，眼看就要抓到她了。

两只伸出的手被硬生生地给折断，身子也被踢飞了出去，步罩挡在席云芝母子跟前，冷面如煞。

陆芒眼神一亮："哟，还有个会武功的。好，就他了，把他也给我抓过来。"

一群官兵围住了步罩，席云芝吓得大叫："不要，不要打了。"

步罩打了几个回合就明显感觉自己力不从心，被一个官兵从背后打了一棍之后，脚步踉跄，一头栽在了地上。

席云芝抱着小安哭喊，但押解官兵的长枪拦住了她的去路，小安也吓得在她怀里大哭，她只能眼睁睁地看着昏迷的步罩被他们拖上囚车。

哭喊并没能把步罩叫回，反而让席云芝挨了好几下鞭子，她心情忐忑地被押入了俘虏营牢。

席云芝靠着牢房的木桩，一夜未眠，小安也是啼哭不止，到最后累得不行了，才靠在席云芝腿上沉沉睡了过去。

第二天一早，牢里的所有人都被叫了起来，拉到了校场之上，大人们一人分发了一个馒头，孩子却是不准拿的，席云芝只咬了一小口，然后就将整个馒头都递给了小安，让他吃。

大家吃好了馒头，就被押到了军营的一个角落中，席云芝是女人，被安排了洗衣服的工作。如今天寒地冻，随便哈一口气都是白雾茫茫的，席云芝的手浸在冰冷的水盆中，只觉得手冰得都没了知觉。

小安蹲在她身边，可怜巴巴地看着她。

席云芝勉强对他扯出一个虚弱的微笑，只听小安奶声奶气地问："娘，爹去哪儿了？"

席云芝听他提起步罩，鼻头就抑制不住酸楚起来，强忍着泪水对小安说道："爹去别人家里做客，过段时间就回来了。"

小安天真地说："爹去哪里做客，叫他带肉肉回来吃。"

席云芝哭笑不得，只好点点头，背后又被打了一记鞭子，席云芝惊叫出声："啊——"

"不许说话，快干活儿！"凶恶的士兵对席云芝怒道。

小安看见自家娘挨打，从席云芝旁边站了起来，冲过去就要打那个士兵。席云芝吓得赶紧抱住他，只见他小小的拳头打在那士兵身上："不许你打我娘，你是坏人，坏人！"

"小兔崽子，不想活了是不是。"那士兵说着就凶神恶煞要从席云芝手中把小安抢过去。席云芝拼死护住，不住地给那士兵道歉："您大人大量，小孩子不懂事，是我这个做娘的没教好，我替他向您赔罪。"

那士兵根本不理会席云芝的求饶。

眼看小安的一条胳膊已经被那人抓在了手中，席云芝心如刀割，心一横，从头上抽出一支发钗就刺向了那人。

趁那士兵吃痛之际，席云芝抱着小安，拔腿就跑，可是这里的混乱已引起了其他人的注意，她一个女人还抱着孩子，根本不可能跑出去。

但席云芝不想认命，染满鲜血的右手抓着金钗直发抖，看着周围向她拥过来的士兵，跪在地上绝望地闭上了眼睛。

士兵都对席云芝亮出兵器，一把把长枪就要向她齐齐刺来。席云芝弯下腰身，把小安完全覆盖在自己身体之下，惊恐地等待即将到来的死刑。

"住手！"预想中的死刑没有到来，一个熟悉的呼唤声打断了这场惊心动魄的纷争，"三皇子殿下驾到——"

营地里的众人慌忙跪下，他们怎么也没想到，堂堂三皇子殿下居然会突然驾临。

席云芝转过身去，便看见顾然正穿着一身齐国军装高坐马背之上，惊讶地看着她。

营地的守卫长赶忙冲了出来，对缓缓驶入的马车跪倒在地，山呼："参见三皇子殿下。"

一个姿容清俊的年轻人自马车里走出，直接走到了席云芝面前，对她露出一抹微笑"还认识我吗？"

席云芝僵直着身子，坐在顾然的马背上，眼睛盯着三皇子的马车，自己却是怎么都不肯靠在顾然身上。

"你要再这样，咱们连马都不能骑了，往后靠一点。"顾然的声音在她耳畔响起。席云芝不禁更僵了，反射性地便要脱离，谁知马背不稳，她差点就掉下马去，幸好被顾然大手捞了回来，强硬地让她靠在自己怀里，敞开他的披风，想要包住席云芝冰冷的身子，却被她闪躲拒绝。

顾然从未见过这么倔的女人。

席云芝看着三皇子的马车，小安被他带在车上，这样的变故让她觉得鼻头有些酸楚，心乱如麻。她失魂落魄地低头看着不住前行的马匹，却被拉了一个温暖的怀抱。

三皇子那张脸，无论如何，席云芝都是认识的。云然的容貌承袭了母亲，丹凤眼，眼角上扬，左眼下有一颗小痣，不管岁月再怎么变迁，变不了他的容貌，变不了姐弟血脉亲情。

云然先前递给她一抹"少安毋躁"的眼神，然后带着小安上了马车。她虽然不知道云然怎么摇身一变成了齐国三皇子，但他现在肯定有诸多不便。

顾然强势地将她搂入怀，用自己的披风将席云芝裹了起来，只露出一个脑袋在外头。席云芝羞赧不已，顾然为了化解她的尴尬，开口说道："你倒放心把孩子交给三皇子。"

席云芝又抬头看了一眼马车，声若蚊蚋地说道："若是他的话，我有什么不放心的呢。"

顾然感受着怀里这冰冷瘦弱的身子，一种前所未有的心疼感侵袭而来。沉默一会儿后，他才又说道："你没想到会再见到我吧。我是齐国的御前侍卫总领，受皇上密令前往萧国，把你带回来。那天你中了迷药，我不会真的对你做什么的，只是想跟你制造些误会，让步覃放弃你，没想到却中了你们的计。"

席云芝此刻已经没有心思听这些，深吸一口气，说出了彻底拒绝顾然的话："把我带回来干什么？我在萧国有我的夫君，有我的家，为何要把我带来这个陌生的地方？"

席云芝这段日子早已看透了生死，所有的一切都已经难在她心头掀起波澜。

顾然不以为然，酸溜溜道："什么夫君，什么家？一个连自己的女人都保护不了的男人，值得你这样守着吗？"

席云芝坚定地点头："值得。他做了一切他应该做的事情，对我毫无亏欠，对任何人都毫无亏欠。我们会遭受如今的下场，只是时局所迫，换作任何一个人，都逃不过。"

顾然紧抿着唇瓣没有说话，夹紧马腹，让马跑得快一些，席云芝一个没坐稳，惯性地贴入他的怀抱。顾然看着怀中女人惊魂未定又羞赧不已的神色，心情这才好了一些。

"不管你怎么想，你如今都已经回来了，就忘了那个男人，忘了那个已经被毁掉的家吧。留在齐国，好好过日子。"顾然逼迫自己不去嫉妒，傲娇地噘着嘴道。

席云芝连跟他争辩的力气都没有了，只是淡淡回了一句："你从来就不知道家是什么意思。"

顾然不以为意："谁会不知道家是什么意思？难道我没有家吗？"

席云芝深深叹了一口气，看着天际幽幽说道："对我来说，家就是儿子和夫君，只要他们还在，我的家就永远不会被毁掉，永远不会发生变化。"

顾然看着她的后脑，良久没有说话。

富丽堂皇的马车里，小安正与三皇子大眼瞪小眼。

过了好一会儿，三皇子移开视线，尴尬地轻咳了一声，拿起小桌上的一块糕点，对着小安道："想吃吗？"

小安看着糕点，静静地点了点头，三皇子便故意将盘子又拿得远了些，说道："那你是不是应该先叫人？"

小安看着他，又看了看那盘糕点，又静静地摇了摇头。

三皇子继续引诱："那你不想吃了？"

小安继续摇头。

三皇子无计可施，将糕点放在桌上，把小安一把抱过来，让他站在自己的腿上，与他面对面对视："小子，我是你舅舅。"

小安看着他，丝毫不惧，只好奇道："你的名字叫舅舅？"

三皇子无语。

小安转头看了一眼诱人的糕点，然后又看了看这个漂亮的人，经过一番心理斗争之后，终于奶声奶气地对三皇子喊出了两个字："舅舅。"

这一声软糯的"舅舅"把三皇子的心都萌化了，抱着小安在他脸上亲了一口，然后才将桌子上的所有糕点，都拉到了小安面前，让他站在自己腿上一块一块地抓着吃。

三皇子现在的名字叫齐昭，也就是席云芝的弟弟席云然。在看到他的第一眼，席云芝就认出了他。

她不敢问为什么，怕给有心人听到了做文章，毕竟云然并不是公然与她相认的，也就是说，他现在并不想让人知道他们的关系。

赶了半天路，抵达三皇子齐昭位于雍州的行宫，齐昭将席云芝母子带去了议事堂。屏退左右之后，齐昭才对席云芝张开了双臂："姐，我们又见面了。"

席云芝拼命忍住想哭的冲动，双腿却如灌了铅水般不能移动分毫。齐昭主动向她走来，将她拥入怀，感受姐弟间这暌违已久的拥抱。

所有的动容都化为泪水，从席云芝的脸上滑落。

齐昭告诉她，他们都不是席征的孩子，当年他们的母亲怀了席云芝嫁给的席征，后来齐王去萧国寻人，虽没带回席云芝和她母亲，却又让他们母亲怀上了齐昭，而当年他们母亲被席老太算计，含冤而死，席老太因为害怕齐昭长大后报复她，就以送出去读书为名，命人将齐昭丢下水去，而席云芝是女孩儿，就算留着也没什么要紧，毕竟一下子让娘儿三个全都死了，有些说不过去，所以，席云芝就给留了下来，而齐昭则被当时还是齐国王爷的皇帝偷偷救了回去。当年的齐王羽翼未丰，自然不敢将一双儿女全都带在身边，自然也不敢将齐昭的身份公布于众，只能把他当作私生子养在身边，再暗暗查探，得知席云芝在席府虽然日子过得苦一些，却也没有生命危险。这才没有将席云芝也一同接到身边抚养，直到前几年，齐王登基，齐昭才被认祖归宗，有了名位。后来，齐王想起自己还有一个女儿也流落在外，这才派顾然前去营救。

席云芝听他说得轻描淡写，但也能明白这一段路他走得有多艰辛。

"姐，你不要怪我这么久都不去找你，实在是时局太过于凶险，我没有足够的能力保护你。"齐昭对席云芝诚恳道，与其不顾一切把席云芝接来齐国和他团聚，每日担惊受怕，他更愿意将一无所知的她留在萧国，日子虽苦，但也不至于遭人暗杀。

席云芝看着他，真的很难相信，之前的小毛孩竟然长这么大了，伸手抚上他的脸颊，就好像小时候她无数次抚他那般。

"如今好了，父皇登基，我也有了爵位，你再也不用受苦了。"

齐昭对她温暖一笑，如冰山化开一般，席云芝却忽然心中一紧，她踌躇片刻，对齐昭道："对了，我的夫君步覃被国师抓走试药，云然你能不能去救救他？他之前在萧国就受了重伤，还没痊愈，再也经不起折腾了，你帮我去救他，好不好？"

齐昭眉峰微蹙："步覃？从前的萧国上将军？"

席云芝连连点头："是他，我三四年前就嫁人了，步覃就是我的夫君啊。"

齐昭皱眉，不悦道："人我不能救，步覃从前领兵杀了我们齐国多少将士，这种仇恨不是三言两语就可以化解的，他被萧国皇帝追杀，那是他咎由自取。"

席云芝的情绪有些激动："不，不是这样的，他是被我连累的。那席家人不知从哪里得知我不是萧国人，把这个消息捅上朝廷，所以，步覃才会被萧国皇帝借题发挥。"

齐昭看着自家姐姐哭泣的脸，一时不忍，转过身去。

席云芝见他如此绝情，不禁觉得失去了最后的机会，想到步覃可能会死，她的眼泪就止不住地往下流。

齐昭看着她掩唇哭泣的背影，单薄又无助，实在于心不忍，这才重重叹了口气，唤了人来："去探一探国师府，生要见人，死要见尸。"

席云芝听到齐昭在院子说的这句话，强撑的气力终于泄了下来。

第二天一早，齐昭派出的人不辱使命，带回了一个奄奄一息的男人。

席云芝看着眼前这具像是从泥潭中掏出来的身体，又哭成了泪人。齐昭见她又哭，不禁说道："还有气，把他带去都城找太医说不定还有生还的机会。"

席云芝止住眼泪，连连点头。齐昭见她眼底重新燃起希望，不禁又补充了一句："但是，你要做好心理准备，就他这样子，就是治好了，估计也是个废人了。"

席云芝看着步罩的目光中满是决绝："不管他变成什么样，我都不会放弃他。"

齐昭酸溜溜地哼了一声，出去安排回京的事了。

皇家的马车既大又舒适，坐在里面，几乎感觉不到任何颠簸。小安被齐昭抱在前面的马车上，后面这辆是他特意安排给席云芝夫妇的。

步罩躺在软铺上，席云芝则忧心忡忡地为他擦拭身体，看着他千疮百孔的伤口，她又一次没忍住眼泪。正埋头哭泣时，她却突然感觉步罩在动。她抬头去看，只见步罩正睁着双眼看她。

席云芝激动道："夫君，你……"

步罩坐了起来，身体看起来比他被抓前还要硬朗，哪里还有一点受伤的痕迹，他对席云芝笑笑道："那个国师的药对旁人来说是剔骨钢刀，对我来说却是极好的补药，在他那个坛子里浸泡了好几天，抵得上你给我喝几年的药。"

席云芝难以置信地擦去了脸上的泪珠，从床沿站起，又不放心地将他左看右看："哪有那么神奇，你不是在骗我吧？"

步罩失笑："傻夫人，我骗你干什么？引脉蛊最喜欢的就是吸收药性，不管是毒非毒，药性越强，它就越活跃，我身上的伤也就好得越快。那些人去国师府救我的时候，其实我也已经准备离开了。"

席云芝听了，只觉得幸福来得太突然。步罩又接着道："经过这番劫难，我的功力又精进不少，可谓因祸得福。"

席云芝可不管他的功力是否精进，是否因祸得福，她只知道，这个人没事了，她的夫君没事，比任何事都要好。

"我痊愈这件事，不想让别人知道，所以……"步罩搂着席云芝的肩头，在她耳边轻喃。

席云芝点头，只要他没事，无论叫她做什么，她都愿意。

"我知道，如今我们的身份尴尬，我定不会告诉别人。"

步罩在她头顶轻吻一下，两人静静地搂在一起，感受着这几个月来第一次安心的相聚。

两日后，终于到了齐国都城幽州。

步罩被人抬下了车，安置在一所小院子里，席云芝随行照料，齐昭怕她担心，便马不停蹄派人去太医院传召太医入府。

太医来了之后，给步罩诊脉，断出一个心象紊乱、内息微弱、恐难痊愈的脉，席云芝亲眼看到齐昭听到这个脉象时明显松了一口气的神情。想来从前的步罩对齐国来说，是个心头大患，如今齐昭为了她将这个心头大患救了回来，本来就是极其冒险之举，若是他还是那个身体康健的步罩，那齐昭早已做好打算，不管她会不会怪他，他都会先一步处理了这个后患，杀之而后快。如今步罩成了废人，他倒可以省下这道步骤，也免去她这方面的怨恨，他又何乐而不为呢。

齐昭当即做出大度的姿态，让太医院开出最好的药方，无论多名贵的药材，只要用得上尽管开出来便是，就算他的府中没有，他去内廷要也会给他们要回来。

席云芝当然明白这个弟弟如今内心的想法，明白他这样谨慎也是在情在理的，便对他表示了感谢，收下了他对步罩发自表面的情意。

过了几天，席云芝提出离开王府，到外面居住。齐昭也明白，如今他这个姐夫已经从战功赫赫的将军变成一个废人，所以也并不强留，给他们在城西安排了一处僻静的小院，让他们兀自过日子去。

齐昭给他们找的是城西一处民宅，前后总共也就两个小院。经过齐昭特意吩咐，院子里头生活用具一应俱全。接下来，一家三口的生活变得温馨而平淡，在这种安稳的环境下，步罩被席云芝"照料"了十多日，终于能够下床走路，只是脚步虚浮，再没有从前的力道。

探子回去将此情况报告给齐昭知道后，齐昭才放心地撤掉了席云芝他们小院外的监视。又过了十几天，席云芝正在院子里浇花，却听见有人敲门，齐昭带着好多吃食过来看她，指着精雕细琢的食盒道："皇上赏你的。他说如果你愿意，他想见一见你。"

席云芝咬唇低头道："如果我不愿意呢？"

齐昭沉默了一会儿："如果不愿意，那就算了。不过，我作为弟弟更想你去见一见他，他虽然是皇帝，但也是你的父亲不是吗？"

席云芝深吸一口气，"我的父亲是席征。"

齐昭蹙眉："不管怎么样，事实是我和你都不是席征的孩子。父皇这些年也挺苦的，成日钩心斗角，还要处处提防小人，他有多不容易才爬上帝位你知道吗？"

席云芝看了齐昭好久，心里忽然有些明白席征那些年为什么对自己不闻不问，根本不像一个父亲，原来她和云然都不是他的孩子。她叹了口气，缓缓地吐出几句话来：

"我不知道他有多难，我只知道娘有多难。爹……有多难，他为了帝位让一个怀了她的骨肉的女人背井离乡，可又在她要过上幸福生活的时候，去打扰她……他不是一个好父亲、好夫君。他登基以后有宠妃，有那么多孩子，你也是他众多孩子中的一个，而我爹席征只有我一个孩子。"

从前席云芝一直觉得娘过得很忧郁，从未见她真正开怀过，原本以为她只是为了席家的事而烦恼，没想到却是夹杂着这样一层关系。娘对席征肯定是有感情的，但是她摆脱不了这个人的纠缠，席征也肯定一直知道这个人的存在，而他一直默默压抑着感情，因为他不确定，娘亲对他是否有意。

娘亲是在她怀里死去的，当娘亲的身体渐渐冰冷，渐渐僵硬，那个本该和她一同承受这种痛苦的男人在哪里？那个能够派人将儿子接回齐国的男人，有没有想过要把自己的女儿也接到身边保护起来？他有没有想过一个失去母亲庇佑的女孩子，在那样一个吃人的家庭中会遭受什么样的对待？他没有。他心里只有他的宏图大业，只有能够继承他的儿子们。

而对于席征而言，看见她只会让他想起不愉快，让他觉得难堪，所以，在娘死了之后，他就自暴自弃，完全拒绝和她有来往。当时她还觉得伤心，心里也曾埋怨过席征，可是如今一切水落石出，她似乎也没有了埋怨的理由，因为自始至终，席征也没有对不起她任何。

反倒是那个男人，他害得她娘痛苦了一辈子，害得席征对人生失去了希望，害得她那么小就要为了活下去而放弃尊严。即便他是她的亲生父亲，那又怎么样呢？

齐昭走了之后，席云芝怅然若失地坐在庭院里，步覃走了出来，在她身旁坐下，说道："其实见一面也没什么，毕竟他是你生父，若是不见，对你们两人来说，都是遗憾。"

席云芝坚定地摇头："不是遗憾，他能给我的东西我不想要，而我对他来说见不见都非必要。我只要知道云然还活着，并且活得很好，就够了。"

步覃将她搂入怀中，轻拍她的后背以示安慰。

在席云芝明确拒绝了入宫面圣的要求之后，齐昭还是经常到他们的小院中来探望，每每会带一些罕见果盘和吃食来。小安对这个舅舅是发自内心地喜欢，每次一来，只要听见车辖辘响，他就飞也似的跑出去，等齐昭一下马，他就跑过去抱大腿，逗得齐昭开心极了，恨不得把他带回王府里天天跟他玩儿。

知道了席云芝的心意，齐昭便没有再提起那件事，每次来都只是跟她话话家常。而对步覃，他的态度也稍稍有了好转，最起码，见了面愿意叫步覃一声姐夫了。

步覃对齐昭也没什么恶意，他私下对席云芝说过，齐昭是他见过的皇子中最为光明磊落的一个，因为人的品行从谈话间便能听出一二来。从前的萧络，有胆识，有谋略，有手段，却野心勃勃，攻击性强，齐昭则不一样，他是一心一意为了皇帝着想，甚至不掺杂任何私欲，他对皇位并没有其他皇子那样的觊觎之心，只是很单纯地替皇帝做事。

这日席云芝在院子里晒衣服，外面又传来一阵敲门声，她心底不禁疑惑，齐昭一般直接闯入，谁会这样小心翼翼地敲门呢？打开门一看，却是两个压低了帽檐的男人。见开门的是席云芝，两人将帽子摘了，对席云芝露出了大大的笑颜。

席云芝见到他们也十分兴奋："赵逸、韩峰，你们竟然找到这里来了。太好了，快进来。"

赵逸和韩峰被席云芝拉进院子之后，步覃便从屋里走出来，赵逸和韩峰见到步覃，便双双单膝跪地，给步覃行礼，询问他的伤势。

步覃让他二人起来，并且将事实告诉了他们，赵逸和韩峰这才明白，他们爷已经没有大碍，都各自松了一口气，然后对他们讲起了这些日子的遭遇。

"我与赵逸被俘房去了辽阳行省，这帮齐国兵简直胆大包天，竟然想在辽阳探听情报，我们偷偷跑了出去，找到了辽阳行省执行长官李毅，跟他里应外合把那帮齐国兵打得落花流水，还救出了他们之前俘房的边境百姓。然后我们就马不停蹄地赶到兖州，一番打探之后，才知道爷与夫人分开，夫人被齐国三皇子从军营带走了。"韩峰说得事无巨细，都有些口干了。

韩峰喝了一口水，接着说道："我们从兖州一直追到了雍州，又从雍州赶到了幽州，这才知道，你们从三皇子的府邸搬到这里来了。"

席云芝又给两人空了的茶杯添了水，感激地说道："实在是难为你们了。刘妈和如意如月没事吧？"

赵逸摇头："她们没事，我们脱险之后，就把她们留在了辽阳，现在李毅府中居住着。"

知道她们没事，席云芝也就放心了。突然，韩峰和赵逸对视一眼，对步覃说道："爷，这一路走来，我们还听说了一件事。"

步覃让他们说下去，韩峰酝酿一会儿后说道："步帅……死了。"

步覃从座椅上立起，一拍桌子怒道："什么？"

韩峰和赵逸立刻又跪了下来，步覃蹙眉咬牙道："怎么死的？什么时候的事？"

韩峰也满脸悲痛："我们去辽阳行省找李毅的时候，听他说起的，步帅是在回南宁的路上，毒发身亡的。步帅在宫中与皇上发生了一场不小的争执，但皇上当场是让步了的，在步帅提出要回南宁的时候，他还主动设宴送行，步帅用过晚宴，怕陡生变故，便连夜往南宁赶去，谁知道在半路就……"

步覃双眼通红："是皇上下的毒？"

韩峰犹豫了一会儿，才默默点头："十有八九，所用之毒，是宫中常用的鸩毒。"

　　步覃瞪着通红的双眼半晌没有说话，席云芝也被这个消息震惊得跌坐在了椅子上，赵逸接着说道："步帅死后，皇上拿走了步帅身上的兵符，还给步帅安了一条行刺的罪。张果、鲁恒、琴哥儿他们也都被关入了天牢，秋后问斩。"

　　步覃的拳头捏得咯咯作响，看着天际半晌没有说话。

　　席云芝率先回过神来，告诉大家逝者已矣，他们想再多都是没用的。她又到侧院收拾了两间房间，让赵逸和韩峰留了下来。

　　因为步帅的死，步覃知道有些事情已然迫在眉睫，不能再耽搁了。步帅一死，步家军群龙无首，就算有鲁副帅坐镇，可步家军向来认主，他步覃就是下任步家元帅，若是他这时不及时赶去，步家军的内部定然会出乱子。

　　当天晚上，他便跟席云芝说道："最多再过一个月我们就必须离开齐国了，你准备一下。"

　　席云芝放下针线，看了看步覃，然后才点点头，说道："嗯，我们两手空空地来，本来也没什么东西。"

　　步覃放下茶杯，大手覆上席云芝的手背，说道："在走之前，你确定不想进宫去见一见他？要知道，现在我允许你去见，若是咱们回了萧国，你就是想见，我也不一定会让你见了，你知道吗？你也无须担心齐昭，齐昭自小跟在皇帝身边长大，可以说是皇帝众多子女中，和皇帝感情最好、信任度最高的一个，所以，齐昭今后定然也不会有事。"

　　席云芝低下头，默默地点了点，这才深吸一口气说道："我知道，齐昭看起来有些傻，却很懂分寸，也懂收买人心，我不担心他。纵然今后再也不能相见，但只要知道他还好好地活在世上，我就已经很满足了。"

　　步覃又在她手背上拍了拍，便出去洗漱了，留下席云芝坐在烛光下失神。

席云芝这两天感觉肚子胀胀的，做事也没什么精神，总是蔫儿蔫儿的，还特别想吃一些口味颇重的东西。因为之前有过经验，所以这一回她便主动去外头的药铺号了号脉，果然是喜脉。席云芝有点害怕，毕竟孩子来得不是时候，可回家跟步罩一说，他却道："怎么不是时候？我总不会让你们娘儿仨再受半点委屈的，放心吧。"

席云芝被他搂在怀里哄了半天，这才稍稍缓解了内心的纠结与担忧，一个晚上，都按着平坦的下腹，提前和步家老二交流感情。算了，不想了，反正一切都有夫君顶着，她只需安安心心地把孩子生下来就好。

第二天一早，天还未亮，步罩便安排好了一切，待席云芝起床之后，就看到院子外停放的两辆马车。席云芝看着一直掀着车帘往外看的步罩，不禁担忧道："我们这样出得去吗？"

步罩又看了一会儿清晨的空旷街道，深吸一口气："就算出得去，不出半日就会被追到。"

"被追到，那怎么办？"席云芝紧张道。

步罩给她递去一个安慰的眼神，说道："放心吧。"

席云芝他们虽然身份尴尬，但毕竟在齐国不是通缉对象，因此出城还相对简单。但是，一如步罩所说，他们还未完全走出幽州城，就在城外十里处被一队追兵追了上来。

"步罩，你我的账，今日就来个了断吧。"顾然穿着一身劲装，带着一百人的骑兵拦在了他们两辆马车前头。

顾然抬手一挥，一百多个骑兵便翻身下马，拔出刀剑，一拥而上。

步罩眼中闪过狠戾，双拳紧捏，青筋暴起，正要飞身出车厢速战速决。可就在此时，穿云箭雨疾射而来，将围在马车周围的骑兵尽数射退。

原是齐昭带了众多侍卫策马过来。

"三皇子可知自己所护是何人？他是萧国的上将军步罩，我们齐国有多少将士都是死在他手中，你竟要护他，就不怕齐国将士说你里通外国吗？"顾然见来人是齐昭，先前的气势也软了一些，但是要他就这样放走死对头步罩，他却是怎么都做不到的。

齐昭睨视着马下的顾然，良久才将弓箭放下，对他道："谁都知道萧国的上将军步罩已死，我如今护的，是我同父同母的亲姐和姐夫，何错之有？"

顾然单膝跪下，对齐昭道："臣职责所在，绝不可放走敌人，请三皇子见谅。"

顾然说完话，就又转身往步罩他们冲去。齐昭一声令下，侍卫便将他团团围住，只听齐昭对步罩他们说："你们赶车，我亲自送你们出去！"

赵逸和韩峰立刻拿起鞭子，跟在齐昭的十人护卫队后头冲出了重围。

步罩放下车帘，对席云芝说道："你这个弟弟，很不错。"

席云芝如今却担心齐昭这么做，会不会给他带来麻烦。

经过齐昭身边的时候，席云芝不放心地对齐昭喊道："你先回去吧，我们自己走。"

齐昭半晌没理会席云芝，过了好一会儿才说道："父皇当年抛下了你，但我不会！

你不愿意待在这里，那我也一定让你安全离开！"

席云芝坐在马车里，只觉得鼻头发酸，步覃将她搂在怀中，在她小腹上若有似无地轻抚了几下，叫她注意情绪。席云芝点点头，收拾了心情，靠坐在步覃怀中。

跟着齐昭的车队赶了大半天路，齐昭才下令停止休息。马车一停，席云芝便冲了下来，扶着路边的一棵树狂吐起来，把齐昭吓了一跳，赶紧下车去看她的情况。

席云芝干呕了几下后，才觉得郁结在胸口的闷好受了些，步覃走下马车来到她身后给她顺气，齐昭有些紧张地问："不是马车太颠了吧。"

席云芝用帕子掖了掖嘴角，摇头道："不碍事的，就是反应有点大。"

齐昭还是不懂："什么反应？"

步覃看了他一眼没有说话，搀着席云芝坐到林间的一块突石上。赵逸受了命令，赶忙给席云芝送来了水，埋怨地看了齐昭一眼，说道："三殿下，这您都看不出来，咱们夫人有了呗。"

齐昭的表情空白好一阵儿，在明白过来赵逸说的是什么意思后，身子猛地一动，冲着席云芝的方向就小跑了过来，指着她的肚子道："又有一个小安啦？"

席云芝见他震惊，便低头默认了。

齐昭立刻把她身边的步覃撞开，自己坐到了席云芝身边，看着她的肚子傻笑，开始语无伦次："这……这不会又是个小子吧。你们想要闺女还是小子？万一你们想要个闺女，却生了个小子，那就把这个小子给我吧，我来养。"

席云芝看着他微微蹙起眉头，齐昭这才意识到自己说错了话："呃，不是不是，我是说，闺女小子我都要……呃，也不对也不对……哎呀，到底什么时候的事，怎么不跟我说一声呢？我这个做舅舅的也没来得及给他准备个见面礼什么的。"

"你别太激动了……"席云芝简直对这个弟弟无语了，这不知道的人，还以为他是孩子的爹呢。

"我怎么能不激动？"齐昭立刻反驳了席云芝的话，"我只要一想到又会有一个像小安那样肉嘟嘟的宝宝出来叫我舅舅，我就高兴。"

席云芝满头"黑线"地看着他。

齐昭兀自沉浸在自己的兴奋之中，竟然还离谱地下令，让随行侍卫去山里打两只野鸡回来给席云芝炖汤喝，要不是席云芝竭力阻拦，没准那些侍卫现在正满山野跑呢。

"你别整那些了，顾然那边肯定不会善罢甘休的，你还是赶紧把我们送到安全的地方，赶紧回去吧。谁知道你不在都城，其他人会不会对皇上不利。"席云芝的话让齐昭冷静了一些，他看着她的肚子忧心忡忡地说："所以，我才说让你们跟我回都城去嘛，在天子脚下，我有能力护你们周全，可是在外面，说实话，我心里还是没底。"

席云芝看着齐昭，摇了摇头："我知道在你身边没有危险，可是，我们终究是萧国人，总是待在齐国，也不叫事啊。"

齐昭叹了口气："可是，萧国皇帝那样对你们，你们在萧国怕是也难有立足之地，再加上姐夫如今……"

齐昭看了一眼步罩，像是有些顾及步罩的颜面，但想着若这么说能把他们劝回去，他还是直说了出来："姐夫如今武功全废，他就是想保护你，也没那个能力。你们安安稳稳地待在齐国，大不了以后我跟父皇提议，封姐夫个文职官儿做，想必牵扯着你的关系，父皇一定会答应的，这样不就都解决了吗？"

席云芝从突石上站起，在齐昭面前站定，将他的皇子冠带整理了一番后，才微笑说道："有的时候，人活着就是为了一口气，你懂吗？萧国皇帝再怎么对我们，那是他一个人的问题，我们不能因为他一个人，就放弃整个萧国不是吗？"

齐昭深吸一口气，又问："当真决定了？"

席云芝坚定地点头："决定了。这条路是你姐夫选的，无论他做什么，我都会与他一同承担。"

齐昭听了席云芝的话，总算不再多说什么了，因为他从席云芝的眼中看到了无限的坚定。这种时候，他就是再说什么也无济于事，如今他能做的，就是好好地、尽一切可能地平安送他们一程。

天色将暗，在隐秘的树林那头，两队人马正策马赶来，经过一处分岔路口的时候，两队人马才停了下来。

"大人，我们这么做真的没事吗？那可是三皇子殿下，若是被皇上知道了，我们有几个脑袋也不够皇上砍的呀。"

其中一个黑衣人对旁边那个说道："呸，我们是去暗杀三皇子，不是明杀，只要做干净了，谁会知道是我们做的？大皇子一直视三皇子为眼中钉，只要我们能帮他铲除了这颗眼中钉，今后加官晋爵，还不是易如反掌吗？"

"可是皇上那儿……"

"别可是了。大皇子殿下有命，让我们趁着三皇子离京，半途击杀他。不管成不成功，他也会趁此机会，在都城与皇上做最后一搏，鹿死谁手关键就在此了。切不可掉链子，影响了大皇子的计划，咱们才真是死期到了。"

两队人马分头往两边跑去，惊起了林中的雀鸟，黑压压的一片飞过夜空，凭白叫人生出些许风雨欲来的寒意。

齐昭为了照顾席云芝，便下令慢行，无论席云芝怎么要求快一些，他都不同意。

所以，短短一段从幽州城外到平州的距离，他们足足走了一天才到。

平州城虽然也有齐昭的行宫，但齐昭觉得在这个关键时刻，他们还是低调一些比较安全，便选了平州城内最大的客栈，要了七八间上房，准备让席云芝在客栈里好好休息一个晚上，明早再出发。

晚上，齐昭抱着小安腻在席云芝他们房里不肯走，席云芝很无奈，步罩只好拿出棋盘来跟这小舅子下一盘解解闷子。

"姐夫，论兵法我可不及你，但是下棋你不一定下得过我。"齐昭飞快地取了黑子盒，"说真的，若不是你成了废人，我还真不敢就这样跟你坐在一起。"

齐昭信口说话，也不管话语对步罩是否尊敬，说完才知道自己说错了，赶忙意图挽回："哦，不是，我是说，你以前的战功对我们齐国来说太可怕了，你要还是从前的你，我可不敢跟你这般亲近。"

步罩看着他，敛眸一笑，光华内敛："那你会如何对我？"

说话间，他落下两子，齐昭一边随手放子，一边老实回道："当然是想方设法杀了你啊。"

看了一眼正坐在床铺上教小安认字的席云芝，齐昭又神神秘秘地凑近步罩说道："当然是背着我姐姐，杀了你。然后再给她找一个比你好的男人。"

步罩挑眉，不动声色地封死了齐昭的一条生路，扬唇说道："你杀我可以，但是想让你姐姐改嫁，怕是没那么容易。"

齐昭一听这话就觉得不服："喂，姐夫不是我说你，你也太自视过高了，你就能断定，你死了之后，我姐姐会为你守寡，不去改嫁？我反正不信。"

步罩看了席云芝一眼，话语十分笃定："她才不会守寡，我要是死了，她绝不会独活的。"

齐昭一愣，没想到步罩说的竟然是这个意思，脑中虽然对这个可能性相当认可，但是嘴上，他不想就这样承认了，依旧嘴硬道："那也不一定吧。不说别的，就那个顾然，从前就跟我说过不止一次，说是等你死了，就要来接手我姐姐。顾然那个人虽然粗了点，但对父皇忠心耿耿，也是条汉子，是个好男人。"

步罩抬眼看了看他，冷然道："你答应他了？"

齐昭不解："答应啥？"

"在我死后，把你姐姐嫁给他？"步罩纵观全局，已经制定了一条稳胜之路，便决定好好跟小舅子论论这件事情。

齐昭像是故意要要一要他，便煞有介事地点了点头，说道："答应啦。反正那是你死之后的事，也不算对不起你。"

步罩垂下目光没有说话，齐昭却越说越来劲："再说了，我觉得人家顾然还是很讲道义的，你看他武功已经废了，你在齐国的时候，他也没对你动过手，那说明他还是很尊重你，是个光明磊落的汉子。把我姐姐交到他手里，我很放心。"

步罩深吸一口气，落下了最后一子，将齐昭杀得溃不成军，幽幽道："那你把你姐姐交到我手里，就不放心了？"

齐昭趴在棋盘上，眼睛瞪得老大，不敢相信不过十几个回合他就被彻底干掉了，难以置信的同时，也不忘回答步罩的问题："不放心。你个没有武功的男人，反过来还要她照顾你，我怎么会放心呢？"

步罩但笑不语，从棋盘前站了起来，对齐昭意有所指地说了一句："不管你放不放心，你都该回去了，记住千万别睡得太死，最好让你的侍卫都守在门外。"

齐昭还想再说些什么，却被步罩推着后背硬生生赶了出去。

席云芝听见齐昭在外头气得跳脚的声音，不禁问道："他怎么了？"

步罩也爬上了他们娘儿俩的床铺，摇头说道："输了一盘棋，小舅子不开心了吧。"

席云芝一听，只觉得这个弟弟太孩子气了，不禁无奈地摇了摇头。

步罩接过席云芝手中的书，指着其中的几个字问小安，小安竟然全答对了，赖在自家老爹怀里撒娇不肯起来。步罩被他缠得无奈，席云芝想接过小安，却被步罩制止："你如今身子重，别给这小子不知轻重挨着哪儿可不成算。"

席云芝失笑："这才几个月呀，肚子都没大起来，会挨着什么呀？"

小安也知道了自家娘亲肚子里怀了一个小宝宝，煞有介事地从步罩身上翻下来，跪爬到席云芝跟前儿，看着她平坦的小腹说道："小安想要妹妹。"

席云芝摸着他的小脸，笑着说道："只要妹妹吗？那如果娘给你生了个弟弟，你怎么办？"

小安天真地瞪了瞪双眼，神情坚定道："把他送给舅舅。"

席云芝和步罩失笑，这个齐昭竟然把心思都用到小安身上了。

步罩坚持让席云芝和小安睡在里床，席云芝问他为什么，他也没说，就让他们早些睡。

客栈里也从白日的喧嚣声中渐渐安静下来，夜深人静，针落可闻。几声微乎其微的脚步声自屋顶传来，步罩在黑暗中睁开双眼，静静聆听着。

脚步挪动，有人正在屋脊上一间一间地查探，在查到他们东面房间的时候，脚步便停止了。步罩知道，这就说明，这些人要找的目标，就是住在他们东边的那个人——齐昭。

他预想中的事终于还是来了。

顾然出城追击他们，为的是报私仇，那些刺客真正想杀的是齐昭，他们利用他的事情，将齐昭引出了都城，为的就是让齐昭再也回不去。步罩从床铺上翻身而起，淡定地穿好了衣物，走到门边，只见韩峰和赵逸正矮着身子想敲门，步罩对他们比了个噤声的手势，这才走出房门。

赵逸连忙凑上来说："爷，有人。"

步罩点头："我知道了，他们的目标是齐昭，你们保护好夫人，我去看看。"

韩峰他们自然知道步罩的功夫大胜从前，没什么好担心的，便领下命令，守在门边。

不一会儿，步罩就隐入了黑暗之中。

齐昭原本就没睡着，脑中总是在回想步罩晚上跟他说的话，突然鼻尖闻到了一股很可疑的花香味，齐昭顿时警戒，大叫了一声："什么人！来人！"

随着齐昭的一声惊叫，他房间的门突然被一群黑衣人给踹开。

齐昭从床上掀被而起，摸出他习惯性藏在枕头底下的一把长剑，与那些蒙面黑衣人展开了搏斗。可是，也不知是不是先前可疑花香起了反应，齐昭只觉得眼前晃悠得厉害，一个不小心，胳膊上就被划了一道口子，血流不止。终于眼前一昏，倒在了地上。

蒙面黑衣人比了个暂停的手势，为首那人说道："抬出去，别在客栈杀人。"

他们只是想偷偷地将三皇子杀掉，不想在客栈这种人多口杂的地方动手，便想将中了迷香的齐昭抬出去解决。可是他们还未碰到倒在地上的齐昭，便被一道出手如电的身影给制伏了。

一眨眼的工夫，他们手中的兵器就全到了对方手上。

十几个黑衣人面面相觑，看着那个从黑暗中走出的男人，为首那人像是认识他，瞪大了双眼，指着他还没来得及开口说出来，就被步覃飞身过去割断了咽喉。

只见步覃手起刀落，不过一眨眼的工夫，便将黑衣人尽数解决。步覃将齐昭扛上肩头，让赵逸和韩峰抬着去车里，然后回到房间，轻柔地将席云芝和小安叫了起来。

一行人连夜出了客栈。

齐昭第二天醒来的时候，发现自己正躺在席云芝他们的马车里，胳膊上缠着绷带，小安正趴在他身旁，撑着下巴看他。他拍了拍自己的额头，糊里糊涂地问道："我遇袭了，你们都没事吧？"

席云芝递给他一壶水，说道："没事。"

齐昭点点头，想着姐姐姐夫身边有韩峰和赵逸这两个高手，而他身边也有不少护卫，昨天晚上他晕倒之后，定是护卫冲进来救了他，喝了一口水之后，突然想起什么似的，站起来说道："昨晚的刺客，肯定都是大皇子安排的，他从前就与我政见相左，这回知道我私自离城，肯定起了杀心。"看了一眼步覃，齐昭又问，"姐夫，你是不是早就猜到了，所以，才会让我晚上小心一点？"他就是因为步覃的这句话，晚上才不至于沉睡过去，逃过一劫。

步覃不置可否地耸耸肩："皇族间的争斗不都是这样吗？有什么大惊小怪的。"

齐昭的脸色突然变得凝重："糟了，他对我动手，那就说明，他打算孤注一掷，对父皇动手了……"

步覃看了他一眼，说道："你要回去也不能是现在。最起码要到雍州，你以皇子身份，去接管雍州的驻扎军队，然后才能赶回京城。"

齐昭也知道步覃这话是什么意思，他孤身出来，身边拢共不过十几个护卫，若是真想排除万难，杀回京城去营救皇上，那就势必要先取得一定的兵力相助才行。所以，步覃说的话也不无道理。齐昭只能忍下心中的担忧，随着大队一同往雍州赶去。

奔跑的马车骤停，马嘶长鸣。席云芝慌忙抱住小安，免得他被惯力甩出去，齐昭和步覃同时起身，掀开车帘看外面的情况。

"爷，我们被包围了。"赵逸神色凝重地对步覃汇报。

不一会儿，韩峰探了情报回来，对步覃说道："爷，少说也有两百人，他们像是事先埋伏在这里，所以我们一路走来没有发现敌情。"

步覃脸色一沉，正要下车，却被齐昭拉住了，齐昭一马当先对他说道："你没了武功，下去也没用，好好在车里待着，找机会带着我姐和小安跑。"

说完，不等步覃反应，齐昭便光着一条绑着绷带的胳膊，豪气万千地下了车。

下车后，齐昭便将十多名侍卫都招来了身边，顺便把两个能打的韩峰和赵逸也叫了过来，对他们发出指令："车上都是病弱妇孺，我们的责任就是保证让他们先撤退，一会儿杀出一条血路来，让他们先走，听到了没有？"

"是。"十多名侍卫觉得自家主子帅呆了，关键时刻很有男人气概，热血的呼唤声响彻林间。

赵逸和韩峰面面相觑，不知道该怎么回答。齐昭见他们两个不说话，以为他们两个怕了，不由得在他们胸膛上拍了两下，说道："怕什么，有我齐昭在，他们伤不了你们的。"

韩峰和赵逸没有说话，而是将目光落在了他缠着绷带的手臂上，齐昭这才想起自己受伤的事实，尴尬地轻咳了两下，故作镇定地转身迎敌去了。

两百多人的兵马，堵在官道的前后方向。齐昭让赵逸和韩峰守着后方，他带着十多名侍卫奋力地想在前方杀出一条血路来，可是，勇猛也抵不住敌人的蜂拥，他的侍卫死伤甚重，剩下几个在他周身围成一圈，誓死保护他。

敌方首领蒙着面，在队伍最后发号施令："谁取下齐昭的人头，赏金万两。"

"是！"震天响的杀声刺破了齐昭的耳膜，他捂着手臂上裂开的伤口，感觉不妙。

一道如电的身影窜出马车，几个凌厉的转身，就将齐昭周围七尺内的黑衣人给清扫了一圈。步覃接过韩峰抛来的长剑，一夫当关挡在气喘吁吁的齐昭身前。齐昭瞪大双眼看着步覃的背影，步覃没来得及跟他说话，开始对眼前的敌人大肆清扫起来，手起刀落，半点不见犹疑。杀声四起，那些刺客根本不是他的对手。

为首那人眼见半路杀出个厉害的程咬金，不禁有些慌了，见他们所有人都守在马车周围，便发号施令："给我把马车里的人抓出来！"

步覃他们立刻回身到了马车周围，一个刺客爬上了车辕辘，正要伸手拉住车窗往里钻，却被步覃一把拉下，长剑毫不留情地刺穿了咽喉，鲜血飞溅，颇为恐怖。

步覃面无表情，干脆飞身上了马车车顶，将意图攀爬马车的人尽数斩杀。

不过片刻，马车周围已经躺满了鲜血淋漓的人，步覃煞气逼人，眼神凶恶，满身戾气，若不是亲眼所见，谁会想到先前还是一副文弱书生模样的儒生，下一刻就变成杀人狂魔。

刺客们对步覃望而生畏，残存的几个人早已被吓得不敢前行，举着钢刀不住后退的模样看起来是那样讽刺。先前还笃定高坐马上的刺客首领彻底傻了眼，情报中可没说齐昭身边还有这样一个杀人不眨眼的高手哇，如今他的人所剩无几，想杀齐昭肯定是不可能了。

刺客首领大手一挥，高声说了一句："撤！"

刺客们再也顾不得什么，抛了手里的刀转身拔腿就跑，谁知身后仍有一道如鬼魅的黑影相随，一道剑气劈来，两个正在奔跑的刺客被砍倒在地。步罩又一个挺身抓住了另一个逃跑的刺客的手臂，将之踢翻，长剑毫不留情地刺入他的胸膛，一眨眼的工夫，幸存的刺客全被他斩杀殆尽，只剩一个策马狂奔的刺客首领。

步罩冷静自若地站在官道之上，看着那人奔跑的背影，将劲气蕴入长剑，发力射出，"噗"的一声便刺穿了那人的后背。

刺客首领难以置信地看着从背后刺穿身体的利刃，翻身倒下了马背。

步罩神态自若地回到马车前，见齐昭正气喘吁吁地看着周围的一片炼狱，扬唇说道："怎么？怕了？"

齐昭抻长了脖子，嘴硬道："怕怕……怕什么？我……才不怕。"

步罩对他扬唇一笑，便不再理他，对韩峰和赵逸比了个手势，让他们赶紧收拾了马车周围的尸体。齐昭见状也让他的侍卫过去帮忙，然后才期期艾艾地走到步罩身旁问道："你你……你的武功没有废啊？"

步罩一手拎起一具尸体，看了齐昭一眼，没有说话。

齐昭见他如此，觉得有一种被骗了的感觉，语气不禁不好起来："虽然你救了我，但是也请别这么拽好不好？你把所有刺客都赶尽杀绝了，让我都问不出幕后主谋，我还没找你算账呢。"

步罩将尸体抛到一边，对齐昭反问道："我不赶尽杀绝，难道留他们回去通风报信，然后让他们再派几百个人来刺杀我们？"

齐昭被步罩一句话堵得哑口无言，见所有人都在清理现场，自己也不禁捡起了掉落的长剑，走到山坡上帮赵逸挖坑埋尸去了。

一场实力悬殊的战斗就此结束，以步罩单方面残杀为主。

步罩掀开车帘一角看了看车里，只见席云芝抱着小安，一脸惊魂未定地缩在软铺的一角，步罩对她安抚一笑：

"没事了，外面乱，你们暂时别出来。"

席云芝隐约也知道外头发生了什么，先前她就把小安的耳朵和眼睛全捂住，生怕他看见什么血腥的东西。她对步罩点点头，深吸一口气，让自己尽快镇定下来。

步罩见她吓得不轻，便将帘子放下，低头看了看自己身上染血的袍子，想也没想，就这样脱了下来，只穿着中衣便爬上了马车。他将小安抱在怀里，将席云芝不住颤抖的手握在掌心，给予安抚："别怕。"

席云芝摇摇头："我没有怕，只是……忍不住打摆子。"

步罩失笑。

　　清理完官道之后，马车再次上路，于当晚子时终于赶到了雍州城。齐昭让所有人都在他的行馆中休息，自己则马不停蹄去雍州军营调兵。小安已经睡着了，席云芝把他抱到床铺上放好，这才走到屏风外去替步罩擦洗身子。

　　累了一天，两人洗漱完之后，便相拥上铺了。

　　深更半夜，齐昭领着五百精兵包围了自己的行馆，火把照亮了半边天。雍州军营的副将凑上来对齐昭说道：“殿下，要动手吗？天亮前动手抓了步罩，天亮之后，就可以马不停蹄赶去京城救驾了。”

　　齐昭犹豫地看着自己行馆的大门，门里一片寂静，齐昭都能想象里面的人如今睡得有多安心。

　　如果他此刻下令攻进行馆，那席云芝必然一辈子不会原谅他，就像步罩曾经说的那样，他可以给她提供衣食无忧的生活，却不能给她一个完好如初的幸福家庭。可是步罩是齐国的心头大患，他若是真的武功全废那也就罢了，可是他的武功偏偏仍在，并且强悍的实力叫人感到恐怖，心生畏惧……但若不是因为有他，今天很可能埋骨山林的就是他齐昭了。

　　前后两难，齐昭又一次转头看了看自己的手臂，面上显出犹豫，副将又在他耳旁说道：“殿下，不能再等了，您快下令吧。”

　　齐昭眯着眼，看着行馆紧闭的大门，突然眼神一暗，掉转马头，发号施令道：“全体跟我赶去京城救驾，京城危机，无须浪费人力绞杀，走！”

　　随着齐昭一声令下，所有将士都跟在他的马后奔跑起来。行馆大门后，韩峰和赵逸紧贴在大门左右两边，听到齐昭的话之后，赵逸从门缝里偷偷看了看外面，对韩峰点头道：“真的走了，这小子够意思啊。”

　　韩峰也不放心地看了一眼，确定之后，才点点头，说道：“嗯，去禀告爷吧。”

原来，步罩早就猜到齐昭在知道自己武功仍在之后，会纠结要不要杀了他。所以，他和席云芝睡下前，便跟赵逸和韩峰吩咐过，让他们随时注意行馆外的情况。如步罩所料，在取得雍州军营的兵力之后，齐昭第一件事就是包围行馆。只是最终，他还是选择顾念和席云芝的姐弟情谊，将兵又全撤了。

赵逸在步罩的房门外发出两声暗号，这便算是知会步罩对方已退兵的消息，然后回到房间休息去了。

第二天一早，席云芝就收到了齐昭传回来的信，说是让他们拿着他留下的令牌出兖州关外，他则要赶往都城营救皇上，就不亲自送他们出去了。

席云芝把信拿给步罩看了看，并且把令牌交到了步罩手上。

步罩将信看完之后，还给了席云芝，对她说道："齐昭是个好弟弟，跟你一样，善良也大度。"

席云芝骤然听到步罩夸奖她，不好意思地啐了他一口，然后嘻着笑，坐下给小安盛粥。

步罩看着手中的令牌，若有所思道："从出关开始，咱们的仗就要正式开打了。"

因为有了齐昭的令牌，席云芝他们出关很是顺利，从雍州到兖州，再到出关，不过两日时间。

自兖州出关之后，便直接穿越了雪原，在雪原留宿一晚，第二天便直接去了辽阳。

原想在辽阳休息两日，等鲁副帅他们赶过来会合的，没想到鲁副帅他们早就在辽阳准备好了一切，就等步罩他们的到来。

鲁副帅从步家起家伊始便一直追随，是步家的营地老将，深得步帅信任。如今因为其独子鲁恒被萧络关入天牢，更是没法再同朝廷和平共处，便直接带人劫了牢，因搜查太紧，只好先找了一处别庄令他们藏了起来。

步罩与席云芝等人一进城，就有专门的人前来接应，将他们带到了辽阳东城的一所私家宅院。

步罩一入院子，就给从内里赶出来的几个男人请去了书房商量事情，席云芝则带着小安从车上跳下来。

席云芝让韩峰和赵逸将有用的东西全搬下了马车，问了宅院的管家他们要住的院子，背着撒娇的小安，去了院子里。趁着步罩还没回来，她烧了些热水，给小安洗了头之后，自己也洗了热水澡。然后，又烧了些热水，想着等步罩回来，也给他洗澡。谁知道，步罩一夜都没回来。

席云芝迷迷糊糊地趴在桌上睡了一夜，步罩第二天一早回来的时候，看到的便是她睡得有些纠结的模样，轻柔地将她拍醒，指了指床，说道："去床上睡，会着凉的。"

席云芝睁着惺忪睡眼，站起来就要去给步罩打水洗漱，却被步罩拉住了，圈在怀中。

"你就别管我了，今后不许再等我，我尽量早点回来，如果回不来，你就自己先睡，知道吗？"

席云芝随意地点了点头，答应得并不够诚恳。步罩无奈地轻咬了她一下，又道："估计这段日子，我都会在会议厅里度过，大家有太多事要规划、定夺，不是三两日便可完成的。"

席云芝点点头应道："我知道，你们在商量大事，我不会去打扰的，但是，你可得自己照顾好自己，总要把身体养好，才好去做大事，不是吗？"

步罩在她浅色的唇上亲了一下，这才对她点头道："是是是，夫人的话，为夫记住了。现在，就请夫人随为夫去床上再睡一会儿吧。"

席云芝被他拉着去了床铺，把睡得四仰八叉的小安往里床挤了挤，两人这才躺了下来。而步罩也已经好几天没有休息好，再加上昨晚一夜没睡，几乎倒在枕头上，就沉沉睡了过去。

因为步帅的无端惨死，令南宁二十万步家军感觉心灰意冷，并且有唇亡齿寒之感。因此，他们决定先下手为强，反了皇帝，而他们之所以要步罩迅速赶回来与他们碰头，为的就是让他回来接管帅印，主持大局。这件事，是在步帅遇刺前就已经和将领们商议好了的，所以步罩毫无悬念地在步家军二十多位将领的支持下，坐上了新主帅的位置，并且另外画下一条旗帜，正式与朝廷分裂势力。

南宁二十万大军蓄势待发，等待主帅将领们的回归。在辽阳逗留一个月之后，大家轻装简车，往南宁出发。席云芝跟着大部队，在走之前，特意让赵逸去把刘妈和如意如月从李毅的府上一同接了出来。

大概是步罩回来的消息传了出去，他们在回南宁的路上，又遭遇了两三回袭击，但每回袭击的人数都不算多，看得出来都是一些出来打探消息，临危受命的先锋。步罩每回都下令将这些人一个不留，尽数击杀，为的就是防止信息走漏。

就这样赶了半个月的路，大家终于披荆斩棘，来到了位于南宁的步家军总营地——铁血城。

住进主帅府邸，在席云芝还在收拾房屋的时候，小安已经出去转了一大圈，回来之后，就不住跟她唠叨："娘，这里简直太棒了，好多好多人，我都看花眼了。"

席云芝不禁笑道："是啊，听说这里有二十万人，外面的营帐中全住满了人呢。"

小安夸张地伸出了手指："二十万？那一天得吃多少粮食啊？"

席云芝对小安无奈地笑了笑，不禁也在心头打了个问号。是啊，铁血城中有二十万的兵，他们每天吃什么，就像小安问的，他们一天得吃多少多少东西啊。

更别说除了吃饭问题，还有穿衣问题、武器配备问题，这些事都是不可忽略的。也不知这里的一切都是谁在安排，要管理这么大一份家业，可是不容易呢。

铁血城有专门的伙头军，所以，大伙在营地里有饭吃，不需要席云芝动手，她每日悠闲得只需教小安读书写字就好，步罩则白日去营地练兵，晚上回来。

这样平静地过了大半个月，这日席云芝和刘妈她们坐在院子里纳鞋底，正说到什么时候把如意如月的婚事给办了，赵逸那厢就走了进来，把如意如月羞得脸蛋红扑扑的，拿着针线篮子就躲到屋里去了。

赵逸觉得最近这姐妹俩对他的态度变得很奇怪，看着她们离开，不禁问道："她们怎么了？怎么一见我就跑？"

席云芝对他笑了笑，说道："如意如月出落成大姑娘了，见着男子难免害羞些。你来后院是有事吗？"

赵逸这才想起自己来的目的，一拍脑袋："哦，对了，爷让我回来传话，说让夫人晚上多做些菜，营里的将领这几日都寡淡怕了，想吃顿好的。"

席云芝放下针线篮子，奇道："寡淡怕了？营地不是有伙头军吗？据说也是个大厨子，怎会寡淡的？"

赵逸看着席云芝支支吾吾了一会儿，便决定不再隐瞒："嘿，再好的手艺也架不住无米之炊啊，营地里都十多天不见肉渣了。夫人您可别说是我说的啊，晚上多整点肉，越肥越好。"

赵逸走后，席云芝来不及细想营地里怎么会是无米之炊的，当即叫了刘妈和如意如月去附近村民处买肉买菜。忙活了一个下午，做出了供三四桌人吃的菜肴。

晚上步罩回来，身后带了三十几个营地的将领。大家开始还对席云芝有些不好意思，但在看到满桌的大菜之后，就完全抛开了腼腆，坐下大快朵颐起来。

安排好了一切，步罩便对她招手，让她在他身边的空位上坐下。

席云芝坐下之后还没开始吃，就听与步罩同桌的鲁平对她竖起了大拇指，说道："夫人手艺真是一绝，这肉太好吃了。"

席云芝温婉一笑，笑道："云芝不敢居功，这些菜大多是刘妈做的，我只是打打下手。"

鲁平原也只是想找个由头跟她搭话，听她这么说，又开口说道："不不不，还是要感谢夫人，若不是夫人大方安排，我们肚子里哪会有这般油水呀。"

席云芝吃了一口步罩给他夹的莴笋，随口问道："你们成日里这样辛苦，总要吃饱才有精神嘛。"

鲁平犹豫了一会儿，才端着酒杯从座位上站起，对席云芝毫不隐瞒道："不瞒夫人，咱们自从跟朝廷决裂之后，朝廷便断了咱们的粮饷，原本我们也有些积蓄，可是现有的银钱，还是架不住这二十万人每日的开销，如今账房也就只剩下几万两的余钱，这几万两也就够二十万人喝十多天粥吧，可这十多天的粥喝完之后，那就只能啃树皮去了。"

席云芝听了鲁平的话，觉得虽然他的话有折扣，但营地里财政紧张肯定也是真事，要不然他不会在这种场合对她说出来的。

鲁平端着酒杯，走到了席云芝身前，突然对她下揖道："听闻夫人乃经商奇才，咱们步家军如今乃多事之秋，您是主帅夫人，若是这时夫人能伸出援手，替我们管管这快要见底的粮仓，那咱们定会牢记夫人的大恩大德。"

席云芝赶忙从座位上站起，扶起了对她作揖的鲁平，说道："鲁副帅请起。"

鲁平起身后，对她递来期盼的目光。

席云芝没想到他们来吃饭的同时，还留着这一出等她，转头看了看步罩，只见他在她耳旁说道："他们跟我说了，我说我不能替你决定，还是要看你的意思，觉得为难的话，不做也没关系。"

席云芝敛眸想了想，又将众将领环顾一圈后，才下定决心般点了点头，说道："这……既然您盛意拳拳，那云芝便斗胆接下这个差事好了，但是我也有两个条件。"

鲁平一听席云芝肯接手这个烂摊子，当即拍胸脯道："夫人尽管说，只要我们能办到的，一定照办。"

席云芝点头，给自己倒了杯水，对着众将士先干为敬，道："我不胜酒力，以水代酒。第一，这军中粮草银钱全由我出资，并且由我一人掌控，后勤粮草部分，所有的事情，都只听我一个人的，没有第二人选。"

众人你看我我看你，先前他们也听鲁平说了，军里的粮饷不过几万两，他们害怕席云芝接手之后再问他们要钱呢，如今不要他们管，他们只需撒手安稳地等饭吃，有何不可？当即便得到了所有人的赞同。

席云芝又倒了一杯，接着道："第二，必须给我派一队五百人的小队供我差遣，无论做什么，他们都得听从我的安排，绝不可有任何怨言。"

这个要求倒叫鲁平有些迟疑了。他在众人间环顾一圈，最后落到席云芝身上，故作轻松道："夫人不会是想让他们去打家劫舍吧？"

鲁平这番话成功地缓解了现场的气氛，席云芝也知他在担心什么，笑着向他保证道："副帅放心，我让他们做的绝对不会是扰民的坏事，最多活儿苦一些，脏一些，将之前的伙头军也一并算在这五百人里，只要他们肯干，我保证绝不会亏待他们。"

赵逸听到这里，也忍不住插嘴："是啊，大家就放心吧，我们夫人可不是一般人物，能跟着她做事，那是上辈子修来的福气，绝不会有亏吃的。"

席云芝看着赵逸无奈一笑，鲁平经过一番心理斗争之后，便点头说道："好，既然夫人提了要求，那鲁某说了一定照办，连原本营内三百六十名伙头军在内，我另外再调派两百人给夫人安排便是。"

席云芝听后，也当即点头给自己倒上了第三杯，与如释重负的众将士一干而尽，宴席这才继续下去。

晚上席云芝坐在烛光下算账，步覃走了进来，席云芝账算了一半，便没起身。步覃自己坐到她身旁，等她把最后一笔账算完之后，才开口说道："其实你不答应也没事，谁都知道这是个烂摊子。"

席云芝对步覃笑笑，道："这件事我若不接，那一来对你巩固军中地位不利；二来，如果真如这账本上说的，再这样继续过个十多天，大家可能真的要一起去啃树皮了。"

步覃当然知道营里的情况："步家军从前积累了很多珠宝，不过那些珠宝要兑换成银钱，在如今这时局却是极为不易的。你有多少私钱，养得起二十万大军吗？"

席云芝在算盘上拨了一个数，给步覃看了一眼，然后又拨乱。

"我有这个数，就算坐吃山空也还能维持两三年，可不能真的等到山穷水尽，必须早做打算。如果可以的话，我希望夫君能告诉我，你们这场仗想怎么打，准备打多久，从什么地方开始进攻，进攻会派多少人，每一场战争在开打前，最好也跟我这里报备一下，我好估计预算，这样才能准确地做出开支计划，减少不必要的损失。"

步覃见她已经决定认真做这事了，便不再劝阻。打仗的目的，是为了让大家过上好日子，若是连他自己手下的兵都过得不好，那又如何能取信天下百姓。

"我只是希望你不要太过于操劳。"步覃牵着席云芝的手说道。

席云芝点头应道："你放心吧，我早就说过，我喜欢这种忙忙碌碌的生活，有事做我也觉得开心啊。操持这些事，对我来说不仅不是负担压力，反而是我生活的动力，也是我释放压力的方法，你就不要担心了，相信你家夫人可以管理好这个后勤，管理好自己的身子。"

步覃将席云芝搂在怀中，在她颈项中埋了埋，这才点头说道："好。"

席云芝在接手后勤工作的第二天，早早便起了身，去营地的粮仓看了看，将粮仓中所剩的粮食一一记录下来，又紧急带人去了附近的村庄，以高出市价一倍的价格，将百姓手中的余粮都收了回来，然后在村子里找了两个固定的菜农，让他们收集四方村落的蔬菜，统一送入军营。

安排好之后，席云芝又把韩峰和赵逸都找了过来，吩咐安排道："你们俩再替我跑一趟京城，去将燕子巷里的东西全取出来，务必小心。"

之前她在燕子巷荒宅藏好的十份财产，逃亡西北之时，取了一份，虽然只用了些许，剩下的几十万两却在被齐国俘虏的时候丢失，如今只有齐昭留给她的几万两银子，这两天用下来，也要差不多了。想来想去，也只好动用那一笔银钱了。

赵逸和韩峰对席云芝还藏有私房钱的事比较震惊，他们一直以为夫人所有的私房钱，在逃亡之时就已经全取出来，然后遗失在了齐国，没想到他们上回取出来的那巨额银票居然只是几分之一，夫人也太……

两人趁着夜色出了铁血城，往京城赶去。

席云芝给洛阳去了三封信，一封是给在步家老宅周围耕地的堰伯和福伯，一封是给绣坊的兰表姊她们，还有一封则是递给漕帮帮主，她之前跟漕帮有点交情，只希望这时的交情还管用。

席云芝在京城的店铺，自她逃亡之后，便被朝廷查封，虽然那些房屋的地契还都在她手上，但已经不能用来换钱，幸好洛阳的资产还未受到牵连，堰伯和福伯年年丰收，自是积下了不少余粮，若是能托漕帮运来这里，便能解了这燃眉之急。兰表姊管理的绣坊早已越开越大，再开一个工坊专门做将士们的衣物，想必是极快的。如此安排，便能保证一段时间内将士们的吃穿问题了。而她也能有时间想出其他办法，来交替补充粮草和衣物了。

营地最后方的猪舍已然建好，席云芝让人先捉了两百多只小猪崽回来，试着养起来。

赵逸和韩峰风尘仆仆地赶了回来，交给席云芝两个包袱，道："我们怕给人发现，一路从京城转去了关外，再从关外赶回来的，九个包裹一个不少，都在这里。"

韩峰做事向来缜密，生怕暴露了他们的行踪，便特意绕了个圈子。

"辛苦你们了。"席云芝看他们灰头土脸的，对他们关切道，"我让如意如月烧了热水，你们先回房洗漱一番，晚上让刘妈给你们做好吃的。"

赵逸和韩峰这几天也确实累了，一听晚上有好吃的，赶忙回房去洗漱了。

席云芝将房门关上，拿了算盘之后，便坐到了床帐里头，将帐幔放了下来，才打开这几个包裹，将包裹里的珠宝首饰先放在一边，就银票来了个全盘大清点。

算了整整两刻钟的时间，才终于算清。但这笔巨额银款，在二十万张嘴面前还是显得有些薄弱，她粗略算了一下，军营中一天的开支就在平均两千四百两左右，这还只是平日的开支，未算上要是正式打起仗来所投入的军耗。但如果洛阳的米粮能够成功运来南宁，也许一日便可省下一半的银钱，这么一想席云芝觉得洛阳之事确实许胜不许败，当晚便将心中想法跟步覃说了一番。

步覃想了想，便决定暗地里派一队兵前去洛阳接应小黑他们，务必保证洛阳的粮草能顺利运来南宁。

席云芝的肚子已经有些看得出来了，与第一次怀孕相比，她这回显然有了经验，比怀小安的时候要轻松一些。只是她的口味变了好多，从前喜欢吃甜的，但是这回喜欢吃酸辣多一些。

这日席云芝正在床上伸伸腿弯弯手，步覃拎着满身泥浆的小安走了进来，脸色很不好。席云芝赶忙从床上下来，把小安从他手上救下来，问道："怎么了？小安怎么搞成这样？"

步覃显然是气急了，冷着脸对小安说道："你问他，问他做了什么好事！"

席云芝看着有些畏缩的小安，直觉可能发生了什么不得了的大事，便给小安递过去一个眼神。小安经过一番挣扎之后，才说道："赵宁笑我不会武功，他欺负我。"

步覃一拍桌子："他欺负你，你就敢使用卑鄙手段偷袭他，把他推下泥潭差点淹死吗？"

小安被骂得头往后缩了缩，不服地说道："我没有偷袭，这是埋伏。"

步覃气得又是一拍桌子："埋伏是对敌人的，赵宁是你的敌人吗？你把他推入了泥潭，可是你知不知道他不会游泳？"

小安的脾气也倔了起来："可是我也下去救他了呀。"

"你救他？"步覃看着那气鼓鼓的小脸蛋，深吸了一口气，让自己冷静，"那我问你，你自己会游泳吗？"

小安被问得哑口无言，却还是不愿承认自己的错误。

席云芝明白了事情的经过，却什么都没说，只是用热水给小安擦洗干净，让他坐到软榻上，裹着薄毯子听他老子训话。

步覃这是第一次对小安发这么大的火，不是因为其他，而是因为，小安自己没有分寸，让自己和同伴都身陷险境，如果这回不是恰巧被大人发现了他俩，会是什么后果，大家都心知肚明。席云芝也想借此机会让小安明白安全的重要性，所以，任凭步罩怎么教训她都没有开口替小安辩解一句。直到晚上睡觉的时候，她才抱着低落的小安说道："你爹也是怕你出事。赵宁也只是个孩子，而且他说你不会武功也是事实，怎么能为了这么点小事跟人打架呢？"

小安还是比较听席云芝的话的，在她怀抱里乖乖地点点头："娘，我错了。可我也要学武功，娘你让爹教我，好不好？"

席云芝摸着他的脑袋："你爹早就跟我说了，等过了你今年的生辰，就开始教授你武功，也是为了让你多舒服些时日，既然你自己这么要求，那好吧，改明儿我就去跟你爹说，好不好？"

小安这才安心地点了点头。

小安睡着之后，席云芝才去院子里，找到还在生气的步罩，站到他背后，轻柔地替他捏着肩膀，说道："夫君，小安知道错了，说下次绝不会再做这种危险的事情了。"

步罩冷哼一声："你是没看见当时的情景，要是鲁副帅再晚去一步，两个孩子就那样淹死在里面了也说不定。"

席云芝也觉得后怕，她从后面抱住了步罩，说道："我知道，但事情已经过去了，小安也知道错了，你就别再怪他了，如今他自己好学，想要学武功，也是好事。"

席云芝温和的嗓音在步罩耳旁响起，像一股清澈的溪流划过他烦躁的心，顿时觉得连着几日的烦恼全都消失不见了，周身都洋溢着这个女人特有的香气与温柔。他拉住席云芝的手，将她环过胸前，后来又怕他的后背抵着她的肚子，便又将她转了一个圈，让她坐在自己腿上，看着她光洁无瑕的侧脸，她也只有在怀孕的时候，看起来肉嘟嘟的。他情不自禁抚上了她的脸颊，摩挲一阵后，才说道："那小子有没有跟你说我坏话？"

席云芝听了步罩这句话，不禁扑哧一声笑了出来，横了他一眼："他才没有！你怎么比个孩子都小心眼呀？"

步罩被她点着鼻头，眉峰一挑，说道："谁小心眼？好啊，你们娘儿俩现在联合起来笑话我了是不是？我看你是太久没被整治，皮痒了是不是？"

席云芝却站起，退后一步才端着架子对他道："主帅请自重！为妇……在房里等你。"

步罩看着席云芝的眼神，顿时心痒难耐地跟了上去，打算回房用实际行动来好好"教育"一番夫人最近的胆大包天。

五月初的时候，洛阳的米粮终于运到了南宁。席云芝看着这一袋袋送入粮仓的粮食，悬着的一颗心总算是稍稍定了下来。

小黑这回洛阳之行，不仅给大伙儿带回了米粮，还给席云芝带回了一只硕大的包裹，说是绣坊的兰表姊和堰伯给的。

席云芝回到房间一看，便看见包裹里全是一沓一沓的银票，还有两本账目，一本是兰表姊绣坊的账，还有一本是这几年粮食收成买卖的账目，原来这么长时间过去了，他们竟然还在维护，并且没有将这些银钱据为己有。

席云芝匆匆点了一下，她手头上就又多了三十一万两的资本，并且还多了满满一粮仓的粮食。

鲁平见识了席云芝的管理手段，不由得也对这个女人竖起了拇指，暗赞自己做这个决定的正确性。

有了银钱和粮草的支持，六月初，步家军便正式出击，与萧国沿海地区的海军展开战斗。

与朝廷的第一战，步覃作为主帅必须亲自出马，打响第一战，鼓舞士气。

第二十四章·激战

　　步家军有专门负责海战的，但是战船不多，加上以往的战利船，也不过一百多艘，每艘船能够容纳两千士兵，而这回朝廷却派出了十万海师，集结淮海，誓要将步家军的气焰压下去。

　　步覃觉得海军阵容是他们步家军的弱项，如果将一百多艘战船全派出去正面对敌，不仅没有胜算不说，还容易全军覆没，便在战前先集合了二十支探路小队，隐藏好自己的踪迹，将敌军的行军状态一一打探回来。

　　步覃全面了解了敌军的形势，毕竟在淮海上有一支十万人的海军是很难掩藏的，所以打探起行踪来相对容易。步覃一番深思熟虑之后，才决定分散兵力，出奇制胜。

　　他这回只打算出动六十艘战船，而且还不是一起出动，分为十日，每日出动六艘，借鉴海盗的战斗经验，以少扰多，以精打慢，再趁机利用鱼人找寻敌军运送粮草的船只，从船底凿穿，断了对方供给，这样被轮番耗个一两个月，估计船上的人就得疯了。

　　步覃的计划十分详尽，席云芝连夜根据他的计划做出了用料明细单，第二天一早，就奔波在码头，安排供给事宜。按照步覃的思路，她没有特意安排一艘专门的粮草船，而是采用巡逻船的方式，给海上船队送水和食物，让敌人摸不清他们的去路，巡逻船个小轻快，与一般渔船差不多，送了就走，不会耽搁太久，所以也不担心会暴露行踪。

　　每一次巡逻船出动的时候，席云芝都会提前在码头检查一番货物，确保东西都对，然后再批准他们出海。

　　战争打得如火如荼，船队在步覃和一些航海强手的指挥之下，捷报连连，几乎没有听到任何伤亡消息。

　　席云芝每天也都会去了解消息，知道大家都平安无事，她才肯放心去忙其他事情。

　　六月底，军营后方的一片菜地也都长出了绿油油的菜苗，土豆收成大好，不过几日，就堆成了一坐小山坡，席云芝看了十分欣慰。

有了席云芝的操持，营地上的士兵们也能解决温饱。

小安自从上次跟赵宁闹了一回之后，步罩干脆把他丢给了赵副将——赵宁他爹教授武功。赵副将对小安也没客气，没有因为他是主帅的儿子，或者因为他年纪小就有所松懈，该蹲的马步，少一刻都不行，该挥的拳，少一下也不行。不过几天，小安就瘦了许多。

晚上席云芝给他按摩手脚，问他要不要放弃，小安却倔强地摇头拒绝。

七月中旬，步罩所带领的水军大获全胜，凯旋时，六十艘大船威风凛凛地破水而来，没有折损一艘，并且还在最后方另外拖了一百多艘船回来。

席云芝站在最高的眺望塔上，扶着小安站在栏杆上，不住地跟甲板上的人挥手，小安则兴奋地在那儿大叫："爹，爹！"

士兵们群情激动，震撼的军号遥传天地，呼喊振奋人心。

一个多月的时间漂泊海上，生出了胡楂，浑身上下满是男子粗犷的气概，步罩带着一身飒爽的风尘自船上下来，小安从栏杆上跳下，跑下灯塔台阶，飞奔着扑进了父亲的怀抱。席云芝挺着肚子，人群自动给她让开了一条道路，让她畅通无阻地去到步罩面前。

步罩怀里抱着小安，看着多日不见的娇颜，天知道他有多想拥她入怀，伸手在她肚子上摸了摸，说道："大了些呢。"

席云芝笑着点了点头，主动牵起了他的手，温婉道："回去吧，我给你们准备了接风宴。"

步罩收起了这个月来海上漂泊的心，无依的灵魂终于回到了属于他自己的港湾。

席云芝早已准备了热水，等待步罩回来替他好好清洗一番。

步罩将身子泡在滚烫的热水中，发出了一声舒服的叹息："海战绝对比陆战要辛苦得多，海风刺骨，别说热水澡了，就连热茶都未必能喝到。"

席云芝在旁边用皂角涂抹刮胡刀，听他说话，也不发言只是静静地微笑着听，涂抹好了刀刃，她便弯下身子，小心翼翼地给步罩刮胡子，房间内针落可闻。步罩闭着眼睛躺在澡盆里，享受这难得的安逸与幸福。

步罩的大获全胜，无疑给步家军带来了极大的鼓舞。步罩带回的俘虏，全给席云芝安排在菜地和猪舍中，戴着脚镣手铐，面朝黄土背朝天，好好体验了一把辛苦耕种的滋味。

席云芝从菜田出来，便看见几个戴着脚镣的人被几个士兵抽鞭子，那些哀号的声音让她不禁想起自己流落齐国兖州之时的惨境，便走上前去问道"他们怎么了？不肯种地吗？"

抽鞭子的士兵认识她，赶紧停了手过来行礼。其中一名士兵指了指他们身后不远处，说道："回夫人，是张副将叫我们好好教训一下这几个老头的。"

席云芝蹙眉："张副将？"

她记得管这些俘虏的将领并不是姓张，便顺着这士兵的指向往不远处看去，只见一个瘦高的将领正往她这边走来。席云芝这才认出他，是前锋一营的副将张勇，两撇小胡子是他的招牌，一双绿豆大的眼睛总是不住打量四周，这种人不是心性不定，就是心怀鬼胎。

张勇往席云芝的方向走来，明知她的身份，既不行礼也不问好，而是直接对那几个士兵凶道："怎么停了？继续打呀，打死算我的！"

那几个士兵互相看了两眼，又将目光投向了席云芝。席云芝对他们挥挥手，说道："你们先回去吧，这些人我来处理。"

士兵们放下了手里的鞭子，对席云芝和张勇抱拳弯了几下腰之后，就仓皇逃跑了。

席云芝与张勇正面对上，张勇一副瞧不起她的样子，双手抱胸地说道："哼，夫人好大的胆子，这些人可都是俘虏，夫人这样偏袒，就不怕我去主帅那里告你一个通敌之罪吗？"

席云芝看出了他眼中的不敬，却也只是笑笑："张副将好大的火气，这些人横竖已经是俘虏了，你再要将他们打死，不是坏了主帅不杀降俘的名声吗？"

被席云芝说中了要害，张副将脸色一变，当着席云芝的面啐了一口唾沫，说道："好利的一张嘴。"

目光在席云芝身上流连片刻，张勇才将眼神停留在她的肚子上，说道："等夫人生了孩子，可以好好让我来教教你什么叫妇道。"然后又把目光落在如意身上，大手一伸抓住了如意和如月，正要亵玩一番，却被闻讯赶来的赵逸制止。赵逸抓着张勇的衣领，将他从如意和如月身边拉开，一脚飞踹出去。

张勇一看是赵逸，赶忙从地上爬起来，落荒而逃。

赵逸在后面追赶了几步，喝道："不要命的死东西！下回别让我看见，见一次打一次！"然后他才转身，扶起了哭泣的如意和如月。

见席云芝捧着肚子走过来，赵逸说："夫人不用怕，我这就去告诉爷！"

席云芝喊住他："赵逸，算了。爷刚打了胜仗，士气正高，就别用这种事情去扫他兴了。"

赵逸蹙眉："那怎么行呢？夫人。这个张勇是前段时间主动投来步家军的，从前他也跟着萧络在西北打过仗，鲁副帅见他武功不错，就收了他进步家军，没想到，他竟敢做这种事情。"

席云芝敛目想了想，还是摇头："这件事不用告诉爷，我自有办法对付这人。这种事情，若真闹上了台面，对谁都不好看。"

赵逸又犹豫了会儿，回头看了一眼哭泣的如意和如月，的确，这事要是传出去，这两个姑娘今后怕是难嫁人了，这么一想，也就算了。

席云芝则看着张勇离去的方向，暗自咬了咬下唇，目光透出深沉。

张勇得罪了席云芝之后，在军营中连番得了多次捉弄，便认定是席云芝使人做的，更不把她看在眼里。手无缚鸡之力的妇人，也就只有这等小儿手段而已。这日，他的被褥又被人淋了水，张勇火气自然又冲了上来，他怒气冲冲地跑了出去，打算去找那个该死的女人，好好教训她一番。

张勇翻进主帅府邸，正想着怎么潜到席云芝房里，却看见席云芝正跟着赵逸和韩峰走了过来，而且赵逸和韩峰两人正抬着一只硕大的箱子。

张勇眼珠一转，赶紧藏住了自己的身形。只听席云芝边走边对赵逸和韩峰说道："这箱子里的可是整个营地下个月的开支，丢了它就是丢了咱们的命，爷那里咱们就是九个脑袋都不够砍的。"

赵逸点点头，说道："是，夫人，您就放心吧。我们藏的那处房间平日根本没人去的，丢不了。"

席云芝捧着肚子，淡淡点了点头，说道："好，你们藏好就好，我去书房看看爷，你们藏好了就去营里看看有什么要帮忙的，别一天到晚守在我身边。"

韩峰接着说："夫人，是爷让我们守着您的。"

席云芝挥挥手，说道："好了好了，反正我是去书房，那里有爷在呢，你们走吧。"

席云芝和赵逸韩峰分道两边，席云芝转道去了花园，花园那头应该就是书房，主帅步覃此刻正在里面，赵逸韩峰肯定是去藏银子。张勇从树丛中爬出来，眼珠子一转就有了主意。

席云芝那个女人可以等等再收拾，干脆他就先把银子神不知鬼不觉地偷到手，然后让主帅惩罚那个女人，等她跌到谷底，他再去补一刀，岂不是妙哉。

这么想着，张勇便掉转方向，小心翼翼地跟着韩峰和赵逸去了东厢。

躲在树后，亲眼看着他们把箱子放进了房间，关门出来了，然后往营地的方向走去。

张勇从树后走出，嘿嘿一笑，见那房门外只有一把小锁，他大力一拉，锁就掉了下来。没想到事情会这么容易，难怪别人说，走运的时候，连老天都帮忙，想想那箱子里的银子，他还有些小兴奋呢。

推开房门，看到中间的黑箱子，张勇迫不及待地冲了过去。他把箱子打开，入眼全是银票。他伸手抓了一把银票，正要笑出来，头顶上却突然掉下一张大网，把他罩在里面。赵逸和韩峰飞也似的从外头窜了进来，一人抓住网的一边，把他牢牢困死在里面。

席云芝嘴角噙着笑，走了进来。张勇这才明白自己中计了，大叫道："好你个贱……唔唔唔……"才说了几个字，嘴里就被韩峰塞了一只臭鞋，令他再也说不出话来。

席云芝慢悠悠地走到张勇身前，云淡风轻道："此人偷盗巨额军饷，人赃并获，带去刑堂，按军法处置。"

"是，夫人！"赵逸和韩峰知道这人的恶行，立即将张勇身上的网扭成了麻花儿，把他交给了奉命在外头看热闹的士兵，带去了专门处置犯罪士兵的刑堂。

步覃在主帅营帐中研究地形，看见外头有几个士兵匆忙跑过，叫人一问，守门的士兵道："将军，听说刑堂今儿个抓了一个偷东西的。"

"偷了什么？"步覃随意一问。

"回主帅，偷了夫人收藏的军饷，听说有一百多万两呢。"

步覃正要喝水，听士兵这么说了之后，放下杯子，走到帐外大喊了一声："韩峰赵逸。"

没多会儿，韩峰和赵逸就来到了步覃面前，步覃对他们俩问道："谁偷了夫人的钱？不是让你们看好夫人的吗？"

两人对视一眼，韩峰说道："爷，是夫人让我们别告诉您的，那人是个浑蛋，冒犯了夫人，还轻薄了如意如月，夫人不想闹大，就出此下策了。"

步覃还未开口，赵逸连忙补充道："爷，那人真的太可恶了，您千万别怪夫人。"

步覃面无表情地听完了赵逸对那日张勇冒犯席云芝的描述，沉默一会儿后，才沉着一张脸，走出了主帅营："走，去刑堂看看。"

赵逸和韩峰对视一眼，心里为那个张勇点了一根蜡，看他们爷的举动，大概是动了真怒。

刑堂外头，围满了看热闹的士兵，见步覃过来，全都作鸟兽散。步覃畅通无阻进到了刑堂，刑堂上的刑官见他入内，赶忙从审案后头走出来，把位置让给了他。

席云芝原本坐在下首的太师椅上，看到步覃也站了起来，对跟在他身后的赵逸和韩峰投去了一抹询问的眼神。赵逸对她眨眨眼，韩峰对她摇摇头，不知道这两个人想表达什么。

步覃目不斜视地从她身边经过，坐下之后，被五花大绑的张勇像是见到了亲人般，对步覃喊道："主帅，我是冤枉的，那个女人设计陷害我。"

步覃好整以暇地理好衣服的前襟，终于开口道："哪个女人？"

张勇见步覃对席云芝的态度也不是很热情，便大着胆子道："还不就是主帅夫人，她仗着自己手里有点权力，就将我等肱骨之将耍弄于股掌之间，联合多人捉弄我不说，如今竟然还冤枉我偷盗军饷，太卑鄙了。"

赵逸听了张勇的话，气不打一处来，指着他叫道："张勇！明明就是你觊觎巨额军饷，尾随在我与韩峰身后，要不然，你怎会知道那军饷就藏在东厢的小屋里？"

张勇被赵逸点明面上一僵，当即反驳："我只是见你们鬼鬼祟祟，为免你们做出伤害步家军的事，便跟过去看看，没想到就中了你们的奸计。"

赵逸冷哼一声："我也没想到，你竟能睁着眼睛说瞎话！我与韩峰在主帅府邸出没天经地义，何来鬼祟之说？倒是你，青天白日出入主帅府邸，门房也没有你的入内登记，我倒要问，你是如何进入主帅府的？"

"我……"张勇被问得哑口无言，说道，"总之，我没有偷，是你们陷害我。"

见他一口咬定的无赖相，赵逸也无可奈何，却听步覃突然对张勇开口道："偷窃军饷的事我自会调查清楚，定然不冤枉你。"

被五花大绑的张勇眼神一亮，艰难地从地上爬了起来，站到步覃案下溜须拍马道："主帅英明，张勇佩服，今后定为主帅两肋插刀，效犬马之劳。主帅乃磊落之人，定能秉公办理，还我一个公道。"

步覃深吸一口气，从案后走出，负手来到张勇面前，对他扬唇说道："无论是否设局，你偷窃军饷确是事实。你可有话说？"

张勇脸色一变，正欲狡辩，却觉得胸腹一阵重击，捂着肚子弯下身去。步覃低下腰在他耳边轻声道："你不敬之人却是我的夫人。你猜我会怎么做？"

张勇目光凶狠地看向步覃，正欲反击，前襟却被步覃抓住，一把举起，直接被摔出了刑堂外头。步覃的声音在他耳旁嗡嗡地回荡："夫妻一体，你不敬夫人，那你可有将我放在眼里？"

步覃从刑堂的架子上抽出一根长铜，来到校场之上，对着刚刚爬起来的张勇就是一顿抽，回回到肉，招招见血，不一会儿，张勇身上就布满了血渍，在地上打滚哀号。

鲁副帅闻讯赶来，见要闹出人命，赶忙冲上前去制止住了步覃，说道："主帅，要行刑也别在校场上，影响多不好！"主帅如此残暴，这种印象传出去可是对步家军的形象很是不利的。

步覃将鲁平推开，又在张勇身上抽了几下，这才将长铜抛在一边，深吸一口气后，道："步家军一共有二十万人，试问哪一个人没有受过夫人的恩惠？你们吃的饭是夫人的，你们穿的衣，也是夫人的，就连你们手上用的盾牌兵器，每一样都是夫人给你们挣来的，她为了让你们吃饱一点、穿暖一点，挺着六个月的大肚子，每天东奔西走，为的是什么？难道就为了从张勇这样吃里扒外的浑蛋口中受到侮辱吗？"

步覃的话在校场上回荡开来，士兵们你看我我看你，全都鸦雀无声，但步覃的话，每一句都深深地印刻在他们心间。

步覃激愤不已，双目有些泛红，神色无比郑重，一字一句地敲击着众人的耳膜："偷窃军饷，是为不忠；辱骂恩人，是为不义。现在！告诉我，张勇这样的人，该不该打？"

围在周围的士兵们沉默一会儿后，不知是谁说了第一句应该之后，此起彼伏的附议便传了出来，到最后，竟变成响彻云霄的呼喊："应该！应该！应该！"

席云芝站在刑堂之中，根本没有去到校场，但是步覃的每一句话她都听在耳中，硬是咬紧了下嘴唇才不至于哭出声来。这世上，再也没有比一个男人这样不惧任何流言蜚语公然地保护你，更加让她感动了。

他说的不是道理，而是坦诚的爱护，席云芝觉得今生能够从步覃口中听到这些爱护之言，她就已经死而无憾。

男人三妻四妾是常事，休妻再娶的也不在少数，可是，真正能够体谅与爱护夫人的男人，是极少的，无论有没有财富与地位，单就这份赤诚的心就足够她倾注一生的爱恋。步覃是个好夫君，席云芝好庆幸自己能够嫁给他，感谢他的爱护体贴，感谢他给了她心灵的归宿，感谢他愿以同等的爱来与她交换爱情。

如果女人的婚姻是一场豪赌，那么，她一定已经赢得了属于自己的万里江山。

步覃在校场惩治了张勇之后，便又回到主帅营继续研究地形战略，直到晚上才回到主帅府邸。

席云芝见他回来赶忙迎了上去，却被步覃闪开，她愕然地看着他的背影，不知如何是好。

"夫君……"她试探着喊了他一声，步覃却没有理她。

席云芝目光跟着他一直到他坐到了桌子旁。

步罩见她还愣在门边，不禁没好气道："过来倒茶啊。"

席云芝这才反应过来，赶忙抱着肚子走到步罩身边，给他倒了一杯热茶。

步罩接过喝了一口后，说道："太烫，吹吹。"

席云芝不懂这个男人今天在发什么神经，便不动声色顺着他的意思去做了，端起了水温正好的茶杯，象征性在唇边吹了两下，然后又递给他。

步罩这才装样喝了起来。

席云芝见他这般，便也配合十足地走到他身后，主动给他捏肩捶背，好一番伺候之后，步罩才又开口问道："知道错哪儿了吗？"

席云芝停了停动作，摇头说道："不知道。"

步罩放下杯子，故意拉下面孔转过身来看着她，说道："真不知道假不知道？"

席云芝敛目想了想，这才抱着肚子可怜兮兮地说道："我也是不想给你添麻烦，让你为了我惩治一个替你打仗的手下，我怕旁的人会对你有看法，所以……"

步罩听后面上浮出烦躁："屁话！我要连你都护不了，还谈什么打天下？"

席云芝见他说得真切，脑中又不禁回想起他白天在校场上说的那番话，便软了身子，依偎到他怀中，温柔似水地说道："好啦，我错了还不行吗？下回有事，我一定先告诉你，你就别生气了嘛。"

她这么一软，步罩腹中早就打好的发言稿也没了发言的机会。看着席云芝洁白无瑕的侧脸，心中一软，伸出手臂将她搂在了怀中，温和了口气说道："你可别忘了这句话，下回再犯，看我怎么收拾你！"

席云芝没有说话，只是伸出一根手指在他胸膛上戳戳弄弄，被步罩抓在掌心："听到没有！"

席云芝点点头道："听到了。"

步罩见她答应，脸色才好了一些，又抓住她的手，解释道："我之所以那么说，是为了给你立威，他们不服我的管制，我自有我的法子让他们服，可是你呢，若是我不闹一回，让他们好好知道知道你的分量，他们今后再给你整些么蛾子出来，你一个人怎么对付？我若不在你身边，又该如何？"

席云芝耳中听着步罩沉稳的嗓音和有力的心跳，静静地点点头。她当然明白步罩今日所做所言的深意，也知道他是在为她铺路，毕竟就像之前张勇说的，营地不像其他地方，有本事的人太多，这些人桀骜不驯，若是不能让他们衷心折服，那今后必然会对她颇多异议，不敬欺辱也会成为常态。

"在想什么？"步罩见席云芝失神了好久都没说话，不禁问道。

席云芝摇摇头，说道："没想什么，只是觉得自己好幸运，能够遇上你这样的夫君，不像皇后和张嫣……"

步罩当然知道她想说什么，便将她搂得更紧："我也庆幸，能够遇上你这样的夫人，若是旁的任何一个女人，怕是早就对我完全放弃了，只有你，一心一意坚守在我身边，不离不弃。"

席云芝笑道："我才没有你说的那样好。"

步罩在她鬓边轻吻一下，用行动回答了她，两人十指紧扣，依偎在浪漫烛火下，甜蜜温馨。

步罩打了个大胜仗，俘了朝廷五十大臣，然后写了一封言简意赅的信。他给萧络一个月的时间，要求朝廷用一千万两真金白银把这些人赎回去。否则一个月之后，一天杀一个人，再把那个人的人头送去京城。

此举在朝廷掀起了一阵不小的波浪，对步罩的行为褒贬不一。

步罩人在南宁，也听不见来自朝廷的咒骂，难得抽空，留在府里陪席云芝，顺便查一查小安最近的功课。

席云芝的肚子已经七个月大了，圆滚滚的。刘妈早些日子就已经在准备产房，步罩也从外头请好了稳婆过来府里随时候命。席云芝这些日子贪吃极了，因为有了第一次的经验，所以这一回她不用刘妈她们催促，吃得虽然多了，运动也多了起来。每天早晨起来，她就先去营地粮仓后厨转一圈，然后感到有些累了，就在步罩的主帅帐里随便歇一歇。

步罩和小安大汗淋漓地从校场上回来，步罩一路还对小安讲解着拳法的精要。

席云芝见他们走进园子，便叫刘妈打了水，让他们坐下之前，先来洗把脸，步罩自己动手，小安则乖乖地走到娘亲身边，让娘亲替他擦脸和手。

洗完了脸之后，父子俩才步调一致地坐下休息，小安对步罩的动作是有样学样，一副小小的身子，偏要做出沉稳之态，看得席云芝不禁摇头暗笑。

剥了一颗葡萄送到小安嘴边，小安看了看步罩，然后才偷偷吃进嘴里。步罩见他谨慎，便放下杯子，自己也拿了两颗葡萄，说道："吃吧。"

小安这才看了看席云芝，席云芝便微笑着要再去给他剥葡萄皮，却被步罩制止："自己剥。"

一家之主发话，娘儿俩也没人敢有怨言，小安嘟着嘴，有些不情愿地坐直了身子，拿起葡萄剥了起来。席云芝在他头顶摸了摸，以示安慰，转过身去，却突然发现唇边多了一颗剥好的葡萄。

转眼便是八月，席云芝怀着身孕，身子本就易热，又是一年中最热时节。这段时日，她恨不得能每天泡在水里。这日，席云芝求了好久才得了泡澡的机会。

"夫人，您都泡一刻钟了，快出来吧，时间再长怕会对身子不利啊。"刘妈站在澡盆旁忧心忡忡的。

席云芝才在水里喝下了一碗银耳汤，觉得泡着正舒服，对刘妈撒娇道："哎呀，再泡一会儿吧，待会儿出去又热得心口发闷，太难受了。"

刘妈却怕她着凉，坚持道："不行不行，爷吩咐了，一刻钟是上限，绝对不能超过这个时间，您还是快起来吧。"

席云芝从水里站了起来，刘妈立刻从旁边取来干净的毛巾，将席云芝裹住。席云芝裹着毛巾，来到铜镜前站好，抚着自己的肚子说道："要是生的时候怎么办呀？就这天气，我还不得热死了呀。"

刘妈取来了干净的中衣，帮席云芝穿上："呸呸呸，什么死不死的，夫人您就是乱说，再说了，您这才八个月，还得近两个月才生呢，那时候天儿就没这么热了。"

席云芝一听这才觉得心里的担忧少了一些，只见刘妈看了看她的肚子，道："夫人，您这肚子又大又尖，怕还是个小子呢。"

席云芝埋头看了看肚子，对刘妈说道："是吗？可是我怎么觉得是个丫头呢？"

刘妈却道："错不了，您看您的肚子形状，还有这腰身，定是个小子。"

席云芝见刘妈说得笃定，也不予争个长短，摸着肚子，让刘妈给她梳头。她对刘妈问道："对了，这几日怎么少见如意和如月那两个丫头？"

刘妈一听席云芝提起如意如月，不禁叹了口气，说道："嘿，不就是因为上回张勇的事吗？她们总觉得营里的人都知道她们被张勇轻薄了，成日不敢出门儿，就怕别人笑话她们。"

席云芝转过身子，道："是这样？我说最近怎么很少见她们。"原也是她粗心，如意和如月毕竟是两个云英未嫁的黄花闺女，被一个赖子轻薄了，心里总是有疙瘩的，再加上她们俩都心仪赵逸，更是觉得在心上人面前丢了人，所以就更加不好意思出门了。这事要是不好好解决一下，没准这两个丫头今后还得埋怨她呢。

这么一想，席云芝便若有所思地叹了口气，心中自有了定夺。

第二十五章·策嫁

八月中旬，营里出了件大事，让步覃怒不可遏，在营地里待了好几日才回到府邸。原因就是前几日，他收到朝廷的同意书，要求在淮海边上一手交钱一手交人。步覃派了一队千人士兵，押送五十名大臣去了淮海边，谁知道，大臣们刚刚出了铁血城，在离淮海还有十几里的地方遭到了一帮死士的埋伏，千人士兵誓死将五十个大臣护着折回铁血城，但千人队伍，只剩下寥寥三百多人。

杀大臣的死士是谁派来的，一目了然，萧络为了不付巨额的勒索款项，竟然暗地里下此毒手，要将五十个官员全杀死了事，这种当面人背后鬼的行径着实可恶至极。步覃这几日便是在营地里部署进攻事宜，一连安排了好几日，才心情郁闷地回到府邸。

步覃回来的时候，席云芝正在泡澡，见他眉头不展地在澡盆旁的椅子上坐下，席云芝关切地问了几句之后，步覃便将此事告知了她。

席云芝知道了来龙去脉，也觉得萧络这个人品行着实恶劣，想到即将为此展开大战，忽然灵机一动对步覃说道："夫君，也许这场仗不一定要打呢。咱们用其他方法逼得萧络就范便是。"

步覃对萧络这个人早已失望透顶，重重呼出一口气，说道："就范什么？他如今是摆明了不想管这些人的死活了，再怎么逼迫也是没用的。"

席云芝从水里站了起来，步覃赶紧拿着毛巾去帮她擦身子，怕她出水后着凉。席云芝换上了干爽的中衣之后，对步覃说道："他既然是派人来暗杀，而不是明杀，那就说明他杀人的事情，并不想让其他人知道。他选择在半路动手，就是想把杀死降俘大臣的罪名加在咱们身上，让京里的其他官员，与我们为敌。"

步覃隐约有些明白席云芝的意思，只听席云芝继续说道："既然如此，那咱们就先将计就计，不戳穿他的恶行，反而要对他赞赏有加，让这次遇袭的大臣每个人都写一封家书回去，家书要送到他们至亲亲人手里。"

萧络可以不管这些大臣的死活，但是这些大臣的家人定然不会不管，他们还指望着，步罩收了赎金之后，放这些大臣回去跟他们团聚。

步罩完全明白了席云芝的意思，她是想用京城中这些大臣的家眷牵制萧络，逼得他必须付出这笔巨款，要不然，就会落下个罔顾臣子死活的暴君名声。步罩觉得这个方法还算可行，只是……

"可是，就算萧络被逼得交出赎金，若他在暗地里动手，再派出死士过来刺杀，又该如何？到最后，我们不还是会被扣下杀俘这项帽子。"

席云芝扬唇一笑，往他大腿上一坐，顺势搂住了他的肩膀说道："其实，我们干吗非要朝廷那笔赎金呢？先让那些家眷去闹一闹，让京城里所有人都知道这件事，然后，咱们就把那些大臣偷偷放回去，说已经收到了那笔赎金，按照条约把人给放了回去。这些大臣回了京城，萧络要杀他们就得多费不少心思，再加上这些大臣也经历过生死，知道萧络的本性，这样，他们为了自保，定然也会与萧络展开殊死搏斗，至于我们嘛……"

步罩搂着席云芝的腰，接着她的话说道："我们只需坐山观虎斗，不费一兵一卒，搅得京城天翻地覆。"

席云芝温柔一笑："不错，反正那笔赎金咱们也不可能拿到，给那昏君找点儿事做岂不是更好？"

步罩觉得这的确是个好主意，在席云芝屁股上拍了拍，说道："我去安排一下这件事，你自己好好的。"

步罩当天就把这件事给落实下去了，他先去牢里看望了那五十个历经生死的大臣，一番威逼利诱之后，让他们一个个按照他的意思写下一封家书，让那些大人以为，步罩还没对朝廷的那笔赎金死心，所以他们暂时还是安全的。大臣们一个个写了家书，一来是为了暂时保命，二来，也觉得步罩的那个方法可行。他们被困南宁，天高皇帝远，虽然皇上派了死士前来暗杀，但若是让自己的家眷们去朝廷闹一闹，皇上抹不开台面上的关系，说不定还会回心转意真把他们救出去。

横竖是个死，干脆搏一搏，反正是没有比如今这个结果更坏的了。

其实，这些大臣哪里知道，步罩根本就不是想要那笔赎金，而是要搞一出大规模的反间计。

果然，信送去京城后的第二天，就陆续传出各大臣家眷四处托关系，求爹告娘，最后没办法，家眷们干脆抱闺儿跪到了正阳门前，日日喊冤，天天哭诉，老的哭晕了，少的再上，一个个恨不得都学孟姜女，要把正阳门给哭倒，然后直接扑到萧络面前去，让他大发善心，打开国库，救他们家大人回家团聚。

萧络躲在宫里，一直没有表态。那些家眷足足哭了五六日之后，第七日，就发现他们家的大人一夜之间都被安然无恙地放了回来，举家大喜。

宫里的萧络听到消息，大为震惊，觉得这些人已经都被步覃收买。萧络表面上跟这些人和乐融融，暗地里却百般查探，万般刁难。

有胆小的官员干脆辞官回乡，可第二天，就被人发现一家老小死在回乡的路上……

步覃每天听着京里的奏报，感觉心情痛快极了。萧络这是自毁长城啊……

八月下旬，因为风声已经没有那么紧了，鲁副帅终于将鲁恒、张果和琴哥儿他们都接回了步家军，步承宗和席征也顺道一起跟了过来。

步承宗与席征已经有两年没有见过席云芝，再见她时看她肚圆人康，悬着的心也总算放下了。开心的步承宗每天都让席云芝多吃点，席征则日日陪在闺女左右，顺便从刘参将手里，接过了教导小安文理的工作。

席云芝对席征稍微说到了一番她和步覃在齐国的遭遇，告诉他，她已经找到了云然，并且云然现在齐国过得很好。

席征问及席云然现在干什么的时候，席云芝犹豫了一会儿，便决定不告诉他真相，只是随便答了一句："他……就在那人的家里帮忙做点事情，那人对他挺好的。"

席征盯着席云芝看了好一会儿后，才呼出一口气，说道："那人是……他的亲生父亲吧？"

席云芝僵了僵，然后支支吾吾地答了一句："嗯……是吧。"她想要说点什么来安慰席征，可是发现自己什么都说不出来。

最终虽然父女俩坐在凉亭中好久，席征却没有再开口。

他对云芝心里有太多的愧疚，那时候他只想到自己，想把自己缩到壳子里去，害怕再听到外界的声音，却没有考虑过云芝这孩子，她一个人在那样吃人的环境中该如何生存。他早就知道云芝不是自己的孩子，当初她只有七个月就生了下来，可是他不在乎，他只想和心爱的人厮守一辈子，婚后的她，却不开心。他之后才知道，原来那个男人根本没有放过她，千里迢迢从齐国追到萧国，几次纠缠之后，她就有了云然。当她哭倒在自己怀中的时候，他软弱，没法为她做什么，唯一能做的，就是给她包容和倚靠，可是没想到最后也没让她靠住，她还是被冤枉致死。而他什么都没法做，云然被送走了，他们把云然丢入河里，他沿着河道找了两天都没找到尸体，回家之后，他懊恼、痛恨、悲伤……看见云芝就想起那些悲惨之事，现实快要把他逼疯了，所以那之后，他一天到晚就只知道用喝酒来麻痹自己，只想着逃离一切，最终却忘记了还有一个无助的孩子在那里等他。

八月底，朝廷重整旗鼓，令水军集结在淮海之上，这回他们总结上回经验，学乖了，十万人再也不聚在一起，而是学着上一次步覃的战略，将兵力分散开来。步覃得知这一回朝廷派出的是之前专门在海峡弯打海仗的陆朗宁，所以这一仗，他还是必须亲征才行。可席云芝生产在即，步覃实在有些放心不下，晚上回来跟席云芝说起这事之后，席云芝却在他身边笑成一团。

步覃将她困在怀中，不许她再笑了，才说："我担心你，你还笑？"

席云芝干脆将自己沉重的身躯全部靠在他身上，然后好不容易止住了笑，说道："我有什么好担心的。我生孩子你又不能进来。你只要保证你能安全回来抱孩子，就好啦。"

步覃无奈地看着自己怀里的夫人，好好的一番话从她嘴里说出来，总觉得有些变味。

"所以，你安心去吧，速战速决，别忘了家里还有妻儿在等着你回来。"

步覃怎会看不出席云芝眼中的不舍，但她未向他流露半句。

步覃离开后，席云芝每天还是好吃好喝，一点要生的迹象都没有，从九月底一直拖到了十月中旬，肚子还是没什么反应。席云芝有些急了，因为，肚子虽然没反应，伺候她生产的那些产婆的反应却是很大。不光限制她的饭量，还每天督促她要做大半个时辰的产前运动。

这日，做完运动，乘完凉，要回房的时候，席云芝正慢慢悠悠地爬上石阶，忽然觉得肚子一阵抽痛。

席云芝赶忙扶住了石阶旁的柱子，觉得有些不妙，放开了声喊道："刘妈……刘妈……快……快，快来啊！"

所有人一窝蜂似的赶来，都被刘妈无情地驱散开，产婆来摸了下席云芝的肚子，说道："动了，动了，要生了！"

席云芝被几个婢女半抬半推着入了产房，趁肚子还没疼得那么厉害前，就换上了干净宽松的衣服，然后配合着产婆的要求，躺到了产床上。

步承宗和席征都焦急地在院子里等候，一个时辰之后，房间里才传出一声响亮的婴儿啼哭，两人这才放下了心。

没多会儿，一名产婆从房里走出，对院子里等候的老爷和老太爷说道："恭喜老爷，恭喜老太爷，是位六斤六两的千金。"

步承宗冲到前头说道："哎，千金好啊，我孙媳妇没事吧？"

产婆如释重负道："没事没事，夫人这是第二次生，比第一回顺畅多了，身子好着呢。"

步承宗这才和席征对视一眼，放下了悬着的一颗心，两老又相携回到院子里，等待产婆将孩子洗净抱出来让他们瞧上一眼。

小安一听是个妹妹，也高兴地在院子里翻跟头乱转，最后被席征无奈地抱在怀里才安分了些。

孩子生下来之后，席云芝便开始了她幸福的坐月子生涯。小姑娘好带极了，不仅不哭不闹，还特别乖，只要吃饱了就睡，除非饿了或是尿了才会放声哭那么两下，然后，只要感觉到有人理她了，就不再哭，继续睡她的觉。

步承宗和席征不能进产房，只好每天固定时间在房外等着，让产婆将孩子包裹严实了给他们抱出去看看。小安倒是没什么忌讳，第一天被拦在外面的时候，他从产婆腋下偷偷闯了进来之后，就再也没有被拦在外头过，时常还留下来蹭席云芝的月子饭。

步罩得胜的消息这时也传了回来，席云芝悬着的心总算全落地了，问传信的人步罩的归期，那人说估计还得半个月，因为这回的收获也挺大，主帅要留在船上等所有东西都盘点好了才能回来。

然后，席云芝就开始一日日地期盼步罩的归期。

如意和如月被安排在她的房里伺候，席云芝看着她们姐妹俩争着抱孩子的画面，不禁开口对她们说道："如意如月，等爷回来了，我就替你们求一门亲事，如何？"

如意和如月对视一眼，脸上一红，却也透着股小紧张。如意胆大，对席云芝问道："夫人，您想将我们姐妹嫁了吗？"

席云芝点头，对她们招了招手，说道："是啊。你们过完年都快十九了，再不嫁人可就是老姑娘了。"

如意将孩子送还到席云芝手上，咬着下唇站在床边没有说话，如月也是一副蔫儿蔫儿的神情。席云芝见状，将孩子抱在手里拍了拍，这才对她们说道："你们可有心仪之人，可以跟我说一说，做个参考。"

如意咬了几下唇之后，才红着脸低头说道："夫人，我们的心思您不是都知道吗？"

席云芝想起来，这两个丫头确实都跟她提过她们的心上人是谁，不禁说道："我知道你们都喜欢赵逸，可是……他只有一个人，你们两个要怎么分呢？"

如意一听好像有戏，赶忙看着席云芝说道："我和如月是姐妹，姐妹共侍一夫……"话说了一半，如意才惊觉不对，她的话委实也太不矜持了，竟然连共侍一夫的话都说了出来，可是，既然夫人开口问了，她若连这事都说不出来，那万一错过了这个机会，她岂不是这辈子都别想跟赵逸在一起了？

如月胆子比如意要小，但也知道，这次是个机会，便接替了如意没有说完的话："如果对方是赵逸，我和如意宁愿两女共侍一夫。"

她们这么主动，倒叫席云芝觉得有些为难了，但看这两个姑娘这般痴情，心中倒也觉得不忍。先不说赵逸愿不愿意，就算愿意娶，一下子娶两个女人也有点悬啊。这么一想，席云芝还是觉得要对她们把最坏的结果说出来，免得到最后余下的那人受伤害。

"你们都想嫁给赵逸，可是，有没有想过，赵逸要是不愿意娶你们呢？"

如意和如月一听席云芝的话，两人愣在了当场，她们从头到尾都是在想如何能够嫁给赵逸，却是从未想过，人家赵逸愿不愿意娶她们。

席云芝见她们面露难色，又说道："这样吧，你们去想个办法，证明一下赵逸对你们俩的心思，如果他愿意娶你们两个，等爷回来，我就替你们安排婚事，如果他只愿意娶一个，那……咱们就先安排这一个的婚事，如果他对你们都没有情爱之意，那……"

如意和如月沉默了一会，才拿出一副视死如归的神情，对席云芝说道："那咱们也不会多做纠缠，婚事该如何，便全由夫人做主了。"两个丫头说完，便对视一眼，若有所思地走出了房间。原本席云芝还想叫住她们吩咐些事情的，适时小女儿醒了，在她怀里乱动乱动的，打乱了她的思虑。

当天晚上，席云芝刚刚睡下不久，就觉得身边一陷，她猛然睁开眼睛，迎来的却是缠绵火热的一吻，她先是抗拒，到后来慢慢接受。自家夫君的气味，无论何时她都是不会认错的。

就在此时，一阵微弱的孩子哭泣声自门外传来："夫人，小姐饿了。"

席云芝赶紧推开步罩，坐直了身子，紧张万分地将自己的衣襟全都系好，然后才故作镇定地对门外叫道："进……进来。"

乳娘们进来之后，一个负责点灯，一个负责抱孩子。灯火亮起的那一刹那，两个乳娘都吓了一跳，因为在她们主母的床上，竟然出现了一个陌生男子。

看着乳娘们的眼神都变了，席云芝无奈解释道："你们刚来不认识，快来参见主帅。"

乳娘们恍然大悟，慌忙上前跪拜。

步罩从席云芝的床铺上跳下，对她们摆了摆手，说道："行了行了，起来吧。"说着，便将孩子从乳娘手中接过，然后又把孩子送到了席云芝手上。

席云芝转过身去解开衣襟，将乳汁送到孩子口中，这才对步罩问道："你不是要半个月才回来吗？怎的这才两三日，你就回来了？"

步罩就着席云芝睡前洗脸的水，洗了把脸，觉得精神些了，才来回答她的问题："我让他们两天就做好了，然后马不停蹄赶了回来。"

席云芝有些生气："怎的这样，不是让你好好照顾自己吗？"

步罩坐到床边，看着女儿满足地吃奶，扬唇说道："你们娘儿仁在家里等我，我归心似箭，怎的还不让啊？"

席云芝见他双眼充满血丝，心疼极了，却又感觉到一种被人千里之外惦念着的幸福。想要喊刘妈起来去给他做些吃的，却被步罩止住，正巧她半夜的月子汤送了进来，她没吃，就让步罩对付着吃了一些，然后，等小姑娘吃饱了，乳娘将小姑娘抱到隔壁，她才和步罩双双躺下，抱在一起沉沉睡去。

席云芝跟步罩商量之后，决定给女儿起名叫宜安，宜家宜室，平平安安。小家伙能吃能睡，小胳膊小腿生得十分结实，连步罩都坦言，宜安比小安那时要重许多。

席云芝月子期满的时候，也是远征大队回归的时候。他们带回了丰厚的战利品，有船有物有粮食，这些东西被整理成十几本册子，统一递到了席云芝面前。

席云芝翻看了一下，便叫人将东西清点入库。

步罩跟她说，这些东西在不久的将来就会派上用场。朝廷两次被他重创，损失惨重，在不久后一定会一举反攻，到时候，这些囤积的军备就能派上大大的用场。

席云芝将步罩的话记在心里，如果朝廷反扑，那她要给这二十万兵事先准备好补给才好。

赵逸远征回来之后，发现了一些不对劲。

如意和如月两个小丫头仿佛较着劲，轮番对他献殷勤，令他受宠若惊。终于在一个困倦的午后，两个小丫头跟他展开了殊死的较量——竟然同时"滑"下了水，同时大喊救命。

赵逸惊呆了，赶忙下水施救，可是，两个丫头一东一西，他一下子救不上来，只好解开腰带，往两边抛去，分别拉住了两个丫头扬在水面上的手腕，将她们拉回了岸边。

如意和如月抓到他的手的那一刻，纷纷抢着说，赵逸是先拉自己的，两人分别抱着赵逸的两条胳膊不肯放，大哭大闹起来。

这一闹，就闹到了步罩和席云芝面前。

如意如月对赵逸的心思，席云芝是知道的，即使到了她面前，两个丫头也不肯放开赵逸，似乎有意逼迫一番，两不相让非要赵逸说出更喜欢她们中的谁。

赵逸被逼得无可奈何，猛地一甩胳膊，怒道："你们别这样，我……你们两个我都喜欢，没有只喜欢一个的道理，你们能不能理智一些，别在爷和夫人面前闹了，要闹出去闹。"

如意如月眼前一亮，强忍着笑对视一眼，这才得逞般放开了赵逸，来到席云芝面前，说道："夫人，您听见了吗？赵逸说，喜欢的是我们俩。"

赵逸一脸惊呆地看着她们。

席云芝则对他露出一副了然的神情，对如意如月点头说道："行了，我知道了。"

赵逸一个头两个大："夫人，您知道什么了？不是您想的那样。我……"

赵逸还想为自己辩解，却被席云芝笑着拦住了，对他说道："赵逸，你也老大不小了，该给自己找个伴儿了。"

赵逸欲哭无泪："夫人……我……她们……"

"如意如月都是好姑娘，她们对你情根深种，其实早就来我面前说过了，但是，我一直不懂你的心思，便不好强加做主，如今你既然说了心里话，那……夫人我就替你做一回主，两个姑娘都嫁给你。"

赵逸一脸惊愕的表情，让大家都会心笑了，他的好兄弟韩峰走过来，拍了拍赵逸的肩，说道："你小子可以啊，一下子就娶了俩。"

赵逸将韩峰的手甩开，看了一眼虽然有些狼狈，但出落得还算标致的两个姑娘，顿时有一种赶鸭子上架的心情。

无助的赵逸走到步罩面前，想要爷给自己说句公道话，可他还未说话，就听步罩说道："这事就这么定了，夫人做媒，定是好的，你且珍惜知道吗？待会儿爷给你置办些聘礼……"

步罩一言既出，如意如月两个人便走到赵逸身后，双双跪下，对步罩和席云芝叩头谢道："谢主帅和夫人成全，我们定会好好珍惜。"接着两人同时出手，将欲哭无泪的赵逸拉着跪了下来，各自搂着他的臂膀，喜色自露。

赵逸和如意如月的婚礼就定在腊月初六，一男娶二女，在营中掀起了不小的风浪，人人都在羡慕赵逸的艳福。赵逸被众人羡慕多了，一开始的不情愿也渐渐化作情愿，与人说道起来也越发有新郎官儿的样子了。

席云芝喂完奶，便将正在赶制嫁衣的如意如月叫去了里间。

席云芝将百宝箱打开，对如意如月说："每人挑个五六件儿，就当是我私下赠给你们的。"

如意如月知道席云芝这盒子里的东西都是好得不能再好的，当即摇手推说不敢。席云芝敛了笑容，对她们瞪了两眼后，两个小丫头才战战兢兢地随手拿了两件儿不那么起眼的东西。

席云芝见状不禁摇头，将她们手上的东西取了回来，然后自己在箱子里头给她们一人挑了一对黄金凤钗、两条珠链、一对手镯和耳环小饰若干，然后又分别给了她们一人五百两银子。

"你们自小在我身边伺候，我也没有其他东西给你们，这些权当是我的一点心意，你们也别嫌弃我这个做夫人的不给你们料理嫁妆。糕粽团圆我已经让刘妈去准备了，嫁衣你们自己赶着绣，其他的一些东西，我也再去询问询问其他人，再做准备。"

如意如月听了之后，双双跪在席云芝跟前儿，说道："夫人，您待我们如亲生父母般疼爱，我们不会忘了夫人的大恩大德。"

席云芝看着这两个丫头，她从小便在那吃人的环境中长大，对人心看得很淡薄，那次逃亡之际，她特意试探这两个丫头，看她们是否愿意追随，两个丫头都忠心得很，她已经很多年没有遇见过这样忠心的仆婢了，当即生出要照顾好她们，不枉她们选择追随她的心。

她们对赵逸的心思，她早就看了出来，不过，一直碍于赵逸，她没好给她们做主，如今好了，赵逸终于松口，两个丫头也终于能够雨过天晴了。

刘妈在一旁看着也不禁哭了出来，这两个丫头私下里，都是喊她娘亲的，如今女儿们要嫁人了，她这个做"娘亲"的自然会觉得感伤。

如意如月见刘妈哭泣，便跪着挪到刘妈跟前，两人齐齐抱住了刘妈，说道："刘妈妈，你别哭了，我们只是嫁人，又不是要分开。"

刘妈这才止住了眼泪，也从袖中拿出一些自己这些年藏的私房，硬是塞给了两个丫头，才觉得稍微心安。

"要是赵逸那小子以后对你们不好，刘妈我定不会放过他的。"

三人这才破涕为笑。

第二十六章 · 情义

席云芝从月子里出来，先去仓库转了一圈，出来的时候，正巧碰上刚刚练兵回来的琴哥儿。这是琴哥儿被迎回来之后，第一次与席云芝碰面。

想起过往种种，琴哥儿多少觉得有些尴尬，但席云芝倒还好，依旧带着笑容来到琴哥儿面前，对她福了福身子说道："琴哥儿好久不见，清减了不少。"

琴哥儿嘴唇微动，瞪了席云芝一眼，便什么也不说，毫无礼数地转身往另一个方向走去。席云芝看着她离开的背影，不觉叹了口气，这姑娘的性子太傲，早晚要吃大亏……

回到主帅府之后，席云芝便叫刘妈煮了银耳羹，又装好两三盘小点心给琴哥儿送了过去。

刘妈送去之后，回来就一直在嘀咕，说琴哥儿这姑娘太不懂事了。

席云芝以为琴哥儿对她有什么过分的言语，谁知道刘妈却道："先前我去的时候，她正准备洗澡，夫人您知道吗？竟然全是凉水。"

刘妈又左右看了看，确定没人听见，将头凑近席云芝小声说道："而且，我进门的时候看见她换的一条衬裤，私隐处还有些血迹，她还来着月事呢，竟然用凉水洗澡，这也太……不讲究了。"

席云芝一直以为琴哥儿虽然举止行为很像男人，但最起码内在是女人，可是如今看来，她就连内在也是个十足十的爷们儿。不过也难怪，琴哥儿自小被步帅收养，步帅一生未娶，身边也没个料理家事的女人，琴哥儿跟着他自然也不能了解太多女人私下的事，这种性格若是一辈子在军营里待着也就算了，若是今后有一天要为人妻、为人母，那可就有的烦了。暗自将琴哥儿的事情记在了心上，席云芝便回房间看小女儿去了。

步覃回到家时，正是华灯初上，赶上席云芝喂奶的时候，乳娘们见是他，便知趣地退了出去。席云芝看了他一眼，便将全副精神投注在小女儿身上。步覃在她旁边坐下，抓住了小女儿的小脚，谁料可能动作大了些，小宜安突然停止了吸奶，小脚象征性地抵抗了一下，感觉骚扰她吃奶的手不动了之后，她才继续吃起来。

"我总觉得这小姑娘的食量太大了，比小安大了不是一点儿，我怀着她的时候，就特别能吃，如今每天我要吃好多，才能产足够的奶让她吃。"

席云芝倒不是嫌弃自家女儿吃得多，而是觉得有些担心，一个多月的孩子吃这么多合适吗？步罩倒是不以为意："吃得多就多呗，咱们养得起。"

席云芝翻了个白眼，她也没说养不起啊。唉，算了，这种事情，改天还是跟有经验的刘妈探讨探讨，跟他这个大老爷们儿说不到一块儿去。

步罩见席云芝不跟他说话了，也不介意，自己找了话题，又说道："朝廷派了一队兵正在往山西进发，倒不是很多，两万多人。山西是陈宁守卫的，有八万大军镇守，如果让朝廷的这两万与他们会合，他们合并起来，转头打向我们南宁，那可就难办了。"

席云芝听他这么说，不禁问道："你又要出征吗？"

步罩见她眉间有些小忧愁，面上一笑，摇头道："不，这回只有两万人，我不出征，让琴哥儿和韩峰他们带兵前去阻击。"

席云芝不着痕迹地松了口气，步罩见她这般，不禁笑问道："怎的，不舍得我再出去了？"

席云芝挑了挑眉，弯起嘴角没有说话，步罩却觉得此时无声胜有声，夫妻二人间的默契自不必说的，正含情脉脉看着对方的时候，怀里婴儿的一声满足的饱嗝打断了他们。

小宜安吃饱喝足了，咂着小嘴儿开始东张西望。

步罩将她抱了起来，席云芝则转过身去将衣衫整理好，垫上帕子，省得奶汁溢出来。

"琴哥儿和韩峰带兵行吗？不会出什么岔子吧？"席云芝虽然也想让自家夫君多休息休息，可是，也不免担心大局。

步罩点头道："没事的，韩峰和琴哥儿都身经百战，琴哥儿就是单独也领过兵的，虽然有时候总摆脱不了女人家的犹豫，但这回韩峰在呢，他总能决断的。"

席云芝这才放下心来，对他说道："他们什么时候出征，我明日便去替他们安排军备粮饷。"

步罩点头，道："这回人不太多，你看着办就行了。"

琴哥儿和韩峰出征后，步罩在营地里也没闲着。朝廷这回动兵，虽说动静不大，可是，隐约还是能够看到一些蛛丝马迹，朝廷是要跟他们步家动真格的了。

步罩从前也是手握兵权的，所以对萧国境内哪处有兵、兵员多少，他大抵心中都有数，朝廷如今最重要的屯兵口，一个是京城郊外三里，拥兵十万，一个是西北辽阳，李毅麾下的十二万大军，另一处便是山西，陈宁手中的八万精兵。这段时间，步罩都是在营地里跟众位将领商议最佳进攻方案，每每直到深夜才能回房。

洛阳的秋粮又送来了南宁，外加兰表姊她们几个月连夜做出来的军备用品，五艘大船抵达南宁港口。席云芝开怀地亲自去港口相迎，看着士兵们将东西一袋一袋从船上搬下来，运去仓库，她只觉得心中充实满足。

随船一同前来的，还有堰伯这个熟得不能再熟的老面孔，席云芝看见他，惊喜地迎了上去："堰伯，您怎么会来的？"

几年不见，堰伯看起来还是那样精神矍铄，只是鬓间的发又白了不少。

他先给席云芝行了个大礼，老泪纵横："老奴有罪，不能在老爷少爷和夫人有难时生死与共，着实惭愧，还望夫人原谅老奴。"

席云芝见他如此，赶忙扶他起身："堰伯，您说的哪儿话，一切都是突然发生，我们连给您报个信的机会都没有，何来怪罪之说呢。"

堰伯还是觉得自己没有尽到仆役的责任，又跟席云芝说了好些抱歉的话，然后等席云芝把他喊去了书房，他才从怀中掏出一沓厚厚的纸包，递给席云芝说道："夫人，您上回让赵逸他们暗地里带去给我的那些珠宝首饰，我全都交给了南北商铺的掌柜，他将那些东西全都卖给了西域商人，价格不菲。那掌柜将这笔钱交给我的时候，顺便还给了我这几年南北商铺攒下的银钱，叫我一并带来交给夫人。"

席云芝看着眼前这厚厚的一沓全是万两票额的银票，又看着这风尘仆仆的老者，一时竟不知道要说些什么才能表达自己心中的感谢。沉默一会儿后，她才点点头，对堰伯说道："客套话，我也不会说，但如今正是步家的用钱之际，我手上的钱每一分都要掰开两分用，所以，暂时不能给你们什么承诺，但是你们对步家的这份情，我席云芝今生今世都会记得。"

说着，她便要给堰伯福下身子，却被堰伯事先阻止："哎哟，可使不得啊，夫人。我们做的都是应该的，都知道您此刻不方便，但是，我们做这些可不是为了图您的回报，而是您平日不知不觉间，自己积下的德，我们对您都是极其敬佩的。南北商铺的赵掌柜说了，他这些日子会再努力挣一笔给您送来，以报答您当年的知遇之恩。"

席云芝感动得不知道说什么，当即让刘妈带堰伯下去休息，自己则让小黑去了账房，将所有账本都抱回了房间。堰伯这回给她又带来了一百二十多万两，这可真是解了燃眉之急。虽说之前的银钱如今还够用，但是，毕竟这才打了两三回的仗，听步覃说，步家军跟朝廷的仗，还没算正式开打，银钱就已用去了一半，如果正式开打起来，她这后方若是补给不足，到时候影响了战局，那就是不恕之罪了。

如今多了这些，席云芝心里的底气总算是又足了一些。

琴哥儿和韩峰的仗打了半个月就结束了。席云芝原本以为这仗最起码要打到腊月里，已经在营地里给前线的士兵们准备好了御寒的衣物，谁料这好消息便传了回来。

琴哥儿领着得胜归来的队伍回到了铁血城，本该与她一同回来的韩峰却未见人影。琴哥儿跳下马背，便对步覃跪了下来，焦急道："主帅，是我轻敌才害得韩峰受了重伤，您怎么罚我都行，但还是先找军医救一救韩峰吧。"

步覃早已得知韩峰受伤的消息，将琴哥儿扶了起来，让她先下去休息，自己则去了装载韩峰的马车旁，亲自配合士兵们将重伤昏迷的韩峰抬了下来。

席云芝闻讯赶来，看到的便是韩峰营帐中十位军医会诊的场景，琴哥儿不去休息，也不去换衣，就那样焦急地在帐中乱转，那神情别提多紧张了。看见席云芝走来，她愣了愣，就又将脑袋转到一边，继续焦急踱步。

"怎么样了？"席云芝走到步覃身旁问道。

步覃双手抱胸，蹙眉道："断了三根肋骨，有箭伤。"

席云芝看军医们围着韩峰，知道自己就算着急也没用，干脆和步覃站在一起等待诊断结果。军医秦原带头走了出来，琴哥儿立刻迎上去，焦急地问道："怎么样？"

秦原看了步覃一眼，步覃点头。

秦原说道："韩副将伤得很严重，主要是失血过多引起身体机能倒退，这几天是关键。"

琴哥儿眼里流了泪："如果不是我一意孤行，韩峰也不会代我出战，我如果早些发现他，他也不会失血过多，都是我的错。"

步覃让秦原下去开药，看了一眼悔恨的琴哥儿，没有说话。韩峰已经受伤，他现在就是再去责怪琴哥儿也于事无补，还是先把韩峰治好才是关键。

晚上，琴哥儿自告奋勇地提出留下守夜，步覃见她身上也有伤，便劝说她回去休息，但琴哥儿坚定了主意，怎样都不肯离开韩峰的营帐。

步覃还想说什么，却被席云芝拉出了帐。

席云芝对步覃摇头轻声道："你就让琴哥儿留下吧，韩峰受伤与她有关，她心有愧疚，亲自照顾心里也好过些。"

步覃又看了一眼帐内，这才牵着席云芝离开了营帐。

这回出战的一位副将带回来一个情报，他说，这回的仗之所以能赢，有一大部分原因是山西总兵陈宁暗地出兵相助。只奇怪的是，从前步覃跟陈宁并无交情，为何却突然出手相助？于是步覃当即派出暗卫调查陈宁这个人去了。

第五天的时候，韩峰终于第一次睁开了眼睛，琴哥儿却因这些时日的日夜守护晕了过去。于是，琴哥儿被抬下去休息，秦原则留下来照顾有些好转的韩峰。

席云芝煲了一锅乌鸡汤亲自给琴哥儿送来了帐里，正巧看见她和伺候的丫鬟闹脾气，要下床去看韩峰。见席云芝走进来，琴哥儿这才不自然地低下了头。

席云芝坐到琴哥儿床边，想要探一探她的额头是否还有热度。琴哥儿却戒备十足地往后退了退，席云芝没有探到，也不觉尴尬，依旧温和地对她道："我让刘妈给你炖了一锅乌鸡汤，你趁热吃点吧。"说着不管琴哥儿愿不愿意，替她盛了一碗，送到她手上。

见她僵着不动，席云芝又将勺子送到她手上，这才说道："你若不吃，可是要我喂你？"

席云芝一副跃跃欲试的模样，吓得琴哥儿赶忙自己吃了起来，呼噜呼噜大口喝着汤，却因为汤太烫了，好几次她都是拼了命忍耐着咽了下去。

席云芝摇了摇头，打从心底里心疼这个姑娘，开口说道："这回的事，我也听说了，也不能完全怪你，你无须将所有罪责都往自己身上揽。"

听席云芝提起这回的事情，琴哥儿停下了喝汤的动作，盯着稠黄鲜美的汤汁，幽幽道："怪我，如果我不是那样急功近利，韩峰根本不会中敌人的埋伏。是我太想证明自己了，是我害了他。"

席云芝见她目光中露出真挚的哀伤，知道她此刻的心情定不好受，便拍了拍她的膝盖，安慰道："你想证明自己没有错，但也用不着把自己逼得太累，步帅的死是承载了萧氏皇朝对步家军几十年来的忌惮，并不是因为你和步罩的婚事没有落实，你懂吗？步帅是被萧络毒死的，并不是你害死的。这回韩峰受伤，说白了，也是因为你们的共同决策，如果韩峰真的不赞同你的观点，他根本不会去执行，就是因为他心里对你这个决策也是认同的，所以才会去做。"

席云芝从她的床边站了起来，在她头顶摸了两下，又接道："你知道吗？步帅之所以想让你嫁给步罩，是因为他觉得这世上没有其他男人镇得住你，可是，婚姻这种事情，并不是镇得住就行的，这件事需要很大的勇气，和不断磨合感情历程，如果单用武力来控制，那显然是不行的。"

琴哥儿深吸一口气，像是放松下来，却又突然仰起头来，故作骄傲地对席云芝道："我以为你怎会这样好心来安慰我。原来不过是怕我再去缠着罩哥，怎么，你怕了，怕我抢了你主帅夫人的位置？"

面对琴哥儿的尖锐，席云芝淡定从容地笑了。她站在脚踏上低头看着琴哥儿，扬起了笃定的微笑："你心里肯定清楚，我的位置已经无法代替了。我跟你说这些，不是因为怕，只是希望你能找到属于自己的幸福，不要沉浸在一些无谓的想象之中，从而错过了最该相守的人罢了。"

琴哥儿听了席云芝的话，心口间像是有一股气想要冲出来，却在看到席云芝秀美绝伦的脸上那抹云淡风轻的微笑时，彻底瓦解。

琴哥儿在那一瞬间仿佛看懂了席云芝，这个女人有着自己坚定的信念，精神强大到根本无惧外界所有的风雨，只执着地守护着她内心的净土，不容任何人侵犯与玷污，任何时候，都冷静得叫人害怕。

腊月初六，赵逸和如意如月的婚礼照常举行。韩峰是赵逸的好哥们，伤势还未痊愈，却依旧拄着拐杖前来参加。

赵逸被十几个将领簇拥着往新房走去，他们说不能光闹新郎官儿，新娘子也要闹一闹才算圆满。

韩峰拄着拐杖，既不能给兄弟挡酒，又不能随兄弟去闹，便跟小安坐在一起乖乖地吃饭吃菜，还不及小安随时可以下地跑跳的自由，正有些苦闷，却见旁边突然伸出一只手来，手上端着一只小杯。韩峰转头一看，只见双颊有些酡红的琴哥儿正醉眼蒙眬地看着他，啥也不说，就把酒杯送到他面前。

韩峰正在吃肉，见状不明所以，以为琴哥儿找错人了，便也没敢接酒杯，就那么看着她不说话。

张果从琴哥儿背后窜出来，一把抱住她，说道："琴哥儿你喝醉了，韩峰正伤着呢，不能喝酒。你还是跟我们去喝吧。"

张果喜欢琴哥儿是整座军营都知道的事情，别听他的话说得冠冕堂皇，其实口气酸着呢，就是不想琴哥儿跟韩峰待在一起，说什么也要把人给带回去。可是琴哥儿是谁，她做事又岂是张果能够阻拦的，当场便将张果来了个过肩摔，然后又执着地重新倒了一杯酒递到韩峰面前，酒气醺天地说道："韩峰，要把我当兄弟，就喝了它。"

韩峰有些为难地看着她，不知道这姑娘今儿发什么神经。

步罩在一旁看见了，正要上前劝阻，却被席云芝拉住了胳膊。

席云芝不动声色地对步罩摇了摇头，步罩这才停下了脚步，决定再观望观望。

琴哥儿见韩峰始终不接杯子，当即怒了，一脚踩在韩峰身旁的空位上，匪气十足地将杯子重重放在了韩峰面前，说道："今儿你喝也得喝，不喝也得喝！"

韩峰看着琴哥儿眨巴两下眼睛，实在不知道自己又哪里惹了这尊女阎王，他端着酒杯对琴哥儿道："琴哥儿，若我韩峰哪里有得罪的地方，你大人大量，别跟我一般见识，这酒我便干了下，所有恩怨，一笔勾销，可好？"

韩峰一口将酒饮尽，含在嘴里对琴哥儿比了比空了的酒杯，然后才将烈酒咽了下去。

琴哥儿看着韩峰的一举一动，像是着魔了般，突然俯下身子，捧着韩峰的脸就贴上了他的嘴……

现场鸦雀无声，韩峰吓得连大气都不敢喘了，受惊过度，身子不自主地往后仰去，因为行动不便，根本不能做到像从前那样身手敏捷，直挺挺地就倒了下去，而捧着他脸的琴哥儿也一同倒在了地上。

众人都惊呆了，就连步罩也被吓得从座位上站了起来，指着他们俩久久不能说话。席云芝也像是不知道被谁点了笑穴般。

张果和鲁恒合力将琴哥儿从韩峰身上扒下来的时候，琴哥儿还是一脸醉意，踢踏着脚，对韩峰喊道："老子爱上你了，老子要娶你！赶快给老子回去洗干净了，老子晚上就去找你睡觉！放开我，你们放开我，老子要跟他去亲热亲热，给我放开……放开……"

一场好好的婚宴现场，被这场额外的加戏弄得喧闹起来。

韩峰躺在地上，也没人上前拉他一把，欲哭无泪地看着满天星光。得，他这真可谓一战成名了，半生不鸣，一鸣惊人的典范！

他竟然被一个女人给……强……吻了？

韩峰和琴哥儿的事迹俨然盖过了赵逸齐人之福的艳羡，风头一时无两。

琴哥儿醉酒第二日醒来，发现整个军营看她的眼光都变了。她捧着脑袋回想了一番昨日赵逸婚宴上的情形，只觉得五雷轰顶，炸得她连想死的心都有了。

她怎么能做出那样的事情！简直禽兽不如！这让韩峰以后怎么看她？这让步罩以后怎

么看她？这让她的假想情敌席云芝今后该怎么看她？她竟然还说了那些话——我要娶你！她对韩峰那样一个顶天立地的汉子说了那样的话……这不是作死是什么？难得跟韩峰用生命建立起来的革命情谊，就这样被她的奔放彻底打散了！

怎么办，怎么办？琴哥儿在营帐里左转右转，最终下了一个决定，这件事的确是她做错了，所以她必须承担后果。

她要道歉，她要去跟韩峰道歉，就算他想把她千刀万剐，她也要去道歉！

刚出门，就一头撞到了一个人，她一脸暴脾气："谁啊！走路不长眼睛吗？"

"是我。"熟悉的男声让琴哥儿彻底僵住，她抬头一看，只见韩峰正拄着拐杖，一脸尴尬地看着她。

琴哥儿原想用怒火来掩盖内里的心虚，可在看见韩峰那双沉稳的眸子时却又意外地熄了火，低下头，用小绵羊般的声音说道："是你呀。"

韩峰轻咳两声，许是鼓起了莫大的勇气，走到琴哥儿面前，将一只玉佩交到了她手上，说道："这是昨儿掉我衣服上的，料想是你的，就给你送了过来。"

琴哥儿一摸衣襟，她爹送给她的那块玉佩果然掉了，没想到竟被他给捡到。

想起这玉佩的预言，琴哥儿整个人都像是虚脱了般，心跳激烈，面红耳赤。韩峰与她相比，也好不了多少，两人间尴尬的气氛像是能夹死一只飞过的鸿雁。

良久，韩峰才又轻咳一声，对一直低头不语的琴哥儿点头致意道："那……韩某就先告辞了。"

琴哥儿红着脸，像个小女生般微微点了点头，对韩峰说了一句："好，你慢走。"

看着韩峰离去的背影，琴哥儿的心怎么都不能平静下来，看着手中的玉佩，忸怩地一跺脚，这才掀帘子入了营帐。

营地的风气因为琴哥儿的那回壮举而变得青春洋溢起来，连琴哥儿那样的女汉子都春心萌动了，大家仿佛又都开始相信爱情了。

席云芝和刘妈正在营地后方的空地上筛捡土豆，现在收获一批，可以在粮食短缺时，用来临时抵一抵饥。

席云芝正躬身看着士兵过秤，只觉身后被人碰了一下。

席云芝回头一看，只见琴哥儿一脸扭捏傲娇地看着她。

席云芝站直了身子，对琴哥儿笑了笑，刘妈立刻递来了温热的帕子给她擦手。

席云芝一边擦手一边对琴哥儿发笑，却是不开口说话。

琴哥儿正在等席云芝开口问她做什么，可是这个女人只是看着她啥也不说，最后，还是她被看得无可奈何，这才深吸一口气，鼓足了勇气对席云芝说道："我想学女工，陶冶性情，你教我。"

琴哥儿这番话说了出来，席云芝倒还好，倒是把空地上的士兵们全吓得愣住了，过秤的忘记过秤，搬运的忘记装筐，洗土豆泥的忘记拿刷子……那场景，就好像他们听见的是什么能够勾魂摄魄的事情一般。

席云芝看着琴哥儿，扬眉点了点头，对琴哥儿弯起了秀美的嘴角，平常心地说道："好啊。"

琴哥儿原本在心里准备了一大堆说辞，就是为了应对席云芝难以置信的发问，可是，这个女人的反应未免也太平静了吧。

没有得到意想中的反应，琴哥儿觉得有些失落，但还不至于震惊，干咳了一声后，这才僵硬着身子，故作镇定地转身走了。

席云芝看着琴哥儿几乎同手同脚的步伐，觉得有些好笑，不禁摇了摇头。

刘妈拿着两只土豆，走到席云芝身旁，讪讪地问道："夫人，步总领想干什么呀？她疯了吗？"

席云芝看了她一眼，便淡定自若地笑道："她不过是想乱了，看不清自己想要的到底是什么罢了。"

刘妈还想再问些什么，席云芝就被奶娘喊回去了，说是小姐快醒了，让她回去喂奶。

席云芝离开晒谷场之后，一众士兵就开始了热烈且放肆的猜测……

晚上步覃回到主帅府的时候，席云芝正好将宜安哄好入睡，两人相携回到了房间。

席云芝替他除下外衣，整齐地挂在屏风上。步覃对席云芝说道："今天下午，琴哥儿突然来找我，要辞去总领一职。"

席云芝听步覃这么说了一句，手里的动作也顿了顿，片刻后便失笑着摇头。步覃见她如此，不禁问道："怎么？"

席云芝摇头："没什么，琴哥儿只是心血来潮吧。"

步覃点头赞同："没错，我也这么觉得，所以，我当场就驳回了她的要求。"

席云芝嘴角含笑，将茶杯送到步覃面前后，说道："如果你同意了她的请求，我敢打赌，至多十日，她就会后悔。"

步覃不懂席云芝为何会这么说，席云芝便将琴哥儿今日去晒谷场找她的事情也对步覃说了一番。

步覃觉得有些不可思议："这丫头想干什么呀？都做男人二十多年了，突然想做回女人了？"

席云芝娇嗔地横了他一眼："琴哥儿本来就是女人，她如今正处在迷茫时期，不知道自己今后该怎样去做。"

步覃对席云芝的话不置可否，看她的样子，似乎对此事早已有了计较，那他也不必多问，直接等着看最后的结果就是了，他对自家夫人调教人的手段还是比较信服的。

这日，由山西总兵陈宁那儿发来一封书函，主动投诚，说愿带着山西八万精兵，尽数投至步覃麾下，任凭调遣。

营里的将领们都在说，如果陈宁这支军队为他们所用的话，那步家军就是如虎添翼了。

步覃拿着这封书信，左看右看，总觉得放心不下。

鲁副帅在韩峰他们回来的时候，就已经派人去调查过，此时正好拿出来与大家说道："陈宁这个人虽然看起来忠君爱国，可我在私下调查出他前几年曾动用军饷私购武器，朝廷就一直想找他的晦气，若是将他逼急了，他投诚我们也并不是难以解释的事。"

步覃也听过暗卫的这些汇报，听鲁副帅在会议上提出，不禁说道："陈宁当年私购武器的目的尚未查清，朝廷的确是在查他，可是也未必是证据确凿的，我们绝不可掉以轻心，引狼入室，此案压下再议吧。"

步覃身为主帅，他既然说压下再议，那其他人自然也不能有其他异议。

鲁副帅一脸可惜地问道："那……陈宁那里如何回复？"

步覃敛眸又看了一眼手中的书函，沉吟片刻后，简洁地说了两个字："婉拒。"最起码在他彻底将陈宁调查完之前，他绝不能轻易动用此人。

在这一片疑团密布的时候，席云芝迎来了在军营中的第一个新年，腊月前，她就已经准备好了。从年三十到大年初八，厨房都多做两荤两素；每人发放一件御寒棉衣，各赏两袋果子。虽然没有压岁钱，但只是这些，就已经让士兵们觉得很开心了，个个都在称赞主帅夫人大方。

席云芝坐在后院里，怀里抱着粉嘟嘟的宜安，小安吵着要给宜安喂肉吃，刘妈正在跟他讲道理。新年期间，按照步覃的吩咐，宴请营里各位将领过来团聚，大家酒过三巡，开始胡天海地地吹。席云芝由着他们闹去，便早早带着宜安和小安去了后宅。

一个消息的突然出现，让宴会的气氛冷却下来。

探子带回来一个重大的消息：

"主帅，朝廷派兵抄了陈宁的家，皇上亲自下旨，要将陈宁满门抄斩。"

步覃蹙眉立起："什么？抄家？满门抄斩？"

鲁副帅醒了醒酒也走了过来，对步覃说道："你看，我就说这个陈宁真是想反了朝廷的，如今家都被人抄了，还有假吗？"

步覃深吸口气，稍微冷静一番，对探子问道："那他的家人呢？都被杀了吗？"

探子尽职回报："还没有，只是家里的家仆被尽数屠尽，陈宁因为事先得知了朝廷这一举动，便暗中将他的家人全都送往外地，如今正被朝廷追捕。"

鲁副帅听了之后，立刻急道："追捕？那还等什么？咱们赶紧派兵相助吧，要过了这个村儿，可真就没这个店儿了。等到陈宁揭竿而起，自成一路，那对咱们可没什么好处啊。"

步覃眉头深锁，鲁副帅先声夺人，不顾步覃反对，便去营地安排人手，前往搭救陈宁。

两日之后，鲁平将狼狈的陈宁救回营地，步罩在主帅帐中接见了陈宁。

陈宁一见步罩，便跪了下来，对他磕头叫道："步将军大义，陈宁这条命是你们救的，今后便供将军驱使，若有二心，天打五雷轰！"陈宁忍着伤痛，对步罩抱拳致谢。

步罩看着他的伤处，不禁问道："陈总兵是如何与朝廷结怨？使得朝廷在用兵之际，仍旧要将你抄家灭门？"

陈宁听步罩这般问了，才决定不做隐瞒："皇帝与我，并无深仇大恨，不过，我深受先帝恩泽，得知先帝之死太过于蹊跷，便私下派人去江南调查，才让我得知了一个惊天的真相，先帝是被当今皇上萧络所杀，如此不孝不义之人，我陈宁又为何要替他卖命？"

步罩听陈宁说出这个原因，也不禁愣了愣，再加上鲁平竭力维护，他便默许下了陈宁留在铁血城中养伤，但必须派人强加看管。

鲁平对步罩的怀疑很是不解，却碍于步罩主帅的身份，不好说什么，只能将陈宁安排在他营帐附近的帐中，便于他就近关照。步罩看着他们离去的背影，眸中不禁生出一抹冷然，这个陈宁……怕不会是个简单人物……

年后，各地传来了各种大战小战的消息，步家军频频出动，短短半年的时间，就打了大小三十来回战。

胜多败少，步罩率领的步家军势如破竹。辽阳行军都统李毅被朝廷封为征宁大将军，与步罩展开了一系列生死战役。

步罩与李毅从前少有交情，但彼此都敬重对方是条汉子。

步罩曾经说过，放眼整个萧国，唯一还能让他产生些许佩服的，便是李毅这个人。人品与能力自是不必说的，兵法战略也与他不相上下，就是人太过于迂腐，步罩原本想与他暗里交流，看能否将其拉拢，却不成功。

大战连续打了好几个月，库中的余粮最多再支撑两个月就会宣告用罄，席云芝将附近村民的地也一并收了过来，让村民们全加入耕种队伍，但还是应付不了前线的需求。

席云芝正一筹莫展之际，码头那里却传来一道消息，说是有一位姓骆的商人在十里开外的塔亭求见。

席云芝不解什么人会专门求见她，在营地众参将的陪同下去了码头，就看见一个腰系嫩黄色和田美玉的中年男子，便是洛阳漕帮骆家的当家的。

席云芝讶异他怎么会突然前来，一问之下才知道，这骆当家的是来助她。

席云芝有些不解："骆当家的何至如此？"

骆云海也不与席云芝再多啰唆，指了指十里开外的海面，直接说出了心里的话："十里开外有六艘千石大船，上头是我漕帮库里所有的余粮，我一分钱不要，全送与席掌柜，所求，不过席掌柜的一句话。"

席云芝顺着他的手指看了看海面，却因为距离太远看不真切，将骆帮主送上岸的塔亭士兵走过来对席云芝说道："夫人，确是六艘吃水甚深的粮船。"

席云芝敛眸对骆云海正色问道："骆帮主所求何言？"

骆云海扫了一眼绵延千里的步家军营，对席云芝不客气道："谁都知道，如今步家军乃天命所归，步帅才是真龙天子。我骆云海一生不受制于人，官逼民反，如今我整个漕帮上下都被那狗皇帝逼得走投无路，无立足之地，既然狗皇帝不给我活路，那我便另投明主，求个安生之所。来日推翻了狗皇帝，我们漕帮上下感激不尽。"

席云芝听骆云海这般说了，便知萧络定然下了狠手逼迫他们。

前线吃紧，无论是军粮还是军饷，国库早已入不敷出，萧络无法，只能放眼民间，漕帮定是被逼得无可奈何了。六艘千石大船，应该是漕帮分支的所有米粮，对于同样战事吃紧的步家军来说，也算是雪中送炭。

席云芝对骆云海谢过之后，便派副将们驱使小船上船查探，确定船上安全之后，便将六艘吃水很深的大船驶入了港口。

有了这六艘大船的粮食，席云芝悬着的一颗心总算是稍微定了一些。

有了后方最有力的支持，步覃的队伍在前线是越战越勇，一路由陕甘打到了辽阳，正面与李毅激战。

步覃派出上百支队伍，将通往辽阳的所有道路尽数封起，不让任何粮草队伍进入辽阳，将李毅所剩的八万军队，全都困在辽阳城中，准备打耗时战，打算不费一兵一卒，直接来个瓮中捉鳖。

李毅曾向山西拥兵自重的陈宁求助，却遭到陈宁的冷酷拒绝，无奈之下，只好飞鸽传书前往京城。

被包围期间，李毅曾五次飞鸽传书，全都被步覃派的空中岗哨尽数截回，将李毅送往京城的密信全都烧毁，又用他的信鸽，另外以自己的名义写了一封信给远在京城的萧络。

步覃使了个心机，将陈宁反叛的事情似真非真地告诉了萧络，一来是为了迷惑萧络，二来则是为了最后一次试探陈宁是否真心归顺。

好吃好喝，在辽阳城外守了大半个月，步覃有些奇怪李毅城中的情况。照理说，就算辽阳城粮草充足，也禁不住八万人在里面吃喝，可是这些日子看来，李毅他们不仅在城中安然自在，半点都没有弹尽粮绝的恐慌，反而像是笃定着心，在跟他们耗时间一样。步覃心中一阵奇怪，可是他派出去的一百多支队伍，都说没让任何粮草流入辽阳城中，那么，这就不得不让人觉得奇怪了……正纳闷疑惑，百般调查之际，帐外却传来一阵通报，说是有一位自称是鄂温克族首领，名叫巴达的汉子求见。

步覃走出帐外，看见一个穿着雪貂袍子皮衣的魁梧汉子。

汉子看见步覃，迎了上来，单膝跪地，对步覃行过大礼之后，才将来意说明。

一百来个魁梧汉子，拖来十几条巨大雪橇，其中两条雪橇上是被捆绑好的人，其他的雪橇上，就全是粮草菜肉。

步覃指着被捆着的人不解道："他们是……"看样子都是萧国士兵的装束，可是，怎么会被巴达他们捆起来呢？

巴达首领得意地向步覃解惑："原本我们是不知道这些人在嫩江底下做的手脚，是族里一些洗衣服的妇女发现他们的，他们用渔人潜入嫩江，从护城河钻入辽阳城，给里面的人送吃的。我知道攻打辽阳的是步家军，所以，派人把这些人给劫了，又让人在嫩江底下拉了一张大网让他们再也送不进东西。"

步覃听了巴达的话，这才恍然大悟，明白了这些天李毅他们不慌不忙地与他们僵持是何原因了。原来，他以为自己在跟李毅耗，没想到却是李毅反过来将他耗在辽阳城外。

而巴达首领此番动作，正是因为常年深受萧国骚扰，而步覃的名声响彻天下，为后计，他们当然愿意表现一下诚意。

有了鄂温克族的神来一笔，这场战争终于在步覃的运筹帷幄下完美获胜。

步覃班师回城之时，整个铁血城都沸腾了。

席云芝一如既往亲自到城门迎接，看着她的夫君从远处归来。

高马之上的步覃冷毅决然，俊美无双，这便是她的夫，她的天。

曾经的娇羞爱恋如今已变成深深的依赖，看着他一日日变得近乎成神般完美，她心中总是喜忧参半，喜的是他越来越出色，忧的是怕自己跟不上他的步伐。

席云芝比任何人都清楚地知道，辽阳这场战役大获全胜的背后所代表的意义，天下就要改姓，萧氏一族将彻底消失。

接风宴之后，步覃从席云芝怀里接过宜安，举高高了好几回，把小丫头逗得咯咯笑，趴在他的肩上不肯下来。终于哄睡了两个小的，席云芝和步覃才双双回到房间。

席云芝温婉地微笑，她刚替步覃除下外衫，却被步覃一把抱在怀里。

席云芝要放下衣服，就推了他一下，步覃反而将席云芝圈得更紧。

"这么长时间了，夫人果然都不愿与我亲近了。"

席云芝哭笑不得，在他肩上敲了两下，然后迎上了步罩俯下的脸。

双唇相接，气息传送。步罩打了大半年的仗，没开过荤，早在看到席云芝的那一刻就已经心猿意马了，如今鼻端满是心爱女人馨香的气息，更是叫他无法再忍耐下去，边吻着边将席云芝横抱而起，走向了屏风后的软铺。

大战过后，席云芝披着外衫靠坐着，步罩则盖着被子，枕在她的腿上，席云芝有一下没一下地给他用手指通头发，步罩则眯着眼睛闭目养神，享受着这久违的宁静。

"李毅宁死不愿归降，在城头拔剑自刎了。"步罩闭着双眼，突然开口说了这么一句。

席云芝的手顿了顿，立刻又恢复了，对步罩开口道："你不是向来欣赏李毅是个将才，怎会……"

步罩微微睁开双眼："我欣赏他是将才，但他是萧络手下的将才，不能为我所用，留下就是祸害。"

席云芝沉默了一会儿，说道："只要你不觉得可惜，死了便死了吧。"

步罩听席云芝说完，便转了个身，让自己平躺着看着她，握住她的手，温柔问道："怎么了，这次回来你好像不怎么开心。"

席云芝微微笑了笑，说道："你平安归来，我怎会不开心，只是……"

步罩静静地看着她，等待她继续说下去，谁知席云芝却欲言又止，对步罩微笑着摇了摇头，说道："只是觉得心情有些复杂，但具体哪里复杂，又好像说不清楚。"

步罩坐起身，看着席云芝秀美的面庞，光洁清丽，但是一双墨色瞳眸中却满是不安，心下明白她在担心什么，将她搂在怀中，郑重发誓道："你放心，无论今后我在什么地方，坐上了什么位置，你永远是我最爱的夫人，这一点，绝不会变。"

席云芝没有说话，只是静静地靠在他的怀中，听着他强而有力的心跳，缓缓点了点头。

他知道她在不安什么，因此给了她这个承诺。席云芝也知道，以步罩如今的身份地位，能够给她这个承诺已是最大的恩赐……

又是一年九月，步罩让陈宁领山西八万精兵，率先攻往京城。营地中对步罩的这个决定褒贬不一。有的人认为，用陈宁的八万兵马攻打京城，那就等于是用他人之矛，攻他人之盾，他们只需坐收渔翁之利即可。也有人认为，用陈宁的兵这件事，本身就是一场豪赌，先不说陈宁是否真心归顺，谁能保证他的八万精兵去了京城，不会被萧国皇帝所用。

步罩将这些意见全摒弃在外，一意孤行地将陈宁亲自送往了前去京城的路，委以重任。

陈宁出发之后，步罩也没闲着，从辽阳行省开始，到处插上了步家的旌旗，因为守城大军都已经被他所降，其他受大军保护的大城小城根本没有能力与日渐壮大的步家军抗衡，纷纷弃了城旗投降。

一路从辽阳征到了洛阳。十一月初，陈宁那边便传来捷报，要步罩亲自前往京城验收成果。

步覃派出的探子回报，京城的战况确实如陈宁所言，被他尽数掌控，皇帝似乎也已经被他软禁宫中，京城百姓人人自危，纷纷念叨着变天，民怨沸腾。

步覃没做停留，带着不到一万的兵马，赶去了京城。大部队随后即到。

席云芝站在城楼之上，看着风雨欲来的架势，心中生出了一股强烈的不安。狂舞的风吹乱了她的发，将她的衣衫吹得猎猎作响，丫鬟劝她回去，她却一动不动，看着步覃离开的方向，久久不能自己。

这场仗，终于要打完了吗？

陈宁自城楼将步覃的兵马迎入了城内。

步覃再次回到京城，觉得已是物是人非事事休，繁华的京城如今变得家家闭户，街道上萧条一片，两边站着的全是陈宁的军队，偶尔能从门户缝隙后头，看见一双双观望的眼睛。

步覃端坐高马之上，陈宁与他并驾齐驱，将这些日子的战况跟步覃一路汇报，说萧络已经被他控制在了干元殿，将步覃的人从正阳门迎入了宫。

推开厚重紧闭的朱漆大门，干元殿中一派昏暗，自大门打开之后，强劲的光束射入殿中，便见一冷面男子端坐龙椅之上，龙袍加身，说不出的威严，但在空无一人的干元殿中，又显得那样可笑。

步覃走入殿中，也不说话，而是站在殿下，冷冷地看着龙椅上的人。

只见萧络绷紧脸对步覃扬起了嘴角："你步家号称是忠君爱国，世代忠良，到了你这一代却做了此等欺君犯上、奸佞篡位之事，你简直辱没了步家列祖列宗，忘本背义。"

步覃叹了口气，倚靠在金龙盘柱旁，沉声说道："步家先祖忠的是国、是百姓，不是你萧氏祖先。萧氏先祖文成武功，治国平天下，有滔天的谋略，仁义无双，步家自然追随，可到了你这辈，骄奢淫逸，亲小人，近奸臣，枉伦常道义，这样的君王，步家为何还要追随？"

萧络听了步覃的话，只觉得耳中一阵轻鸣，自龙椅上站起，指着步覃怒道："住嘴！明明就是你步家有反意在先，拥兵自重，逼得朕不得不动手铲除。朕爱民如子，问心无愧，是你步家心中有鬼！"

步覃双手抱胸看了萧络好一会儿，这才耸肩说道："事到如今，我不与你争辩，没有意义不是吗？"

萧络从龙阶上走下，指着步覃说道："你步家拥兵二十万，却不肯交出兵权，哪个做皇帝的会放心？事实证明，朕的这份担心是对的，你果然反了，不是吗？"

步覃垂头笑了笑："是啊，我若不反，全家就都跟着我做孤魂野鬼了。"

"你以为只有做孤魂野鬼才是最可怕的吗？"萧络自半空打了个响指，只见陈宁带着一队亲兵闯了进来。

步覃看到萧络脸上笃定的笑，不禁将手放下按在腰间的剑柄之上，蹙眉对陈宁问道："这是何意？"

陈宁没有说话，倒是萧络忍不住狂笑起来："步覃啊步覃，还真以为你是天命所归，世上所有的势力都会为你所用吗？你与陈宁有何恩惠，值得他为了你步覃而生死卖命？"

步覃没有说话，就那样看着他。干元殿中，众将士手中的刀锋透着寒光，萧络看来是想让步覃做个明白鬼，眼看到了最后关头，也就不打算瞒他了，直言不讳道："陈宁是我安排到你身边去的，他归顺于你，为的就是替我将你引入瓮中，一举擒住。哈哈哈哈，原也是一步险招，没想到你竟丝毫未曾怀疑，落得如此下场，是该说你自大呢，还是说你草包呢？"

萧络如今看着步覃的眼神，就好像在看一只可怜巴巴的蚂蚁，仿佛只要他动动手指，步覃的人头就会跟着落地似的。

"哎呀呀，如今我们倒来说一说，步将军打算以何种方式就死呢？是群起而攻之，死得壮烈一些，还是引颈就死，死得有尊严一些？"萧络说着说着，摊了摊手，"念在你步家过往功绩的分上，朕允许你选择死法，说吧。"

萧络一副施恩于你快来跪谢的嘴脸让步覃看得有些好笑。

见步覃对他的威胁无动于衷，萧络笑意一敛，毫不留情地对陈宁比了个"杀"的手势。

干元殿中毫无多余声响，萧络见陈宁没有回应，心头一晃，不禁怒道："还愣着干什么，还不将逆贼步覃擒下！"

陈宁好整以暇地叹了口气，对萧络冷冷递去一眼，萧络大感不妙，想要从陈宁身边的士兵腰间拔出兵器自保，却被陈宁飞起一脚，踢在手臂之上。

萧络仓皇间向后摔去，坐在地上难以置信地看着陈宁。

"陈宁，你敢背叛朕，你忘了自己曾经的誓言了吗？朕说过的话，一定会兑现，你陈家马上就要飞黄腾达了，这不是你一直想要的吗？朕给你，朕都给你！现在，朕命令你杀了步覃，杀了他，你就是萧国第一将军！"

陈宁对萧络的话无动于衷，倒是步覃从旁边走来，在跌坐在地的萧络面前蹲下身子，对他扬唇说道："你许了陈宁荣华富贵，却不知我早已抓住了他的软肋。你萧家气数早已被你败尽，就算今日没有我反，明日也会有其他人反，天命注定了你这个昏君做不长久，你与陈宁做了一场以假乱真的反叛戏码，煞费苦心，却忘记螳螂捕蝉黄雀在后的道理。你以为你们做得天衣无缝，却不知在旁人眼中，漏洞百出。"

步覃站起身子，从冷面的陈宁手中接过长刀，指着萧络，冷冷说道："从前我觉得你是萧氏子孙中最出色的那个，一心想要辅佐你，只要能为国家、为社稷，就算遭人误会，日日被人刺杀我亦愿意。可是你登基之后，近奸臣，亲小人，所作所为皆是昏庸之事，我为何还要效忠于你？"

萧络看着鼻端的刀尖，额上滑下一滴冷汗，咽了下口水后，才故作镇定地对步覃说道："哈，我做的皆是昏庸之事，我看你根本就是公报私仇，恼我动了她的心思吧？"

步覃闭上眼睛叹了口气，将刀架在他的脖子上，如地狱来使那般扬起了一抹诡魅的笑，凑近萧络耳旁问道："那你现在……还在想吗？"

萧络只觉迎面一股寒气逼来，叫他不由自主竖起了浑身汗毛，步覃的笑令他感觉比恶鬼还要恐怖，仿佛只要他口中敢说出一个"想"字，步覃就会毫不犹豫地亮出獠牙，咬断他的喉咙。他想逃避，可是，身为一个一败涂地的男人，也有他最后的一丝尊严。他硬着头皮迎了上去，尽量让自己面部表情不那么僵硬，痉挛般说道："想啊，做梦都想。"

步覃再也不多说什么，将手里的刀直直地刺入了萧络胸腹，刺入之后，便立刻拔出，萧络连呜咽的声音都没发出。步覃将他拉了起来，正要刺入第二刀，殿外却传来一声近乎疯癫的哭喊："不要，不要杀他！"

一个衣着凌乱的女人如疯了一般冲进了殿，步覃见是她，手里的残杀动作才停止。甄氏用身子捂着腹部的萧络撞到一边，看着萧络指缝间汩汩流出的鲜血，泣不成声，将萧络搂在怀里，紧得像要窒息般。

陈宁见步覃愣住，不禁上前说道："主帅，这是萧国的皇后，留不得。"

步覃看着哭得肝肠寸断的甄氏，确实有些犹豫。陈宁怕夜长梦多，提起长剑就要亲自去杀，却被步覃拉住了胳膊。

步覃冷冷吩咐："把他们关入天牢，一切等夫人来了再说。"

陈宁还想说什么，却被步覃冷言一瞥，顿时没了胆子。步覃的威仪让陈宁惧怕，他之所以会倒戈站在步覃这边，除了一家老小尽在他手之外，还有一个原因就是他也明白，萧国气数已尽，如大厦将倾，绝非他一人可以力挽狂澜的。

萧络以为他始终被他控制在手，便想出了这个引君入瓮的计谋，让他的八万军队直接驻入京城大街小巷，就连正阳门都给他开好，让他的兵马长驱直入，直捣黄龙，"拿下"了整座皇城。

善使心计的萧络最终抵不过身经百战的步覃，一招螳螂捕蝉黄雀在后的伎俩，用得是炉火纯青。自此，谁都知道，这萧国天下已然崩塌，今后将是步家天下。

步覃的回归，因有了两年多战争的预告，所以，朝中大臣都有了心理准备，大致分为三派。一派是人人自危的奸臣派，一派是指责声漫的迂腐派，还有一派便是饱受前朝折磨，喜迎新君的支持派。

步覃占领京城之后，对这三派人士，分别采取了不同方法对待。支持自然要赏；奸臣派，自然就是以打压为主。最令步覃头疼的是迂腐派，这些人多为老臣，思想迂腐不化，满口都是仁义忠君之言，将步覃列为谋朝篡位的乱臣贼子，宁死不从。对待这些老臣，步覃打不能打，骂不能骂，可是不打不骂这些人又成日给他闹腾，最后，步覃干脆亮出一张王牌——萧络弑父夺位，不忠不义不孝。

果然，萧络弑父夺位的消息一经传出，便在朝野掀起沸腾，那些前几日还吵着让步覃滚出京城的人也全消停下来。而且如今的形势，群雄以步覃手中的兵力最为雄厚，除了原本步家的二十万兵，另外辽阳、山西、京城的兵力也全被他控制在手，当今天下，谁还有这个资本与他步覃争？既然争不了，那就只剩下顺服这条路。

京城的雨淅淅沥沥地下，席云芝带着小安和宜安坐了十几天的马车，终于赶到了久违的京城。席云芝被安排在一座美轮美奂、奢华精致的宫殿中，她站在庭前，看着院子里姹紫嫣红的奇花异草，当即有宫仆前来回报，说是主帅让她去昭仟宫一趟，有些事情想让她亲自去处理。

她能明白步罾的用意。甄氏与她有着过命交情，她曾经救过甄氏，甄氏也救过她，原本这份情谊对两个人来说都是难能可贵的，只可惜，他们生错了身份，两人的夫君都有着天大的野心，这一成一败之间，便将两人中间隔开了一道天堑，不是她去不了彼岸，就是她过不来这边。

席云芝心里当然明白，其实步罾在抓到甄氏的时候，就应该手起刀落，将甄氏杀死。将甄氏留到今日不杀，不过就是顾及她的想法。

这份体贴，令席云芝很是感动。

跟随宫人去到一处萧条破败的宫院。守在门边的侍卫显然是认识她的，替她打开了圆形拱门，然后退至一边，让她进入。

席云芝走进去，而甄氏此时正从屋里走出。

甄氏身上还是穿着她那身皇后服饰，只是多日不曾更换，显得有些脏污，头上的发髻皆已卸下，只一束头发扎在脑后，与她身上繁复的华服对比，显得有些不对称，讽刺得很。

甄氏站在一株老槐下方，与席云芝两相对视一番。席云芝率先对她扬起一笑，甄氏这才反应过来。甄氏低头看自己，身上的衣服脏污不堪，自己也形容枯槁，狼狈非常，心中不禁一阵难为情，不再抬头去看席云芝。

席云芝走到她跟前，看了她好一会儿，这才开口说道："你若愿放弃他，我便能保你一生平安。"

甄氏听了席云芝的话，愣了愣，才缓缓地低头小声道："我不要平安，只想跟他在一起，是生是死，都在一起。"

席云芝深深叹了一口气，其实在来的路上，她就已经想到是这个结果了，对于甄氏的执着，席云芝并不是完全不能理解。

萧络再混账，与甄氏也是结发夫妻，甄氏对他的感情自是深厚的，就是因为在乎，甄氏才受不了后宫女人与她争宠，日渐变得冷酷残忍，无数美人都丧生在她手中，而这一切，不过是因为她的爱。她爱惨了萧络，才会变得像个妒妇，到处与人争斗，至死方休。

"萧络……必死无疑。"席云芝说出这句话，其实心里并不好受。不是她同情萧络，而是觉得十分对不起甄氏，毕竟当年若不是甄氏冒死相救，她与步罾早就被困死在宫中，根本不可能会有后来的际遇，也根本不会有打回京城的机会。如今，她与当年的甄氏立场相同，可是她做不到甄氏当年的袒护，这一点，令她感到很难过，却又无可奈何。

甄氏听了席云芝的话，并没有表现出太大的惊奇，而是一副早已接受了命运的姿态，冷静地对席云芝点了点头，说道："好，你们动手便是。"

席云芝紧捏着拳头，难以抑制地浑身发抖，对甄氏最后问道："你可还有其他要求，我会尽力满足。"

甄氏将水盆放在水井之上，深吸一口气后，对席云芝说道："那……就请你替我们准备一桌酒菜。酒要杏花楼的花雕，菜要燕子胡同张二饭庄里做的，要一盘酸菜炒肚丝、红烩大肠、百合炒芹菜、虾仁豆腐、鱼香茄子、爆炒鸡毛菜……这些都是我嫁给他时，他经常带我去吃的，那时候他经常带我去燕子胡同……那是我一生最快乐的日子。"

甄氏说着说着，眼泪簌簌落下。

"好，可还要其他？"席云芝低下头，眼眶湿润，镇定地应道。

"不要了。就这些够了，再多我们就付不起了。"甄氏摇了摇头，口中说了一句莫名其妙的话，目光看向天际某一点，没有边际，失神般沉醉在当年的记忆中。

席云芝不忍打扰她，便转身欲离开这里，走到门边时，却又被甄氏叫住："我穷极一生都没有想通一件事，为什么女人就必须与人分享爱情，为什么我们得不到一份全心全意的爱！我想不明白，因此做了很多错事，短短几年的时间，这座皇宫之中，便到处有我造的杀孽，她们每天都到我梦中来嘶号，我的日子也不好过。"

席云芝转身又看了甄氏一眼，只见甄氏的眸中一股难言的清明，她就那样正色看着席云芝，仿佛在席云芝身上，看到了自己当年的影子。

"做皇后的第一门课，就是忍耐。若是做不到，那就只有无尽的杀戮。女人的战场是没有硝烟的，却绝对比男人的战场还要惨烈。永别了……"甄氏最后几个字声音很小，席云芝没有听清，但是从她的口型，席云芝还是明白了她说的是什么。

永别了，我今生唯一的朋友。

席云芝带着满腔的压抑，回到高耸入云的红墙甬道之上，没有华盖的轿辇，能够让她看清乌蒙蒙的天色，一如她的心情那般，没有阳光的照耀，沉闷不堪。

第二十八章·登基

一段感情的终点很容易便到达，甄氏是席云芝来京城后的第一个朋友，而她现在唯一能做的就是亲自去置办了甄氏想要的饭菜，送他们这一程。

回到宫里，席云芝便让人将东西送去了甄氏和萧络所在的冷宫，自己是无论如何都提不起勇气再去见他们了。因为，她自问没有甄氏的勇气，不会也不能将他们放出宫去，更何况……

席云芝心中也清楚地明白，步覃与萧络不同，对待家人，步覃会不惜一切去爱护，可是对待敌人，他却是斩草除根，绝不留后患的手段。

步覃这几日都没有来席云芝住的宫殿，席云芝倒也不觉得冷清，晚上将两个孩子安置在偏殿之后，她回到房间，便看见步覃正站在玉屏风前换衣服，见她走入，便不再动作，而是大张双手，等她去替他换。

席云芝走过去，正要伸手去解他的衣扣，却被他抓住双腕，将她拉到了自己的怀中，霸道地抱住，不许她动弹。

步覃在她颊边亲了一口，说道："从前只是觉得你话不多，如今更是沉默了，这是怎么了？"

席云芝被他搂在怀里，听他这般问起，不禁莞尔一笑道："我只是不知道说些什么。"

步覃居高临下看着席云芝，伸手在她依旧细滑的脸颊上轻抚，凝视片刻后，便不容置疑地吻了下去，以实际行动让席云芝热情起来。良久之后，两人才喘着气分开了纠缠。

步覃捧住她的脸，说道："你不用怕与我说话会不会说错，你是我夫人，不管你说什么，我都不会生你的气。我之所以会做到今日这般地步，为的不过就是能更好地保护你们，不让你们再跟着我东躲西藏吃苦头，但若是地位的代价，是你的不理不睬，那我这个地位还有何意义呢？"

将军夫人的当家日记

席云芝仰头看着自己心中的神，深吸一口气，说道："我今日去了冷宫，见到了甄氏。"

步覃点头："我知道……你是想放了甄氏他们？"

席云芝静静地看了他一会儿，然后摇头道："不想。"

步覃牵着她的手，来到了一尊贵妃榻前，将她按坐在榻上，说道："你不用觉得愧疚，当年甄氏会放我们走，其中自是与你有些情谊，但是，她更多的是怕你留在萧络身边，危及她的地位。"

"我知道。"席云芝轻叹了一口气，"只是觉得心里闷得慌，有一种没法对抗命运的沉重。"

步覃在席云芝面前蹲下，抓着她的手，说道："万物缘分皆有定数，该聚便聚，该散便散，时间到了，无须强留，你只需明白自己当下该做什么便是。"

席云芝看着面前的人，沉默良久，才点头出声道："好。"

第二天一早，席云芝正在喂宜安吃饭，小黑便来求见，说是冷宫出事了。甄氏与萧络已双双服毒而亡。

席云芝听到这个消息之后，幽幽地叹了一口气。

她收拾收拾便去了冷宫，内里依旧萧条，宫里还未有人来收拾，只两个曾经高坐云端的人如今一身破败毫无气息地趴在饭桌之上。

找人赶制了寿衣，将两人运出宫外下葬。甄氏和萧络并无嫡亲子嗣，因此这座孤坟里也就只有他们。

步覃远远望着那座插着新白幡的坟头，还有跪坐在一旁烧纸的女人。

韩峰走上前道："夫人有情有义，让她看着朋友去死，心里一定不好受。"

步覃看着那个面容沉静的女人，说道："你们夫人很聪明，她知道什么该做，该怎么做。这样的死法，对于萧络来说已然很是体面。"

韩峰听了步覃的话，点点头，心中觉得爷说得对，夫人就是这样的性格。不声不响，却总在做着她觉得该做的事，她自知救不了甄氏，便给甄氏一个最有尊严的死法。

萧络的死让那些萧国老臣最后的希望破灭，由前朝备受尊敬的国师推算出了登基时日，群臣上书请求步覃早日登基。而席云芝已经很多天没有看见步覃了。她派人去问时，只听回复说有事在办，问了两次，便不再问。

席云芝安静地待在步覃给她安排的婉仪宫中，养养花，修修草，带带宜安，日子倒也与外头没什么区别。

又过了几日，尚衣局的女官前来替她量制新衣，席云芝也没说什么，只是配合。没想到，就在当晚步覃便回到了婉仪宫。她听到守夜宫人传呼，原也没觉得怎么样，可是两位嬷嬷从外间走了进来，对她说道："夫人，皇上驾到，请您出去相迎，这是宫里的规矩。"

席云芝在床铺之上，睡眼惺忪，宜安在她身旁睡得正香甜，两位嬷嬷见她无甚反应，干脆走到她的床铺前，又将先前的话说了一遍。

席云芝从床铺上坐起，两位嬷嬷就搀着她的胳膊，将她拉下了床，手脚麻利地替她穿戴整齐，送到了门口。

步罩走进来的时候，看到的就是她披着柔顺的长发，却穿着一身正经的衣衫站在门边，看了看她身后的两位嬷嬷，就知道刚才发生了什么。

摸了摸席云芝的脸颊，步罩温柔地看着她道："你先去睡，我洗漱之后就来。"

席云芝习以为常地点点头，对半夜被叫起来的事情不打算说什么了，正要转身回里间，却听她身后的两位嬷嬷说道："夫人慢走，如此怠慢怕是不妥，怎可让皇上独自去……"

"够了！你们下去吧，去跟内务府说，今后晚间，夫人房内用不着派人来伺候了。"

步罩明显带着怒意的冷声让席云芝彻底清醒过来，转头看了看身后两个吓得跪在地上瑟瑟发抖的老嬷嬷，叹了口气，让她们赶紧出去。

"都是陈年宫规，待日后便废了去。"那两个嬷嬷走了之后，步罩怕席云芝生气，便急着解释，拍了拍她的脸颊，"你先去睡，我一会儿就来。"

席云芝眨了几下眼睛，觉得被他们这么一闹，睡意早就没有了，干脆摇了摇头："不睡了，反正都醒了，我伺候你洗漱。"

正要转身，却被步罩拉住了，圈在怀中："如今你的身份不同了，别什么事都自己动手。"

席云芝看着他，扬唇说道："有人跟你说小瞧我了吗？"

步罩双眼一瞪："谁敢？"

席云芝被他逗笑："那就是了，我做的不过是稀松平常的事，伺候自家夫君有什么可叫人小瞧的？"

步罩听她说得有理，便笑着点了点头，横竖只要她高兴就好。

步罩坐在软榻上，席云芝坐在一张小凳子上，温柔地替他洗着脚，安静的空间让两人都觉得十分舒服。

步罩抓了一缕她的柔顺黑发放在掌间，说道："登基大典就在十日之后，你的册封典礼安排在之后，过几日便有宫人前来教授你册封当日的礼仪，我已让他们尽量精简那些繁文缛节，你不用学太多，只要吃好睡好，保证当日气色很好就行了。"

席云芝静静地听着，又犹豫着问道："为了册封我为皇后，没少给你添麻烦吧。"

她一介商妇又不是出身名门，若是要做皇后，夫君定然要为了她承受些来自各方的非议。

步罩没想到她会问这个，却也不想隐瞒，点了点头："你无须多想，只要安安心心地做你的皇后就好。"

"好……"

夜凉如水，灯火通明的宫灯剪影中两人交颈相抱。

十日之后，步罩登基大典。定国为宁，国号元宁。

登基大典过后，便是封赏宴，册封有功之臣，赵逸被封为大内侍卫首领，韩峰则被封为镇宁将军，琴哥儿也因战功在身，被破格封为大宁史上第一位能够上朝的飞凤将军。

席云芝因为还未封后，所以还不能与步罩一同高坐帝台之上，小安和宜安则以皇子皇女的身份，被安置在步罩身旁。宜安睁着一双懵懂的大眼四处观望，小安年岁略大，穿着一身正装让他看起来更添老成，只见他僵直着身子，一动不敢动，小小年纪的他，隐约知道此时正在发生的是什么事。

席云芝在帝台后坐了一会儿，想离开，却不得已，步家各路将领受过封赏，照例拜过步罩，他们就像说好了那般，紧接着都会到席云芝面前再行一礼，席云芝每每起身回礼。

步罩在封赏宴中宣布了三日之后的封后大典，步家群臣纷纷立起对席云芝行恭贺礼，席云芝以茶代酒谢过他们。喧闹之余，席云芝不是没有看见，在那些并非步家将领的众臣面上流露出的不屑，但她此刻只能选择漠视。夫君既然让她无须多虑，那她就不想了，纵然她并非出身名门，但步罩就是她的夫，她的夫君当了皇帝，她理所应当成为皇后，那些无聊的自卑自尊都要抛诸脑后，铆足了劲，让自己坐上那能够与他并肩而立的位置，才是首要正事。

拖曳的明黄凤袍加身，席云芝看着那硕大的铜镜里，妆容精致又陌生的自己，不禁埋头看着袖口用金丝银线绣制而成的凤鸟花样，面容沉静如水，不说话便能叫人感受到一股不怒而威的气度。

伺候她穿衣的尚衣局女官看着这样的席云芝，由衷地对她道："奴婢替三位皇后做过凤袍，唯娘娘娘来，最是得体艳丽。"

席云芝听了女官的话，这才从失神中走出，转头看了她一眼，笑道："是吗？我倒觉得颜色太亮了。"

女官见席云芝居然愿意跟她讨论衣服的颜色，深觉外头所传，这是个好说话的主子，却也不敢怠慢，赶忙答道："娘娘的凤袍所用丝线乃与龙袍布料一脉相承的，从纹理到亮度都有明确的标准，娘娘这身乃正装凤袍，非大典不穿，若是娘娘喜欢素雅，那尚衣局自会按照娘娘喜好，重新制定娘娘的常服。"

席云芝温和地点了点头，谦恭有礼地说道："有劳你们了。"

尚衣局女官没想到席云芝会与她道谢，面上一愣，赶忙醒悟过来，对席云芝说道："娘娘言重了，这些都是尚衣局应该做的。"

席云芝见她虽然说话的语气略有惊恐，但行动未见变化，不觉敛目，不动声色地对她笑了笑。她家世一般，虽有步罩庇护，但这宫中有几个是真心服她的呢？

正说着话，外头便传来一声高亢的太监吟唱："皇上驾到——"

席云芝和尚衣局女官一愣，女官们纷纷放下手里的活儿，一溜排地跪到了门边接驾。席云芝看着身上这被改了一半的衣服，只觉得有些哭笑不得，正自己撵着针，步罩便走了进来。

将军夫人的当家日记

253

一身明黄常服让他看起来贵不可言，见席云芝兀自站着埋头取针，便走了过去，将她从上到下扫了两眼，这才说道："我竟不知宫里这般缺人手，针线活儿竟要皇后亲自动手去做了？"

尚衣局女官们面色一惊，面面相觑几眼后，赶忙跪着来到了席云芝身旁，手忙脚乱地替她收拾起了身上的针线。成功将凤袍脱下之后，席云芝才如释重负地换了常服，来到步覃身边。

"好些时日没与你们娘儿仨一起吃饭，我让人在御花园摆了桌菜，走吧。"

步覃的话让席云芝不禁莞尔一笑，步覃对她伸出手，席云芝握了上去，两人相携走出宫殿，留下一干目瞪口呆的宫人。

难道这就是传说中百炼钢化绕指柔吗？当今皇上，气场极其强大，只是一个冷眼，就能够将人吓得肝胆俱裂。可是，这位皇后，脸蛋不是最美，身段不是最好，唯一能称之为优点的地方，似乎就是生就一副好脾气。这样平常的女人，若不是与那样尊贵的皇上共患难过，怕是也不会得到这样的圣宠。一时间，宫中纷纷在说席云芝运气太好，撞了大运云云。

如意如月将她们听来的闲话转达给席云芝，席云芝也只是笑笑，并不做任何反应，反倒是如意如月气得直跳脚。

"说什么夫人全凭运气，她们哪里知道夫人跟着爷吃了多少苦，这群势利的小人，就只看到眼前，太气人了。"如意气鼓鼓地道。

如月紧接着点头附和："就是，她们就酸去吧，好像谁看不出来她们是在嫉妒夫人似的。"

她们俩虽然嫁做人妇，但依旧是在席云芝跟前儿伺候，两人跟着席云芝的时间最长，说起话来便不那么拘束。

而如今这宫里之所以会这般说道，席云芝也不是不明白其中缘故。

柿子总要挑软的捏，她没有家世背景，顶着一张只能算是清秀的脸，却占据了天下女人梦寐以求的高位，这身份的巨大反差足以让她成为众矢之的。若是连这种闲言碎语她都受不了的话，将来遇上其他事她岂不是会崩溃？

见如意如月还要再说些什么，席云芝赶忙转移了话题："对了，我上回让你们打听的那个人，找到了吗？"

她在入宫之初，便对如意如月吩咐要找出张嬷，因为她知道，张嬷入宫绝不是为了得到荣华富贵，而是想要报仇，她想要找禹王报仇。

如意和如月对视一眼，对席云芝说道："夫人，您叫我们找一个女人，可是整个皇宫中，少说也有好几百个，您让我们怎么找啊。"

席云芝也知道，让如意如月去找是为难她们了，张嬷的易容之术炉火纯青，这一刻她是宠妃，下一刻也许就变成一个宫女，也许还会是个太监，或者再扮成哪位大人的样子，溜出宫去，那行踪就更加难定了。席云芝让如意如月去找她，并不是真的为了找到她，而是想让她知道，自己在找她，而她会不会出现，就不是席云芝能够控制的了。

封后大典如期进行，一如步罩对席云芝所说的那样，程序尽量都简易了。一切进行得都很顺利，直到晚宴之前。

不知礼部尚书和户部尚书是不是喝醉了酒，当步罩领着席云芝，以皇后的身份出席之时，他们两人竟然直接跑出来劝谏，说的话，无非就是一些，家世太差，不足以承载皇后之德、母仪天下之任。

听了这些话，席云芝非但没有生气，反而觉得有些好笑。木已成舟，生米已然煮成熟饭，就算步罩后悔了，那也轮不到他们上前劝谏啊。

看了看步罩，只见他冷着一副帝王脸，直接选择用漠视的方式，带着席云芝径直走过他们身旁，去到了帝位之上。

席云芝嘴角带笑与步罩一同坐下，轻声说道："就那么让他们跪着不好吧。"

步罩喝了一口琼浆玉酿之后，这才冷然答道："让他们跪着，既然想扫兴，那就让他们扫个够。"

席云芝看了一眼那两名头发花白的大人，记起从前萧国之时，就是这两人主掌礼部与户部，却不知步罩为何没有将这两个重要的职位换上自己的人，敛目一想，席云芝便明白了其中道理。

礼部掌礼，户部管钱，这两种官职的替换率原本就是朝纲之中最低的，因为这两部要是贸然换人，很容易引起一些不必要的争端与麻烦。

"礼部那是一群老学究，说什么他们都听不进去，直接杀了，名声不好，就先留着，户部却是一个大问题，他们管钱，也就是管着国家的命脉，在位官员蠹虫食木，一时半会儿，还真揪不出来。"借着看歌舞的时候，步罩与席云芝闲聊一般说起了这两位扫兴的大人，席云芝见他说话时眉峰微蹙，显然是真的担忧。

户部管钱……她的目光转向了那个跪在左边的大人身上……

成为皇后，总的来说席云芝感觉生活并没有发生多大的变化。步罩没有纳妃，后宫中就相对清净，日子过得还比较闲适。

之前一同劝谏皇上另选旁的大家闺秀为皇后的礼部尚书王恩泽与户部尚书李锐，再次联名上书，要皇上扩充后宫，举办选秀。

虽步罩以立国之初，根基不稳为由驳回了意见，但这两人可说是已经三朝，对于挑战皇权这件事，做起来已经是相当得心应手，这边被步罩驳回意见，那边礼部就开始着手挑选宫女。且因选的是宫女，只要户部批下银两，礼部就可以着手操办，而操办的理由也只是内务府需，这样就算是皇上问起，他们也可以互相推诿，谁也不会落下确实的责任。而且这也是在变相地替皇上挑选小老婆，谁不喜欢美人？得了好处，自然也就睁一只眼闭一只眼了。

京城百业待兴，新帝发下圣旨，减免京城所有商铺一年赋税，户部被指示为监管，步覃让他们必须在两个月内，让京城的商铺恢复过往规模。

户部尚书李锐在步覃面前夸下海口，说是无须两个月，下个月底前就可让市场恢复秩序，只因现在京城的商铺大多被官府控制在手中。可是，开市令下达后的第五日，近七成的店铺依旧处于闭门状态，李锐觉得奇怪，调查后才知开的七成店铺大都手续不全，因为官府也没有这些店铺的地契，依旧属于个人私产，所以没法正常开业。李锐大惊，当即便叫人去探那七成店铺的地契所在。

席云芝让小黑将她离京前藏好的黑檀木匣子取回，清点，入账。几天后，终于将所有的账目理清，正想休息一会儿，坤宁宫的掌事嬷嬷就凑过来，对她道："娘娘，皇上都好些天没来坤宁宫了，您看您需不需要去养心殿瞧一瞧？"

席云芝愣了愣，步覃不是每天晚上都会回来的吗？想了想，当即明白过来。

步覃每天晚上的确会回来，可是总是深更半夜，因为之前有过她被三更半夜喊起床接驾的先例，所以步覃便废了在她房中留人看守的规矩，并且来时都不让通传，怕吵了她和孩子的睡眠。

而且因为要上早朝，每天都只能睡两个时辰，在天未亮时又起身去了养心殿，所以，坤宁宫的众人对皇上的行踪这才不甚明了。

席云芝看着掌事嬷嬷担忧中漾出的那股跃跃欲试的神情，无奈只好去厨房拿了两碟子白糖糕，只怕她再不去"关心关心"皇上的话，她宫里的人都要以为她们这个皇后住在冷宫里了。

席云芝去到养心殿，便有太监高亢吟唱，席云芝拖着华丽的裙曳走了进去，步覃正坐在龙案后头看折子，见她入内，也没啥多余反应，只是对她招了招手，让她过去。

席云芝从宫女手中接过食盒，亲自拎了过去，将内里的白粥和糖糕拿了出来，然后不等步覃主动，就拉过他的手，塞入了一双筷子。

步覃看了看手中的白玉筷子，又看了看席云芝给他送来的东西，白粥配糖糕，他不禁扬了扬唇，说道："好久没吃到夫人亲手做的白糖糕了，怪想念的。"接着便放下了折子，端起粥碗，喝了一口。

席云芝站在一旁替他收拾乱糟糟的案面，步覃边吃，边不时跟她说两句话："今日怎的有空过来，不是在宫里算账吗？"

席云芝将他批阅过的奏折全都垒在一起，摆放整齐后，扬唇说道："我宫里的嬷嬷嫌我不上进，特意叫我来笼络圣心。"

步覃脸色一冷："这些奴才越发胆大了。"

席云芝见他这样，不禁笑着回道："她们也没恶意，你无须动怒，也是我好些时候没照顾到你。"

步覃见她并未生气，忽然想起一件事来，呼噜呼噜将粥喝了干净，然后夹着一块白糖糕边咬边说："对了，有件事我想问你很久了。"

席云芝差不多将折子都分类好，听步覃这么说话，便扬了扬眉："嗯，什么？"

"今日户部上书，说是京城商铺如今只开设三成，还有七成商铺因没有地契，无法正常开业。"

席云芝但笑不语，两人眼神交换间彼此都明白，户部尚书跟皇上的约定无法达成，那么等待他的只有撤官撤职了。

席云芝回到坤宁宫后，便派人将内务府总管赵全宝叫了过来。

赵全宝给席云芝行了礼，席云芝让他起来，便兀自坐在椅子上喝茶看书，将赵全宝晾在一边好些时候。赵全宝心下忐忑，却又不知这位主子到底想要干什么。从早晨到了晚上，席云芝进进出出好多回，就好像眼前没有看见赵全宝这个人似的，等到傍晚时分，赵全宝实在受不了，趁着席云芝走入，扑通便对她跪下，说道："娘娘，奴才错了，请娘娘明示。"

席云芝看了他一眼，还是不说话，却是挥了挥手，让他起来回话："皇上养心殿的宫女换了不少呢，赵总管受累了。"

赵全宝暗叹一口气，果然就是为的这事，没想到皇后只是去了一趟养心殿，就发现他将人换了大半的事。

"这是奴才分内之事，养心殿的宫婢每隔一段时间就会更换，就是怕一些宫女待得久了，心中生出不该有的念想，娘娘若不喜欢这回换的人，那奴才回去后，重新安排便是。"

席云芝笑在脸上，心中却是门儿清的。隔段时间就换人这事的确是事实，却是因为这批人中未得圣眷，才会不断去换。席云芝没有点破，只是对赵全宝点了点头，道："好，那就去换一批。千万要挑好的，最好有些家世，若是能够博得圣宠，有家世总比没家世的要好，你说是不是，赵总管？"

听皇后这意思，是有一些想要替皇上纳妃收人之意了？赵全宝愣住了，却赶忙跪下回道："娘娘，奴才知错，奴才回去，立马将徒有颜色的宫女派去别处，娘娘可别为了这事烦心。"

席云芝笑着将他招呼起来："你回去吧，该说的我都已经说了，还是那句话，要挑就挑好的进来，若是真能博得圣宠，我也好多个人分担后宫事宜不是。"

赵全宝应了一声后，便退着步子，走出了坤宁宫，直到路上仍在揣摩这位主子真正的意思。

这位新皇后是什么意思呢？自认没有家世背景撑腰，又想要坐稳后位，因此才会想出这种假装贤良的方法来拉拢帝心，让皇上觉得她大度，闹了半天，这一出不过就是一般后妃争宠的常见手段，是了，定是这样。

赵全宝想通之后，整个人也轻松了些。既然他最担心的正主都亲口吩咐了，那他还有什么好客气的，礼部塞进来那么多人，他还正愁找不到地方安置呢。若是真能在他手里造出一个贵妃来……

养心殿中又换来一批身娇体柔貌美的宫女，就连步覃都发觉有些不对劲了。入眼的宫女，一水儿的小脸杏眼樱唇，个个美貌，还时不时往他身上瞅两眼，然后再咬唇娇羞地低头甜笑……这样再不发现，那步覃也真可是个棒槌了。

晚上回到坤宁宫中，将这现象跟席云芝说了说，却见席云芝一脸好笑地看着他，问道："美人在侧，夫君不喜欢吗？"

步覃正在吃点心，听席云芝这么说话，不禁愣了愣，见她眉眼中似乎藏着话，这才放下点心，对她招了招手。

席云芝站起身，从桌旁绕到了步覃跟前，却被他突然抱入了怀中。

席云芝挣扎未果，只得任他施为。

"我怎么闻见好大一股酸味儿啊，别告诉我，夫人这是在……吃醋？"

步覃将脑袋蹭在她的颈边，发出阵阵闷笑。

席云芝大窘，轻拍了他的后背几下，这才说道："别闹。谁吃醋呀，不过就是几个貌美宫女，若是这也要吃醋，那我今后还不得酸死呀。"

"听听，这还不叫吃醋，那你告诉我，什么叫吃醋？"

席云芝被步覃越问越窘，只好挣了他的怀抱，横了他一眼，步覃见她眉眼勾魂，便放下手里的书，跟着她去了里厢，一切尽在不言中。

这日，席云芝在院子里修剪花草，如意便气喘吁吁地过来，在她耳朵边上道："夫人，奴婢听说今儿养心殿出了乱子，皇上龙颜大怒，惩治了两个宫女。"因为从前称呼惯了，如意他们喊惯了，所以席云芝也任他们去了。

席云芝听了，只随意一点头："嗯，然后呢？"

如意意外地问道："夫人，这消息您怎么一点儿都不惊讶呀？您就不问问，今儿养心殿出了什么乱子？"

席云芝将最后一根乱枝修剪掉，然后直起身子，将剪子交到如意手中，笑道："有什么好问的，不过就是一些姑娘家的心思。"

如意惊愕："夫人，您知道啦？"

今日养心殿中有两名宫女为了争夺给皇上奉茶这件事，在内监打了起来，后来才知道，这两名宫女的父亲都在朝为官，却是两个对立面的官儿，所以，这两个姑娘见了面也就没什么好感了。

席云芝看了看她，对坐在秋千上的宜安招了招手，这才坐在凉亭中休憩，说道："那两个宫女都是谁家的呀？"

席云芝将奔跑过来的宜安抱了个满怀，从侧襟中抽出干净的帕子，将宜安额头上的汗珠都擦了去，只听如意回道："回夫人，听说是太傅岳博之女和礼部尚书王恩泽之女。"

"夫人，如今内务府正在往咱们这儿伸手，赵全宝私下找了我好几回，说是让我在您耳边通通气儿。"如意犹豫了一会儿，才把先前赶回来汇报时，被赵全宝半路拦住的事情跟席云芝说了一番。

席云芝深吸一口气后，问道："他希望我救哪边？"

如意见自家夫人表面看起来无波无澜，遂大着胆子直接说道："王大人那边。"

席云芝点点头，如意便退了下去，走到拱门前，如意回头瞭望，只觉得自家夫人是越发高深了，从前跟着她只觉得聪慧，如今却有一些捉摸不透的意思，怪叫人心中不安的。

如意退下去之后，席云芝抬头看了看天，她不是没看见如意眼中对她的惧意，只是却也无可奈何。一如甄氏所言，坐到了这个位置，她是不得不把自己伪装起来，对抗一切想要让她离开的力量，只为了守候心中那份得来不易的感情。

她命人去将被关在内务府的两个宫女传到了坤宁宫，这两个女子，都是倾城美人。太傅之女岳宁始终低着头，礼部尚书之女王嫣却是一脸倨傲，看着便知她是家中宠溺的娇女，席云芝从后堂走出，殿中各人行礼。

席云芝挂起招牌微笑，对她们挥手："都起来吧。"

第二十九章·皇后

"说吧,这两个丫头私下起了什么嫌隙啊?说出来,本宫也好替她们分解分解不是。"

"呃,这个……"赵全宝被席云芝问得语塞,这起了什么嫌隙,谁还不知道啊,不就是几个想飞上枝头的姑娘间常常发生的手段吗。

王嬷见赵全宝迟疑,干脆自己上前一步说道:"娘娘明鉴,赵总管他不知其中缘由,便由奴婢代为解说吧。"

王嬷在开口之前,微微撇了下嘴,才指着岳宁说道:"原本今日是岳宁白日轮值养心殿,奴婢是晚间,可是,奴婢的亲姐姐嘉柔太妃今晚召见奴婢,奴婢便想与岳宁换一换,怎知她却不通情理,竟然与我动起手来。"

岳宁听到这里,实在是忍不住了,红着眼眶指着王嬷说道:"娘娘明鉴啊,奴婢只是坚守岗位,是她未经内监许可私自要与我对调。内监的轮值人手,每日都有记录,奴婢若是与她对调,那将来若是被查起来,可是欺君杀头的罪,奴婢自然不肯,谁知这王嬷竟然动手抢夺我手中的茶壶,这才动起手来。"

席云芝默不作声地观察两人的姿态,心中明镜般透亮,自然明白这回事件的始作俑者是谁,当即微微一笑:"好了好了,事情本宫大概知道了。王嬷被太妃传唤,夜间不得奉茶,那也是情有可原的,既然她已报备了内监,那岳宁不同意,便是岳宁的错了,来人。"

席云芝在王嬷得意、岳宁惊恐的目光中,招来了殿外伺候的侍卫,第一次行使了皇后的权力,指着岳宁说道:"罚跪两个时辰,然后让太傅将之领回,内务府除名,出宫去吧。"

岳宁失魂落魄地跪坐在了地上,王嬷则得意扬扬地看了看她,然后欣喜地对席云芝道谢:"多谢娘娘,奴婢记下娘娘的好,今后做牛做马也要报答娘娘的明鉴之恩。"

席云芝没有说话,而是微笑着从凤椅上站起,如意如月搀扶着她走出了殿。

回到内宫之后,如意和如月实在忍不住对席云芝问道:"夫人,刚才那两个宫女的事,怎么听都是那王嬷的错，怎的您会反过来罚了岳宁，还把她逐出宫？"

席云芝将领口处稍微解了解，对她们笑道："逐出宫未必就是惩罚，岳宁是岳太傅的女儿，知书达理，看起来也并非咄咄逼人的，在这宫里，她那性子斗不过人家的，还不如早早出去，寻得良配。"

如月上前替她更衣，不禁也说道："可是夫人，您的这些苦心，岳宁她能懂吗？万一她不懂，还在心中腹诽夫人您不公可怎么办呀？"

席云芝脱了重如千斤的凤袍，顿时感觉整个人都有精神了，轻装走到软榻前，坐了下去，摇头说道："太傅定会明白我的意思。至于岳宁，她就算短时间内会埋怨我不公，但时间长了，定会觉得我放她出去，才是真正的赦免。"

步覃从御书房出来，走在宫灯明亮的廊下时，赵逸在旁尽职地汇报："夫人就留下了礼部尚书之女王嬷，将太傅之女小惩大诫，赶出宫去了。"

步覃听后，脚步微微一顿，道："赶出宫了？这倒不像她的作风……"把无辜的人赶出宫，她这是想要大杀四方啊。

到了席云芝的寝宫，一如既往止了通传，步覃走入一看，原以为席云芝早已歇下，没想到她竟还坐在灯下写着什么。

步覃屏退了宫人，与席云芝两人独处。大手不规矩地在席云芝身上抚摸，席云芝无奈又好笑，佯作生气，在步覃肩上敲了几下，遂说道："今日的事，赵逸都跟你说了吗？"

席云芝边替步覃脱下龙袍，边问道。

步覃盯着她看了会儿后，才点了点头，说道："说了。"

"觉得我处理得怎么样？"席云芝若无其事地替他解下腰带，只听步覃点头后说道："我觉得挺好啊，岳大人本就不愿送女儿入宫，是被礼部逼得无可奈何，你如今放他女儿出宫，他定会对你感恩戴德的。"

席云芝浅浅一笑："感恩戴德我倒不指望，只希望他别恨我就好。"

步覃圈她在怀："他恨你什么？"

席云芝娇嗔地对他横了一眼："恨我阻碍了他女儿的前途啊。"

"我的确不明白啊，那丫头在宫里只是个宫女，哪里有什么前途可言？不过端茶递水的活儿罢了。"步覃将脑袋埋在她的颈窝中，声音有些闷闷的。

席云芝语气不觉有些酸酸的："你如今不想封她，不代表以后……"

步覃听到，表情正经起来，搂着她静静地看着："我之前就跟你说过，我的夫人永远只会是你一个人。"

席云芝没有说话，只是默默地敛下了目光。步覃将这一切看在眼中，似乎有些明白，她在担心什么。

户部内堂之中，李锐听了手下的汇报，当即拍桌子站了起来："你说什么？那些商铺都是谁的？"

手下不知他们大人为何这般激动，便道："他们都叫她席掌柜，大名叫席云芝，是个女人。但这个女人像是从京城中消失了一般，再也没人看见过她。"

李锐失神地坐了下来，将席云芝这个名字在脑中重复着。从前他的确听说皇后娘娘是个商妇，在今上还是将军的时候，她就靠商铺赚钱养家，没想到竟置下了这样一份庞大的产业，几乎大半个京城的地契都在她手上，这个女人到底说她是低调呢，还是可怕呢。

"大人，那……我们什么时候动手接管商铺？反正那个席掌柜早已不在了，估计兵荒马乱，逃到外面去了，咱们户部不正好可以接管。"

那手下跟着李锐也不是一天两天了，自然明白其中的门路，说这话的时候，他一脸"又有油水可捞"的神情，着实让李锐心惊了一会儿，扬手就给了他一巴掌，怒道："浑蛋，接管什么？那些都是谁的产业你知道吗？不要脑袋啦！"说着，李锐便急急走出了户部。

眼看与皇上约定的一月内让市场恢复秩序的时期就快到期，若他再不采取行动，那皇上正好可以有个正当的理由撤免他的官职了……

小安自从做了皇子，每天都被太傅和韩峰抓去读书练功，今日难得回到席云芝这里，又是撒娇又是诉苦，但席云芝问他要不要放弃，他却又坚定地摇头。

为了犒劳他，席云芝让御膳房准备了许多合他口味的菜点，于是小安也吃了个肚圆。

两兄妹在花丛中打闹，席云芝则坐在一边的亭子里看着她们。亭子后头是一片假山，她正歇着，就听假山后头传来一阵争吵。如意和如月正要过去驱赶，席云芝却抬手制止。假山后头的争吵声也越来越大。

"你们知道我是谁吗？"一个尖锐的声音在假山后突兀地响起，"我爹是内阁大臣，王嬷是什么东西，凭什么和我争？"

另一个声音道："你小声点，王嬷现在养心殿伺候，听说混得不错，把岳宁都给赶出宫去了。"

那个尖锐的声音道："哈，那是岳宁没用，成天哭哭啼啼，胆小怕事，活该被赶出宫，我善敏跟她能一样？"

席云芝一边喝茶一边听，神色如常，身边伺候的宫人们也不敢出声，只一个个面面相觑，尴尬地站着。

"你想怎么样啊？今天王嬷那态度你也看见了，若是真把她惹急了，没准真是什么事都干得出来。"

"哼，她能干出什么事？我可不是好欺负的，除非王嬷能爬上龙床，否则，我怕她什么？"

假山后的众人浑身汗毛一竖，纷纷偷看席云芝的脸色，却发现，当事人就像没事人似的，坐在那里微笑着喝茶。过了一会儿，席云芝若无其事地从石凳上站起，如意如月替她理了理华服，席云芝这才说道："走吧。"

"是。"

第二日，赵全宝被席云芝喊到了坤宁宫，正一头雾水之际，席云芝开口了："之前有个宫女被本宫逐了出去，养心殿可再安排人了？"

赵全宝一愣，立刻回道："启禀娘娘，奴才这两日也在物色人选，选定了之后，就来回复娘娘。"

席云芝微微一笑，对他开门见山道："本宫倒觉得有一人不错。"

赵全宝心下一凛，不知席云芝是何意，却也不动声色地笑问："娘娘是说……"

"内阁首辅善公之女善敏，本宫偶然听人说起，此子淑柔嘉美，脾性温和，就派去顶岳宁的缺吧。"

赵全宝自然知道善敏是什么性格，舔了舔唇。

赵全宝觉得还是阻止一下这位糊涂的主子，免得到时候出了娄子反而怪罪到他头上。

"娘娘，那善敏奴才也见过几回，她……"

席云芝微微一笑，打断了赵全宝的话："她是最合适的人选，善公美名传至天下，他的女儿自不会差到哪儿去，想必皇上知道她的身份，定也会刮目相看的。"

赵全宝被席云芝的话噎住了，也明白了这位的意思，一时间竟不知道说些什么好。不得不说，这位的心可真是大，旁的宠妃娘娘巴不得皇上身边全是太监，这位倒好，竟然想着给皇上身边安排女人。

赵全宝觉得自己已经提醒过，可是皇后依然一意孤行，那到时候就算真出了事，闹到皇上那里，他也能脱了干系。更何况，他也在善敏入宫之初，收过善大人的好处，这样的顺水人情做了也就做了，于他而言自是没有坏处的。

领命出去之后，赵全宝便去了内监，将善敏安排入养心殿伺候，顶了岳宁的缺。

养心殿最近热闹得很，王嫣与善敏先是在内监发生争执，然后两人为了较劲在驾前失仪闹了起来，然后，按照规矩被送到了席云芝这儿。

王嫣是二进宫，所以在席云芝面前仍是一脸倨傲。善敏虽然没有见过席云芝，但从旁人处了解到她的性子，自是也并不害怕。

赵全宝脸上露出讪笑，心里也是纠结。他就知道，把这两个放在一起定会出事，果然不到五日，就闹得不可开交。幸好如今的主子是个软柿子，要不然赵全宝真想咬死她们两个。

"娘娘息怒，这两个丫头年纪小，不懂事，您大人大量，稍稍惩治一番就得了吧。小人下回安排些听话的入养心殿便是。您可别气坏了身子。"赵全宝应付道。按照他的想法，这位定也就是顺水推舟一番，随便打发了这两个丫头就是。

席云芝扬唇一笑，招了旁边的侍卫，吩咐道："赵总管督下不力，先来二十大板吧。"

赵全宝面色一僵，顿觉不妙。这两个侍卫也好像不是普通的侍卫而是被皇上封了品级的大人，可如今怎么在皇后这里？来不及分析情况，赵全宝便被赵逸和韩峰架着到了外头一张早已架好的凳子上。

"娘……娘娘饶命，是不是哪里搞错了？奴才……奴才犯什么事了，您这顿打可叫奴才心不服……哇！"赵全宝趴在凳子上替自己辩解求情，在受棒刑时又大声号了起来。

啪啪啪啪……

二十下，打得赵全宝呼爹喊娘，看呆了王嫣和善敏，她们总觉得这一回的情况，不会像上回那样乐观了。她们俩对视一眼，忽然想起自己一个是礼部尚书的女儿，一个是内阁大人的女儿，皇后总不能像打奴才那样打她们吧？

"赵全宝卸去内务府总管一职，打发宫外谋生去吧，内务府中但凡有人替他求情，同样下场。内务府总管由副手接替，若是内务府再敢犯事，那就效仿前人，打残送出宫去，宫里……最不缺的就是办事的奴才！"席云芝敛下眸子，云淡风轻语气坚定地下了命令，不容置疑。赵全宝一摊烂泥般被拖了下去。

凤眸一转，又落在王嫣和善敏身上，也并没有打算放过这两个姑娘，不和她们废话，按照驾前失仪的罪名，每人赏了四十大板，这件事就算是解决了。

而席云芝这番举动，也让阖宫上下第一次见识到了这位随着皇帝打天下的开国皇后的手段，曾经那"软柿子"的评价，顿时烟消云散。原来皇后娘娘不是软得谁都可以捏，而是比较克制，不是不出手，而是一出手就要人命啊。

自从王嫣被喊入坤宁宫之后，礼部尚书就一直在往宫里递折子，等到王嫣被打完了，丢到御花园的时候，王大人才被步覃召见入了宫。一番哭诉求情之后，才说出自己的目的："皇上，小女一心仰慕圣恩，她所做的一切都是为了让皇上更加注意她，并无冲撞之心啊，请皇上……"

他的话还未说完，就被步覃打断："好了，别说了，内宫之事一向是由皇后负责，皇后要惩治谁，自有皇后的道理，朕不会多言，你且下去吧。"

王恩泽一下子就扑到了步覃脚前："皇上，小女如今不过二八年华，仍是懵懂于世，臣入宫前听闻皇后对她动刑，生怕她娇弱的身子骨受不住重刑，还请皇上开恩哪。"

步覃低头看了他一眼，叹了口气，说道："朕留她一条命出宫，你下去吧。"

看见皇上坚定的眼神，知道自己如今再说什么都已于事无补，王恩泽重重磕了一个头，退出去，在正阳门外守候去了。

而王嫣受刑之后，待夜幕降临时，步覃才派了两名御前侍卫来将她抬走，送去了正阳门外。

夜晚，步覃回到席云芝那里，见她神色如常，并未有其他反应。吃过饭之后，两人回到寝宫，步覃硬是将她搂着半躺在黑檀木的软榻之上，不让她动弹。

席云芝挣扎不得，深吸一口气对步覃说道："我知道我做得有些过分，但若不杀鸡儆猴，却是没有效果。我下回尽量不用这些手段便是。"

步覃在她耳旁亲了一下，说道："你想做就做，我不会说一个不字，只是你别太劳累、太操心。"

步罩的话没有令席云芝感觉好受些,窝在他怀中都好像没什么安全感一般,静静地搂着他,却不知道该说些什么,两人就这样沉默着睡了过去。

户部忙得焦头烂额,户部尚书曾多次求见席云芝,皆被她以后宫不得干政为由拒绝。

因为席云芝的铁腕手段,宫中的风气一时间确实好了很多。现在宫人们却私下个个都在说她手段狠辣。

时年三月,席云芝被太医诊断出喜脉,这个消息无疑沸腾了朝堂和后宫。

皇后席氏独占后宫,已然育有一子一女,若是腹中这胎是位皇子,今后席氏在宫中的地位可以说是再无人可以动摇。而这时,琉球国派来使者,以献上公主联姻来巩固邦交。这种牵涉政治的联姻若是贸然拒绝,易挑起战乱,宁国正是建国之初,却是经不起折腾。如此一番劝诫之后,步罩也不得不让步妥协,虽未将琉球公主封妃,却让她暂入住宫中。

当席云芝从内监口中听到这个消息之后,只是短暂地惊愕了一下,便恢复了平静。

如意如月见席云芝态度这般冷静,不禁疑惑问道:"夫人,您怎么没什么反应呀,那琉球国的公主可是已经入宫了啊。"

席云芝不禁失笑道:"我知道啊。"

如月也开口道:"夫人,那您打算怎么办?要不要让赵逸把她也打一顿?"

如意和如月原本就是姐妹,这种事情当然能想到一块儿去,只听如意也点头说道:"对呀,对呀,夫人和爷不好出面,那就让我们出面,我们保准将那个什么破公主打得满地找牙。"

席云芝被她们说得失笑:"你们以为这个什么公主是咱们宫里的宫女,可以随便教训吗?"

如意如月正欲再说什么,一个太监走进来,在席云芝面前恭恭敬敬地跪下,道:"娘娘,琉球国的公主美子求见。"

"咱们不去找她,她倒自己找上门来了,看我去教训她。"如意一如既往的泼辣性子,撩起袖子就要往外冲,幸好被席云芝喊住。

"请她进来吧。"席云芝淡定道。不管这公主是个什么意思,总要见一下才是。

太监又跑出去传话,不一会儿,便见一个异装华服的美艳女子步履优雅地走了进来。席云芝高坐凤椅之上,姿态清冷端庄。美子公主来到堂下,礼仪熟练地向席云芝行了礼,看样子显然是在琉球国经过训练的。

"皇后娘娘万福。"

没想到这公主的汉语也说得很不错,席云芝对美子公主微笑道:"公主免礼,赐坐。"

两个小太监给这公主抬来了一张椅子,那公主谢过席云芝的恩典,盈盈而坐,宽大华美的礼服在她脚边完美铺开。

席云芝笑眯眯道:"公主舟车劳顿,怎的不在宫中多歇息一番呢。"

美子公主对席云芝又是弯腰一礼，然后用她娇滴滴的嗓音回道："皇后娘娘乃一国之母，美子怎敢怠慢，特带来我琉球国的贺礼，敬献给皇后娘娘。"说着，便抬了抬手，一名双手捧着盒子的随从走过来恭恭敬敬地在席云芝面前跪下，将盒子举过头顶。

美子公主站起，优雅地走到随从身旁，将盒子打开，露出盒子里那一对闪着金光的瓷娃娃，美子指着这对瓷娃娃介绍道："这是安神娃娃，是我国皇室至宝，特敬献给皇后娘娘。"

席云芝推辞一番，便在美子公主的坚持之下，将东西收在旁，只听那美子公主又道："皇后娘娘若是不嫌弃，可将这安神娃娃置放在寝宫，定有您意想不到的非凡功效。"

席云芝看了那娃娃一眼，笑着点头说道："美子公主费心了，此物既能安神，本宫自会放在寝宫之中加以利用。"

两人又聊了些两地的风土人情，美子公主便提出了告辞，席云芝也秉着一国之母的姿态将人送到了门边，两相气氛和乐融融。

回到厅中，如意问席云芝："夫人，这东西真要摆去寝殿啊，奴婢看着怪瘆人的。"

席云芝的目光又一次在那闪着金光的娃娃身上流连一番，然后才说道："这是安神用的，我又不失眠，放在寝殿干什么呢？收起来吧。"

如意拿着东西正要下去，却又被突然想到什么的席云芝叫住："等等。把东西拿来我再看看。"

如意将东西交到了席云芝手上，席云芝才若有所思地将它拿去了书房。

步覃派人来传话，说今晚不来坤宁宫了，让席云芝早点睡别等他。

席云芝站在门边愣了一会儿，该来的总会来。

席云芝深吸一口气，让自己努力平复下来。晚饭后，将小安和宜安安顿好之后，自己也觉得有些乏力，早早便歇下了。

没想到步覃只是一夜没来她这儿，她就心慌至此，真的很难想象，若是步覃纳妃之后，她失宠了，那会是怎样凄凉的光景。

想着这些乱七八糟的，席云芝睡得昏昏沉沉，迷糊间，她仿佛觉得身边有人。她猛地睁开双眼，左右看了看，哪里有什么人。

从床上坐起，席云芝正要下床去喝些水，突然那种奇怪的感觉又来了，她总觉得今晚有些不对，好像有一双奇怪的眼睛一直盯着她似的。

摇摇头，让自己不要多想，席云芝正要倒茶，忽然一道黑影自她面前掠过。席云芝惊吓出声，手中的杯子掉在了地上。她明明就看见那黑影往墙壁上撞去，却忽然消失不见——简直难以置信。

她的惊呼声唤来了侍卫，殿外轮值的四名宫女匆忙跑入，就看到席云芝脚边的碎片，四人慌忙跑过去，将地上的碎片火速清理干净。

"娘娘，您没事吧？"其中一个伺候的宫女如是问道。

席云芝盯着墙壁的眼睛终于回过神来，看了看宫女那张朴实无华的脸，摇了摇头道："没事。"

那宫女见她仍是一副失魂落魄的模样，便又问道："娘娘，要不要去养心殿通知万岁爷一声，还有需要喊太医吗？"

席云芝深吸一口气，见她眸中映着担忧，便又说道："算了，夜深了，皇上估计也乏了，明日反正有例行请脉的太医过来，到时候再看吧。"

宫女应声之后，席云芝便也叫她们回去休息了。又看了一眼那黑影消失的墙壁，席云芝便也不再纠结，又回到了床铺之上。

步覃下朝之后，就直接来了坤宁宫。

将昨夜情况问了，席云芝见他面露紧张，牵着他的手不肯放开，宽慰他道："太医说没什么，怀孕之人本就情绪波动，很正常的。"

昨夜，席云芝是真真切切地看到了黑影，但是，这件事她谁都没说过，一来不想引起宫内恐慌，二来也是怕打草惊蛇。

那黑影绝不是幻觉，这一点她可以肯定，至于是什么，她就不知道了，若说是鬼，那为何之前未曾出现过，若说不是鬼，那又是什么？什么人可以如鬼似魅般，在她面前一闪而过，然后穿墙而入呢？

步覃见她眉头微锁，便知她有事相瞒，便屏退了所有宫人，夫妻二人在殿中对视。

席云芝盯着他看了一会儿，终是被他的执着折服，深叹一口气后，才说出了实情："原不想说的，但……昨夜我分明看到了一个黑影在我面前一闪而过，然后，就穿墙而出了。"

步覃蹙眉："黑影？穿墙而出？"

席云芝点头，从软榻上走下，拉着步覃的手去到了寝殿，指着房屋南面的那面墙壁说道："就是那里，那黑影从帐后窜出，撞墙而出，很快，不知道是什么。"

步覃去到席云芝指示的帐后看了看，又抬头在她寝殿的上方看了一圈，都未发现异样，与席云芝一同露出了疑惑不解的神色。

"你这两日且住到养心殿去，最近积累了很多折子，我晚上都不能来你这儿，你去我身边睡吧，不然我也不放心。"

席云芝听他这么说，只觉得昨夜的担忧全都烟消云散了，不管怎么样，夫君待她的心还没有变，就一切都好。她不怕万人攻击，万人唾骂，唯独怕他袖手而去，两情分离。只要他的心还在她身上，那就算接下来的是狂风暴雨，或是冰雹风霜，她都敢去面对，都不会惧怕分毫。

"不用了，养心殿自古没有后妃入住，我也不想破例。"

步覃却十分坚持："规矩都是人定的，我让你去住，谁敢说个不字？这分明就是有人想加害于你，他既能委身你宫中，第一回他可以只是吓你一吓，若是第二回他想杀你或害你，你又如何能避开呢？"

席云芝看着他真挚的眸子，微微一笑，凑近他耳旁，轻声说了几句话。

步罩开始的时候一脸拒绝，后来席云芝又说了几句，他才勉为其难地点了点头。

　　就在众人在脑中猜测，皇上皇后大白天的在宫里做什么这么神秘的时候，坤宁宫的大门突然打开，只见步覃怒气冲冲地指着殿内大声呵道：

　　"你是皇后，说出这番骇人听闻的鬼怪之言，是想引起宫内动乱吗？简直混账，朕不想再听到第二次！摆驾。"

　　自步覃上位以来，对皇后向来是千依百顺的，从来没有出现过这样的场景。众人一愣，然后心里便明白。

　　众所周知，皇上昨晚没有来坤宁宫歇息，皇后定是急了，这才想用鬼神之说挽回皇上的怜爱，没想到却戳了帝王的忌讳，一句引起宫内人心动乱就足以说明皇上对皇后的态度。众人有的同情皇后即将失宠，有的幸灾乐祸，有的则是真的相信，这宫里不干净……一时间，非议漫天。

　　皇后席氏失宠的传闻在宫内疯传，席云芝也像是要印证这个传言般，自皇上愤然离开后，她就在宫里大门不出二门不迈，成日里静坐不说话。无论是谁求见，她都一一回绝。

　　可把如意如月她们吓坏了，这几日，夫人吃得也少，成日关在宫中不说话，这样下去，可怎么得了啊。

　　席云芝在宫里看看书，刺刺绣，日子倒也不难打发。

　　这日，她绣花绣得有些昏昏欲睡，便趴在绣架上睡着了，可是迷迷糊糊间，她又生出一种被人窥视的感觉。这一次她没有马上睁眼，而是闭着眼睛等待时机。

　　那感觉越来越强烈，越来越近，席云芝紧闭双眼，尽量让自己看起来像是真的睡着了。千钧一发之际，从紧闭着大门的坤宁宫上方，悄无声息地扑下三四个侍卫，将那正接近席云芝的人一举擒住。

　　席云芝听到了动静，这才从绣架上抬起头，以为抓到了那个黑影，没想到看到的却是一个宫女。

四个侍卫将她按在地上，步罩冷着脸从后堂走出，看到被他安排的侍卫擒住的宫女，与席云芝对望了一眼，问道："是她吗？"

席云芝走过去，仔细将这宫女看了看，然后摇头说道："看着不像……"

夫妻二人正在纳闷，却听那个被擒住的宫女大声说道："当然不一样，是老子啊。"

那宫女一开口，席云芝听出了这个熟悉的声音，难以置信地仔细去看那人。

"我是张嫣，快让他们放开，压得我的脖子疼死了。"

席云芝猛地一惊，让四个侍卫撒手，想要去扶张嫣，却被步罩警惕地拉在身旁。张嫣自己从地上爬起，揉着快要断掉的脖子，对席云芝道："我听说你最近在闭关，不吃不喝啥的，就想来看看你，没想到你就这么对待我的。"

张嫣边说边看步罩脸上的质疑神情，便干脆一不做二不休，将脸上的人皮面具扯了下来，露出一张疤痕交错的脸。

她的这张脸，席云芝自然不会认错。

"真的是你。你怎么来了？"席云芝惊喜地看着张嫣，她入宫之后就一直派人在找张嫣，可是派出的人从未找到过张嫣的行踪。

张嫣耸了耸肩，说道："这不是听说你被吓得不吃不喝吗？就想来看看你，没想到是你们的陷阱。"

席云芝有些抱歉道："真对不起，前几天我在坤宁宫看到了一个黑影穿墙而出，不确定对方的身份，所以才想出了这出引君入瓮的戏，想看看能不能把那黑影抓到。"

步罩让四个侍卫再次隐入了黑暗，席云芝将张嫣拉到软榻上坐下，只听张嫣又开口道："抓什么呀。他们是琉球忍者，你们这样埋伏怎么可能抓住他们。"

张嫣的话不仅让席云芝愣住了，就连步罩都被她的话吸引了注意，问道："琉球忍者？"

张嫣看了看他们，点头道出她所了解的情况："黑影就是琉球国公主身旁的那个黑武士。我潜进去之后，虽然听不懂他们在说什么，但我可以肯定，那个公主想杀了掌柜的，因为她曾经对着你送给她的那盆牡丹做了个抹脖子的动作，我记得很清楚。"

席云芝听到这里，有些心惊，她看向步罩，见他也是一副惊讶的神情，便开口问道："琉球国的忍者我从前也听说过，但一直没有见过，他们竟真的可以穿墙而出吗？"

张嫣摇头："哪儿啊。我在那宫里盯了好多天，那些忍术固然厉害，但是说白了也就是障眼法，忍者的轻功都很好，你看着他像是穿墙而出了，其实他只是换了一个方向躲起来，然后趁着人多混乱，再混出去。"

席云芝有些不敢相信："怎么会是障眼法，我分明看见他穿墙了呀。"

张嫣看了看她，又看了看步罩，说道："掌柜的你不懂武功，当然看不出他们的动作，因为他们实在太快，可是，如果是皇上或者其他武功高强的人，就不难看出了。"

张嫣的一番话令席云芝觉得汗毛都竖了起来，只听步罩又开口说道："如此说来，这琉球国的公主还是个危险人物。"

张嫣知道这琉球国公主是来和亲的，虽然现在步罩还未纳妃，但说不定过段时间就会将她纳入宫中，不禁开口提醒道："当然危险了。不说别的，就说她利用忍者对付掌柜这事，就绝不能姑息。这回只是吓吓人，下回难免不是杀人。"

步罩点点头，表示赞同张嫣的说法，转身入了后堂，从别门悄无声息地离开坤宁宫，部署去了。

席云芝和张嫣久别重逢，有好些话要说。原本入宫之时席云芝就想把她找出来的，可是，张嫣的易容术炉火纯青，根本让人找不到蛛丝马迹，如今她主动出现了，席云芝可不打算让她再回到黑暗中去了。

"我的事就这样了，萧络对禹王动手了，这也省得我大费周章去报复他们了。你们离开京城之后，萧络就给禹王府安上了跟你们一样的罪名——通敌叛国，满门抄斩。"

对于禹王的遭遇，席云芝很难生出同情，只是知道张嫣对他的复杂感情，不禁问道："你还爱他吗？"

张嫣沉默了一会儿，然后才深吸一口气回答道："他那样对我，我若还是爱他，那我可真是犯贱……"说着，忽然笑了笑，又说，"你知道吗？在他们死前，我易容成狱卒的模样，去天牢里报了仇……哈哈哈哈，那个女人那么害怕……"

席云芝看着她斑驳密布的脸，回想从前这张脸是多么风华绝代，可是，竟被一个嫉妒的女人毁成这样。听张嫣说着这些，席云芝并没有在她身上看到想象中的畅快，反而变得更加忧愁，脑中灵光一闪，突然开口问道："我记得禹王和禹王妃有一个女儿，她那么小，因为父母的罪而惨遭牵连了吗？"

张嫣沉默了。席云芝见她不说话，也不催促，走到圆桌旁，拿起茶壶给她倒了一杯茶，递到她面前。

张嫣接过茶杯，突然眼泪扑簌簌往下掉。

"我就说，我这辈子都在犯贱，他们那样对我，可是，当她匍匐在我脚下求我救她的女儿时，我竟然还是心软了……"

席云芝见她将脸埋入掌心，像是想起当年的事般，痛苦起来，单薄的肩膀不住抖动，情绪仿佛有些失控。席云芝不禁走上前，在她肩膀上轻轻拍了几拍，以示安慰，道："孩子是无辜的。你救她并不是因为你贱，而是你比他们有良知。"

张嫣不想继续这个话题了，席云芝也不想让她伤心，就不再问，聊起了近况。

两人正说着话，外头却传来如意急急敲门的声音："娘娘，不好了，大皇子掉水里了。"

席云芝大惊，张嫣也觉得奇怪，当即隐入了黑暗。

席云芝赶忙跑去将殿门打开，随着如意的脚步走了出去。

小安，她的小安怎会无缘无故地掉到水里去？

席云芝赶去的时候，小安已经被步罩抱在怀里。小小的身子湿漉漉的，眼神却未见惊慌，看见席云芝，便从步罩的怀里跳了下来，扑到席云芝身上。

席云芝蹲下身子，仔细反复查看他身上是否有伤，抚着他的脸颊问道："怎么回事？"

小安不说话，只是看着她，一副受到惊吓的模样。

席云芝看了心疼极了，将他紧紧搂入怀里。

步覃派人将他们娘儿俩送入坤宁宫，又当众对席云芝说了一番安慰的话，这才摆驾去了养心殿。

坤宁宫中，席云芝替湿漉漉的小安换过了衣服，让他拥着被子坐在床上保暖，这才向他详细问起："现在你告诉娘亲，到底怎么回事？是你自己掉下去的，还是被人推下去的？"

小安大大的眼珠子在殿中环顾一圈，机灵地对席云芝眨了眨眼，示意她让殿里伺候的人都退下。

席云芝觉得心下奇怪，却见他像是真的想说些什么，便照着他的话做了，让伺候的人全都出去了。

小安见没人了，就将裹在身上的被子一掀，在床铺上翻腾起来，把席云芝吓了一跳。小安没事人似的，走到席云芝面前，跟她对视道："娘，我没事，好得很呢。父皇一直派人在暗中保护我呢。"

席云芝见他这样欢腾，一点都不像是刚刚落水的模样，不禁奇怪："那在水里扑腾了那么长时间？"

小安无奈地叹了口气："娘，你忘了，那回我在军营里差点溺水，父皇就派人教了我水性。"

席云芝先前听到小安落水的消息，简直急坏了，根本没想起来，听到这里，她不禁蹙眉："你既然会水，那为什么在水里待那么长时间？平白吓死人吗？"

小安神秘兮兮地对席云芝招了招手，席云芝凑过去，只听小安在她耳旁轻声说道："是父皇让我这样做的，这样他就有足够的时间抓住将我推下水的人。我跟父皇是串通好的，所以，娘你不要担心。"

席云芝蹙眉："果然是有人推你下水吗？是不是一道黑影，快得叫人看不见？"

小安虽然懂事了，可还不至于那样明白，抓着头说："不知道，反正就是被人推下水了，不过那人好像被父皇抓住了，父皇现在肯定就在审问他呢。"

席云芝对这对父子简直无语了，竟然瞒着她做这么危险的事，见小安还一副"好刺激，好好玩"的模样，席云芝真是无奈极了。

将小安安顿好之后，席云芝便在殿里守着，宫婢们进来伺候之后，小安又突然成了演技派，蔫儿蔫儿的样子果真一副刚溺水吓得三魂不归、七魄不聚的小模样。

席云芝想把张嬷找出来，可是，不过一会儿工夫，她又好像完全消失了一样。原想等步覃忙完了过来问问具体情况的，可是步覃一连多日都未曾来她这里。

这日她亲自做了一些糕点，去了养心殿探望，没想到守门的太监看见她支支吾吾的，说是皇上正在处理政事，不宜接见。

席云芝正觉得奇怪，却见到一道美丽的倩影自养心殿中走出，袅袅婷婷，如梦似幻。

看见席云芝，美子公主便优雅地走过来，对她行礼道："皇后娘娘万福，皇上近来多有召见于我，皇后娘娘可不要多心啊。"

席云芝见她一副娇羞动人的模样，目光中不乏胜利者的窃喜，看了一眼养心殿敞开的大门，对美子公主的挑衅之言并未发出正面对峙，也不叫她起来，大袖一挥，转身愤然离去，独留美子公主在她背后扬起了得意的嘴角。

皇后失宠的传闻越传越盛，而这几日，这位异国公主已然以一副女主人的姿态，开始在皇宫中挑选她所喜爱的宫殿了。

席云芝成日也不出门，就在自己的宫里写写字、看看书、绣绣花，日子悠闲得不得了。而到夜幕降临之后，她屏退宫人，独处之时，她的夫君便会潜入，与她交流最新消息。

"准备得差不多了。我派人探了好几日，终于探出他们来宁国的真实目的。"步覃搂着席云芝的肩头说道，眼底满是青色，连日来的奔波与撒网让他已经有些疲惫了。

"他们来的目的是封妃吗？或者是为了封后？"

席云芝在他怀中抬首问道。

岁月似乎特别眷顾她，并未在她脸上留下太多的痕迹，却给了她一种沧桑磨砺的润泽。

步覃摇头："他们来的目的是杀了我，想渔翁得利。"

席云芝听后，愣了愣，顿时觉得心惊肉跳。宁国建国之初，百业还未兴旺，国家正是休养生息的时候，他们派来公主，搅乱宁国内政，然后再趁机杀了新皇帝，夺取宁国江山。

若是这个目的没有被他们及时发现，若琉球国提出和亲之时，步覃一口答应，那么后果将是不堪设想的。

"那你准备怎么对付他们，杀了……怕是会落人口实吧。"

若是没有充足证据，那么人家好好地过来和亲，却被杀死，终将引起战乱，这对谁都没有好处。

步覃眼神坚定："该杀就要杀，立国之初，若是连这种事情都要姑息，那今后还谈什么四海升平？是个小国就敢派人来骚扰捣乱，那我们今后岂不是要忙死。"

席云芝看着步覃坚定的目光，一如他刚开始流露出问鼎帝位之心的时候那般，果敢中带着残酷的坚决。

她静静地躺在他怀中，给他以默默鼓励。无论这个男人今后会做什么，她都会一如既往地追随着他，永不改变。这就是她今生对他的态度。坚定不移。

席云芝在宫里找了好几天，都没有发现张嬷的下落。

这几日，步覃和席云芝的关系又渐渐好了起来，步覃像是要一反之前冷落的态度，日日宿在坤宁宫不说，还给席云芝送来了很多珍稀宝贝。

美子公主再度求见席云芝，席云芝便将步覃赏赐的东西拿出来与她分享观看，美子公主面上不断露出惊艳新奇的神情。

“皇上对皇后娘娘真是太好了。”美子公主这般对席云芝说道。

席云芝命如意将东西收拾了下去，劝她喝茶，两人一边喝茶一边说道：“本宫与皇上成亲后，皇上待我向来很好。他是个很体贴的好男人。”

美子公主笑弯了眼睛：“是啊，虽然我来宁国不久，但也看出皇上是个极好的男人，与我想象中粗鲁蛮横的形象完全不一样。”

席云芝莞尔一笑，以帕子掩了掩嘴角，两人又用了一些香蜜茶，席云芝指着桌上的八碟小点，对美子公主说道：“这是本宫最爱吃的点心，皇上特意叫御膳房做了送来的，公主也尝尝吧。”

美子公主看着糕点的目光一动，微笑也微微僵了僵，然后才笑着点头，拿起一块浅尝了一口，便放下，说道：“果然不错。”说完，美子公主便站了起来，对席云芝提出了告辞，“时间也不早了，美子就先回去了。”

席云芝点头，热情地将她送到门边。看着美子公主离去的背影，席云芝弯了弯嘴角。这个公主果真如张嬷所说那般自恋，见不得自己的目标对别的人好。先前她说皇上对她如何如何好，为的就是试探这公主，如果不出她所料，如今那公主肯定已经将自己视为障碍，相信不用多久，就会主动对她出击。而这一切，都是她与步覃计划好的，现在，就等这公主来踩线，然后他们好将她一举成擒。

当天晚上，果然那边就有了行动，几道黑影如鬼魅般一同窜入了席云芝的寝宫，正欲下手行刺之时，被早已隐藏在暗中的步覃抓个正着。

从席云芝的被褥之中窜出两个同样持剑的侍卫，数百侍卫将坤宁宫内外围得水泄不通。

步覃亲自出马，带着韩峰和赵逸，一番殊死搏斗之后，将那几道行刺的黑影擒下。可是揭开他们的面具之后，却发现他们一个个嘴角留下黑血，没多会儿就双腿一蹬，死了。

“爷，人死了。怎么定他们的罪？”

步覃看着地上的几具尸体，顿时有了主意：“抬上尸体，走。”

一行侍卫抬着五具尸体，直接去了美子公主宫中，当步覃下令，将人全陈列在美子面前时，她只是稍稍意外了一下，便对步覃说道：

“皇上这是何意？大半夜的搬几具尸体来，也不怕吓着奴家。”说着，美子的身躯就想往步覃身上靠，却被步覃率先闪开。

步覃指着地上的人说：“朕倒是想问问你，派这些人去行刺皇后是何用意？”

美子公主一脸无辜：“行刺？皇后遭人行刺了？太可怕了。可是这些人又跟我有什么关系呢，我根本不认识他们呀。”

步覃蹙眉，厉声道：“这些人都是琉球国的忍者，你敢说跟你没关系？”

美子公主眼中闪过一丝慌乱，但很快便恢复过来，眼珠转动一番后，才有恃无恐道：“我们琉球国的确有忍者，但是皇上又有何证据证明，这些人是我琉球国的忍者，而且他们全都死了，皇上又如何证明是我美子派出去刺杀皇后娘娘的呢？”

美子公主的一番言辞令步覃沉默片刻，琉球国的使者团们也听到了风声，纷纷赶了过来，站在美子公主身旁，七嘴八舌地说起话来：

"皇上您不能冤枉我们公主。"

"皇上，您这么做会影响两国邦交的。"

"皇上，我国国王要知道公主在宁国受到如此委屈，定会不惜一切，出兵替公主讨回公道的。"

诸如此类的威胁之言，听得步覃很是厌烦，大吼一声："够了，闭嘴！"

待那些使臣全都闭嘴，步覃抬手拍了两下，只见两名侍卫押着一个与地上死去的忍者穿着同样衣服的人，看样子那人受过严刑拷打，现在已经奄奄一息了。

美子和使臣脸色一变，步覃扬唇说道："这个人，你们可还认识？"

美子公主没有说话，其中一个使臣弯下腰去看了看那人的长相，却也不敢说话，而是摸着鼻头回到了公主身旁。

"皇上，这是我国的千秋总领，皇上将他拷打至此，到底意欲何为？"美子公主深吸一口气，镇定了下来。

步覃冷哼一声："哼，就是你们这位千秋总领，前几日在御花园中，竟想将朕的大皇子溺死在池水之中，被朕擒住之后，他已经什么都招了。"

美子公主蹙眉怒道："不可能，千秋总领不会做那样的事，你们是屈打成招。"

步覃让人将千秋押着跪了下来，步覃走过去，擒住他的下巴，将他的脸抬起来，冷冷道："你再告诉朕一遍，琉球国是否意图我宁国江山，想刺杀朕、刺杀朕的皇子？"

那个千秋总领睁开眼睛，虚弱地一点头。其后，不管美子公主和使臣们如何反抗，步覃都态度坚定地叫人将他们以政治细作的罪名尽数关了起来。

第二天的早朝，简直炸开了锅。

朝臣们分为两派展开热烈的讨论，一派认为，就算琉球国来意不纯，但毕竟没有造成伤害，不该就这样杀了他们；而另一派，认为琉球这般小国都有进犯我宁国之心，若不严惩，将来如何以威信立国。

这样的争吵持续了好几日，席云芝在后宫听到这些言论，简直是哭笑不得，这些大臣当真是没话说了，竟然这样的军国大事也能闲扯到她身上。

就在朝廷暗潮汹涌，几派朝臣在相互较劲的时候，又发生了一件大事。

齐国新帝登基，特给宁国送来国书一封，与礼品若干。

这件事无疑又在朝堂中掀起了轩然大波，齐国新帝登基为何会给宁国送来国书和贺礼？直到那份国书内容宣告于世，众臣才恍然大悟。

原来齐国皇帝竟然是宁国皇后的弟弟，可谁能告诉他们，齐国皇帝怎么就成了他们宁国皇帝的小舅子呢？

真是太令人费解了。

齐国皇帝齐昭在国书中讲得分明，齐国先皇在临终前下了遗诏，要封他流落在外的亲生女儿席云芝为齐国安平长公主。众臣再次震惊，谁也没告诉过他们，那个一直被他们以身份不够尊贵而嫌弃的皇后，居然是齐国长公主。齐国是如今大陆上唯一一个能与宁国相抗衡的大国，宁国的皇后是齐国公主，还是长公主，那这个身份，可以说在整个大陆上都找不到比她更加尊贵的了。

这这这……这真是叫人难以置信。而更让人难以置信的是，齐国皇帝除了国书之外，还送来了一份礼物，那份礼物不是别的，正是最近困扰宁国的琉球国玺，顺带还有琉球国国王的降书，而齐国皇帝齐昭将这份降书连同国玺全交给了宁国。

也就是说，他们还在国内讨论要不要影响邦交杀了琉球国公主和使臣的时候，那厢，齐国皇帝已经开始为他姐姐打击那个想要抢她后位的国家了。并且以绝对的胜利压倒了边陲小国，将国玺作为贺礼送给了姐姐和姐夫。

不得不说，齐国皇帝齐昭真是中原好舅子啊。

有了齐国送来的礼物，一直困扰宁国内政的问题就迎刃而解了。

步覃收下了齐昭的礼物，将琉球国的公主打包送了回去，并且嘱咐她终生不得再踏入中原一步。

"早知道云然有这一手，咱们也不必大费周章搞出那么多事来了嘛。"席云芝和步覃携手站在城墙之上，看着眼前这无尽的秀丽江山。

步覃将她搂在怀中："琉球国和齐国的战争本就持续多年，所以琉球国才想将宁国拉入战局。却不想两头都不讨好，受了夹击。"

席云芝看着天际云卷云舒，笑道："虽然从前根本不屑那个人给我正名，可是，如今看来那个名，可以替我解决很多事，不需要再成日提心吊胆。"

步覃笑道："他们谁敢？你那么高的地位摆在那儿，就算我想休你，也是不可能的了。"

席云芝转头看了他一眼："你想休了我？"

步覃挑挑眉，耸肩说道："唉，想休也休不掉了，只好一辈子将就着过了……"

席云芝当然知道他是故意在逗她，被他逗得哭笑不得，只好捏起拳头在他肩膀上敲了几下，然后故作凶狠道："你知道就好，这辈子，你休想甩掉我了，旁的人也休想把我从你身边移开。"

步覃看着席云芝久久不曾说话，突然抱住她，可是两人间不能紧密相贴，中间隔着一只硕大的肚子。步覃摸了席云芝的肚子，终于不再玩笑，正色说道："夫人，谢谢你对我不离不弃，誓死追随，我必报你守护追随之恩，我步覃今生只爱你一人，我们之间绝不会有第三人存在。"

席云芝听了步覃的话，不知为何，竟热泪盈眶，主动抱住步覃，夕阳下，城楼上两人相拥而立，无限美好。

五个月后，席云芝怀里抱着一个正在熟睡的婴儿——她的第三个孩子，二皇子步玉安，坐在御花园里晒太阳。

张嫣站在她身旁，穿着一身威武的侍卫服装，她如今已经被皇上册封为宁国第一女侍卫了，专门贴身保护皇后。

她们两人的目光都落在御花园中不住翻腾的几个小小身影上，席云芝开口说道："无论何时，孩子都是最干净的，不管父辈如何纠葛，他们总是无辜可爱的。"

席云芝盯着那个张嫣带进宫的小女孩——张矜，前太子禹王的女儿，禹王妃死前，乞求张嫣救下的那个小女孩。

张嫣如今已忘记了前尘一切，将张矜视如己出，只听她扬唇说道："孩子就是你越与她相处，就越觉得她可爱，想把一切好东西都给她，看着她明媚的笑脸，你就是有再多仇怨，都会放下了。"

席云芝听后没有说话，两人对视一笑。

跑着跑着，宜安突然摔了一跤，小安有些不耐烦地走过去将她扶起。宜安被娇宠惯了，一个劲地哭，小安就拿出了做哥哥的威严，对宜安训示道："哭什么哭，又没有摔痛，每次都哭哭哭，你能不能坚强一点？"

宜安到底才三岁半，哪里听得懂，只知道哥哥对她好凶，于是哭得更加厉害了。

小安无奈地叉腰，正要再提高声音，却被身后一道镇定的童声制止住了。

"你不要再吓她了，她还那么小。"

小安回头一看，只见那个张侍卫带进宫的小女孩正对他瞪着圆圆的大眼睛，头上的两个羊角辫让她看起来很土气，可是不得不说，也十分可爱。

小安自从入宫之后，就一直被众人捧在掌心，第一次出现这种敢跟他当面呛声的女孩儿，一时间竟不知如何是好。

只见张矜来到不停哭泣的宜安身边，弯下腰，从怀里拿出一块干净的手帕，替宜安把眼泪擦了，然后牵着她的手，一起抓蝴蝶去了。

小安却愣在当场，看着那条她掉落的手帕，一时竟鬼使神差般弯下腰，将手帕捡了起来。趁着所有人没有看见的时候，小安将帕子小心翼翼地藏入了衣襟，然后看着那个女孩和妹妹欢快的身影，露出了得意的憨笑。

秋风里，阳光正好，照耀着这美好的年华。

扫一扫看更多图书番外，作者专访

【官方QQ群：193962680】

每周丰富多彩的群活动，好礼不停送！
作者编辑齐驾到，访谈八卦聊不停！